泰戈尔精品集【小说卷】

TAIGE'ER JINGPIN JI XIAOSHUO JUAN

【印度】泰戈尔 著

白开元 译

时代出版传媒股份有限公司
安徽文艺出版社

图书在版编目（ＣＩＰ）数据

泰戈尔精品集·小说卷/[印]泰戈尔(Tagore,R.)著；白开元译.—合肥：安徽文艺出版社,2011.7
ISBN 978-7-5396-3715-0

Ⅰ.①泰… Ⅱ.①泰… ②白… Ⅲ.①小说集-印度-现代 Ⅳ.①I351.15

中国版本图书馆 CIP 数据核字(2011)第 074160 号

出 版 人：朱寒冬	策 划：刘 哲
责任编辑：刘 哲 张 堃	装帧设计：徐 睿

出版发行：时代出版传媒股份有限公司　www.press-mart.com
　　　　　安徽文艺出版社　www.awpub.com
地　　址：合肥市翡翠路 1118 号　邮政编码：230071
营 销 部：(0551)3533889
印　　制：合肥义兴印务有限责任公司　　(0551)3355286

开本：700×1000　1/16　印张：18　字数：360 千字
版次：2011 年 7 月第 1 版　2011 年 7 月第 1 次印刷
定价：32.00 元

(如发现印装质量问题，影响阅读，请与出版社联系调换)
版权所有，侵权必究

总序

罗宾德拉纳特·泰戈尔(1861—1941)是印度现代时期出现的一位文化巨人,集文学家、艺术家、哲学家、教育家和社会活动家于一身。综观他的生平著述和活动,所体现的文化创造力是令人惊叹的。

作为文学家,泰戈尔的创作涉及各种体裁:诗歌、小说、散文、戏剧、文论和歌词等。而且,各种体裁的作品都有相当可观的数量,并展现独到的艺术成就,堪称世界文学史上并不多见的全才型的伟大作家。

泰戈尔的文学创作既扎根于印度母亲大地,又有宽阔的世界视野。他熟谙印度历史悠久的宗教、哲学和文学传统,又关注西方现代文明和文学的发展。他头脑清醒,目光敏锐,对于这两者文化,都善于吸收其精华,而抛弃其糟粕。他是沟通和融合东西方文化的成功实践者。他的创作贴近自然、社会和人生,浸透人道主义精神。他注重作品的内容和情感,也讲究表现形式,追求完整和谐的艺术美。因此,阅读他的作品,总会让人感受到其中蕴涵的思想和艺术魅力,可以细细咀嚼和回味。

中国和印度同为文明古国,有着两千多年的文化交流史,而泰戈尔是现代中印文化交流的伟大使者,由于中印两国在近代共同的历史命运,泰戈尔对中国人民始终怀有深切的同情和真挚的友好情意。他曾经两度访华,与中国人民结下深厚的情缘。他还有一个美好的中文名字,叫"竺震旦"。他的作品也受到中国一代又一代读者的由衷喜爱。在20世纪中国的外国文学翻译中,泰戈尔是作品获得翻译和出版数量最多的外国作家之一。

今年是泰戈尔诞生150周年。为此,安徽文艺出版社出版这套4卷本的《泰戈尔精品集》。我要在这里特别提请读者注意的是,这套精品集的译者是白开元先生。白先生是国内屈指可数的精通孟加拉语的专家之一,而且,他毕生专注于泰戈尔作品的研读和翻译。泰戈尔是用孟加拉语写作的作家。文学是语言的艺术。因此,强调从原文翻译是翻译界的共识。而国内长期以来缺乏通晓孟加拉语的人才,以至过去的泰戈尔作品译本大多从英语或其他语言转译,也是迫不得已。现在,白先生奉献给读者的这套《泰戈尔精品集》全部是依据孟加拉语原文翻译的。这是值得我们额手称庆的。这样,出版白先生翻译的这套精品集,也为纪念泰戈尔诞生150周年增添了一种特殊的意义。

黄宝生
2011年2月10日

译序

罗宾德拉纳特·泰戈尔(1861—1941)是印度天才大诗人,印度和孟加拉国人民虔敬地称他为"诗圣"。1913年,他因诗集《吉檀迦利》成为亚洲第一位诺贝尔文学奖得主。除了卷帙浩繁的诗歌,他还创作了大量剧本、散文,以及12部中、长篇小说,以及100多篇短篇小说。

泰戈尔小说,题材丰富多彩,写作手法多种多样,至今深受广大读者的喜爱。

赞美真善美,鞭笞假丑恶,是泰戈尔小说的重要主题。《喀布尔人》以质朴的语言,表现感人至深的父女真情,也表达作者对下层贫苦民众的深切同情和对城市中欺生凌弱的地头蛇的愤慨。《邮政局长》是名篇之一。作者以细腻的笔触,刻画在特定的环境中,主仆两人一段心路历程。《秘密财宝》通过描述祖孙二人从寻宝、争宝到最后弃宝的曲折过程,表现淡漠金钱的人生态度。在拜金主义仍然盛行的时代,这篇小说具有深刻的启示意义。

泰戈尔一百多篇短篇小说中,约有五分之一以爱情为题材。

泰戈尔爱情小说,反映19世纪后叶和20世纪初叶殖民统治下的印度,随着资产阶级和无产阶级的兴起,封建婚姻制度趋于消亡,新的婚姻制度孕育、诞生的历史变迁。

《塔利雅》是带有传奇色彩的历史小说,寄托了作者期望年轻人以纯真的爱情,化解老一代人的仇恨,世代友好相处的美好理想。

在泰戈尔的长篇小说中,《沉船》是最耐读的一部情节跌宕起伏、引人入胜的名作。1903年4月至6月,以连载的形式首先在孟加拉文学刊物《孟加拉之镜》上发表,1906年出版单行本。

《沉船》中卡玛腊和诺利那格的最终结合,不仅是对忠于爱情的歌颂,而且是对超越世俗偏见的新式婚姻的礼赞。

卡玛腊乘船遇险,在荒无人烟的沙洲上误认为拉穆斯是新郎,与他过了一段缠绵的时光。在封建卫道士眼中,她已是"失节"的女人。在迦齐普尔的新宅,她从拉穆斯写给胡蒙莉妮的信中,方知拉穆斯不是自己的丈夫。她如雷轰顶,为曾与拉穆斯卿卿我我、肌肤摩触而羞臊难当。但她并未去自尽殉节,而是执著地去寻回属于自己的爱情,在她身上绝无烈女贞妇的印记。她在贾格罗帕尔迪父女的热情帮助下,找到了丈夫诺利那格,却又十分惧怕被他知道自己的过去,甚至甘愿一辈子当他的女仆。这说明在那个历史时期,孟加拉妇女打破封建观念的束缚是多么不易。卡玛腊是已有自强自尊的意识,不甘做旧制度的牺牲品,但未能完全挣脱精神枷锁的妇女形象。

作者笔下的诺利那格是乐善好施、通情达理的开明人物。他怜贫惜弱,敢于冲破门第的樊篱。他不顾社会地位的巨大差异,毅然娶被舅舅当作包袱甩出去的孤女卡玛腊为妻,经受了他当县长的朋友谑称的"一场考验"。难能可贵的是,他获悉卡玛腊曾与拉穆斯一起生活过一些日子,却没有厌憎她,没有拒绝接受她,而认为她是无罪的,可以原谅的。作者通过他的口说出了梵社在婚姻问题上的人道主义观点。诺利那格可谓既能继承优秀文化传统,又锐意改革,并身体力行地破除旧婚俗的知识分子的典型代表。

拉穆斯是《沉船》中塑造得最丰满的人物,作者以细腻的描写,揭示了他复杂丰富的内心世界。

拉穆斯在察觉新娘并非自己的妻子之后,陷入了感情危机的罗网,在情欲和道义的矛盾中苦苦挣扎。他要把卡玛腊送回老家,又怕她重新受到虐待,在陈规陋习中窒息而死。在西行的轮船上,他为卡玛腊周到的侍候所感动,品尝了家庭生活的乐趣,卡玛腊秀美的姿色也常使他心摇神荡。然而,他的心镜里立时又显现胡蒙莉妮的音容笑貌。当他想到卡玛腊的苦况,看到她满脸的委屈,或出于怜悯,或受宿命论的影响,他不止一次起过索性与她结为伉俪的念头,但"她丈夫可能还活着",这句话又像警钟在他耳边响起,使他竭力按捺住心头的激情。他在想象中为卡玛腊戴上家庭主妇的桂冠,但他回到加尔各答,旧地重游,目睹的景物又勾起他与胡蒙莉妮相爱的美好回忆,"将她忘却的决心,便成了怀念她的得力助手"。他又觉得卡玛腊并非理想的终身伴侣。他在两位女性中间徘徊,在犹豫的水流中沉浮,但他的理智总能遏制冲动,道德总能制约情欲。

《沉船》宣扬的真善美,集中表现于贾格罗帕尔迪一家对卡玛腊的热心襄助。贾格罗帕尔迪在船上与卡玛腊和拉穆斯萍水相逢,一路上给予周全照顾。回到迦齐普尔,为他们安家不辞辛劳地奔忙。为了卡玛腊与诺利那格的团圆,他周密谋划,费尽心机。作者通过对这位热心肠老头儿的描写,讴歌了下层普通群众诚恳朴实、助人为乐的优秀品德。

作为诗人,泰戈尔把诗歌艺术运用于小说创作,形成他小说最显著的艺术特色。

泰戈尔常常以寥寥数笔,勾勒情景交融的画面,烘托人物心理活动。

《沉船》中旋风毁灭了迎亲队之后,"雾霭渐渐消散,皎洁的月光像寡妇的素服,覆盖着荒漠般空阔的沙洲"。这凄凉的场景,烘托了船沉人亡,幸免于难的主人公无比悲痛的心情和对死者的哀悼。

赋予事物以情思的拟人手法,在泰戈尔小说中广为运用。如《塔利雅》的结尾处写道:"匕首也从刀鞘露出一点儿脸,目睹这精彩的一幕,闪闪发光地笑了。"锋利的匕首被赋予人性,露出甜美的微笑,从而把小说的题旨——化干戈为玉帛,表现得形象而生动。

泰戈尔在小说中营构的奇妙意境,令人回味无穷。

长篇小说《沉船》中,拉穆斯沉浸于对胡蒙莉妮的怀念,轻轻呼唤:"胡曼,胡曼!""这芳名的两个字,犹如甜蜜的摩挲,层层环围着他的心房;这芳名的两个字,又似饱含无限柔情的一对明眸,隔着缥缈的烟雾,凝望着他的脸,流露出深深的思念。"作者施展想象创造的幽美意境,把远隔千山万水的一对情人割不断的思恋渲染得淋漓尽致。

2011年的5月7日,是泰戈尔诞生150周年。笔者特地编译这本小说选,展示他在小说创作领域的成就,并以此对这位中国人民的伟大朋友表示由衷的敬意。

白开元
2011年4月

CONTENTS 目录

总序/黄宝生 ………………………… 001
译序/白开元 ………………………… 003

喀布尔人 …………………………… 001
邮政局长 …………………………… 008
一 夜 ……………………………… 013
塔利雅 ……………………………… 020
哈尔达尔家族 ……………………… 029
秘密财宝 …………………………… 046
沉 船 ……………………………… 060

泰戈尔照片

泰戈尔小说手迹

喀布尔人

我五岁的小女儿弥妮整天嘀嘀咕咕说个不停。她来到这人世,学会语言,只花了一年时间,之后,只要醒着,就不会默默地待一会儿。她妈妈经常训斥她,让她闭嘴。但我跟她妈不一样。看到她一反常态许久一声不吭,我心里就受不了。所以,我和她交谈,总是非常愉快的。

一天上午,我动手写一篇小说的第十七章,弥妮一进屋就打开话匣子:"爸爸,看门的拉穆德亚尔把'乌鸦'说成'老鸦',他啥也不懂,是不是?"

我刚要为她解释,这世界上语言是丰富多彩的,她已换了一个话题:"爸爸,你听听,布拉说大象的长鼻子朝天上一喷水,天就下雨。天哪,布拉尽胡说八道!他只知道唠叨,白天黑夜不住地唠叨。"

她不等我就此事发表不同看法,忽又问我:"爸爸,妈妈是你的什么人呀?"

我在心里同她开玩笑:她是我小姨子,嘴上却说:"你去跟布拉玩吧,我现在要做事儿了。"

可她在书桌旁我的脚边坐下,两只手拍着两个膝盖,快速地叫喊:"阿格杜姆——巴格杜姆",自个儿玩了起来。而我小说的第十七章正写到黑夜里主人公波罗达卜·辛格带着女主人公康赞玛拉从监狱很高的窗户,扑通一声跳到下面的河里。

我的书房就在路边。弥妮突然结束游戏,不再说"阿格杜姆——巴格杜姆",跑到窗口,大声叫道:"喀布尔人,喀布尔人!"

一个身材高大的喀布尔人,身穿宽大的脏袍,头缠头巾,背着褡裢,手捧着两三盒葡萄,缓慢地在路上走着——见了他,我的宝贝女儿有了什么想法,不得而知,可她开始气喘吁吁地对他大叫大喊。我暗自叫苦,那褡裢里的"大麻烦"跟着过来,我小说的第十七章可就写不完喽。

听见弥妮的叫声,那个喀布尔人笑着转过脸,朝我们家走来,可弥妮却

气喘吁吁一溜烟儿跑进了里屋,不见了踪影。也许她在心里胡思乱想:搜查他那只褡裢,可以找到两三个像她一样活蹦乱跳的小孩吧。

喀布尔人走过来站在屋外,含笑向我问候。我心里想,尽管波罗达卜·辛格和康赞玛拉的处境十分危险,不把他叫进来多少买一些他的东西,面子上只怕过不去。

东西买了一些,接着跟他闲聊了片时。我们从阿卜杜勒·拉赫曼①、俄国人、英国人一直谈到阿富汗的边境保卫政策。

末了起身要走的时候,他问我:"先生,您的宝贝闺女哪儿去了?"

为了消除弥妮无端的恐惧,我把她从里屋叫了出来。她挨着我的身子,用怀疑的目光打量喀布尔人的脸和他的褡裢。他从褡裢里取出一些葡萄干、杏干,递给她,她死活不接,加倍疑心地紧靠着我的膝盖。第一次见面就这样结束了。

几天后的一个上午,我要出门办一件急事,看见我女儿坐在门口一张凳子上叽叽咕咕地说话,喀布尔人坐在她脚前,面带微笑倾听着,时而用不流利的孟加拉语磕磕巴巴发表自己的看法。除了父亲,弥妮五年的人生经历中,还没有遇到第二个像他这样耐心的听众。我看见她的小衣兜里装满了花生和葡萄干。我对喀布尔人说:"干吗给她这些东西,今后千万别给她。"说着,从口袋里掏出一枚半卢比的硬币,递给他。他坦然收下硬币,放进褡裢。

我办完事回家发觉,这半块钱引发了一场家庭纠纷。

弥妮妈妈拿着银白发亮的圆硬币,用责备的语气问弥妮:"这硬币你是从哪儿弄来的?"

---

① 19世纪末叶阿富汗的国王。

"喀布尔人给的。"弥妮回答。

妈妈追问："你干吗跟他要硬币？"

"我没有要，是他给的。"弥妮快要哭了。

我赶紧上前，把弥妮从当下的困境中解救出来，带到户外。

事后听说，这不是弥妮和喀布尔人的第二次见面。最近他几乎每天都来，用花生米等干果"行贿"，吸引着弥妮稚嫩的、贪婪的心。

我发现这两个朋友之间重复着几段固定的对话和玩笑。比如，我女儿一见拉赫莫德，就笑嘻嘻地问道："喀布尔人，喀布尔人，你那只褡裢里有什么？"

拉赫莫德故意加重鼻音，笑着回答："一只大象。"

换句话说，褡裢里一只大象是他们玩笑的缘由，当然算不上上等缘由，但这样的玩笑，让两个人都很开心。在秋天的早晨，听到一个成人和一个未成年的孩子质朴的笑声，我心里也很舒畅。

两人还有一段常说的话。拉赫莫德问弥妮："小姑娘，你啥时候到你婆婆家去？"

孟加拉姑娘一辈子熟悉"婆婆家"这个单词，不过在我们受新思想影响的家庭中，一般不让小女孩过早就懂"婆婆家"的含义。所以弥妮还不明白拉赫莫德这个问题的意思，但不回话、不做声，是违背她的天性的，于是她反问道："你怎么不去你婆婆家？"

拉赫莫德挥舞着大拳头，对想象中的婆婆吼道："我要揍我的婆婆。"

弥妮一面听一面想象着一个名为婆婆的陌生生灵的窘态，不禁咯咯地笑了起来。

转眼间又到了天高云淡的秋天。古代的帝王在这个季节通常率兵外出征战。除了加尔各答，我从不到外地去。然而，我的心却在世界各地游逛。我仿佛永远是书斋角落里的居民，可我的心时时向往外面的世界。听到一个外国名字，我的神思就往那儿飞去。看见一个外国人，我的心中就浮现河流、大山和森林里的一间茅屋，想象中呈现出充满欢声笑语的自由生活。

我生来有植物般待在一地的懒惰习性，离开我的屋隅，到外地游玩，对我来说无异于五雷轰顶。所以上午坐在我小屋书桌前，和喀布尔人闲聊，

从某个角度说就算是我的旅游了。喀布尔人操生硬的孟加拉语,用云吼般厚重的声音,为我讲述他家乡的故事,我的眼前便浮现这样的画面:两边是夕阳染红的崎岖高山,中间一条狭窄的沙石之路上,行进着驮着货物的一队骆驼,头上缠头巾的商人和行人中,有的徒步,有的骑骆驼,有的手持长矛,有的握着老式火药枪。

弥妮的妈妈是个极其胆小怕事的女人。在路上听到什么响动,就觉得人间所有的酒鬼心怀鬼胎朝我们家冲过来了。这世界上到处是小偷、强盗、酒鬼、毒蛇、猛虎、疟疾、虫豸、蟑螂和白人士兵。这么多年(日子当然也不是太长)住在人间,那恐怖情景至今未从她的脑海消失。

她对喀布尔人拉赫莫德一向不完全放心,一再提醒我对他应提高警惕。我笑着安慰她,力图打消她的疑虑,她却连珠炮似的向我发问:"以前,难道没有一家的孩子被人拐走?喀布尔那地方,难道不经常贩卖奴隶?一个粗壮高大的喀布尔人,拐走一个小孩,难道不是很容易的事儿吗?"

我不得不承认,这些事情并非不可能发生,但总觉得不太可信。当然,每个人对别人的信任程度是不一样的,因而,我妻子心中的恐惧照样存在着。但我不能仅仅因为她疑神疑鬼,就无缘无故不让拉赫莫德跨进我家门槛。

每年的玛克月[①]中旬,拉赫莫德回国省亲。动身前一段日子,他特别忙,挨家挨户收欠款,但每天仍抽出时间来看弥妮。老实说,我看到两人见面的情景,心里就觉得他们之间有秘密约定。我发现,哪天上午他来不了,傍晚必定来。在幽暗的房间里,看到身穿宽大衣服、背着褡裢的高大的喀布尔人,说心里话,我心里是有点儿不踏实。但每当看见弥妮喊着"喀布尔人,喀布尔人",笑着跑过来;两个年龄相差悬殊的朋友之间,又重复质朴的陈旧玩笑时,我心里又释然了。

一天早晨,我坐在小屋里修改清样。拉赫莫德来告别前的这两天,天气特冷,寒风刺骨,四周不少人冻得瑟瑟发抖。阳光透过窗户,落到桌下我的脚上,感到暖融融的。约莫八点光景,缠着围巾早出的小贩几乎都回家了。这时,街上忽然响起一阵喧哗声。

---

① 印历十月,公历1月至2月。

我朝窗外一看，只见两个警察带着五花大绑的拉赫莫德走了过来。他后面跟着一群看热闹的孩子。拉赫莫德的衣服上血迹斑斑，一个警察手握着一把带血的匕首。我慌忙出门，叫住警察，问这究竟是怎么回事。

听警察和拉赫莫德简单讲了事情的经过，我才知道，我们的一位邻居买了罗姆普尔产的一条披肩，欠了拉赫莫德的钱，可他赖账，不肯还钱，两人发生口角，拉赫莫德一怒之下捅了他一刀。

拉赫莫德用难听的话大骂那个赖账的邻居时，弥妮一面喊着"喀布尔人，喀布尔人"，一面从里屋跑了出来。

拉赫莫德脸上顿时露出惊喜的笑容。他肩上没有了那条褡裢，所以平时围绕褡裢的那段对话，没有重复。弥妮问他："你这是要去你婆婆家？"

拉赫莫德笑着说："对，我要去那儿。"

发觉他的回答未能引发弥妮的笑声，拉赫莫德举起铐着的双手，说："本来想揍我婆婆的，可怎么揍，手被铐着哩。"

拉赫莫德被指控犯有严重伤害罪，判处几年徒刑。

他渐渐被我们遗忘了。我们坐在家里，像往常一样在琐事中消度一天又一天，一次也没有想过一个原本自由的山民在监狱里是如何度日如年的。

作为弥妮的父亲，我不得不承认，天性活泼的弥妮的行为，也是令人愧疚的。她心安理得地忘了老朋友，先是结交一位马夫，之后随年龄增大，不再和男性交往，只和一个个女孩子玩耍。如今甚至在她父亲的书房里也见不到她的身影了。我和她之间产生了隔阂。

一晃几年过去了。又一个阳光明媚的秋天来临了。女儿弥妮的婚事已经确定，婚礼在杜尔迦大祭节期间举行，和杜尔迦女神返回盖拉莎圣山那样，弥妮将前往她的丈夫家，使平日充满欢乐的娘家坠入漫漫黑暗之中。

异常绚丽的黎明在天边扩展。雨季过后，这秋天新浣的阳光，仿佛镀上了熔化的纯金的颜色。在加尔各答胡同里鳞次栉比的灰褐旧砖房上，秋阳也抹上了奇妙的柔和色彩。

今天天刚破晓，我家里就吹响唢呐。笛手吹出的笛声，仿佛是我胸腔的骨头里传出的哭泣。悲凉的维伊罗毗曲调，把将要萌生的离愁别绪融入秋天的阳光，扩向整个世界。今天我的弥妮要出嫁了。

一大早,我家里就人来人往,十分忙乱。院子里用竹子搭了喜棚,屋里和走廊里,响起用锤子钉彩灯的咚咚声,叫嚷声不绝于耳。

我在书房里查看账目时,拉赫莫德出人意料地走了进来,向我施礼。

起初我没有认出他。他的袷袢没有了,长发①没有了,全身也没有了往日的健壮。后来看到他微笑,我才认出了他。

我说:"唷,拉赫莫德,哪天来的?"

"昨天傍晚我刑满出狱。"拉赫莫德说。

听了这话感到有些刺耳。以前我从未见过凶手,见了他,我的心好像缩紧了。今天这个大喜日子,我心里巴不得他赶快离开才好。

"今天我家里有事,"我说,"我很忙,你走吧!"

他听了立即往外走,到了门口,有些犹豫地问:"我可以和你女儿见一面吗?"

也许他心里相信,弥妮还是以前的老样子,还认为弥妮会像以前那样喊着"喀布尔人,喀布尔人"跑过来,他们还能和以前那样,怀着好奇心嬉笑着进行交谈。甚至想起以前的友谊,他还带来了跟哪位本国朋友要的一盒葡萄和一小纸包干果——他自己的那条袷袢早没有了。

"今天我家里确实有事。"我说,"你见不到其他人的。"

他有些难过。默默地站着,目光呆凝地看着我的脸,说了声"先生再见",走到了门外。

我心里不知怎的有点儿酸楚,正想把他叫回来,却看见他自己走回来了。

他走到我跟前说:"这葡萄和一些干果是给你闺女的,请转交给她。"

我收下正要付钱,他猛地摁着我的手说:"你很仁慈,我一辈子会记住的,千万别给我钱。先生,你有一个宝贝闺女,我老家也有一个。每回想起她的脸,我就给你闺女送些干果来,我不是来卖东西的。"

说着,他把手伸进宽大的上衣里,摸来摸去,从胸口什么地方取出一张折叠的脏纸,小心翼翼地打开,放在我书桌上,用双手抹平。

我看见纸上有一个小手印。它不是照片,也不是画像,是用手沾些锅烟子,印在纸上的手印。拉赫莫德每年在加尔各答的大街上卖干果,胸前

---

① 阿富汗人一般蓄留长发,拉赫莫德因服刑长发被剃掉了。

揣着对女儿回忆的印迹——那仿佛是抚摸他的柔软小手,把亲情的琼浆注入他被离愁折磨的宽广胸怀中。

看着看着,泪水涌满了我的眼眶。我忘了他是一个卖干果的喀布尔人,忘了我出身名门望族。我只感到,他是什么人,我就是什么人,他是父亲,我也是父亲。他那住在山区的小女儿的手印,使我想起了弥妮。我立即派人把她从里屋叫出来。内宅的许多女眷表示反对,但我充耳不闻。身着大红纱丽、额头上描了吉祥痣,装扮成新娘的弥妮羞答答地站在我身旁。

喀布尔人见了弥妮,先是一愣,未能像往日那样和她亲切交谈起来,接着笑了笑说:"小姑娘,你要去你婆婆家了?"

弥妮已明白婆婆家的含义,这时不能像以前那样回答了。听了拉赫莫德问话,她羞得满脸通红,转过脸去站着不动。我想起拉赫莫德和弥妮第一次见面的情形,心里不禁有些伤感。

弥妮走了,拉赫莫德长叹了一声,一屁股坐在地上。他蓦然省悟,他的女儿也这么大了,也得用新的方式和她交谈了,他再也找不到昔日的女儿了。这八年中,谁知道她长成了什么模样啊。

上午温暖的秋阳中,又吹响了唢呐。拉赫莫德坐在加尔各答一条胡同里,眼前仿佛清楚地看到阿富汗一座光秃秃的高山。

我给了他一张现钞,说:"拉赫莫德,回你老家吧,回到你女儿身边去,愿你们父女团圆的快乐,为弥妮带来吉祥如意!"

给了这张面额很大的钞票之后,婚礼的规模不得不加以压缩,不能按照原先的计划安装许多彩灯、请乐队了。内宅的女眷为此非常不满,但是我觉得,善举之光使得良辰吉日的婚礼越发熠熠生辉了。

邮 政 局 长

我们这位邮政局长一参加工作,就被派往乌拉普尔村任职。乌拉普尔村很小,附近有一家靛蓝作坊,作坊的老板费了九牛二虎之力,才在这儿建立了一所新邮政局。

邮政局长是加尔各答的年轻人。来到这座小村庄,他的境况,与从水中捕获扔在岸上的一条鱼相类似。他的办公室设在一间铺八扇草顶的昏暗茅屋里。不远处,长满浮萍的池塘四周,是茂密的树丛。靛蓝作坊的账房先生和员工,平时没有空闲,被认为是不配和文化人交往的一群人。

这个加尔各答青年也不善于与人打交道,到了一个陌生地方,不是过于清高就是过于拘谨。所以,他和当地人几乎不交往。每天他的业务不多,有时候写一两首诗,诗中抒发的情绪,让人觉得,他一整天望着飒飒颤抖的树叶和天上的云彩,日子过得相当舒畅。然而,心灵之神知道,如果《天方夜谭》中哪个魔鬼跑来,一夜间砍光枝繁叶茂的树木,修筑一条宽阔的马路,一排排摩天大楼挡住人们仰望天上云彩的视线,那么,这个半死不活的有教养的人,就能获得一种新生活了。

邮政局长的工资很少,必须自己做饭吃。村里一位失去双亲的孤女为他干活儿,换一口饭吃。这女孩名叫罗德娜,约莫十二三岁光景,她出嫁的可能性至今尚未显现。

黄昏时分,从牛厩里冒出熏蚊的一圈圈白烟,灌木丛中蟋蟀嚁嚁地叫着。远处的村子里,如痴似狂的一群包乌尔①游方艺人,敲锣打鼓,吟唱民歌。独自坐在幽暗的游廊里,望着抖动的树叶。当这位诗人心中涌起一阵微澜时,就在屋子的角落里,点亮一盏光线微弱的油灯,喊道:"罗德娜。"

罗德娜坐在门口,正等着他叫喊。不过,听到他叫一声她不进屋,故意

---

① 孟加拉地区的民间艺人。

问:"什么事,先生,干吗叫我?"

邮政局长问:"你在干什么?"

"我得马上去生火——厨房里——"

"厨房里的活儿先放一放,先给我装袋水烟。"

罗德娜立即鼓起腮帮子,使劲儿吹着水烟管,走进屋里。

邮政局长从她手里接过水烟,忽然问道:"嗯,罗德娜,你想你妈妈吗?"

好多年前的事,罗德娜还记得一些,可有一些已忘掉了。比起妈妈,她更喜欢爸爸。她至今隐隐约约记得爸爸的模样。干了一天的活儿,爸爸傍晚回到家里,有一两天傍晚的情景,像画一样清晰地印在她的心扉上。

罗德娜一面说话一面走过去,坐在邮政局长脚边的泥地上。她记得她有一个弟弟。在几年前雨季的一天,姐弟俩在池塘边,用折下的树枝当钓鱼竿,假装钓鱼。比起其他许多重要事情,这一幕更多地在她心里浮现。

就这样聊着聊着,夜渐渐深了,邮政局长也累了,不想再做饭。好在还有上午的剩饭,罗德娜赶紧生火,烙了几块饼,两人凑合着吃了顿晚饭。

一天又一天,傍晚时分,在这间大茅屋的角落里,邮政局长坐在办公室的木椅子上,也讲自己家里的事儿。谈他的弟弟、母亲和姐姐,谈他独自旅居他乡想起来让他心里凄惶的人。他常常想起却又无从对靛蓝作坊的账房先生和其他员工倾吐的事情,就对这个目不识丁的小女孩倾诉,而且从不感到不应该这么做。久而久之,这个少女仿佛成了他家的成员,交谈的时候,也称他家某人是妈妈、姐姐和哥哥,好像早就是她的亲人似的。甚至把她想象的他们的模样,画在她幼小的心版上。

一天中午,雨过天晴,温煦的和风吹拂。阳光下湿润的碧草和绿树,散溢着清香,仿佛是疲惫大地热乎乎的气息迎面扑来。不知从哪儿飞来的一只执拗的鸟儿,整个中午,在自然之宫中,用单一的腔调和极其悲凉的声音,不停地倾诉着哀怨。

邮政局长手头没事儿。那天雨水濯洗的光润树叶的波澜,雨天服输之

后,阳光照耀下一簇簇残存的洁白云朵,是何等的赏心悦目!邮政局长举目遥望,陷入沉思:此时此刻,身边要是有一位亲人——一个心心相印的温柔的人儿,那该多好!他渐渐体悟到,那鸟儿也一次次倾诉着这样的心声,在树影婆娑杳无人影的中午,树叶的飒飒声,也蕴涵这样的意绪。没有人相信,也没有人知道,在这个小村庄每天憩息很久的日子里,在沉寂的中午,薪水微薄的邮政局长心里,竟会产生这种悠长的遐想。

邮政局长长长地叹了口气,喊道:"罗德娜——"

罗德娜伸长腿坐在番石榴树底下吃番石榴,听见主人的声音立即跑过去,一面喘气一面问:"大哥先生,你叫我吗?"

"我一点一点地教你识字吧。"邮政局长说。

说罢,一个中午,他教她读孟加拉语字母:o、a……没过了几天,就教她复合字母了。

斯拉万①月,阴雨绵绵。河流、沼泽、沟渠里涨满了雨水。白天黑夜,雨声、蛙声不绝于耳。乡村的土路上,几乎没有行人。去赶集,必须乘船。

一天早晨,下起倾盆大雨。邮政局长的女学生在门口等了很久,也没有听到平日准时听到的呼叫声,就拿着书本,蹑手蹑脚地走进屋里,只见邮政局长躺在床上。以为他在休息,就又无声地往外走去,却忽又听见喊声:

"罗德娜!"

她急忙转身问:"大哥先生,刚才你睡着了?"

"我觉得身上不太舒服,"邮政局长有气无力地说,"你用手摸一下我的额头,看看是不是发烧了。"

在这淫雨绵绵的日子,独自身居他乡、疾病缠身的邮政局长,期望得到细心服侍,想象着戴着贝壳手镯的那只柔软小手抚摸他滚烫的额头。在举目无亲的外地忍受病痛的时刻,他在心里是多么渴望母亲和姐姐那样温柔的女性坐在自己的身旁啊。他这个外地人的心愿没有落空。少女罗德娜已不再是少女,此时此刻,她充当了母亲的角色。她请来土方郎中为他看病,按时喂他丸药,整夜守在他的床头,为他做有营养的饭菜,上百次地关切询问:

"噢,大哥先生,你感到好一点儿了吗?"

---

① 印历四月,公历7月至8月。

几天以后,瘦弱的邮政局长从病床上起来了。他暗自打定主意,再不能拖延,无论如何要从这儿调走。他向加尔各答总局写了报告,陈述当地卫生条件极差,要求调动工作。

完成了照顾病人的任务,罗德娜回到了门外原先的位置上,再也听不到邮政局长像先前那样叫她。她常常向屋内窥视,看见邮政局长心不在焉地坐在椅子上或躺在床上。在罗德娜期望他叫她时,他心神不定地在等候总局的答复。她坐在门外,上千次地温习她的旧功课。她担心哪天突然叫她,她会把学过的复合辅音念错。过了一个星期,一天傍晚,她终于听到期望的喊声,兴奋地走到屋里,明知故问:

"大哥先生,你叫我吗?"

"罗德娜,我明天要走了。"邮政局长说。

"去哪儿?"罗德娜问。

"回家。"

罗德娜忙问:"哪天回来?"

"不回来了。"

罗德娜没有再问什么。邮政局长主动告诉她,他申请调动工作,总局没有批准。所以,他主动提出辞职,准备回家。接着两个人许久没说一句话。油灯闪烁着暗淡的光,雨水从茅草屋顶的一个破洞滴滴答答落在一只陶罐盖子上。

过了一会儿,罗德娜慢慢地站起身,进入厨房烙饼,动作不像往日那么麻利。也许是许多杂念涌上了她脑际的缘故。邮政局长吃完饭,罗德娜问道:

"大哥先生,你把我带到你家去吗?"

邮政局长笑笑说:"那怎么行!"

终究是什么原因不能带她去,他觉得没有解释的必要。

整整一夜,无论是清醒时还是在梦中,她耳边一直回响着邮政局长带笑的声音:

"那怎么行!"

邮政局长早晨起床,看到他的洗澡水准备好了。按照加尔各答的习惯,他每天用新打的河水洗澡。她不便问他什么时候动身,而估计一大早又需要用水,所以夜里就从河里把他的洗澡水打来了。

洗完澡,邮政局长喊了一声。罗德娜轻手轻脚走进屋里,静静地看了

一眼他的脸,等候他吩咐。

"罗德娜,"邮政局长说,"我会叮嘱接替我工作的人和我一样照顾你。你不要因为我离去而发愁。"

毫无疑问,这番话说得非常真诚,发自一颗仁慈之心。可谁真正懂得女人的心呢!罗德娜这一段日子默默地忍受了主人的多次责备,可她忍受不了这番温和的话语。她心潮翻滚,流着泪说:

"不,不,不用你对那人说什么,我不想再待在这儿。"

邮政局长以前从未见过她这样拒绝别人的好意,一下子愣住了。

新邮政局长来了。老邮政局长把邮政点的事务交代完毕,准备动身。临走的时候,他把罗德娜叫来说:"罗德娜,我从未给过你什么东西,今天我要走了,给你留下点东西,能帮你过一段日子。"

留开了路上的费用,他从口袋里取出了所有的薪水。

罗德娜咚地跪倒在地,抱着他的脚说:"我求求你,我求求你了,别给我什么东西。我求求你了,用不着别人为我操心。"说完,飞快地逃走了。

卸任的邮政局长长叹一声,手提着旅行包,把伞扛在肩上,画有蓝白线条的一只铁皮箱子,让脚夫头顶着,慢慢地朝码头上的船走去。

他登上船。船开了。雨季满涨的河水,好像大地汹涌的泪水,在船的四周潺潺地流淌着。这时,他感到一阵心酸。一个普通农村少女的凄楚面容,仿佛是遍布世界无从言传的隐痛的显现。他起过"返回去,把人世之怀外面的孤女带走"的念头。但此时风鼓满白帆,水流湍急,村子被抛在后面,河边的焚尸场清晰可见。他这位在河流上飘零的旅人淡漠的心中不禁产生一个理性的看法:生活中有多少这样的离别,多少这样的死亡啊。我回去有什么好结果?这世界上,谁是谁什么人呀。

但是,罗德娜心里没有产生任何理性的看法。她在邮政局长的屋子的四周,流着泪走来走去。也许,她心里有过一丝希望:大哥先生要是回来的话——受这个想法的束缚,她一直不愿远远地离开这儿。

唉,失聪的人心啊,谬误太难消除了!逻辑学的理性规则总是很晚才进入人的头脑。人可以不相信确凿的证据,伸出双臂抓住虚幻的希望,拼命抱在胸中,可末了有一天,那幻想切断所有的脉络,吸尽心里的血,逃之夭夭,这时心灵才翻然清醒,却又急于陷入第二个谬误之网。

一　夜

一

  小时候我和苏尔芭腊一起上学,做过新郎新娘拜天地成亲的游戏。每次到她家里去,她母亲对我特别热情,让我俩坐在一起,自言自语地说:"啊,真是天造地设的一对儿。"

  那时我很小,可这句话的意思还是懂的。于是,比起其他人,我拥有更多的支使苏尔芭腊的权力的想法,在我脑子里深深地扎下了根。饮了这种权力之酒,醉醺醺的,可并非不再管教她,不再跟她捣蛋。她也一向毫无怨言地执行我的各种指令,忍受我的处罚。村子里她的容貌受到大家的称赞,但在那些野孩子的眼里,她的娇美不值得骄傲——只有我深信,苏尔芭腊投生在她父亲家里,是为了承认我的主子地位。因此,她理应受到我过分的轻慢。

二

  我父亲是地主乔杜里的管家。他的心愿是:等到我能熟练地算账的时候,把管理地主庄园的本领传授给我,好让我在其他地方也谋到一个账房先生的职位。但我心里一百个不乐意。我们村的尼勒罗特那,只身跑到加尔各答,刻苦学习,当上了税收官的秘书,我也有他那样崇高的人生目标——即使当不上税收官的秘书,起码也得成为法院里的首席文书。我暗暗下了这样的决心。

  我经常看到,我父亲对法院里的当差极为敬重——我从小就知道,逢年过节,他用活鱼、时鲜蔬菜、金钱去孝敬那些人。所以,法院里地位低下

的工作人员,甚至那些送文件报纸的差役,也在我心殿获得极为尊贵的席位。他们是我们孟加拉地区受到祭拜的"神明",是三亿三千万印度人必须遵循的一条条新的"法律条款"。在牟取物质利益方面,人们对他们的信赖,远远超过财神迦纳斯。所以昔日迦纳斯享受的供品,如今全成了他们的盘中餐了。

在"尼勒罗特那"这个榜样的鼓舞下,有一天,我抓住一个难得的机会,也偷偷跑到加尔各答。最初住在本村一个同乡家里,之后从父亲那儿得到学业所需的一笔钱,按部就班地开始了我的正规学习。

此外,我加入了民间团体,我对"为祖国献身无上光荣"这种口号,深信不疑。但是如何实现这样的宏志大愿,却一无所知。在这方面,没有人为我树立光辉榜样。

但尽管如此,我们并不缺乏豪情。我们这些来自农村的憨厚孩子,还没有像城里老于世故的孩子那样,学会嘲讽一切事物。所以,我们的信念异常坚定。我们团体的头领经常慷慨激昂地发表演讲,我们这些普通成员则忍饥挨饿,中午头顶烈日,拿着募捐本挨家挨户地乞求布施。或站在路边,散发传单。每次开会,我们提前赶到会场,摆放一排排长凳、椅子。谁以头领的名义一声令下,我们立即摩拳擦掌,准备厮打。城里的青年目睹我们的所作所为,讥笑我们是孟加拉的乡巴佬。

我来加尔各答读书原本是为当秘书或文书,可如今却一门心思想成为马志尼①、加里波第②一类的伟人了。

恰恰就在这时,我父亲和苏尔芭腊的父亲商量后一致同意着手操办我和苏尔芭腊的婚事。

我十五岁逃到加尔各答的时候,苏尔芭腊才八岁。现在我十八岁了。我父亲认为,我正渐渐超过结婚的最佳年龄。可我在心里暗暗发誓:我要为国捐躯,终身不娶!——我写信给父亲,借口不完成学业,我不能结婚。

两三个月之后,我得到消息,苏尔芭腊嫁给了律师罗摩洛赞先生。当时我正忙于为"沉沦"的印度募捐,觉得这件事对我来说太微不足道了。

我考上大学,力争通过一等文科考试的时候,父亲去世了。我们家里,

---

① 马志尼(1805—1872)系意大利资产阶级革命家。
② 加里波第(1807—1882)系意大利民族解放运动领袖。

除了我,还有母亲和两个姐妹。所以我不得不辍学,离开学院,为找一份工作四处奔波。费了一番周折,终于在诺阿卡里地区一个小镇一所中学里当上了助理教师。

起初我庆幸我找到一份合适的工作,可以以自己的满腔热情和谆谆教诲,把一个个学生培养成印度未来的将领。

我开始了我的教学生涯。很快发现,比起为印度培养未来的人才,应付眼前的考试,更为紧迫。只要对学生讲一句与语法和代数无关的话,校长便大发雷霆。不到两个月,我的热情一落千丈。

像我们这种平庸之辈,身居斗室,做着五彩缤纷的美梦,末了进入实际工作领域,像一头黄牛颈上套着木轭,身后被拽着尾巴,低垂着头,忍气吞声,每日耕地,傍晚吃到一肚子草料,就感到心满意足,再没有蹦跳的劲头了。

校方为预防火灾,安排一名教师晚上在学校里值班。我是单身汉,这个责任理所当然地落到了我头上。晚上我睡在与八间教室相毗邻的一间屋子里。

这所学校坐落在离村庄较远的一个大池塘旁边。周围生长着郁郁葱葱的槟榔树、椰子树和酸果树。紧靠着校舍的墙壁,两株偎依着的高大的苦楝树,洒下大片绿荫。

三

有一件事,我以前从未跟人谈过,我一直认为这件事不值一提。当地政府的律师罗摩洛赞·罗易的寓所,离我们学校不太远。他的妻子——我童年的女友苏尔芭腊也住在那儿,这些情况,我已打听得清清楚楚。

我和罗摩洛赞交谈过一次。我不知道,他是否知道我童年时代与苏尔芭腊彼此非常熟悉。我有了新的身份,再谈那些旧事,我认为是不适宜的。况且,苏尔芭腊什么时候同我的生活有过怎样的瓜葛,在我的脑海已不能十分清晰地浮现出来。

有一天学校放假,我前往罗摩洛赞家里拜访他。记不清楚当时同他谈了什么事,好像是关于印度悲惨的现状。谈到现状,他并不特别忧愁,也不垂头丧气。当然,这个话题,是可以抽着烟,滔滔不绝地讲上一个半小时,

把它转变为时髦的悲愤的。

这时，我听到了隔壁房间里极其轻微的叮叮当当的手镯声、衣裙的窸窣声和很轻的脚步声。我敏锐地感受到，一双充满好奇的眼睛透过窗缝，正注视着我。

一霎间，我心镜里闪现一双秀目——一双水灵灵的大眼睛，透着信赖、淳朴和少女的纯情，眸子乌亮，睫毛浓黑，目光恬静而温和。我的心仿佛被人猛地用手狠狠地攥住，胸口感到一阵剧痛。

我回到住所，可那种剧痛有增无减。写字，看书，不管做什么，都不能卸却心头的重负；我的心仿佛骤然成为一块巨石，吊在胸中的血管上，不住地晃动。

傍晚时分，我略微平静下来，默默地问自己：我的心湖为什么起了狂澜？从我心中飘出答话：你儿时的苏尔芭腊在哪儿呀？

我自问自答："我是主动放弃她的。她能等我一辈子吗？"

谁仿佛在心里说："当年，只要你愿意，本可以娶她的。如今你撞破脑袋，也没有看她一眼的权力了。少年时代的苏尔芭腊不管和你多么亲近，你听见她的手镯声，闻到她发丝的香气，但两人中间矗立着一堵无法逾越的高墙。"

我违心地说："让那高墙矗立在那儿吧，苏尔芭腊算是我什么人呀。"

我听见了回话："苏尔芭腊如今与你非亲非故，但她难道不是可以成为你的人吗？"

这话说得对。苏尔芭腊本可以成为我的人，可以成为我最亲近的人，最贴心的人，成为分担我一切痛苦、分享我一切欢乐的伴侣——可现在她是那么遥远、那么生疏，不允许我去见她，和她说话是过失，思念她是罪孽。可在任何地方都无足轻重的罗摩洛赞，突然露面，念几句咒语，一瞬间像鹰隼似的，从整个世界和所有人跟前，把苏尔芭腊叼走了。

我并未在人类社会宣传新的道德规范，也无意摧毁现存的社会，无意砸碎世俗的牢笼。我只想抒发一下心中的真实情感。当然,我心中萌生的情感,并不全值得回味。苏尔芭腊生活在罗摩洛赞家的大墙后面,较之罗摩洛赞,苏尔芭腊更多的是属于我的——我难以从心里驱逐这个想法。我承认,这种想法极不正当,极其荒唐,但并非不合乎情理。

从那天起,我再也不能全神贯注地做任何事情。中午,学生在教室里哇啦哇啦地背书,外面烈日炎炎,稍热的一阵阵风,送来苦楝树的花香,这时我心中油然产生一个愿望——究竟是什么愿望,我不清楚——不过可以明确地说,我不想再纠正印度未来的这些"栋梁之才"的语法错误了。

四

学校放假了。独自待在空荡荡的房间里,我神不守舍。有时哪个绅士来造访,也让我感到厌烦。黄昏时分,听着池塘旁边槟榔树、椰子树烦人的飒飒声,我暗自思忖:人类社会是一张错综复杂的荒谬之网。没人想到要在适当的时候做恰当的事情,人们总是在不适当的时候怀着不恰当的愿望,坐立不宁。像你这样的人,本可以成为苏尔芭腊的丈夫,过幸福的生活,和她白头偕老,可你却想成为什么"加里波第",末了只当上一所乡村学校的助理教师。而律师罗摩洛赞·罗易他未必非要当苏尔芭腊的丈夫不可;直到结婚前一刻,苏尔芭腊或者另一个名叫帕波桑卡丽女子,对他来说完全一样,可他居然不假思索地娶了苏尔芭腊,当上政府部门的律师,享受一份丰厚的俸禄。婚后,哪天苏尔芭腊煮牛奶不小心,他闻到了焦味儿,就把妻子训斥一顿;哪天心情愉快,花钱为妻子打一件首饰。他大腹便便,穿一身印式制服,从无烦心的事儿。他从未坐在池塘畔,仰望夜空的繁星,长吁短叹地消度黄昏。

五

不久,罗摩洛赞为一件大案的当事人辩护,去别的地方待了一段日子。就像我独自一人住在学校,苏尔芭腊也孤零零的,守着空房。

记得那天是星期一。一大早,天空阴云密布,十点钟左右,淅淅沥沥下起了雨。校长见老天爷脸色不好,提前给学生放了假。一团团乌云,仿佛

在筹备盛大的庆典,整天在天空奔忙。第二天下午,狂风大作,下起了滂沱大雨。随着夜色降临,雨越下越大,狂风愈加肆虐。起初刮的是东风,慢慢地转为北风和东北风。

这天夜里,我辗转反侧,难以入睡。我忽然想起,这样恶劣的天气,苏尔芭腊一个人待在家里。我们的校舍,比她家的房屋坚固得多。我几次想去把她接到学校,自己则在池塘堤岸上过夜。然而,始终下不了决心。

夜里一点半钟左右,突然听见了涨潮的声音——海浪向我们这儿奔腾而来。我冲出房间,朝苏尔芭腊家跑去。刚刚到了池塘边,海水已淹没我的膝盖。当我爬上池塘堤岸时,第二个大浪涌了过来。池塘的一段堤岸大约有十二尺高。当我爬到堤岸上时,从对面也爬上来一个人。我的整个心灵,从头到脚的每个细胞,都知道那个人是谁。她也认出了我,对此,我毫不怀疑。

周围的一切泡在水里,只有五尺见方的这座"孤岛"上,站着我们两个生灵。

在毁灭万物之时,天上没有星光,世上所有的灯烛全熄灭了——那时男女交谈无伤风化——可两个人沉默无语,甚至彼此没有说一句问候的话。

两个人注望着黑暗,脚下黝黑、疯狂的死亡之流咆哮着奔腾。

今天,苏尔芭腊离开她的天地,走来站在我身旁。此时此刻,除了我,她没有亲人。那儿时的苏尔芭腊,从哪一世,从哪儿远古奥秘的黑暗中漂来,抵达阳光灿烂、月光明媚、人口稠密的世界,紧挨着我的身子;多少日子后的今天,她离开人口众多的灿烂世界,在令人恐惧、杳无人迹的毁灭的黑暗中,独自又来到我身边。生命之河把她这朵娇嫩的花蕾送到我身旁,而死亡之河又把她这朵绽放的鲜花为我送来了,只有一排海浪扑来,在这世界一隅,我们两人就能从分离的花托上凋落,融为一体。

可我在心中祈祷:海浪不要扑来!让苏尔芭腊和她的丈夫、孩子、家庭、亲人一起永远过幸福富裕的生活吧!这一夜,我伫立在毁灭之岸,已品尝到了无穷欢乐。

夜将尽——风暴停息了,海水退了——苏尔芭腊一句话没说回家去了。我也没有说话,回到学校。

我在心里说,我没有当上秘书,没有当上文书,也没有成为"加里波第",我是一所破败学校的助理教师,在我凡世的生活中,片刻之间,出现了一个永恒之夜——我一生的日日夜夜中,只有那一夜,体现我卑微人生唯一的巨大成功。

塔 利 雅

楔 子

战败的国王苏查害怕被欧朗吉卜的军队歼灭，匆匆逃离德里，投奔了阿拉坎国王。跟随他的三个公主，个个如花似玉。阿拉坎国王向他提亲，要他把三个公主嫁给自己的三个儿子。国王苏查对此很不满意，婉言拒绝。阿拉坎国王恼羞成怒，有一天命人把国王苏查骗到一条船上，企图在船行至河中央时，将船沉没。在危急关头，国王苏查镇定地将小公主阿米娜扔进河里。大公主自杀身亡。苏查的忠臣罗赫摩德·阿里保护着二公主朱丽卡，凫水脱离险境。国王苏查奋力反抗，终因寡不敌众，惨遭杀害。

阿米娜在急流中漂浮，不久幸运地被一位渔夫用渔网救起。好心的渔夫收养了她，她在渔夫家里渐渐长大成人。

这期间，衰老的阿拉坎国王驾崩，年轻的王子登基继承王位。

第 一 章

一天上午，老渔夫用嗔怪的口气对阿米娜说："蒂妮!"蒂妮是老渔夫用阿拉坎语为她起的新名字。"蒂妮呀，今天上午你怎么啦？瞧你心神不定的样子，啥事都不做。我新买的网还没有上胶，我那条船……"

阿米娜起身走到老渔夫身边，娇声娇气地说："大爷，今天我姐来了，让我歇一天嘛。"

"啊，谁是你姐，蒂妮？"

"我。"朱丽卡不知从哪儿冒了出来。

老渔夫大吃一惊,他走到朱丽卡跟前,仔仔细细地端详她的面孔。

他突然问道:"渔家的活儿,你干得了吗?"

阿米娜赶紧说:"大爷,你要我姐干的活儿,由我干。我姐不是来干粗活儿的。"

老人想一想又问:"你住在哪儿?"

"和阿米娜住在一起。"朱丽卡毫不犹豫地说。

老渔夫心想,朱丽卡一来,他的负担更重了,便有些不快地问:"你吃饭怎么办呢?"

"有办法解决!"朱丽卡说着鄙夷地把一块金币扔到老渔夫的脚前。

阿米娜俯身拾起金币,塞到老人手中,柔声细语地说:"好了,大爷,别啰唆了,干你的活儿去吧,天不早了。"

朱丽卡如何乔装打扮,四处寻找,最后如何打听到阿米娜的下落,如何来到老渔夫的茅屋里,细细说来,可以写成另一篇小说。她的救命恩人罗赫摩德·阿里如今改名为罗赫摩德·塞克,在阿拉坎朝廷里任职。

第 二 章

老渔夫的茅屋前,一条小河潺潺流淌。初夏的早晨,凉风习习,卡伊洛树上盛开的鲜红花朵,纷纷扬扬地飘落。

朱丽卡坐在树底下,对阿米娜说:"上苍从死神手中救了我们姐妹俩,是为了让我们报杀父之仇。除此之外,我想不出还有别的理由。"

阿米娜凝望着河对岸最远处苍翠的一片树林,慢吞吞地说:"大姐,别再想过去的那些事了,我非常喜欢这幽静的地方。男人们想死,让他们互相残杀丧命好了,我在这儿没有一点儿烦恼。"

"呸!呸!"朱丽卡火了,"阿米娜,你是王室的公主!阿拉坎的茅屋,岂可与德里的宫殿同日而语!"

阿米娜微微一笑:"大姐,比起德里的御座,大爷的这间茅屋和卡伊洛树的绿荫,如果更让一个少女喜欢,德里的御座决不会掉一滴眼泪。"

朱丽卡好像是自言自语,又好像是对阿米娜说:"是啊,这不能怪你。当时你很小。父亲最疼爱你,才亲手把你扔进水里。你千万不要以为,你现在的生活比父亲赐予的自尽更加宝贵。不过,倘若你能为父报仇,你一

生才活得有意义。"

阿米娜默不作声望着远处的景色,但从她的表情可以看出,朱丽卡的劝说没有起任何作用,茅屋外的和风和树荫,她初萌的青春,以及一种愉快的回忆,使她沉浸于美好的憧憬之中。

半晌,她长叹一声,说道:"大姐,你在这儿再坐一会儿,我还有不少家务活儿要做,我不赶快生火做饭,大爷回来就吃上不饭了。"

第 三 章

朱丽卡默默地坐在树下,想到阿米娜目前的精神状态,感到十分沮丧。这时,突然响起"咚"的一声,一个人从后面伸手捂住朱丽卡的双眼。

"谁?"朱丽卡惊叫一声。

听见她的声音,一个小伙子立刻松开手,走到她面前站住,打量着她面孔,脸上毫无歉意地说:"唷,你不是蒂妮。"他说话的语气让人觉得,朱丽卡仿佛一直冒用"蒂妮"这个名字,只有他不同凡响的洞察力,才戳穿了她惯用的一切伎俩。

朱丽卡整理一下衣裙,傲慢地站起来,两眼射出怒火之箭,厉声问道:"你是谁?"

"你肯定不认识我。"小伙子说,"蒂妮认识我,她在哪儿?"

蒂妮隐隐约约听见朱丽卡跟谁争吵,走出屋子,看到朱丽卡怒气冲冲的样子和年轻人惊愕、尴尬的神情,不禁大声笑了起来。

"大姐,你别介意他胡说八道。"阿米娜赶紧打圆场,"他哪是人呀,是一头野鹿,要是他冒犯了你,由我来教训他。——塔利雅,你刚才干了什么?"

"我捂了她的眼睛。"年轻人如实回答,"我以为她是蒂妮,可她不是。"

阿米娜忽然怒不可遏地说:"你给我滚!小人,你胡诌!你什么时候捂过蒂妮的眼睛?你吃了豹子胆了!"

年轻人争辩道:"捂眼睛不需要太大的勇气,尤其是有了这种习惯的话。不过,说真话,蒂妮,我今天确实有点害怕。"

说罢,他偷偷地指指朱丽卡,瞅着阿米娜的脸无声地笑了。

"不,你太粗野了。"阿米娜责怪道,"你不配站在公主面前。看来有必要教你礼仪,瞪大眼睛看着,要这样施礼!"

说着,阿米娜稍稍弯下她那洋溢着青春活力的藤蔓般的柔软腰肢,以极其优雅洒脱的姿势,向朱丽卡行礼。年轻人机械而生硬地模仿了一遍。

阿米娜一面教一面说:"像我这样,后退三步。"

年轻人学着往后退。

"再次行礼。"

年轻人又向朱丽卡施礼。

阿米娜指挥年轻人一边施礼一边后退,一直退到茅屋门口。

"进屋。"阿米娜下令。

年轻人顺从地进了屋子。

阿米娜从外面锁上门,吩咐道:"老老实实帮我做些家务活儿,先把火生起来。"

阿米娜走到姐姐身边坐下,说:"大姐,你别生气,这里的人都不懂礼貌,惹得人骨头里冒火。"

然而,阿米娜脸上的表情和举止,未显露丝毫的厌恶。相反,在许多方面,可以看出,她在袒护当地人的粗俗。

朱丽卡流露出有节制的气愤,说:"老实说,阿米娜,我对你的宽容感到吃惊,外面的一个野小子,胆大包天,竟敢碰你高贵的身体!"

阿米娜以赞同的口气说:"瞧着吧,大姐,假如哪个皇帝或藩王的儿子也这样粗野无礼,我一定羞辱他一番,把他赶走。"

朱丽卡再也按捺不住心中发笑的欲望,她笑吟吟地说:"你给我讲心里话,阿米娜,你说你喜欢这个地方,是不是因为那个野小子的缘故?"

"说真话,大姐,"阿米娜坦率地承认,"他帮了我许多忙,他帮我摘水果,送来鲜花和野味,不管要他做什么事,他总是招之即来。好几回心里想

教训教训他，但均告失败。有一回，我故意圆睁着双眼吓唬他：'塔利雅，我对你很不满意。'——他目不转睛地看着我，表情十分滑稽地、无声地冲我笑笑。也许，当地人就是这样幽默。你揍他两拳头，他反倒特别开心，我真的这样试过。你看，我把他关在屋里——他高兴得很。一开门可以看到，他的脸和眼睛通红，喜滋滋地在吹火哩。大姐，你说我拿他怎么办？我简直束手无策。"

"让我来给他一点厉害看看。"朱丽卡说。

阿米娜笑着恳求："求你了，大姐，你不要去训斥他。"

她恳求的语调让人觉到，这小伙子仿佛是阿米娜最喜欢的一头驯养的麋鹿，它的野性尚未全部消除。她担心它看见生人，会吓得逃之夭夭。

这当儿，老渔夫回来了，开口就问："今天塔利雅还没有来，蒂妮？"

"来了。"

"在哪儿？"

"他在这儿捣乱，我把他关在屋里了。"

老人有些忧虑说："他要是惹你生气，你也得忍着点儿。每个人年轻的时候，都难免有些任性，不要过分地教训人家。昨天塔利雅用一块金币买了我三条鱼。"

"大爷，你别发愁。"阿米娜安慰老头儿，"今天我跟他要两块金币，你一条鱼也不用给他。"

老人见他的养女小小年纪竟如此聪慧、如此懂事，心里颇感欣慰，慈爱地摸摸她的头，便走开了。

第 四 章

令人奇怪的是，朱丽卡渐渐不再反对塔利雅自由出入渔夫的家了。其实细细一想，这也不足为怪。因为，如同一条河既有湍流又有河岸一样，女人心里既有激情，又有怕人议论的羞耻感。可是在远离文明社会的阿拉坎的偏僻之地，谁会对她评头论足，让她感到害羞哩！

这儿只有不同季节绽放不同鲜花的树木；茅屋前流淌的尼拉河，雨季河水满盈，秋季清澈透明，夏季变得纤瘦；鸟儿欢快的歌鸣中，没有一丝抨击的味道；南风不时从对岸的村庄携来人类生活之轮的声响，但从未带来

人们交头接耳的议论。

如同在倒塌的楼房的废墟上,渐渐生长出树木一样,在这儿住了一些日子,在大自然隐秘的侵袭下,人们建造的习俗的坚固壁垒,不知不觉地塌毁,与周围的自然景色融为一体了。朱丽卡窥见了塔利雅和阿米娜这对情投意合的恋人幽会的情景,觉得世界上没有什么比它更美。对她来说,没有什么比这更神秘、更幸福,具有如此深不可测的奇妙。于是,在这简陋的茅屋里那幽寂的贫困的阴影中,朱丽卡出身王室的孤傲和高贵身份,不知不觉地消隐了。当她目睹缀满花朵的卡伊洛树底下,阿米娜和塔利雅幽会的动人一幕,心里便感到无比欣喜。

也许,朱丽卡年轻的心里,也萌发了未曾满足的欲望,使她处于苦乐交织的躁动之中。最后,竟发展到这种地步:哪天塔利雅来得稍晚一些,不独阿米娜烦躁不安,朱丽卡也急不可待地翘首遥望。当阿米娜和塔利雅走到一起,朱丽卡便含笑注视着他们,如同一位画家从稍远的地方欣赏自己刚刚完成的作品。有时姐妹俩发生口角,朱丽卡装作生气,申斥阿米娜,把她关进屋里,有效地遏制小伙子会见情人的激情。

皇帝和大森林有相同之处。两者是独立的,都是各自领地的最高统治者,两者都无需遵从他人的旨意。两者均具有大自然那样的天然的博大和质朴。处于两者之间的那些人,日夜严格按照有关习俗的典籍里的说教,消度时日,他们属于另外一种人。在高贵者面前,他们是奴仆,而在贫贱者面前,他们是老爷;在陌生的地方,他们茫然失措,不知道如何履行自己的责任。

塔利雅是自然女皇的儿子,野性十足,桀骜不驯,在两位公主面前从不胆怯,两位公主也认为他可以与她俩平起平坐。塔利雅心地淳朴,富于好奇心,总是面带笑容,在任何情况下都无所畏惧,他豪爽的性格上没有贫穷的印记。

经历着这一场场人生游戏,朱丽卡心里一次次发出悲叹:唉,这难道是她这位公主的人生归宿?

有一天清晨,塔利雅刚到,朱丽卡就握着他的手说:"塔利雅,你能把这儿的国王指给我看吗?"

"可以,能说说要见他的原因吗?"

"我要把一把匕首刺进他的胸膛。"

塔利雅一听略感惊讶,看着朱丽卡凶狠的表情,脸上却露出笑容,仿佛在这之前从未听过如此有趣的一个故事似的。或许她是在开玩笑,这很符合公主的脾性。不绕圈子,开门见山,一张口就说要把一把匕首的一半,插进一个活生生的国王的胸膛。在一种异常亲密的氛围中,遇刺的国王霎时间是多么惊骇,那样的场景在他脑际浮现出来,他融和着惊异的无声笑意,渐渐变成了哈哈大笑。

第 五 章

次日,罗赫摩德·塞克派人送给朱丽卡一封密信,信中说:"阿拉坎的新国王在老渔夫的茅屋发现了她们两姐妹的下落。他微服巡访,见到阿米娜,为她的姿色所倾倒——他决意娶阿米娜,不久就要把阿米娜接进宫去。这是千载难逢的复仇机会。"

朱丽卡读完信,紧紧握住阿米娜的手,说:"这显然是天意,阿米娜,履行你今生的责任的时候到了——再沉湎于幽会的游戏,就太不像话了。"

塔利雅就在旁边,阿米娜看了一眼他的脸,发现他面带好奇的微笑。

见他发笑,阿米娜伤感地说:"你知道吗,塔利雅?——我快要成为王后了。"

塔利雅含笑说道:"那一天不远啦。"

阿米娜心里惊讶而难过地想:"他确实是一只野鹿,我像对人一样对待他,简直是疯了。"

为了稍稍提醒他关注行刺的后果,她又说:"杀了国王,我哪能回来呀。"

塔利雅觉得她言之有理:"恐怕是回不来了。"

阿米娜心里一阵酸楚。

她转脸瞅着朱丽卡,叹了口气说:"大姐,我已做好准备。"

怀着被伤害的心,她扭头望着塔利雅,开玩笑似的说:"当了王后,我首先以参与谋杀国王的阴谋的罪名,对你严加惩处。之后,做我应该做的事情。"

塔利雅听了,觉得很有趣,似乎阿米娜的这番话成为现实,其中蕴涵着他无穷的欢乐。

第 六 章

骑兵、步兵、旗帜、大象、乐器,在阳光下交相辉映,几乎要挤破渔夫的大门。从王宫抬来了两顶镶金嵌银的轿子。

阿米娜从朱丽卡手中接过一把匕首,久久地瞧着匕首柄上的象牙雕饰。她撩起衣襟,在自己的胸脯上轻轻试一下刀锋。她把匕首触了一下"生命之花"的花托,接着插进刀鞘,藏在贴身内衣里。

踏上死亡之旅之前,阿米娜多想再见塔利雅一面啊。但从昨天起,他消失得无影无踪。难道塔利雅的微笑中隐藏着怨恨的烈火!

上轿之前,阿米娜泪眼朦胧,深情地望着她童年时代的避难所——屋前的树木,流淌的小河。

她拉着渔夫的手,哽咽着用颤抖的声音说:"大爷,我走了。蒂妮一走,谁替你做家务活啊。"

老头儿像孩子似的号啕大哭。

"大爷,"阿米娜说,"如果塔利雅来这儿,把这个戒指交给他,就说蒂妮临走时留给他的。"

说罢,她几步跨进花轿。抬着花轿,迎亲队浩浩荡荡往京城进发。

阿米娜熟悉的茅屋、河岸、卡伊洛树底下的凉荫,变得沉寂而凄凉。

两顶轿子准时经过宫门,进入寝宫。两姐妹表情凝重地下了轿。

阿米娜的脸上没有笑容,眼角没有泪痕。朱丽卡脸色苍白。在报仇的行动还很遥远的时候,她是那么急不可待——可此时,她怀着一颗怦怦跳动的心,激动而爱怜地搂着阿米娜。她暗自悲伤地思忖:"我从爱情的花托上摘下这朵盛开的花朵,将被抛进血河中啊。"

然而,没有再胡思乱想的时间了。姐妹俩由宫女们引领,在千百盏红灯的目光注视下,像梦游似的往前走,最后到了洞房门口,阿米娜停了片刻,喊了一声:"大姐!"

朱丽卡紧紧拥抱妹妹,吻她的脸。

俩人缓步走进洞房。

身穿华服的国王坐在铺着绸垫的绣榻上,阿米娜迟疑地站在离门不远的地方。

朱丽卡走到国王的跟前,看见国王得意而无声地笑着。

朱丽卡突然大叫一声:"你是塔利雅!"——阿米娜闻声晕倒在地。

塔利雅站起身,把她像受伤的鸟儿似的抱在怀里,放在绣榻上。阿米娜醒了过来,从怀里拔出匕首,不知所措地望着朱丽卡。朱丽卡怔怔地盯着塔利雅的面孔。塔利雅默不作声,含笑看着姐妹俩——匕首也从刀鞘露出一点儿脸,目睹这精彩的一幕,闪闪发光地笑了。

哈尔达尔家族

富甲一方的哈尔达尔家族中没有一个不守本分的人,按说没有理由出什么乱子,但偏偏却出了。

原因是什么呢?假如人的所作所为均合乎规范,那么一个村庄就像一本账本,只要小心谨慎,就不会出现任何差错。即便出了,用块橡皮擦一擦就纠正了。

然而,人的命运之神富有艺术情趣。数学方面他是否有造诣,无从知晓,不过爱好肯定没有;他从不把注意力放在探寻人生加减的正确结果之上,他在他的章法之中加进的一样东西,是"悖违情理"。可能发生的事儿,被他突然砸碎。于是,其中的戏剧表演显得格外精彩,啼笑的风暴掠过人世之河的两岸。

这类似于自然界发生的事儿——一只疯象冲进荷塘,把荷花和烂泥踩得一塌糊涂;若不是这样,就不会有这篇小说了。

我笔下这个家庭中最有才华的人,无疑是波努亚利拉尔。他认为自己出类拔萃,这种想法使他终日不得安生。才能如同引擎中的热气体,从里往外挤;前面找到通道,是件好事;找不到,必定冲撞遇到的障碍物。

他父亲穆努哈尔拉尔有一副老一代达官贵人的派头。他的凤愿是,爬到他所在社会的头顶上,成为社会之头的装饰性标志。所以,他与社会的手脚没有任何关系。普通人四处奔波,要干活儿,而他总想方设法置身于享乐之中。

经常可以看到,有一种人不费吹灰之力,能像吸铁石那样至少把一两个壮实、正派的人吸引到自己身边。原因不是别的,是世界上有一群人生来只会侍奉别人。为了使自己的天性得到张扬,那些人渴望遇到的庸才能将自己的职责全交给他们。这些老实的侍奉者,在自己行当中得不到幸福,但以满腔热情让另一个人无忧无虑,过得舒舒服服,规避各种风险,在

社会中的名望节节攀升。他们仿佛是男性母亲,不过照看的不是自己的孩子,而是别人的孩子。

穆努哈尔拉尔的仆人名叫罗姆贾朗,他保持或甘愿损害自己身体健康的唯一目的是,让主人永远健康。如果只要他呼吸了,主人就不必呼吸,那他乐意像铁匠的风箱那样,日夜呼哧呼哧地喘气。外面有人猜测,也许穆努哈尔拉尔逼仆人每天干得极度疲累,对他们百般折磨。比如说,抽水烟的管子从他手里掉到地上,捡起来不是件难事儿,可他大叫大喊,非要罗姆贾朗从另一间屋子跑过来捡不可,这使人觉得太过分了。可罗姆贾朗把这一大堆本可不做的事儿,当作自己应做的事儿去做,并从中品味到巨大快乐。

穆努哈尔拉尔的管家尼尔甘特,脾性跟罗姆贾朗差不多,负责掌管家产。得到主人的恩宠,罗姆贾朗身体结壮,红光满面,但尼尔甘特骨瘦如柴,仿佛骨架上没有一点儿肉,在主人的财富之宫门口站岗,好像影子似的乞丐。家产是穆努哈尔拉尔的,可对家产的珍爱,全部属于尼尔甘特。

多年来,波努亚利拉尔与尼尔甘特之间存在隔阂,两人时常发生口角。比方说,波努亚利①对父亲说要为媳妇打一件新首饰,希望父亲依允。他想把钱取出来,自己去订做,却未能如愿。账目上一笔笔钱,都由尼尔甘特经手。结果是,首饰有了,可双方均不满意。波努亚利断定,尼尔甘特从金匠那儿捞到了好处。办事过于严厉的人,往往树敌不少。波努亚利从好多人口中听说,尼尔甘特越是削减别人该花的钱,他家攒的财物就越多。

其实,双方日积月累的怨恨,起因不过是几块钱而已。尼尔甘特对主人的家产极为上心,当然他不难明白的是,他不与波努亚利和睦相处,早晚要倒大霉。尽管如此,主人财富的四周时刻吹拂着他的吝啬之风。凡是他认为不合理的,哪怕主人发话,也绝不同意支出。

波努亚利时常有些超常规开销。男人许多不当之举的原委,在这个家里强劲地生存着。关于他妻子吉兰蕾卡的美姿,众说纷纭,在此无需赘述。其中波努亚利的个人看法,是唯一正确的。可家里其他女人觉得他对妻子爱恋的程度,被夸大了。换句话说,那不过就是她们期望从丈夫们那儿获得却未获得的那点爱恋罢了。

---

① 波努亚利拉尔的简称。

不管吉兰蕾卡的年纪到底有多大,瞧一眼她的模样总觉得她还是个女孩。她绝对没有大媳妇应有的家庭主妇的神态和气质。总之,她太小了。

波努亚利亲昵地叫她"分子",后来觉得不过瘾,索性就叫她"原子"。但通晓化学理论的专家知道,在世界的化学反应中,分子、原子的能量并非特小啊。

吉兰[①]从不在丈夫面前撒娇。她的表情如此冷漠,似乎没有任何特殊需要。家里有好几个小姑子、妯娌,吉兰的心思全花她们身上。她好像并不感到要在初萌的春情中进行无声的追求。所以,她和波努亚利相处,并未显现特别热情的迹象。她平静地收下波努亚利递过来的物品,从不提出更多要求。结果是,波努亚利得动脑筋如何使妻子开心。妻子张口要这要那,同他争论,减少一些是可行的,但他自己哪能同自己讨价还价哩!在这种情形下,多余的礼品的费用,比必不可少的礼品的费用,势必高出许多。

另外,他不清楚吉兰收下体现他宠爱的礼物,究竟高兴到什么程度。问她吧,她就说:"好,挺棒的。"可这话消除不了他心底的疑惑。他老觉得,也许她并不喜欢。这时,吉兰用略微责怪的口气说:"你啊,就是这脾性!干吗唠唠叨叨?干吗呀?这不挺好的嘛。"

波努亚利读了许多书,晓得知足是人的一种优秀品质。可妻子这种美德使他感到苦恼。妻子不仅使他满足,而且使他感动,他也想让妻子感动。妻子从不多动脑筋,她的青春柔情自行绽放,服侍的娴熟自行显现。但男人不易得到这样的机会,展现男人的大丈夫气概,必须做实事。无从证明

---

① 吉兰蕾卡的简称。

特殊才能,男人的爱就会黯然失色。他不拥有别的手段,可财富是一种才能的标记。在女人面前,展示像孔雀彩屏般的财富的光彩,他心中感到欣慰。不料,尼尔甘特一次次打击他筹划的爱情之戏,波努亚利是这家的大少爷,可手中无权。尼尔甘特虽是仆人,但由老当家撑腰,对他发号施令,这对波努亚利造成不便和羞辱,表明他不能像爱神那样在箭壶里插进称心的五支神箭。

他想,他早晚将拥有这份家产的控制权。但青春不会永驻!到了老的一天,春天的彩杯不会自行充满琼浆玉液!当钱成为守财奴的钱,在铁桶里储存起来,像山峰上的坚冰,那么,就不能张口一句话,无所顾忌的挥霍之波便汹涌澎湃起来。当下,他最需要的是钱!在寻欢作乐中,他大把花钱的习性尚未消退!

波努亚利有三大嗜好——摔跤、狩猎和研究梵文。他的笔记本上充斥艰涩的梵语诗句。在阴雨绵绵的日子,在皎洁的月夜,在温煦的南风中,这些诗句能派上大用场。他为之得意的是,尼尔甘特削减不了这些诗歌的华丽辞藻。诗中的夸张,夸张得不着边际,账房也不会对它质疑。吉兰的金耳环显得小气,可在她的耳畔回响的用曼达格兰塔格律写的梵文诗句,不会被强行减少一个音节,抒发的情感不会被克扣。

波努亚利有摔跤手的高大身材,他一发怒,吓得人浑身打战。可这个年轻人的心地极其温善,他弟弟班西很小的时候,是由他以母爱帮着养大的。他心中仿佛充满培养他人的渴望。

他对妻子的爱中,也融合着这种成分,即培养他人的热望。吉兰蕾卡纤小得如同树荫里迷路的一束柔光,正因为纤小,她在丈夫的心里唤起了炽热的爱怜。他急切地要用服饰以各种方式装扮她,欣赏她。这不是享受的快乐,而是创造的快乐,是变"单一"为"繁丽"的快乐,是以缤纷色彩、各种华服装扮她,从多个角度观赏她的快乐。

然而,光朗诵梵文诗歌,波努亚利实现不了自己的夙愿,也不能彰显男子汉大丈夫的气派。此外,以各种元素把爱情变得更加富丽的心愿,也只能是个泡影。

于是,一般人梦寐以求的这位富翁儿子的地位、他的娇美妻子、他充沛的青春活力,有一天在这个家庭中酿成了乱子。

苏吉达是穆努哈尔的佃户穆杜的妻子。一天，她进入内宅，抱着吉兰蕾卡的脚，失声痛哭。

事情是这样的：几年前，在准备渔具撒网捕鱼的季节，渔民们和往年一样，写了借条，一起向穆努哈尔借了一千卢比。捕到的鱼多的话，连本带息还钱不成问题；所以他们借利息高的钱，丝毫不担忧。不料那年捕到的鱼不多。也许是老天作怪，一连三年，那条河的转弯处回游来的鱼太少，渔民不仅挣的钱不够花，还坠入了债务之网。居无定所的外乡渔民一看情况不妙，一个个溜之大吉，没了人影。但穆杜基波德是本地佃户，没法逃走，所以债务全落在了他的头上。为了免遭灭顶之灾，他只好向吉兰求助。大家知道，求吉兰的婆婆说情一向是白费口水。穆杜在梦中也不敢想谁能够在尼尔甘特奉行的章程上划下一条浅痕。可得知波努亚利与尼尔甘特积怨很深，就派妻子来向吉兰求情。

吉兰知道，不管波努亚利多么愤怒，大发雷霆，也无权干预尼尔甘特的财务。因此，她一次次对苏吉达讲明难处："穆家媳妇，我们无能为力呀！你知道，我们是插不上手的。老当家还在嘛，回去告诉穆杜，去求求他吧！"

其实以前也有人求过穆努哈尔。可不管什么人向他告状，他总把裁决的任务交给尼尔甘特，无一例外。因而，告状的人处境就更困难。谁第二次对他提出诉求，他立马火冒三丈，心里思忖：如果老让他品尝世俗琐事带来的烦恼，他岂能安享财产带来的欢乐！

苏吉达在吉兰跟前哭哭啼啼的时候，波努亚利在旁边的屋子里用油布擦枪管，她们说的话全听见了。吉兰一次次唉声叹气地说，她实在是心有余而力不足，这像一把匕首刺进了他的胸脯。

那天是玛克月十五日。黄昏时分，一阵狂风突然荡涤了白天的沉闷气氛。杜鹃在急切地啼叫，试图以不息的鸣唱驱散不知何处的冷漠情绪。空中仿佛举行芳菲的盛会，各种花香摩肩接踵。窗户旁边内宅花园里飘来的一缕缕金色花的浓郁芳香，把醉意撒遍春天的天空。这天吉兰穿一条大红纱丽，发髻绕一条茉莉花串。按照夫妻多年的习惯，也为波努亚利准备了适宜消度帕尔衮月之夜的一条红披肩和茉莉花环。

夜晚第一个时辰消逝了，仍不见波努亚利的人影。斟满青春之酒的玉觞，今日提不起他的胃口。唉，他怎能郁闷地步入爱的天堂！他没有消除穆杜的悲苦的能力，那能力握在尼尔甘特的手中！此时，别人居然还编了

要挂在他这个懦夫脖子上的花环!

他先是把尼尔甘特叫到外面的屋子里,告诫他不得以欠债为由伤害穆杜。

尼尔甘特极力辩解,说这样宽容穆杜,快到期的贷款就全收不回来了。其他人也会以同样的借口不还钱。波努亚利说不过他,愤愤地骂他是个冷酷的小人。

可尼尔甘特不急不恼地说:"不是小人,怎么会投靠大人物呢?"

波努亚利骂他是小偷。

他无动于衷地说:"是啊,得不到老天爷馈赠的人嘛,只得靠别人钱财活命。"

尼尔甘特头顶着一通臭骂末了说:"律师在账房里坐着哩,我得去和他商量打官司,需要我的话,一会儿再叫我。"

波努亚利想拉上弟弟班西去见父亲。他深知一个人去见父亲,是达不到目的的。此前他告尼尔甘特的状,和父亲发生争执。父亲对他很恼火。早先大家以为,穆努哈尔拉尔最爱大儿子,可如今发觉,他宠爱的是小儿子班西。所以,波努亚利要把班西拉到原告的行列中来。

班西是人们所说的那种极本分的好孩子。这个大家族中,只有他通过了两门学科的考试。目前正在复习,不久要参加法学考试。他没日没夜地苦读,肚子里是否已储存了一些墨水,只有心灵之神知晓。但从身体的角度分析,除了消耗,没有别的。

帕尔衮月之夜,他的房间门窗关闭。他特怕换季的一段时间,对外面的风没有一丝敬意。他桌上亮着一盏煤油灯,有些书放在桌子上,有些书堆在桌子旁边的地板上。壁龛里放着不少药瓶。

他死活不答应为波努亚利帮腔。波努亚利气得冲他叫嚷:"你是怕尼尔甘特!"

班西没有反驳,默不作声。事实上他一向讨好尼尔甘特。他一年大部分时间住在加尔各答一幢房子里,需要的钱,比拨给他的份额多得多。因而,讨尼尔甘特的欢心已成为他的习惯。

波努亚利大骂班西是胆小鬼、尼尔甘特的马屁精之后,独自去见父亲。

穆努哈尔拉尔坐在花园里池塘的石阶旁,伸展着肥硕的身子,沐浴于清风,心舒神爽。几个门客坐在他身边,添油加醋,把加尔各答来的一个律师在县法庭上,以连珠炮似的提问,把邻村的地主奥吉尔·马宗达问得目瞪口呆的经过,说得饶有兴味。融入了春夜的芳香气息,这个故事,他觉得实在是太生动、太精彩了。

波努亚利的突然来临,坏了父亲的兴致。波努亚利的焦灼情绪使他静不下心来首先问安,接着有条不紊地陈述自己的观点。他扯高嗓门,开门见山,指责尼尔甘特做的坏事损害了他家的利益。他是个小偷,扣下主人的钱,喂饱自己。可他拿不出一条证据。说的话并不符合事实。尼尔甘特帮他家敛积财产,可并未大肆偷窃。波努亚利以为,老父亲坚信尼尔甘特的纯洁品格,才这样闭着眼睛在理财上完全信赖他。其实这是儿子的误解。老地主心里清楚,尼尔甘特有机会必然小偷小摸。但正因为如此,他对尼尔甘特并未产生反感。因为,这是时下的社会风气。让下人偷吃些许残羹剩饭,乡绅大户才能兴旺发达。靠正道之子坚战①,是管不好这份家产的。

"得了,得了,尼尔甘特干什么不干什么,用不着你操心。"穆努哈尔拉尔厌烦地说,"你看班西他从不招惹是非,一心一意读书,这孩子日后肯定是个人才。"

谈话结束,地主奥吉尔·马宗达在法庭上张皇无措的故事,再也勾不起穆努哈尔的兴趣。对他来说,那天的春风枉然吹拂,月光不合时宜地在池水上熠熠闪耀。这天的黄昏时光,只有班西和尼尔甘特不曾虚度。班西关上窗户,读书读到深夜。尼尔甘特和律师密谋,直到半夜。

吉兰熄了灯,坐在窗口。今天她早早地做完家务,未吃晚饭,波努亚利还没回来,她一直在等他。穆杜家的困苦,她不再想了。丈夫无力救助穆杜,她也不抱怨。她素无打听丈夫的特殊才能的兴致。家庭的荣耀就是丈夫的荣耀。丈夫是公公的长子,她从未想过还有什么比这更重要。她只知道,哈尔达尔家族是古萨伊甘杰镇的名门望族!

波努亚利在外面走廊里踱步,直到深夜才回到屋里。他忘了自己还没吃饭。吉兰不吃不喝坐着等他,他大为感动。他觉得自己如此无能,吉兰这样甘愿受苦是不值得的。他吃饭如同嚼蜡,一口也咽不下去,忽然非常冲动地对妻子说:"我无论如何要保护穆杜。"

---

① 坚战是印度史诗《摩诃婆罗多》中般度五子中的长子,以信守道义而闻名。

吉兰见他这么爱管闲事,大为惊异:"听我一句话吧,你救不了他的。"

波努亚利打算为穆杜还债,可手中没有积蓄。他有三管猎枪,决定卖掉其中一管和一枚钻石戒指,筹足款项。但在乡下卖不出好价钱,降价出售,会引起周围的人议论纷纷。波努亚利只得找个借口,去了加尔各答。临走时把穆杜找去,叮嘱他不要着急。

得知穆杜求波努亚利帮忙,尼尔甘特火冒三丈。在他的指使下,家丁们凶神恶煞似的进村恫吓渔民,吓得他们低眉垂首,不敢抬头看人。

波努亚利从加尔各答回来的那天,穆杜的儿子索鲁波气喘吁吁跑来,搂着他的脚,号啕大哭。

"怎么啦,出了什么事?"波努亚利忙问。

索鲁波告诉他,昨天夜里,尼尔甘特派人把他父亲抓走,关在庄园里。

波努亚利气得浑身发抖,说:"你快去警察所报案!"

天哪!去警察所报案!控告尼尔甘特!索鲁波的脚抬不起来了,不过,在波努亚利的一再鼓励下,最后还是去了。

不久,警察突然冲进庄园,解开捆绑穆杜的绳索,把他释放。接着逮捕了尼尔甘特和几个家丁,押送到县政府。穆努哈尔闻讯慌了手脚。

警察和审理此案的法官串通一气,瓜分接受的贿款。好在穆努哈尔从加尔各答请来的一个年轻律师,刚从大学毕业,账本上记在他名下的支出,并未全部进入他的口袋!

原告穆杜聘请了一位著名律师,在县法院为他辩护。他的酬金是谁支付的,无人知道。

最终,尼尔甘特被判处六个月有期徒刑。他按时上诉,高等法院驳回他的改判要求,维持原判。

波努亚利的猎枪和戒指以合适的价格出售,所得的钱总算没有白花。

穆杜得救了,而尼尔甘特被关进大牢。

然而,这场风波之后,穆杜还能待在故乡吗?

"你别怕,放心住下去。"波努亚利宽他的心。他凭什么宽慰穆杜,只有他自己知道。大概凭高傲的大丈夫气概吧。

波努亚利并未掩饰打抱不平的原委,终于传开了,甚至传到老当家的耳朵里。他吩咐仆人传话:从今往后,波努亚利别在我眼前出现!

波努亚利不曾违背父亲的旨意。

吉兰目睹丈夫的所行所为，心里十分苦闷。这算是怎么回事！这家的长子不跟父亲说话！把自己的管家送进牢房，让一家人在世人面前抬不起头！而这一切仅是为了一个打鱼的。

真是奇了怪了！哈氏家族有过许多大少爷，也从不缺少尼尔甘特这种人。尼尔甘特们经管家产，而大少爷们游手好闲也能维护家族的荣誉。少爷和管家之间的抵牾，以前可从未发生过呀。

如今大少爷跌了身价，大媳妇脸上无光。这就是近日吉兰对丈夫的敬意锐减的真正原因。春天置的那条红纱丽和发髻上盘的花串仿佛也羞愧了，褪色了。

吉兰年纪不小了，可至今膝下无子。尼尔甘特征得老当家的同意，为波努亚利找了个对象，婚事张罗得差不多了。波努亚利是哈尔达尔家的长子，这是首先要牢记在心的头等大事。他无儿无女，是绝对不行的。吉兰听说后心儿瑟瑟发颤，不过心里不得不承认，这是正当的。她丝毫没有生尼尔甘特的气，只怪自己命不好。丈夫倘若不惹恼、不冲撞尼尔甘特，不损害夫妻关系，不和父母翻脸，那吉兰是不会觉得波努亚利娶二房是不正当的。甚至波努亚利他不考虑家族兴旺，吉兰心里暗暗对他的男人气魄也会有所不敬。豪门乡绅的香火延续，可不是区区小事！他有权对她变得冷酷！对他来说，年轻妻子或者背运的渔民的悲欢值几分钱呀！

应该发生的事情，一件也不发生，谁都觉得这不可思议，只有波努亚利一直不明白这个道理。除了他，别人都清楚，他应该是货真价实的大少爷，考虑其他应当或不应当发生的事情，破坏当今时代载负的传统，不是他的使命。

吉兰就丈夫的离经叛道对小叔子发起了牢骚。班西是个聪明人。他吃的饭不易消化，稍微受点儿凉，就咳嗽不止，坐立不宁，但他性格稳重、脑子机灵。他把翻开了正读的一本法律书，倒扣在桌子上，对吉兰说："这不过一阵疯劲儿罢了。"

吉兰忧愁地点点头："你知道吗，小叔？你哥脾气温和的时候也挺好接触的。可发起疯来，就没人管得住了。你说我怎么办？"

发现吉兰与家中所有循规蹈矩的人意见完全一致时，波努亚利心里受到的刺激最大。这个小巧女人，像一朵初绽的金色花一样娇嫩，他这个男人，为把她的芳心拉入自己情感世界付出的心血，全白费了。此时，吉兰如

果和波努亚利齐心合力,那他心灵的创伤就不会扩大。

救助穆杜,本是义不容辞的责任,在四周的谴责声中,到了这波努亚利这儿,却成了疯狂行径。可在他看来,其他的事情全微不足道。

六个月过去了,尼尔甘特出狱,大摇大摆地回来了,仿佛是被请到女婿家里饱餐了一顿,又按照老章程,神情坦然地干起自己的营生。

不把穆杜赶出故居,在佃户面前,尼尔甘特就觉得脸上无光。保住自己的尊严,他不用多花脑筋。但佃户们不对他俯首帖耳,今后事情就不好办了。为把穆杜像一棵小草似的拔掉,他不露声色地策划下一步行动,暗地里磨刀霍霍。

第二轮较量,波努亚利没有藏在暗处。他明明白白地对尼尔甘特说,不管冒多大风险,他也不允许别人把穆杜赶走。他先是掏自己的腰包还清穆杜的欠款。接着,亲自跑去禀告县长,尼尔甘特正耍阴谋诡计,要置穆杜于死地。

好心人提醒波努亚利,最近发生的一系列事件,早晚将促使穆努哈尔同他断绝父子关系。一旦断绝,势必忍受"家庭地震"造成的剧痛,若不虑及这一点,穆努哈尔早同他一刀两断了。是的,波努亚利的母亲仍健在,家人亲戚对此也有持不同看法的,所以,他没有贸然掀起一场风波,至今保持沉默。

不知不觉又过了一些日子。一天上午,村里人突然发现,穆杜家大门上了锁。他匆匆忙忙去了哪儿,不得而知。

原来,眼看事态趋于恶化,尼尔甘特从账房支了一笔款子,派人把穆杜一家人送到贝拿勒斯去了。警察知道内情,没有干预,村里也未发生乱子。然而,尼尔甘特到处散布谣言:在一个无月之夜,穆杜和妻子儿女已成了献给难近母女神的祭品,他们的尸体装在麻袋里,沉入恒河了。村民个个吓得胆战心惊,于是,四乡八村的人对尼尔甘特的敬畏有增无减。

波努亚利为之奔波的事件,终于平息了。但他眼里,这个家族和以前迥然不同了。

他以前很喜欢班西,可如今在他看来,班西只是哈氏家族的成员,和他已无手足之情。至于吉兰,她的聪慧美貌,从青春之花初绽开始,曾经渐渐扩展着覆盖他的心苑,如今也不是他的,只属于哈氏家族了。以前,尼尔甘特拨款为吉兰打的首饰,戴在心爱的吉兰身上,波努亚利总抱怨说不合适。

可如今觉得,他以往用大诗人迦梨陀娑和诗人奥姆鲁、加里的诗美装扮的可心女人,那诗美已不适用于哈氏家族的长媳了。

唉,春风依然吹拂,斯拉万月夜里依然响着淅淅沥沥的雨声,可无从满足的爱情的痛楚,在空落的心田阡陌上徘徊,流泪。

不是每个人需要爱的缠绵。有以一杆家庭的小秤称的规定分量的爱,大部分人日子就过得相当好了。接受这种规定的分量,大户人家就不会不太平。然而总有一些人对此不满足。他们像未出生的雏鸟,老在蛋壳里汲取极少的营养是活不下去的。他们顶破蛋壳,来到外面,需要凭自己的力量觅食的更大场所。波努亚利就是怀着这种渴望来到人世的。他那颗心急于以男人的阳刚之气使自己的爱情臻于完美。但不管他朝哪个方向跑,都有哈氏家族的坚固墙基,稍一挪步,就碰到墙壁。

日子又像以前那样消度着。波努亚利比以前更专注于打猎。除此之外,从外面观察,他的生活没有明显变化。他进入内宅用餐,用餐完毕,与妻子或多或少地讲几句客套话。

吉兰至今不能宽恕穆杜,因为他是她丈夫在家中丧失地位的根由。所以,一提到穆杜,她的言词就变得十分尖刻。她一次次说穆杜骨子里是个坏蛋,是头号魔鬼,怜悯穆杜是极其荒谬的自欺欺人。如此这般,唠叨半天心中仍不安宁。开头几天,波努亚利对此表示抗议,这更加激怒吉兰,所以干脆就不吭声了。

之后,波努亚利不得不遵从家规家法,对此,吉兰从不感到有什么缺失或不完美。但波努亚利心里感到这生活实在是太乏味、太没光彩、太空虚了。

不久传来喜讯,家中的小媳妇、班西的妻子怀孕了。全家看到了希望,欣喜不已。吉兰对这个富豪大户履行不了的责任,终于有望弥补了,只要送子女神大发慈悲,生下的不是女孩,哈氏家族的香火就可以一代代延续了。

生下的果然是男孩。二少爷通过了学院的考试,在传宗接代的考试中,也得了第一名。

对小少爷的宠爱不断扩大,大得没有边际。

全家人为这个孩子忙碌着。吉兰更是一刻也不愿让他离开自己的怀抱。她的精力全用在这个男孩身上,以至于快忘了她咒骂的性格狡诈的

穆杜。

波努亚利也特别喜欢孩子。凡是微贱、柔弱的生灵,他无不表示深切的同情和关爱。上苍在每个人的性格中糅入了与其性格相悖的元素。否则,就无从理解波努亚利怎么会喜欢打猎。

波努亚利多年来在吉兰怀里看见一个婴儿的心愿一直没有实现。所以,班西有了儿子,起初他心里生出些酸楚的妒意,可不久就消失了。波努亚利本可宠爱这个婴儿,妨碍他爱的原因是,日子一天天过去,吉兰整天为这个婴儿忙得不亦乐乎,他们夫妻生活中出现了大量空白。波努亚利看明白了,过了这么多年吉兰获得的东西,足以充实她那颗空虚的心。波努亚利仿佛是她心殿的房客,心殿之主不在的日子里,他可以享有整座心殿,无人阻拦,如今心殿之主回来了,房客就得放弃一切,蜷缩在角落的一间小屋里。当他看到吉兰沉湎于如此深的母爱之中,自我牺牲精神如此强烈时,他的心儿摇摇头说:"我已使出浑身解数,唤不醒她的心了。"

不仅如此,由于新生儿的关系,吉兰对班西的房间似乎有了更多的亲切感。她和班西谈话十分投机,十分热烈。一见他们交谈,波努亚利对身体瘦弱、面无血色、颇有心机、胆子极小的弟弟就越发鄙视。全家人认为班西在各方面比波努亚利能干,他可以忍受,但现今他一次次发觉,在妻子眼里,班西作为一个人的价值比自己高得多。这时,他的心儿在命运和世界面前就不快乐了。

班西的考试在即,这时从加尔各答他的住所传来消息,他发起了高烧,医生说恐怕治不好了。波努亚利急忙赶到加尔各答,日夜服侍,也未能从死神中把他夺回来。

班西的英年早逝,从波努亚利的记忆中拔掉了所有的嫉妒之刺。班西是他弟弟,在他爱怜的怀里长大,这泪浣的回忆在他心镜里变得明亮起来。

他暗暗发誓,回到家里,要以全部精力和爱心把小侄子抚养成人。然而,围绕这个孩子,吉兰已对他失去信心。开初她注意到丈夫对孩子的厌恶,心里产生的看法是:对其他人来说凡是正常的事情,到丈夫那儿恰恰相反。这盏哈氏家族之灯具有多大的价值,别人明白,丈夫肯定不明白。吉兰心里担忧,波努亚利仇视的目光将给孩子带来灾祸。小叔子不在了,没人期望吉兰生下一儿半女,因而想方设法地让这孩子躲过各种灾难,哈氏家族才可能再度人丁兴旺。爱护班西之子的这条正常之路,在波努亚利眼

里,肯定是不正常的。

在全家人的呵护下,这孩子渐渐长大了。他名叫哈里达斯。在过度的溺爱中,他长得十分瘦弱,全身戴着护身符,周围时刻有几个"保镖"。

哈里达斯特别喜欢蹦跳着甩大伯的马鞭。每每见到波努亚利,就嚷嚷"鞭子,鞭子"。波努亚利就从屋里取出马鞭,嗖嗖地挥舞起来,他看了特别开心。波努亚利有几回把他抱上马,吓得家里好多人失声惊叫着跑过来保护他。波努亚利有时用猎枪和他做游戏,吉兰见了赶紧上前把孩子抱走。然而,这遭禁的娱乐,偏偏是哈里达斯最大的爱好。因而虽有种种阻力,他和大伯在一起却很亲热。

过了一段安生日子,死神突然频频降临哈氏家族。先是穆努哈尔的妻子去世。之后不久,尼尔甘特说服老当家续弦,找到了合适女子,即将举行婚礼的前夕,穆努哈尔竟撒手人寰。哈里达斯已经八岁。临终前,穆努哈尔郑重地把这根独苗交托给吉兰和尼尔甘特,对波努亚利没说一句话。

从他的箱子里取出的遗嘱上写得一清二楚:穆努哈尔把他的所有的财产留给了哈里达斯。波努亚利这辈子每个月只能领到两百卢比。尼尔甘特是遗嘱的执行者,被委以重任,活多少年,就经管哈氏家族的财产多少年,并照管一家人的生活。

波努亚利心里明白,家里对他抚养哈里达斯和经管家产一百个不放心。他没有真本事,只会把这个家毁掉,对于这一点,家里人看法一致。从今往后,他每天吃施舍给他的一份饭,在角落的一间屋子里睡大觉,这就是他的人生归宿。

"我靠尼尔甘特发的'养老金',活得一点意思都没有。"有一天他对吉兰说,"离开这个家,我们去加尔各答吧。"

"天哪,你说什么呀!"吉兰吃惊地说,"这儿有你父亲的家业,哈里达斯和你的亲儿子一样。你何必为家产留给他而生气哩!"

唉,唉,丈夫的心太冷酷了!嫉妒这个小孩子,他心里舒畅?吉兰心里完全赞同公公写的那份遗嘱。她坚信,家产落到波努亚利的手里,满世界的小人,像穆杜那样的人,那些打鱼的,还有那些织工,三五成群地会来哄骗他,使他最后倾家荡产,身无分文。哈氏家族未来的美好前景将在无边的汪洋中漂浮。公公家族的明灯,已经点燃,由尼尔甘特这个忠实的卫兵护灯,这盏灯里的油就不会耗竭。

波努亚利看见尼尔甘特走进内宅，登记所有的物品，把一只只箱子上了锁。最后，走进吉兰的卧室，登记波努亚利所有的日用品。尼尔甘特平时常在内宅走动，所以吉兰没有拦他。想着刚去世的公公，她一面伤心地抹眼泪一面哽咽着说明每件物品的来历。

"你马上从我的房间滚出去！"波努亚利冲着尼尔甘特吼道。

"大少爷，这样做不是我的过错。"尼尔甘特谦恭地说，"按照老当家的遗嘱，我得摸清家底。家具全归哈里达斯。"

吉兰像是在劝丈夫，喃喃地说："瞧你的样子，你想想，哈里达斯难道是我们的外人！用自己孩子的东西有什么不好意思的。这些东西还会带到棺材里去？早晚是孩子们的。"

这时的地板像蒺藜在扎波努亚利的脚底，墙壁仿佛在烧他的眼睛，在这个大家族中，没人说得清楚他心里有怎样的隐痛！

此时此刻，波努亚利恨不得抛下家里的一切，一走了之，可他的怒火久久难以平息。想象着他走了，尼尔甘特得意扬扬，独断专行，他又实在不甘心！这时不拆台，他的心无法平静下来。他嘴里咕哝着："我倒要看看，尼尔甘特如何管这份家产！"

他来到外面父亲的房间里，一看里面没人。所有人到内宅清点餐具和首饰去了。再细心的人也有粗心的时候。尼尔甘特不曾留意，打开老当家的箱子，取出遗嘱后，箱子没有上锁。老主人所有的重要文件，卷成一捆，也放在这只箱子里。在这些文件之上，构筑了哈氏家族财产大厦的地基。

波努亚利不清楚这些文件的内容，可他知道，这是极其重要的文件，缺少这些文件，打起官司来，必然步步受挫。他把文件包在一块手绢里，来到外面花园里，坐在一棵迦昙波树下面的石凳上，沉思良久。

尼尔甘特找到波努亚利，说要和他商量如何安排第二天的祭奠仪式。尼尔甘特举止文雅，但波努亚利或是看见或是想象着他脸上似有非有的一种表情，肝火呼地一下烧了起来。他觉得尼尔甘特的文雅举止在嘲讽他。

尼尔甘特说："有关老当家的祭奠仪式——"

波努亚利打断他的话："我不知道！"

"您这是什么话，主持祭奠是您的权利。"

多大的权利呀！主持祭奠的权利！家里只让我做这种破事，我是个废物！想到这儿，波努亚利冲尼尔甘特怒吼："滚开，滚开，别来惹我生气！"

尼尔甘特走了。可波努亚利在他身后觉得,他是冷笑着走了。波努亚利猜想,家里男佣女仆都在取笑他这个不受尊敬、被抛弃的大少爷。像他这种是家庭成员却不属于家庭、受到命运嘲笑的人,世上还有第二个吗?他简直不如路上的乞丐!

波努亚利拿着这包文件往外走。居住在勃拉达卜布尔的姓"帕鲁希"的几个地主,是哈氏家族的近邻和竞争对手。他在心里说:"我要把这些文件送给他们,让哈氏家族的财产烟飞云散!"

这时,哈里达斯从楼上以甜美的童音大声叫他:"大伯,你出去呀,我跟你一块儿去。"

波努亚利觉得,这孩子的煞星通过他的口在说:"我走到了外面,我把他也带出来了。走吧,走吧,让家产化为尘土。"

到了外面的花园里,波努亚利听见惊恐的叫嚷声。不远处集市旁边一个寡妇家的茅屋着火了。眼看那儿火光冲天,受习惯的驱使,他待不住了,把文件藏在迦昙波树下,赶去救火。

救完火回来,他发现那包文件不翼而飞了。刹那间他胸膛仿佛被人刺了一刀,暗自说:"我又输给了尼尔甘特,唉,寡妇的茅屋烧成灰烬,有什么了不起!"他估计,狡猾的尼尔甘特趁机把文件拿走了。

他像一阵狂风似的冲进账房。尼尔甘特见了他立即关上箱子,恭敬地站起身,向他施礼。

波努亚利猜想文件藏在箱子里,二话不说,打开箱子,乱翻里面的一堆纸。其中有账本和一些收款的票据。他把箱子里的东西全倒出来,也没有找到那些文件。

他用发颤的声音问:"你去迦昙波树底下了?"

"是啊,我是去过。"尼尔甘特回答,"我看见您急匆匆地往外跑,想知道发生了什么事,就出去了。"

"你捡到我包在手绢里的文件了?"

"没有!"尼尔甘特一脸正经。

"撒谎!你这样做绝没有好下场,快把文件还给我!"

波努亚利白嚷了半天,自己也说不清楚究竟丢了什么,他明明知道他无权拥有那些"赃物",真想将马虎愚蠢的自己撕成碎片。

大闹账房之后,他回到迦昙波树底下寻找,在心里鼓励自己:"不管多

难也要把文件找到,否则决不罢休!"他没有冷静思考如何找回文件的耐心,只是像发怒的孩子一次次用脚猛踏着地面,嘴里嘟嘟囔囔:"我要把它找回来,找回来!"

他精疲力竭地坐在树底下,孑然一人,两手空空。从此,他不得不赤手空拳与自己的命运和凡世搏斗。他没有尊严,没有绅士风度,没有爱情,没有亲情,一无所有。只有拼搏的艰辛和死路上的煎熬。

他这么想着,心烦意乱,加上极度疲惫,躺在石凳上不一会儿就睡着了。睡醒后,一时间不明白是在哪儿。等到头脑完全清醒,坐起来环顾四周,却见哈里达斯坐在旁边。

哈里达斯见他醒了,忙问:"大伯,告诉我,你丢了什么?"

波努亚利愣住了,一时答不上来。

"我要是还给你丢失的东西。"哈里达斯说,"你奖励我什么?"

波努亚利似乎看到了一丝希望:"我的一切全给你。"

他说的是玩笑话。他知道他已是个穷光蛋。

哈里达斯从衣服下面取出波努亚利用手绢包的那捆文件。

这块彩色手绢上印着一只老虎,大伯曾多次让他看上面画的老虎。他一直想得到这块手绢。当仆人们叫嚷着跑去救火的混乱时刻,他走进花园,远远地看见了迦昙波树下的手绢。

波努亚利把哈里达斯拉过来搂在胸前,默默地坐着,少时,一滴滴泪水从眼里扑簌簌滚落下来。他想起多年前买了一只狗,有一天用鞭子抽打惩处这只狗。后来,鞭子丢了,哪儿也找不到。就在他放弃找回鞭子的希望默默地坐着时,那只狗口衔着不知在哪儿找到的鞭子,走到主人面前,欢快地摇着尾巴。从此,他再也不打那只狗。

波努亚利抬手抹去眼泪:"哈里达斯,你要什么?告诉我。"

"大伯,我要你那块手绢。"

"来,哈里达斯,骑在我肩上。"说着,波努亚利把他举起来放在肩头上,走进内宅,只见吉兰正把走廊里晾晒过的线毯铺在房间地板上。吉兰看见坐在波努亚利肩上的哈里达斯,惊慌地说:"把他放下来,放下来,你会摔了他的。"

波努亚利直视着吉兰的脸,说:"你别怕我,我不会摔了他的。"

说着,他把哈里达斯从肩上放下来,送到吉兰的怀里,把那捆文件放在

她手上说:"这些是有关哈里达斯的财产的文件,小心放好。"

吉兰诧异地问:"你从哪儿弄到的?"

"偷来的。"

波努亚利把哈里达斯拉到胸前:"拿着,宝贝,这是你想要的大伯的珍贵财物,拿去吧。"说着,把手绢塞到他手里。

随后,他凝神注视着吉兰,先前那个苗条的女人不苗条了,他不曾注意她什么时候变得丰满了,哈氏家族的长媳妇有一副合适的身材。这时,波努亚利最好同时献出奥马鲁的美丽诗篇和其他所有财产。

当天夜里,波努亚利失踪了。他留下的信上只有一句话:他离家找工作去了。

他没有再等一天,次日主持父亲的祭奠仪式。为此,四乡的人全骂他没有孝心。

秘密财宝

一

寂静的朔日之夜，穆里坦贾亚按照印度教程式，神情庄重地祭拜多年来保护他家的宅神——迦丽女神。祭拜结束，邻近的芒果园里，响起黎明时分乌鸦的第一声啼叫。

穆里坦贾亚回头一看，庙门关闭着，便俯下身去，额头触一下女神的脚，然后移开神像的基座，从下面取出一个用菠萝蜜木做的盒子，用结在圣线上的一把钥匙把它开，往里一看，不由得大吃一惊，用拳头连连擂击脑门。

穆里坦贾亚家的内宅花园有围墙，这座小庙位于花园一角几棵大树幽暗的浓荫里。庙里除了迦丽女神像，没有别的什么；庙门只有一扇。穆里坦贾亚摆弄着盒子，仔细看了好久。这盒子在他打开之前，一直是锁着的，上面没有被谁敲击的痕迹。他绕着女神像走了十圈，双手摸索着，终究一无所获。他疯了似的开了庙门，这时天已破晓。他走到外面，在小庙周围走来走去，怀着渺茫的希望寻找着。

晨光熹微，他走到外面杜尔迦女神的祭坛旁坐下，双手抱着脑袋，苦苦思索。他一宿没睡，全身疲乏，不禁打起盹来，却突然听见有人高声叫道："胜利属于神明！"

一个头发蓬乱的游方僧站在穆里坦贾亚面前。他立刻虔诚地向游方僧施礼。游方僧手摸着他的头，为他祝福，说："孩子，你内心正白白地受着煎熬。"

听了他这句话，穆里坦贾亚暗暗吃惊，说："看来你懂得洞察心灵，不然你怎么会知道我心中的痛苦哩。我可从来没有对别人透露过我的心事呀！"

"听我说,孩子。"游方僧说,"为你失去的一切而感到高兴吧,千万不要悲伤。"

穆里坦贾亚伸手紧紧抱住他的两只脚:"它是怎样丢失的,我在哪儿能把它找回来,您肯定全知道。您不告诉我,我就不放开您的脚。"

"我想让你走背运,早告诉你了。"游方僧真诚地说,"其实,是神明开恩,把它取走的。你不必为此伤心。"

为了博得游方僧的欢心,穆里坦贾亚热情地款待他,整整忙了一天。第二天早晨,穆里坦贾亚在牛棚里挤了满满一罐泛沫的鲜牛奶,给游方僧送去,却发现游方僧已经走了。

二

穆里坦贾亚小时候,他爷爷赫里赫尔有一天坐在杜尔迦女神的祭坛旁抽烟,也有一个游方僧口中说着"胜利属于神明",走进院子,站在他爷爷面前。赫里赫尔留游方僧在家里住了几天,好生款待,游方僧极为满意。

临别之际,游方僧问赫里赫尔:"孩子,你想要什么?"

"师傅,你对我的招待感到满意的话,那就耐心地听我讲我的目前境况吧。"赫里赫尔说,"早先,我们家是村里的首富。我曾祖父从很远的地方招来一个良家弟子,把自己的女儿许配给他。不料他外孙这一辈人玩弄花招,成为村里的豪门大户。而我家境况一天不如一天,多年来只得忍受他们居高临下的傲慢态度。可如今实在受不了了。请告诉我们采用什么办法,我们家又能兴旺起来;请为我们祝福吧。"

游方僧微微一笑:"孩子,在贫贱中愉快地过日子吧,依我看,拼命想成为富人,未必有善终。"

但赫里赫尔仍不死心,表示他可以为使家族的荣华富贵忍受一切苦难。

游方僧听他这么说,就从褡裢里取出用布包着的一张绵纸,纸很长,像占星图似的卷着。他在地上把

纸摊开。赫里赫尔看到,上面画着各种圆圈和符号。最下面是一首长诗,头几行是:

> 这是对你的恳求:
> 去掉单词 Radha 中的 Ra,
> 把 Ra 加在最后。
> 去掉单词 Pagol 中的 Pa,
> 一直往南走,
> 走到罗望子树、榕树的怀里。
> 伊桑妮①在东北角,
> 让我告诉你记号。

赫里赫尔说:"师傅,我不懂这几行诗的意思。"

"把这张纸收起来吧。"游方僧说,"往后虔诚地膜拜女神,得到她的恩惠,你们家族中早晚有人明白纸上这几行诗的意思的。那时,他可就富甲天下喽!"

赫里赫尔恳求道:"师傅,您能否简单解释一下。"

"不能!"游方僧断然拒绝,"想懂它的意思,必须长期进行艰苦修炼。"

这时,赫里赫尔的弟弟桑格尔来了。赫里赫尔见了他,赶紧把这张纸藏起来。

游方僧笑笑,说:"成为富豪之路上的痛苦,现在开始了。不过你不用遮遮掩掩,因为只有一个人能够破解它的奥秘,其他人费尽心机,也是解不开的。无人知道这个人是你们中间的哪一位,所以,当着大家的面,你尽可大胆地把它展开。"

说完这席话,游方僧转身走了。可赫里赫尔不把这张纸藏起来心里不踏实。他怕别人从中得到好处,也怕弟弟桑格尔享受到这张纸里隐藏的丰硕果实,就把这张纸放在菠萝蜜木做的盒子里,上了锁,悄悄地藏在宅神——迦丽女神像的基座下面。每月寂静的朔日之夜,祭拜完女神,他打开盒子,看看这张纸,心想,也许女神这一次对祭拜感到满意,会赐给我读

---

① 伊桑妮系印度神话中毁灭大神的妻子。

懂纸上诗句的智慧。

桑格尔一再央求赫里赫尔:"哥,让我看看那张纸嘛。"

"你疯了,滚一边去!"赫里赫尔呵斥道,"哪儿还有那张纸啊!那个游方和尚是个骗子,在纸上画了乱七八糟的线条,对我胡说八道之后溜走了。我已把那张纸烧了。"

桑格尔不做声了。不久,家里突然找不着桑格尔了。此后,他一直下落不明。

而赫里赫尔的心思一刻也离不开那秘密财宝,任凭他的家业渐渐衰败。

临终时,赫里赫尔把游方僧给他的那张纸,传给了长子沙马波德。

沙马波德拿到了这张纸,立刻辞职,每天祭拜女神,专心致志地诵读、研究纸上的诗文,稀里糊涂地过了一辈子。

穆里坦贾亚是沙马波德的长子。父亲死后,他成为游方僧留下的写有神秘文字的这张纸的继承者。他的境况越是糟糕,就越是专注地研究这张纸。在一个朔日之夜,叩拜女神之后,他发现这张纸不翼而飞,而那个游方僧也杳无踪影。

穆里坦贾亚自言自语地说,搞清楚这件事情,离不开游方僧,破解这奥秘的钥匙在他的手中。

说完,他离家踏上了寻找游方僧之路。一年时光不知不觉在路上消度了。

三

穆里坦贾亚来到一座名叫达拉古尔(Dharagol)的村庄,坐在杂货店里抽烟,想着心事。在前面不远的田边上,缓缓走过一个游方僧,起初没有引起穆里坦贾亚的注意。少时,他忽然省悟,走过去的那个人,正是他要找的游方僧。他猛地放下水烟吸管,一个箭步冲出杂货店,把店老板吓了一跳。但游方僧早已没了踪影。

这时,暮色渐暗。在这陌生之地,他不知道上哪儿去找游方僧。他回到店里,问老板:"从这儿可以望见的那片树林里有什么?"

"那片树林,曾经是一座城市。"老板说,"后来由于受到仙人奥格斯特

的诅咒,那儿瘟疫蔓延,国王和臣民全死了。听说在那儿现在还可以找到许多金银财宝。不过即使在中午也没有人敢走进那片树林。以前去的人一个也没有活着回来。"

穆里坦贾亚兴奋不已。一整夜躺在杂货店里一张草席上,拍打叮咬身子的蚊子,琢磨那片树林、那个游方僧和丢失的画有神秘符号的那张纸。他以前一次次诵读纸上的诗句,一字不差地全记住了,在这不眠之夜,那些诗句在他的脑子里萦绕:

这是对你的恳求:
去掉单词 Radha 中的 Ra,
把 Ra 加在最后。
去掉单词 Pagol 中的 Pa。

他极其亢奋,怎么也不能把这几行诗从脑子里驱赶出去。一直到黎明时分,昏昏入睡做梦时,这四行诗的含义,竟那么轻易地在他面前显露了。去掉单词 Radha 中的 Ra。单词中没有 Ra,就只剩下 dha 了。把 Ra 加在最后,于是成了 Dhara。去掉单词 Pagol 中的 Pa,就只剩下 gol 了。把 Dhara 和 gol 拼在一起,就是 Dharagol。这就是村子达拉古尔呀!

梦醒了,穆里坦贾亚高兴得又蹦又跳!

四

穆里坦贾亚在那片密林里费劲地找路,不吃不喝,转悠了一天,傍晚时分,半死不活地回到了村子里。

第二天,穆里坦贾亚用披肩包了一些炒米,又进入那片树林。下午,他走到一个小湖旁边。湖水澄碧,野径环绕的湖里长满白莲,石砌的台阶已经破败。他在那儿掬水吃了炒米,绕湖行走,仔细观察。

他在小湖的西边突然站住。他看见一棵巨大的榕树拥搂着一棵罗望子树,耸入天空。一瞬间,他想起了那两行诗:

一直往南走,

走到罗望子树、榕树的怀里。

他往南走了不远,进入一片茂密的灌木林。蔓藤灌木过于浓密,很难穿过去朝前走。他想了想,觉得应从诗中提到的那棵榕树身上获得暗示。

他踅回到榕树底下,忽然看见了树后面远处的庙顶。他瞄准那个方向,走到一座破庙前,发现有一只炉子,炉里有未烧尽的木柴和灰烬。他小心翼翼地透过破门朝里窥视,里面没有人,也没有神像,只有一条毛毯、一个托钵和一条褐黄色披肩。

天快黑了。村子离这儿很远。在黑暗的树林里怕是找不到往回走的路了,所以在庙里看到有人居住的痕迹,他高兴极了。破门前有一块从墙上掉下的大石头,他坐在石头上,低头沉思,突然看到石头上好像写着什么字,俯身端详,上面凿了个法轮,中间刻的暗示性的字母,有的清晰,有的模糊。

这个法轮,穆里坦贾亚非常熟悉。多少个朔日之夜,他在自己家中祭拜女神,小庙里缭绕的香烟中,在酥油灯光下,低头看着绵纸上画的法轮,真心诚意地祈求女神施恩,让他破解其中的奥秘。今天,他企盼的成功近在咫尺,全身兴奋得颤抖起来。可他担心船快到岸也可能沉没,稍有不慎全盘皆输,也担心那个游方僧可能捷足先登,取走了所有的财宝,心中不由得焦急起来,一时竟拿不定主意该做什么。他觉得他似乎已坐在宝库上面,却不知道下面究竟有什么财宝。

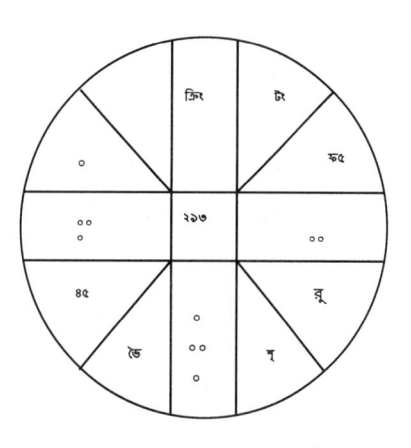

他坐着默诵女神的圣名。暮色越来越幽黑,林地到处响起蟋蟀囉囉的叫声。

五

这时,不远处的密林里出现了火光。穆里坦贾亚从石头上站起来,朝

火光走去。

艰难地走了一段路,他藏在一棵菩提树后面,清楚地看到,几天前见到的那个游方僧凑着火光,展开那张绵纸,用一根木棍专心地在灰烬上划来划去计算着什么。

游方僧拿着的,正是他家里祖传的那张绵纸!啊呀,他个骗子,小偷!正是他劝穆里坦贾亚不要为丢失这张纸而悲伤的!

游方僧算了一会儿,又用尺子量地,量了几步,失望地摇摇头,又走回来重新计算。

不知不觉,黑夜即将消逝,五更天的寒风吹得树梢的绿叶簌簌作响。游方僧卷好绵纸,起身离去。

穆里坦贾亚一时拿不定主意应做什么。他心里明白,没有游方僧的帮助,他无法破解纸里的奥秘。可贪婪的游方僧绝不会帮他,这也是不容置疑的。所以,除了暗中跟踪游方僧,别无他法。但白天不回村子,就弄不到吃的东西,因此上午必须回村里一趟。

拂晓时分,夜色渐渐稀薄了。他从树上跳下来,凝眸观察刚才游方僧用木棍划着计算的那堆灰,半天看不出所以然来。于是又在四周察看,这儿与树林其他地方也没有什么不同。

林中的幽暗逐渐稀释了。穆里坦贾亚生怕自己被游方僧发现,一面警惕地环顾四周,一面朝村子走去。

在他投宿的杂货店附近,一位迦耶斯特种姓的主妇,结束祈祷仪式,向过往的婆罗门布施食物。穆里坦贾亚在那儿吃了一顿。他这几天忍饥挨饿,今天吃得特别痛快。饱餐之后,他抽着水烟,想在草席上躺一会儿,由于一夜未眠,疲惫的身躯一挨着草席,他就呼呼地睡着了。

穆里坦贾亚原本打算早早地吃了饭,大白天就出门。谁料一觉醒来,太阳已经落山。但他并不气馁,在苍茫暮色中又进入那片树林。

眼看着夜深了。树荫里什么也看不清楚,树丛中的路被阻塞了。他不清楚朝哪个方向走到了哪儿。黑夜即将消逝时,他发觉,他通宵在树林边的一个地方兜圈子。

一群乌鸦"呱呱"地叫着朝村子方向飞去,叫声传到他耳里,仿佛是在嘲笑他、讽刺他。

六

　　游方僧一次次计算错误,又一次次纠正,最后找到了地道的入口。他举着火把,进入地道。石壁上长满青苔,有的石缝里渗出的水滴滴答答往下掉。有的地方,不少蛤蟆身子贴着身子挤成一团在酣睡。在地道里湿滑的路上往前走了不到几丈远,迎面看见的一面墙,挡住他的去路。他有些茫然,用铁钎用力敲遍这面墙,听不到空洞的回声,墙上没有缝隙,这条路无疑到此断绝了。

　　他又展开那张纸,手扶着脑袋苦苦思索。这一夜就这样过去了。

　　第二天,他又细心计算一遍,钻进地道。按照纸上找秘藏的财宝的指示符号,在一个古怪的地方挖下一块石头,找到一条岔路。沿着岔路走了一会儿,路又断了。

　　第五天夜里,他又进入地道,信心十足地喃喃自语:"今天我找到路了,绝对不会错的。"

　　里面的路弯弯曲曲,一条条岔路仿佛没有尽头。有的地方很窄,挖掉一些碎石才能爬过去。他小心谨慎地举着火把,走着走着,到了一个像圆形屋子的地方。屋子中央,有一口深井,他用火把照照,看不见井底。嵌在屋顶的一条粗铁链,垂入井水中。游方僧用劲推铁链,使之稍稍移动,从井里响起"当"的一声,在屋里久久回荡。他情不自禁欢叫起来:"我终于找到了!"

　　话犹未了,一块石头从残破的墙上滚落下来,与此同时,一个活物也"扑通"一声摔了下来,发出一声惊叫。听着这出人意料的叫声,游方僧大惊失色,一松手,火把落在地上,熄灭了。

七

　　"你是谁?"游方僧厉声问道。

　　听不见回话,他于是在黑暗中摸索,触到一个人的身体,推了推又问:"你是谁?"

　　仍没有回话。这人昏死过去了。

他取出火石，擦了几下，点燃火把。这会儿这人苏醒了，痛苦地呻吟着想站起来。

游方僧惊讶地脱口说道："这不是穆里坦贾亚么？你怎么这副样子？"

"师傅，你饶了我吧！"穆里坦贾亚哀求道，"是老天爷惩罚了我。我用石块砸你，身子失去平衡，和湿石块一起掉了下来。我的脚八成摔断了。"

"你砸死我对你有什么好处？"游方僧问。

"你问我有什么好处！"穆里坦贾亚愤愤地说，"你起了贪心，从我家小庙里偷走那张纸，在这儿的地道里转来转去寻宝。你是地地道道的窃贼、骗子！几十年前一个出家人把那张纸给我爷爷，对我爷爷说，我们家族的一个人会弄明白纸上的符号，这些秘密财宝应归我们家族所有。所以，我这几天不吃不睡，像影子似的跟在你身后。今天当你说'我终于找到了'时，我再也控制不住自己了。我在你身后，躲在一个洞里，抠了一块石头，朝你掷去，但由于身体虚弱，里面又滑，哧溜一下掉了下来。现在你打死我，是我的善终！我会变成药叉①，守护这些财宝。你不可能取走这些财宝，绝不可能！你要是强行抢夺，我是婆罗门，我就诅咒你，跳进井里自杀。这些财物就像婆罗门的血、圣牛的血。你永远不能舒舒服服地享有这些财物。我爷爷、爸爸在这张纸上用尽心思，相继去世。我们老惦念着这些财宝，家里越来越穷。为找这些财宝，我离开妻儿，让他们在家挨饿，自己吃不饱睡不着，像个倒霉的疯子，在旷野里码头上游荡。我决不能让你从我眼前把财宝抢走。"

八

"穆里坦贾亚，你听着，我把实情告诉你，"游方僧说，"你知道，你爷爷有个亲弟弟，名叫桑格尔。"

"是啊，他离家出走，至今下落不明。"

"我就是桑格尔。"

穆里坦贾亚顿感失望，忍不住长叹一声。这些年，他一直认为只有他有资格拥有这些财宝。如今他家族的一个成员突然冒了出来，夺走了他的

---

① 印度神话中保护财宝的小神仙。

权利。

"哥哥从游方僧手中得到那张纸,一直对我严加保密。"桑格尔打开了回忆之门,"可他越是保密,我的好奇心就越大。他把那张纸藏在女神像基座下的盒子里,被我发现了。我配了第二把钥匙,每天打开盒子抄一点儿。抄完的那天,我离家去寻宝。我家里也有挨饿的妻子和一个孩子。如今他们全不在了。

"我周游了哪些国家哪些地方,就不必细说了。我心里想,游方僧给的那张纸里的奥秘,其他游方僧肯定能为我破解,所以我尽心尽意地侍奉了许多游方僧。有几个虚伪的游方僧,得知我有这张纸,企图占为己有。就这样一年年过去了。我心里一刻也不快乐、安宁。

"最后,也许是因为前世积了德吧,我在古马衍山遇到了师傅萨鲁帕南德·沙弥。他对我说:'孩子,打消你的贪欲,世上不朽的财富就会呈现在你面前。'

"他熄灭了我心中的欲望之火。得益于他的教诲,天空的阳光和大地的葱绿,在我眼里,全成为取之不尽的财富。冬季的一天傍晚,山下的火塘里燃烧着祭火,我把那张纸献给了圣火。师傅见了微微一笑。当时我不懂他笑容的含义,现在懂了。想必是他在心里说,把纸烧成灰是容易的,但欲望是不容易烧成灰烬的。

"没了那张纸,我心灵四周的桎梏全部松解了。我内心充满前所未有的解脱的快乐。我觉得,从此没有什么可让我发愁的了,在这世上我不会追求什么东西。

"不久,我和师傅失去了联系,我找了他很久,哪儿也没有找到他。

"当时我已成为一个游方僧,怀着一颗无欲的心,云游四方。转眼间又过了好多年,我几乎已忘了那张纸。

"就在这时,有一天我走进达拉古尔村的这片树林,住在这座破庙里。住了一两天,我看见庙墙上有的地方刻着各种各样的符号,这些符号是我以前极为熟悉的。

"我先前很长时间寻找的东西,现在就在身边,对此,我毫不怀疑。我对自己说:'不应该再待在这儿,必须离开这片树林。'

"但我没有离开。心想,为何不看看这儿到底有什么呢?满足了好奇心再走也不迟。我又琢磨起那些符号,可毫无结果。心里一次次懊悔地

说,干吗烧掉那张绵纸呀!留下它多好哇。

"于是我又回到老家。看到祖传家业的破败景象,心里说,我是出家人,不需要金银财宝,可眼下一家族全是穷人了,把秘密财富挖出来给他们,不算什么罪过嘛。

"我知道那张纸藏在哪儿,毫不费力地把它弄到了手。

"之后一年,在这片幽静的树林里,我拿着这张纸计算,寻找,心里不想其他任何事情。一次又一次,越是受挫,劲头儿越足,像疯子似的,夜以继日、持之以恒地探寻。

"我没有发觉你一直在跟踪我。我神志正常的话,你是躲不过我的眼睛。可我处于痴迷状态,外面的事情未引起我的注意。

"今天,我发现了我一直寻找的东西。世界上任何一个皇帝的宝库里,都没有这儿那么多的珍宝。只要破解一个符号,这些珍宝就可到手了。

"这个符号最难破解,可我在心里已破解了,心里一阵狂喜,不禁大叫一声'我得到了'。只要我愿意,一分钟之内,我就可以站在堆满金银珠宝的宝库里了。"

"你是出家人,不需要这些财物。"穆里坦贾亚双手抱住桑格尔的脚央求道,"把我带进宝库吧,不要不让我得到我本应得到的珍宝。"

"今天,我最后的精神枷锁解开了。你向我投掷石块,没有击中我的躯体,但击穿了我的尘缘之幕,让我看到了贪欲的狰狞面目。我师傅那深沉恬静的笑容,终于点亮了我心中善灯的永不熄灭的火焰。"

穆里坦贾亚用力抱住桑格尔的脚,再次哀求道:"你解脱了,我没有解脱,我不想解脱。你可不能不让我得到这些财宝啊。"

"孩子!"桑格尔说,"你把我这张纸拿去吧,要是能找到财宝,就全拿走吧。"

说罢,他把禅杖和绵纸放在穆里坦贾亚跟前,转身走了。

穆里坦贾亚大声说:"求求你,别扔下我不管,为我指一指珍宝所在的位置。"

没有听见回话。

他只得拄着禅杖,摸索着从地道往外走。但里面的路太复杂,简直就像迷宫,他一次次受阻。最后,拐来拐去,累得在一个地方躺下,不一会儿就睡着了。

他醒来了,搞不清楚此时是夜里还是白天的哪个时辰。他感到很饿,解开披肩的死结,吃了一把炒米,又摸索着寻找走出地道的路。在几个地方碰壁之后,无奈地坐下,使出全身力气喊道:"喂,游方僧,你在哪儿?"

他的喊声一次次在地道所有的岔路上回响。从不远处传来了回答:"我在你跟前,你要什么,说!"

穆里坦贾亚有气无力地说:"财宝在哪儿,求求你为我指示一下。"

他没有听见回话。他一次次喊,始终没有回答。

在无从分辨时辰的地下的黑暗中,穆里坦贾亚又昏昏沉沉地睡着了。不久又在黑暗中醒了过来,大喊道:"喂,你在吗?"

他听到从近处传来的回答:"我在这儿哩,你要什么?"

"我什么也不要了。"穆里坦贾亚说,"把我从地道里救出去吧。"

"你不要财宝了?"

"是,不要了。"

话音未尽,响起擦火石的声音,不一会儿,火把点燃了。

"来吧,穆里坦贾亚。"桑格尔说,"从这儿走出地道。"

穆里坦贾亚哀伤地说:"师傅,我这是竹篮打水一场空吗?吃了那么多苦,我依然弄不到财宝?"

火把马上又熄灭了。

"你心太狠了!"穆里坦贾亚气咻咻地说着又坐下沉思。这儿,时光无法估算,黑暗永无尽头。他真想用全身心的力量击碎地下的黑暗。他的心灵渴望拥抱阳光、天空和世界的美妙景象,忍不住又喊道:"喂,出家人,残酷的出家人!我不要财宝了,救救我吧!"

"真不要财宝了?"桑格尔问,"那就拉着我的手,跟我走。"

这一次,火把没有点燃。穆里坦贾亚一手挂着禅杖,一手拽着游方僧的披肩,慢慢地走着。沿着弯弯很长的路,拐来拐去走了很长时间,到了一个地方,游方僧说:"站住!"

穆里坦贾亚收住脚步,随即听见一扇生锈的铁门吱嘎吱嘎开启的刺耳的声音。游方僧拉着他的手说:"进来吧。"

穆里坦贾亚朝前走进一间屋子,又听到了擦火石的声音,稍顷,火把点燃,眼前呈现的景象何等神奇!四面墙上,覆盖着一层层厚金箔,仿佛是在地下凝固的一束束金色阳光。穆里坦贾亚两眼放光,疯子似的大叫:"这些

金子是我的,我绝不撇下金子,离开这儿!"

"好的,别撇下它们。"游方僧说,"火把放在这儿,炒米、炒豌豆和一罐水,我也给你留下。"

转眼间游方僧出了屋子,金库的铁门又关上了。

穆里坦贾亚不停地抚摸金箔,在屋子里走来走去。他抠下一块块小金块,扔在地上,抱在怀里,一块金子碰到另一块金子,发出悦耳的声响。他用金子敲击身体的每个部位,品尝着与金子接触的滋味。最后,他累了,在地上铺了金箔,躺在上面,一会儿就睡着了。

他醒来一看,四周的金子闪闪发光。除了金子,没有别的物品。他猜想,地面上也许已是早晨了。一切生灵舒坦地苏醒了。在他的想象中,清晨他们家后面池塘边的花园里浮漾的芳香气息,扑鼻而来。他仿佛清晰地看到,上午一群鸭子摇摇摆摆呷呷地叫着扑进池塘,家中的女用人巴玛把纱丽的下摆掖在腰里,右手托着一摞铜盘,走到池塘的石阶上。

穆里坦贾亚使劲敲着铁门,大声喊道:"喂,师傅,你在外面吗?"

铁门开了,游方僧问:"你要什么?"

"我要出去。"穆里坦贾亚回答,"可我难道不能带一两块金箔走吗?"

游方僧没有回答,又点燃一支火把,把一钵水和披肩包着的几把炒米放在地上,起身走了出去。铁门又自动闭上了。

穆里坦贾亚把一块金箔掰拧,敲成几小块,把金块像土疙瘩似的朝四周投掷。时而用牙齿咬金箔,在上面留下齿痕;时而把金箔扔在地上,用脚踩踏。心里得意地说,世界上有几个皇帝能像他这样糟蹋金子。他仿佛在酝酿一场毁灭。他很想把这一大堆金子碾碎,像用扫帚扫尘土那样,撒向四面八方,以这种举动对世上所有贪图黄金的帝王表示轻蔑。

他这样拧呀踩呀撒呀,直到筋疲力尽,倒地昏睡过去。醒来又看到周围全是金子,心里慌了,敲着铁门大叫:"喂,出家人,我不要金子啦,不要金子啦!"

但铁门没有打开。他喊着喊着,嗓子嘶哑了,铁门还是纹丝不动。他用一把把金子猛砸铁门,但不起作用。他泄气了。难道游方僧不来了。他将在金牢里一点一点地衰萎,死在里面?

这时他看着金子,感到一阵恐惧。四周凝然不动的黄金,好像令人毛骨悚然的无声的冷笑,其间没有脉动、没有变化,与此时此刻他瑟瑟发颤、绝望的心儿和痛苦毫无关系。这些金块不要阳光,不要蓝天,不要和风,不要活力,不要自由。它们在永久的黑暗中闪闪发光,冷冰冰地偃卧着。

地面上这会儿是黄昏了吗?啊,那金色的晚霞,片刻工夫迷醉世人的眼睛,随后含泪作别,消失在夜色的边地。之后,黄昏星俯视着农家院子,家庭主妇在牛厩里点燃灯,把晚灯置放在房间的角落里。寺庙里敲响祭祀的钟声。

村里农户家中这些最细微最渺小的琐事,此时,在穆里坦贾亚的想象中熠熠闪烁。想到他们家那只名叫普拉的狗,尾巴贴着脑袋,黄昏之后,在院子角落里酣睡,心里不禁一阵痛楚。前天他住在达拉古尔村的杂货店里,晚上此时那老板熄了灯,上了门板,缓缓地走回家吃饭,回忆着这一幕,他感慨万千,那老板是多么幸福啊!唉,谁知道今天是星期几。如果是星期天,赶集的人,这会儿都在往家走,高声叫喊着走散的伙伴,三五成群乘渡船过河;农民沿着土路,穿过田埂,在竹篱环围的农院旁边走过,手提着几条鱼,头顶着竹篮,在暗空微弱的星光下,走向自己的村子。

大地上,城镇把每个人最渺小最微贱的一生融入这宏大、神奇、生意盎然的人生旅程的呼唤,穿过一层层泥土,传到他的耳朵里。他感到,对他来说,那生活、那天空、那阳光,比世界上所有的珠宝还要昂贵。他想:"在葱绿的大地母亲的泥怀里,在阳光照耀的无垠的蓝天下,最后一次吸一口充盈草叶清香的空气,之后即使死了,这一生也是有意义的。"

这时,铁门开了。游方僧走进来问:"穆里坦贾亚,你还要什么?"

"我什么也不要。"穆里坦贾亚说,"我只要走出这地道,这黑暗,这迷宫,这黄金的牢房。我要阳光,我要蓝天,我要自由。"

游方僧说:"这儿有比金库还贵重的珠宝库,你不想进去看看?"

"不,不去!"

"你连看一眼的兴趣也没有吗?"

"对,我不想看。我要是能够身穿袈裟,到处化缘,那我连一分一秒也不想待在这儿了。"

"那好,你跟我走。"

游方僧拉着他的手,来到深井前,把那张绵纸放在他手中,说:"拿着这张纸,你想做什么?"

穆里坦贾亚把纸撕成碎片,扔到井里。

沉 船

第 一 章

拉穆斯将顺利地通过法学毕业考试,对此,没有人持怀疑态度。大学的文艺女神萨罗萨蒂一向对他青眼相看,一次次从金光闪闪的莲花宝座,向他撒去芳香、绚丽的花瓣,授予他各种奖章,让他年年获得奖学金。

考试结束,按说现在他应该回老家。可他没有丝毫兴趣收拾行李。他父亲曾来信,催他赶快回去。他回信说,一俟考试成绩公布,他立刻动身。

安诺塔先生的儿子约肯特罗是拉穆斯的同窗好友,住在毗邻的一幢楼

里。安诺塔先生是梵社①成员。他的女儿胡蒙莉妮已参加大专文科考试。拉穆斯经常到安诺塔先生家喝茶,不是喝茶的时候,也常在他家闲坐、聊天。

胡蒙莉妮每次洗完澡,总是上楼顶平台,一边晾干湿发,一边散步,背书。这时,拉穆斯也在幽静的楼顶上的梯棚边看书。楼顶平台是安心读书的理想所在,不过稍微思索一下就明白,楼顶上也会受到持续的干扰,难免分心走神。

双方至今都没有主动提起婚事。安诺塔先生不愿谈女儿的终身大事是有原因的。他的一位年轻朋友,远涉重洋,在英国攻读法学,是他心目中未来的乘龙快婿。

有一天,茶桌旁的争论异常热烈。风度翩翩的奥卡亚多门功课考试不及格,但这位可怜虫的茶瘾和其他嗜好,绝不比考试取得优异成绩的其他同学逊色。所以,他也常常出现在胡蒙莉妮的茶桌旁。这时,他正大放厥词,称赞男人的才华犹如一柄大刀,即便不磨砺,单凭自身的重量,就足以砍倒目标。而女人的智慧,像削铅笔的小刀,不管磨得多么锋利,也派不上大用场,等等,等等。胡蒙莉妮决意以沉默对奥卡亚的谬论表示抗议。不料她哥哥约肯特罗竟也以似是而非的理由,竭力贬低女性的智慧。这使拉穆斯再也忍不住了,他激动地站起来,大唱女性美德的赞歌。

拉穆斯热情洋溢地为女性辩护,不知不觉比平日多喝了两杯茶。这时,仆人进来交给他一封信,信封上是他父亲亲笔写的他的名字。他拆开信匆匆看了一遍,想到不得不撤离激烈的辩论战场,他显得有些懊丧。在座的几位惊异地问:"拉穆斯,出了什么事?"拉穆斯努力使自己镇定下来,以平缓的口气说:"我父亲从老家来了。"

胡蒙莉妮对约肯特罗说:"哥哥,请拉穆斯先生的父亲来喝茶吧,这儿茶具、茶点全是现成的。"

拉穆斯急忙阻拦:"不,今天不打搅了,我马上去见他。"

奥卡亚心里暗喜,说:"老先生未必愿意来喝茶。"他此话的弦外之音是,安诺塔先生是主张改革的梵社成员,而拉穆斯的父亲是正统印度教徒,

---

① 梵社系罗摩·穆罕·罗易(1774—1833)所创建,该组织主张铲除偶像崇拜和贞妇殉葬等封建陋习。

两人是很难坐到一起的。

拉穆斯的父亲波罗兹·穆汉见了儿子,开门见山地说:"明天上午你跟我乘车回老家。"

"有什么特别重要的事吗?"拉穆斯疑惑地挠着头皮。

波罗兹·穆汉不动声色:"没什么要紧的事儿。"

没有事他匆匆忙忙进城来干什么?拉穆斯以询问的目光看着父亲,等他讲出缘由。但老头儿觉得没必要满足儿子的好奇心。

傍晚,波罗兹·穆汉先生出门去拜访他在加尔各答的老朋友。拉穆斯坐下来给他写信,写了台鉴"父亲大人高贵的莲足下",从他的笔端再也流不出孟加拉语字母了。他在心里鼓励自己:他和胡蒙莉妮的心灵,已由未说出口的山盟海誓所维系,应该坦率地向父亲讲明真情。他以不同的方式写了几封信,但最后都被他撕得粉碎。

波罗兹·穆汉吃了晚饭,不一会儿就舒坦地睡着了。拉穆斯走上楼顶平台,朝邻居的楼房张望。他像午夜的游魂,烦躁地走来走去。

九点,奥卡亚从安诺塔先生家走了出来。九点半,他家对着马路的大门关闭。十点,他家客厅里的灯光熄灭。十点半以后,他家每间屋里的人都沉入梦乡。

第二天,拉穆斯乘早车离开加尔各答。由于波罗兹先生的认真监督,拉穆斯没有获得误车的机会。

第 二 章

拉穆斯回到家里,才知道父亲已为他物色一位新娘,确定了婚期。波罗兹·穆汉童年时代的朋友伊桑当律师的时候,波罗兹·穆汉穷困潦倒,由于伊桑的鼎力相助,他渐渐富裕起来。伊桑英年早逝,身后留下的不是万贯家产,而是一笔债务。这使他的遗孀和幼女陷入困境。他的女儿如今已到了出嫁的年龄。波罗兹·穆汉一手包办了拉穆斯和她的婚事。

拉穆斯的知心朋友中有的反对这门亲事,他们宣称,据他们所知,那位姑娘长得不俊俏。

但波罗兹·穆汉不以为然,反驳道:"哼,你们这话是什么意思,我不懂!人不是鲜花,不是蝴蝶,不要首先看长得漂亮不漂亮。这姑娘要是日

后和她妈一样贞洁、贤惠,拉穆斯就该感到自己三生有幸!"

听着关于他即将举行的吉祥婚礼的流言蜚语,拉穆斯整天没精打采,像局外人似的毫无目的地在外面游荡。他设计了逃婚的各种方案,但又觉得没有一个方案切实可行。最后,他打消顾虑,鼓足勇气对父亲说:"爸爸,这桩婚事我实在接受不了,我在别的地方已起过誓了。"

"你说什么?"波罗兹·穆汉大吃一惊,"有没有举行订婚仪式?"

"没有。"拉穆斯答道,"说不上订婚,不过……"

波罗兹·穆汉打断儿子的话:"你和女方家全谈妥啦?"

"不,还没有正式谈过……"

"没谈就好。"波罗兹·穆汉松了口气,"既然这么长时间你没对人家开口,再沉默几天,不就了结了!"

拉穆斯想了想,说了条不能从命的理由:"我娶别的姑娘是不道德的行为。"

波罗兹·穆汉立即反驳:"你不娶这位姑娘,更不道德!"

拉穆斯一时语塞,心说:"听天由命吧,但愿发生意外使这桩婚事成为泡影!"

婚期已经卜定,据算命先生说,婚期之后的一年是凶年。拉穆斯暗自思忖,只要拖过这一天,就可把婚事往后整整推迟一年。

新娘家离他们村很远,要去只能乘船。即使走近道儿,经过大大小小的几条河,也要花三四天时间。波罗兹·穆汉怕路上耽搁,时间上留出了足够的余地,距婚期尚有一星期,就择选黄道吉日,带着一批人乘船出发。

一路顺利,不到三天,他们就抵达希姆拉码头。这时离举行婚礼的日子还有整整四天。

其实,波罗兹·穆汉作出提前三四天到达亲家的安排,是有目的的。住在希姆拉的亲家母生活清苦。这几年他一直想请她搬到他村子里,和他一起安度晚年,以报答亡友的恩情。

以前,两家没有结亲,他有顾虑,总觉得不能贸然向她提出搬家的建议。现在,两家的婚礼即将举行,他坦诚地对亲家母谈了自己的想法,老太太欣然同意。

亲家母只有一个女儿,与独生女住在一起,同时又填补女婿的母亲去世造成的空白,她当然不会拒绝。她坦然地说:"随人家怎么说三道四,我

就是要跟女儿、女婿住在一块儿。"

利用婚礼前的几天时间,波罗兹·穆汉帮助亲家母清理家产,收拾行李。他计划婚礼结束后,让她和迎亲队一起回去。为此,他特意从家里带来几位女眷,在归途中照顾她。

婚礼如期举行。但拉穆斯在婚礼上神魂不定,没有虔诚地诵念神圣的古典经文。按照礼仪,新婚夫妻首次交换吉祥目光的时刻,他闭上眼睛,低垂着头,默默地忍受新房里的嬉笑。夜里,他躺在床的一侧,背朝新娘。第二天清晨,他撇下新娘,起床溜了出去。

婚礼结束,迎亲队浩浩荡荡地启程。女眷和年纪较大的男人分乘两只木船,新郎和男傧相乘一只船。乐队在最后一只船上,不时吹奏喜乐,以消除旅途的寂寞。

这天的酷热令人难以忍受。天上没有一丝云彩,四下里仿佛覆盖着无色厚幔,河岸上的树木萎靡不振,树叶纹丝不动。船夫个个汗流浃背。暮色降临之前,船主对波罗兹·穆汉说:"在这儿的码头停靠吧,再往前很长一段路没有停靠的地方。"

波罗兹·穆汉想尽快结束水上旅行。他用不容商量的口气说:"不行,不能在这儿停泊,今天上半夜有月亮,到了帕卢哈答再停船,我会多给工钱的。"

船队把岸边的一座村庄抛在后面,继续前行。河的一边是空旷的沙滩,另一边是被风雨剥蚀得遍体鳞伤的陡峭堤岸。月亮从雾霭中钻出来,朦朦胧胧,好似醉汉的一只眼睛。

这时,晴朗无云的夜空,不知何处突然响起沉闷的声音。从船上往后面的地平线望去,一股旋风像无形的大扫帚,横扫过来,扫起的尘土、枯枝败叶、屋顶的茅草在空中飘飞。

船上一片惊叫声:靠岸,快靠岸!不要慌,不要慌,啊……完了,完了……

片刻之后的情形,无人知晓。

这股旋风掠过狭窄的河道,暴虐地摧毁了一切障碍。旋风过去之后,船队杳无踪影。

第 三 章

雾霭渐渐消散。皎洁的月光像寡妇穿的素服,覆盖着荒漠般空阔的沙滩。河上没有船只,微波不兴。河面和陆地笼罩着的沉寂,如同病痛后的死亡,给受尽折磨的患者带来恒久的安宁。

拉穆斯苏醒过来,发现自己躺在贴水的沙滩上。过了一会儿,才记起发生了什么。旋风袭击迎亲队乘坐的四条船的可怕情景,像噩梦在他的脑海闪现。他挣扎着站起来,想知道他父亲和其他亲友的下落,但举目四望,不见一个人影儿,于是在水边一面搜寻一面朝前走。

帕黛玛河的两条支流的臂弯中间,这片洁白的沙洲,像赤身裸体的孩子,仰面卧躺着。拉穆斯在一条支流的沙滩上寻找了一会儿,刚踏上另一条支流的沙滩,忽然看见不远处有一样红衣服似的东西。他快步走过去,只见一位身裹大红绸纱丽的新娘子,一动不动地躺在沙滩上。

拉穆斯学过人工呼吸,知道如何抢救奄奄一息的溺水者。他抓住姑娘的双臂,推往她的头部两侧,又拉回至腹部,反复地做了多次。新娘子渐渐缓过气来,微微睁开眼睛。

拉穆斯筋疲力尽,似乎连向姑娘提一个问题的力气也没有了,默默地坐了很久。

姑娘还没有完全恢复知觉,睁开的眼睛,又合上了。拉穆斯仔细观察一番,看样子她呼吸已不困难。于是,在这荒无人烟、阴阳界线般的水陆之间,在惨白的月光下,他久久注视着她的脸庞。

谁说苏茜腊不俏丽呢?她那双目闭合的清秀脸盘是娇小的,但在月光溶溶的无垠夜空下,这张秀脸是唯一引人注目的珍奇,具有令人心荡神移的魅力。

拉穆斯忘了其他一切,心想:举行婚礼的时候,置身于贺客的嬉笑声中,我不曾瞧她一眼,是值得庆幸的事。我在荒凉的沙洲上见到她,与在别的场合见到她是完全不同的。我从死神手中把她夺回来,以这种方式得到

她，比在婚礼上念几句经文得到她，要完美得多。诵念经文不过是使我合法地获得她而已，而在这儿获得她，等于从仁慈的天帝中手接过一样珍贵的礼品。

新娘子终于完全恢复了知觉，慢慢地坐起来，理了理松乱的衣服，扯起面纱蒙着脸。

拉穆斯问她："你知道你们船上其他人的下落吗？"

姑娘默不作声，摇摇头。

"你能一个人在这儿坐一会儿吗？"拉穆斯又问，"我到附近去找找其他人。"

姑娘没有回答。但她瑟缩的身体像在恳求：别把我一个人扔在这儿。

拉穆斯理解她的心情。他立起身，环顾四周——雪白的沙滩上不见人影。他使劲儿扯高嗓门，喊了一阵亲友的名字，但始终听不到应答。

拉穆斯不再徒劳地叫喊，重又坐下，姑娘双手捂着脸，竭力克制着哭泣，胸脯剧烈地起伏着。拉穆斯没有说一句宽慰的话，坐在她身旁，轻轻抚摸她的头和后背。姑娘再也忍不住了，难以表达的哀痛化作滔滔泪水，奔涌而出。拉穆斯也不禁潸然泪下。

疲惫的心儿终于抑制住悲泣之时，月亮已经西坠。黑暗之中，这片冷清的土地，犹如怪诞的梦境。沙洲模糊的洁白，好似鬼蜮阴森的昏惨。映着微弱的星光，河面像巨蟒光滑的黑皮闪着微光。

拉穆斯双手握着姑娘两只吓得冰凉的小手，慢慢拉向自己的胸口。惊恐的姑娘没有抗拒，她这时巴不得有人在身边。四下里是凝滞的暝黑，在拉穆斯怦怦心跳的胸前得到栖身之所，她感到无比欣慰。现在顾不得是不是害羞的时候，她激动地把拉穆斯的臂弯当作安全的避风港了。

清晨，启明星消失之时，东方河流上方天空显露的鱼肚白，不久便变成殷红。这时可以看到，沉睡的拉穆斯躺在沙滩上，新娘子头枕他的手臂，偎依着他的胸脯，睡得十分香甜。直到一束温暖的阳光轻抚他们的眼睑，他们才突然苏醒，慌乱地坐起来，惊愕地环顾四周，突然想起他们不是在家里，而已漂流到河中央的孤岛上了。

第 四 章

上午,一片片渔帆出现在河面上。

拉穆斯叫来一只渔船,在渔民的帮助下租了一只舢板。他把迎亲船队遇难的经过告诉当地的警察,请警察帮助寻找失踪的亲友,然后带着新娘子乘舢板离去。

舢板到达村边码头的时候,拉穆斯得到消息,警察已从河里捞起他父亲、岳母和几位亲友的尸体。没有人敢想,除了几名水手之外,其余的人还活着。

留在家里的拉穆斯的老祖母,见只有孙子和孙媳妇归来,放声大哭。村里参加迎亲队的人家里,也响起呼天唤地的悲号。没有人吹唢呐,没有人欢迎新娘子,听不见以前其他新娘子进门时聚集的村妇发出的欢叫声,甚至没有人瞧她一眼。

拉穆斯原想料理完丧事,就带着新娘子离开家乡。然而,有关家产的事宜,非他处理不可,一时无法脱身。此外,本族的几个人在迎亲的路上丧生,他们悲痛欲绝的遗孀,缠着他要去圣地朝觐、烧香的路费,这件事也得周详地安排。

在料理这些烦人的事情的过程中,偶有空闲,拉穆斯并非没有兴趣去体验爱情,尽管早有传闻,新娘子不是个少女,村里饶舌的女人甚至讥讽她是超过一般婚龄的老姑娘。但如何与她谈情说爱,这位已获得学士学位的年轻人,在他的任何一本书中找不到理论方面的指导。他早先认为,与她结合是不可能的、不合情理的。然而,尽管他的书本知识与爱情毫不相干,可奇怪的是,他那接受过高等教育的心里,不知不觉充满一种奇妙的情感,使他被这姑娘吸引住了。

拉穆斯凭借想象,将这位姑娘塑造成未来的家庭女神。在沉入冥想的他的眼前,她以变幻的面目闪现,忽儿是亭亭玉立的少女,忽儿是娇柔的情人,忽儿是温柔的妻子,忽儿是孩子的慈母……如同画家把未来的画作,诗人把未来的诗篇,在心里以美好的想象呕心沥血地培育,拉穆斯将娇小玲珑的姑娘在心殿供奉起来,赋予她未来的恋人和女神似的爱妻的完美形象。

第 五 章

三个月过去了。拉穆斯已把所有的家事处理完毕。几位老太太已作好了朝觐的准备。两三位女邻居与新娘子一天比一天亲近。拉穆斯与姑娘的爱情的环扣一点一点地拉紧了。

黄昏时分,他俩常常爬到辽阔天空下幽静的楼顶上,铺一张草席,相对而坐。有时,拉穆斯突然从背后捂住姑娘的双眼,把她的头搂在怀里。有时,天还不太黑,她不吃饭就躺下睡觉,拉穆斯就用各种办法把她弄醒,招来他期望的娇声娇气的怪怨。

有一天傍晚,拉穆斯抓住她的发髻摇晃着说:"苏茜腊,今天你梳的发式可不好看!"

"哎,"姑娘坐直身子,"你们为什么都叫我苏茜腊?"

拉穆斯一时不明白她这句话的意思,怔怔地望着她的脸。

"改了我的名字,我会走运吗?"姑娘又问,"我从小命不好,死之前大概会遇到许多灾祸。"

拉穆斯心里"咯噔"一下,脸色有些苍白,心中升起一团疑云:这里面莫非有阴错阳差的误会?

"你从小命不好指的是什么?"拉穆斯试探地问。

"我出生之前我爸就死了。"姑娘说,"我妈生下我六个月也死了。舅舅收养了我,我常常挨打受骂。后来忽然听说你来到我们村里,很喜欢我,两天之内办了婚事。以后发生的事,你是清楚的。"

拉穆斯仰面斜靠着靠枕,凝然不动。月亮升上了天空,月光是那么黯淡。他不敢对姑娘再提问题。他宁愿把得知的这一切,当做呓语,当做噩梦,推向遥远的地方。夏季的南风徐徐吹来,好似昏厥者苏醒后长长的叹息。月亮下一只不眠的杜鹃在聒噪。不远的码头上,坐在船顶上的船夫唱的歌,袅袅地飘向夜空。

见拉穆斯半天不说话,姑娘轻轻地碰他一下,低声问:"你睡着啦?"

之后好久听不见拉穆斯的话音,姑娘不知什么时候睡着了。拉穆斯坐起身,凝视着她甜睡的面孔。天帝在她额上书写的隐秘的命运,至今不曾漫漶。她的娇颜中竟潜藏着令人焦虑的人生归宿。

第 六 章

拉穆斯现在已经明白,这姑娘不是他明媒正娶的妻子。但弄清楚她是谁的妻子,却不是一件容易的事。

拉穆斯转弯抹角地问她:"举行婚礼的时候,你第一次见到我,心里有什么想法?"

"我没有看见你。"姑娘坦率地说,"当时我很害羞,眼睛盯着地面。"

"你难道没有听说过我的名字?"

姑娘答道:"头天听说要结婚,第二天就举行婚礼。我没有听说过你的名字。我舅妈只想扔掉一个包袱似的尽快把我打发出去。"

"嗯,听说你读过书,学过写字,你把你名字拼写出来让我看看。"拉穆斯给了她一张纸、一支铅笔。

"我连自己的名字都不会写吗?"姑娘的语气流露出不快,"我的名字很容易拼的。"说着,她用很大的字母写了自己的名字:斯里穆蒂·卡玛腊·黛维。

"好,再写你舅舅的名字。"

卡玛腊一笔一画地写下:斯里朱格笃·达里尼贾都济·查达帕塔耶。

"拼写有错吗?"她认真地问。

"没有。嗯,再把你们村子的名字写给我看看。"

她又写了"杜巴普库尔"。

拉穆斯采用类似的办法,谨慎地了解到了这位姑娘的简历,但这对他解决遇到的难题并无太大的帮助。

拉穆斯思考着下一步应采取什么措施。卡玛腊的丈夫八成是淹死了。即使找到她婆家的地址,把她送走,婆家人能否接受她仍是个问号。送她回舅舅家吧,那简直是将她重新推进火坑。她以媳妇的身份在别人家住了几个月,这真实情况此后一旦传出去,在社会上她将落到怎样的境地?哪儿还会有她的立足之地?她的丈夫要是还活着,还有勇气收留她吗?如今

不管将她安顿在哪儿,都无异于把她抛入无底的大海。

除了把她当做妻子,拉穆斯无法让她以别的身份留在自己身边。其他地方安置她的可能性被一一排除。然而,将错就错地把她当做妻室收留下来,是绝对不行的。拉穆斯以饱蘸各种颜色的情爱之笔,在未来岁月的背景上,将这位姑娘描绘成他的终身伴侣,可惜这美好形象,很快又被他无可奈何地抹掉了。

拉穆斯在村里再也待不下去了。他暗想,躲在人口稠密的加尔各答城里,或许能找到一个解决办法。于是,他带着卡玛腊回到加尔各答,在远离旧居的地方,租了几间屋子。

卡玛腊早有游览加尔各答的浓厚兴趣。第一天走进住所,她马上饶有兴致地坐在窗前,外面川流不息的行人,使她心里充满新鲜的好奇。他们雇了一位女佣人。对她来说,加尔各答已是了如指掌的老城了。在她看来,卡玛腊的惊奇表情,是孤陋寡闻的表现。她很不礼貌地说:"喂,你呆呆地瞧什么?天不早啦,还不洗澡呀?"

这位女用人白天来做家务事,傍晚回家。愿意晚上住在他们家的用人,一时找不到。拉穆斯苦恼地想:"现在我不能和卡玛腊睡一张床了。可人生地不熟,她一个人怎么过夜呢?"

晚饭后,女用人回家去了。拉穆斯指着床对卡玛腊说:"你先睡吧,我要看会儿书。"说着,他打开一本书,装作专心阅读的样子。

路途劳累使卡玛腊很快沉入梦乡。

第一夜就这样凑合过去了。第二天晚上,拉穆斯随便找个借口,仍让卡玛腊一个人先睡。天气异常闷热,拉穆斯在卧室外面面积不大的阳台上铺一条夹被躺下,一面摇着扇子,一面胡思乱想,直到深夜才睡着。

后半夜两三点钟,半睡半醒的拉穆斯感到不是他一个人躺在阳台上,有个人坐在他身旁,轻轻地为他扇风。他迷迷糊糊地把那女子拉到身边,嗓音含混不清地说:"苏茜腊,你睡吧,别给我扇了。"

害怕黑夜的卡玛腊钻进他怀里,枕着他的胳膊,舒坦地睡着了。

早晨醒来,拉穆斯不胜惊诧。他看见酣睡的卡玛腊偎依着他的胸膛,右手搂着他的脖子,坦然行使占有他的无可争议的权利。望着睡得香甜的卡玛腊的娇嫩面孔,泪水涌满他的眼眶。他怎忍心拨开她无拘无束的温软手臂?他这才想起,是她夜里什么时候蹑手蹑脚来到他身边,轻轻地为他扇风的。他长叹一声,慢慢地挪开搂抱他的柔臂,站起身来。

经过再三考虑,拉穆斯决定送卡玛腊去女子寄宿学校读书。这样做可以使他暂时跳出烦恼的深渊。

他试探着问卡玛腊:"卡玛腊,你想读书吗?"

卡玛腊直视着他的脸,疑惑的神情似在诘问:你这话是什么意思?

拉穆斯不厌其烦地对她讲解读书的好处和乐趣。但这是白费唇舌,卡玛腊出乎意料地说:"你教我吧。"

"不,你得到学校去读书。"

卡玛腊好生惊讶:"学校?我这么大年纪还上学?"

卡玛腊卖老的口气逗得拉穆斯扑哧一笑,说:"比你大得多的姑娘还上学哩。"

卡玛腊没有再说什么,有一天和拉穆斯乘车去了学校。学校里有几幢大楼,无从知道究竟有多少比她大和比她小的女学生。拉穆斯把她交托给校长,转身就走,卡玛腊立即跟了出来。

拉穆斯忙说:"你去哪儿?你得住在这儿。"

"你不住在这儿?"卡玛腊的话音透出惶恐。

"我不能住在这儿的。"

卡玛腊一把抓住拉穆斯的手:"那我也不住在这儿,带我走!"

拉穆斯掰开她的手:"不要耍小孩子脾气,卡玛腊!"

严厉的责备使卡玛腊愣愣地站住了,她抽动的脸似乎立刻小了一圈。拉穆斯心酸地急忙离去。但卡玛腊那目瞪口呆、孤独无助的惊恐表情,深深地印在他的脑子里了。

第 七 章

拉穆斯原本计划开办律师事务所,在加尔各答阿里普尔法院开始他的律师生涯。但近来他在精神上垮了,他稳定不了波动的情绪,难以着手筹建工作,也缺乏克服创业初期不可避免的各种障碍的豪情。他每天漫无目的地在恒河大桥或古尔迪克大学广场上转悠。正当他打算去印度西部旅行几天的时候,他收到了安诺塔先生的一封信。信中写道:

日前翻阅报纸,得悉你已顺利通过法学毕业考试。遗憾的是,未能从你口中听到这则喜讯。长久未得到关于你的任何消息,你近况如何?何时返回加尔各答?望及时函告,以释悬念。

有必要在这儿顺便说一下,安诺塔先生相中的那位留学英国的孟加拉青年,结束学业,获得当律师的资格,已乘船回国。他与一位出身名门望族的小姐的婚事,正在紧锣密鼓地筹办。

拉穆斯陷入了迷茫,不知在发生了一连串意想不到的事情之后,他是否仍可和往常那样与胡蒙莉妮见面。最近,他与卡玛腊之间形成的特殊关系,他觉得不宜向任何人透露。他绝不能让纯洁无瑕的卡玛腊受到社会的鄙视。然而,不讲清楚两人之间的纠葛,他如何重新获得与胡蒙莉妮交往的资格?

但不管怎么说,迟迟不给安诺塔先生复信是失礼行为。所以他写了封短信:

由于某些复杂原因,我暂不能登门拜访您,请多多原谅。

信封上他没有写新地址。

这封信寄出的第二天,他头裹缠头巾,前往阿里普尔法院,出任辩护律师。

有一天他走出法院,往回走了一段路,正同马车夫就车费讨价还价,忽然听见熟悉而兴奋的声音:

"爸爸,那是拉穆斯先生。"

"车夫,停车,停车!"安诺塔先生连忙叫道。

马车在拉穆斯身旁停了下来。这天安诺塔先生和女儿应邀参加阿里普尔动物园里的野餐,回家的路上,与拉穆斯不期而遇。

看到车上胡蒙莉妮恬静、端庄的面容,以特殊方式身裹的纱丽,与众不同的熟悉发式,手腕上的普通圆环和一对镂星金镯,拉穆斯胸中涌起的感情波涛,向嗓门奔腾而去。

"啊,拉穆斯先生,路上遇见你太幸运了。"安诺塔先生大声说,"你现在是不愿意给我们写信啰,偶尔来封短信,连地址也不写。你这是去哪儿?

有什么要紧的事吗?"

"没有,我刚从法院出来。"

"那么一起走吧,到我家喝杯茶如何?"

拉穆斯充满激情的心中,没有空间容他加进迟疑。他上车坐下,竭力掩饰着愧疚、窘迫,对胡蒙莉妮说:"您最近好吗?"

胡蒙莉妮没有重复问候的套话,责怪道:"您通过了法学考试,怎么也不告诉我们一声?"

拉穆斯一时找不到恰当的语言回答,便把话题转移到她身上:"我在报上看到您也通过考试了。"

胡蒙莉妮粲然一笑:"啊,谢天谢地,您仍然关心我们。"

安诺塔先生插言道:"你现在住在哪儿?"

"达尔吉帕拉。"

"为什么?"安诺塔先生不解地问,"卡鲁土拉你原先的住房挺不错的嘛!"

胡蒙莉妮非常惊奇地望着拉穆斯,等待着他回答。她哀怨的目光震撼了拉穆斯的心,使他不假思索地说:"是的,我决定搬回来。"

拉穆斯从胡蒙莉妮的表情看出,她显然认为他瞒着她搬走是一大罪过。而此刻他没有任何办法为自己辩解,心里十分苦恼。还好,父女俩没有锲而不舍地追问。胡蒙莉妮若无其事地望着车外的马路。

拉穆斯受不了这种无言的冷淡,申辩似的说道:"我有个亲戚住在赫杜亚附近,我搬到达尔吉帕拉居住,照顾他方便一些。"

拉穆斯并未撒谎,可他这话让人听了仍觉得牵强附会。难道卡鲁土拉离赫杜亚那么远,以至于他不能经常去照顾他的亲戚?胡蒙莉妮似乎未听见他的解释,仍定定地望着车外的马路。可怜的拉穆斯搜肠刮肚,实在找不到可说的话题,只得搭讪地问道:"约肯特罗近来怎么样?"

"他法学考试不及格。"安诺塔先生淡淡地说,"到西部散心去了。"

马车行至安诺塔先生家门口,那熟悉的房间和陈设,撒出一张眷恋之网,猛地又将拉穆斯罩住。他在心中不禁发出一声交织着喜悦和惭愧的叹息。

进了安诺塔先生家,拉穆斯一声不响,闷头喝茶。

安诺塔先生忽然问道:"这次你在老家待了很久,家里事情很多吧?"

拉穆斯语调低沉地说："我父亲去世了。"

安诺塔先生心里一惊："啊,你说什么?太不幸了,令尊是怎样仙逝的?"

"他在帕黛玛河上乘船回家途中,突然遇到风暴,船沉没,他落水身亡。"

如同一阵狂风袭来,乌云顿时消散,天空重又晴朗,这个噩耗一瞬间消除了拉穆斯和胡蒙莉妮之间的误解。

胡蒙莉妮在愧悔交织的心里自责："丧父的悲恸和料理繁杂的殡葬,使他心力交瘁。也许至今神思恍惚。我们不知道他家发生了什么灾祸,心情多么悲痛,一味地责怪他,太对不起他了。"

于是,胡蒙莉妮的态度陡变,对丧父的拉穆斯格外关心。拉穆斯没有食欲,她却非要他多吃不可。

"您瘦得不成样子了。"胡蒙莉妮的语气充满爱怜,"您得注意自己的身体啊。"

随即她对安诺塔先生说："拉穆斯先生今天在这儿吃晚饭好吗?"

"当然可以。"

话音未落,来了不速之客奥卡亚。

最近,安诺塔先生的茶桌旁是奥卡亚的天下。今日一见拉穆斯,他愣了一下,但立即恢复常态,笑着说："啊呀,这不是拉穆斯先生嘛!我说您是不是把我们全抛到九霄云外去啦?"

拉穆斯笑了笑,没有言语。

奥卡亚径自说道："那天您父亲麻利地将您抓获、押走。我们猜摸他老人家不把您塞进洞房是绝不会放过您的……怎么样,躲过这场'灾难',逃回来啦。"

胡蒙莉妮憎恶地盯着奥卡亚。

安诺塔先生赶紧说："奥卡亚,拉穆斯的父亲去世了。"

拉穆斯脸色苍白,垂下头。

胡蒙莉妮心里痛恨奥卡亚往拉穆斯的伤口上残酷地撒了把盐。她急忙对他说："拉穆斯先生,我还没有给您看我们的新相册。"说着,她取来相册,放在拉穆斯面前的桌上,一边翻一边介绍哪张照片是在哪儿拍的。

趁旁人不注意,她低声问："拉穆斯先生,新租的房子,只有您一个人住吧?"

"对。"

"您不要迟迟不搬回我家隔壁的老住处。"

"不会,下星期一定搬回来。"

"噢,我想起来了,我正准备哲学考试,争取获得学士学位,有些问题我要向您请教哩。"

拉穆斯极其兴奋地表示愿意为她效劳。

第 八 章

拉穆斯果然不久便搬回原处。

胡蒙莉妮和拉穆斯之间疏远的感觉已荡然无存。拉穆斯俨然是她家的成员,和她一家人随便谈笑,隔三差五应邀在她家用餐。总之,关系极为融洽。

前一段时期,胡蒙莉妮天天背书,复习功课,因劳累过度,变得非常瘦弱,一阵风仿佛也能把她吹倒。她性格内向,寡言少语。别人不敢同她说话,生怕言词不当惹她生气。

然而,短短几天之内,她身上发生了令人吃惊的变化。她苍白的面颊泛起了红润,和人交谈,眼里荡漾着笑意。过去,她认为关注服饰是庸俗的表现,甚至是不正派的行为。如今,未被任何人说服,她奇怪地改变了自己的观点。其缘由,除了心灵的主宰,无人知晓。

拉穆斯由于身负重大责任,刻板、严肃的脾性丝毫不亚于胡蒙莉妮。他有敏锐的判断力,但身心的反应相对有些迟钝。

如同天空灿烂的星体在各自的轨道上运行,但装备各种仪器的天文台却缄默无语,谨慎地忠于职守,拉穆斯生活在五彩缤纷、生机勃勃的世界上,却沉浸于法学理论研究和模拟的辩护之中。但如今他较以前缘何洒脱多了呢?诚然,对于某些人的含沙射影,他不善于巧妙地、恰如其分地予以反击,但已能豁达地一笑置之。他仍不注意梳理他的头发,但他的披肩显然不像以前那么脏了,他的身心洋溢着前所未有的蓬勃朝气。

第 九 章

　　加尔各答城里,缺乏诗歌中为情侣营构的温馨氛围。你看,哪儿有花满枝头的无忧花树、帕古尔花树掩映的曲径?哪儿有缀满白花的曼达毗青藤爬满的亭阁楼台?哪儿有芒果汁似的杜鹃的甜蜜啼鸣?然而,在这枯燥乏味、美艳衰竭的现代都市里,爱情的艺术并未受到阻挠,并未被迫返回故园。在十分拥挤的车马之间,在铁轨束缚的电车行驶的街道上,永远年轻而年老的爱神,藏起他的弓弩,躲过头裹缠头巾的警察的眼睛,白天黑夜穿越无数街道,把爱情之箭,射入一对对恋人心中,这恐怕是无从稽考的。

　　拉穆斯和胡蒙莉妮居住的卡鲁土拉赁房后面是皮革店,旁边是杂货店,然而,谁敢说他们爱情的发展速度,不如身居茅屋、漫步乡间小路的情侣那么迅速?安诺塔先生家那张茶渍斑斑的小茶桌不是荷塘,但坐在茶桌旁的拉穆斯,从不感到缺少幽会的气氛。胡蒙莉妮养的小猫,不是神话故事中描述的痴男情女的感情桥梁——梅花鹿,但拉穆斯总是怜爱地抚弄它的颈脖。当小猫睡醒,把腰拱得像一张弓,驱散困意,然后舌爪并用,擦面舔毛,认真梳妆的时候,在拉穆斯温和的目光下,就形体美而言,这畜生绝不比其他四脚兽逊色。

　　胡蒙莉妮一直全力以赴地温习功课,力争一次通过考试,因此在做针线活儿方面,她不是个能手。最近,她正专心致志地跟一位擅长针黹的女友做针线活儿。在拉穆斯看来,女红是微不足道的小事,不值得花费时间。在文学和哲学方面,他无疑是胡蒙莉妮的债权人,而在针黹方面,他只能甘拜下风。为此,他常常有些不耐烦地说:"胡蒙莉妮,你最近为什么那么喜欢做针线活儿?针线活儿只配让不会以高雅方式消度时光的人去做。"

　　胡蒙莉妮不做声,莞尔一笑,依然穿针引线绣一方绸布。

　　有一回,奥卡亚尖刻地攻击拉穆斯:"人世间某些必要的活计,拉穆斯先生引经据典,称之为渺小的琐事。不管拉穆斯先生是多么伟大的哲学家或诗人,没有那些琐事,恐怕一天也活不下去。"

　　拉穆斯被激怒要与他辩论,胡蒙莉妮拦住他说:"拉穆斯先生,别人信口开河,胡言乱语,您何必急于反击呢?那样做只会使无聊的空话在世上急剧膨胀。"说着,她低下头,数数针脚,继续专心地刺绣。

一天上午,拉穆斯走进书房,看见桌子上放着绣花绸布包着的一本日记本,绸布的一角绣着一个字母"拉",另一角是金线绣的一朵莲花。他立刻明白这本日记本的来历和含义。他的心怦怦直跳,不用争论,不用抗议,他由衷地承认,女红不是渺小的活计。奥卡亚若在跟前,他可以毫不犹豫地对他说,围绕女红的这场争论,自己是输方。

他打开日记本,把一张信纸放在上面写道:

假如我是个诗人,一定回赠诗作,但我没有写诗的天才。天帝不曾赋予我馈赠的能力,但受纳也是一种能力。除了心灵的主宰,无人知道我收下这份出乎意料的厚礼是何等喜悦。礼品是可以目睹的,回赠则藏在心底。

祝

吉安

永远感激的拉穆斯

这封信很快送到胡蒙莉妮的手中。但此后两人谁也没有再提起这件事。

雨季来临了。雨季给树木茂盛的平原带来福音,却不给城市带来什么愉快。城里的房屋窗户关闭,楼顶封死。上街的行人撑伞,电车拉上窗帘,奋力阻挡雨水入侵,然而车身不能不让飞溅的泥浆染黑。河流、山脉、森林、原野,以热烈的欢呼迎迓挚友似的滂沱大雨。只有在大自然中,雨季展示壮丽景象,斯拉万月①天地的欢聚中不发生龃龉。

崭新的爱情,使人高山一样坚定,森林一样胸襟宽广。持续不停的大雨,变本加厉地损害安诺塔先生的消化器官,却不能阻遏拉穆斯和胡蒙莉妮心田欢悦的萌发、生长。云影、雷鸣、淅沥的雨声使两颗年轻的心愈加贴近。

暴雨经常阻止拉穆斯前往法院。好几天上午,无休无止地下雨,胡蒙莉妮忧虑地说:"拉穆斯先生,下这么大的雨,您怎么回家呢?"

拉穆斯一脸懊丧的神情:"这算不了什么,要回去总是有办法的。"

---

① 印历四月,公历7月至8月。

胡蒙莉妮马上劝阻:"您想淋成落汤鸡感冒发烧吗?算了,在这儿吃了饭再走。"

拉穆斯从不担心着凉感冒;他的亲戚朋友也从未听说他因不注意天气变化而感冒过。然而,他宁可由胡蒙莉妮周到地伺候着消磨雨天的时光,并把冒雨走几步路回家看做是不合情理的冒险行为。

有时出现雷雨大风的征兆,拉穆斯毫无例外地被请到胡蒙莉妮家中,中午吃烩饭,傍晚与父女俩共享丰盛的晚餐。显然,父女俩对安诺塔先生消化不良的担忧,远不如担心他淋雨后被感冒突然击倒。

缠绵的日子就这样一天天过去。拉穆斯从未头脑清醒地考虑何处是他心中这种忘我激情的归宿。但安诺塔先生不能不加以考虑。属于他们同一阶层的亲朋好友,也常常议论他俩的关系。拉穆斯待人接物的常识,远远落后于他的书本知识。如今他坠入爱河,可他的家庭观念竟然如此模糊不清。安诺塔先生几乎每天以充满期待的目光久久望着他的面庞,但从他的表情中从未发现自己期望的反应。

第 十 章

奥卡亚的嗓子并不洪亮,但当他一边拉小提琴一边唱歌的时候,除了特别挑剔的具有鉴赏力的行家之外,一般听众并不拒绝聆听,甚至有时还起哄要他再唱一支。安诺塔先生对音乐素无特殊爱好,不过他当众从不承认这一点。但他的自我保护意识非常强烈。

当有人请奥卡亚再唱一支歌时,他用表面上为奥卡亚解围的口气从中阻拦:"我说你们太过分了,可怜的奥卡亚能唱歌,你们就非要折磨他不可?"

奥卡亚显得极谦虚似的揭穿他的花招:"不,不,安诺塔先生,不必为我担忧,我看需要分析一下折磨究竟落到谁的头上。"

请他唱歌的几个人大声附和道:"好哇,来一场考验吧!"

一天下午,天上阴云密布。快到傍晚的时候,雨仍下个不停。奥卡亚被恶劣的天气困在安诺塔先生家里。

胡蒙莉妮提议道:"奥卡亚先生,唱支歌吧。"说着,便开始弹小风琴。

奥卡亚调罢琴弦,唱起一支印度斯坦民谣:

风儿吹拂绣幔，
　　情人通宵无眠。

　　对于孟加拉听众来说，这支印度斯坦民谣的歌词，不容易完全听懂。其实，也没有听懂的必要。心中只要有离合的体验，得到一点暗示就能激起共鸣。这支歌的大意是：细雨霏霏，孔雀的啼叫声声凄切，情人脸色憔悴，沉浸于无边的思恋。

　　奥卡亚试图以音乐语言表达无从倾吐的爱慕，但他的音乐语言却为在场的另外两个人所用。两个人沉入乐曲之波，互相撞击，于是，人世间的一切丑恶似乎不复存在，一切都那么美好。自古以来世人全部的爱，融入他俩的心中，在无可言传的欢乐、痛苦、热望和企盼中震荡。

　　就像这天雨云没有空隙，歌声也一直没有中断。胡蒙莉妮一再请求："奥卡亚先生，别停下，再唱一首，再唱一首！"

　　奥卡亚唱了一首又一首。歌曲的旋律好似一团团浓云，不时被其间闪烁的电光撕裂，里面隐藏的苦恋的心不时显现。

　　那天晚上奥卡亚很晚才离去。拉穆斯告辞的时候，透过乐曲之雾似的深情地看了胡蒙莉妮一眼。胡蒙莉妮也动情地望着他，她的目光也浸透歌曲艺术的感染力。

　　拉穆斯回到家里。雨停了一会儿，又哗哗地下了起来。他翻来覆去地睡不着。胡蒙莉妮也久久静坐在漆黑的夜色里，谛听户外不停的雨声，耳畔萦绕着那首歌曲：

　　风儿吹拂绣幔，
　　情人通宵无眠。

　　第二天早晨，拉穆斯长叹一声，在心里说：我要是会唱歌多好哇，赐我一副动人的歌喉，即使要我放弃其他方面的许多知识，我也在所不惜。

　　但是，采用什么训练方法，什么时候能够练就一副好嗓子，拉穆斯十分茫然。末了，他发誓般的喃喃自语："我一定要学会弹奏乐器！"

　　不久前的一天，他在安诺塔先生家里，趁别人都不在，用琴弓在弦上拉

了一下,这一下戳得文艺女神萨罗萨蒂痛楚地呻吟。他彻底地丧失了信心,对他来说,练习小提琴,实在太残酷了。

今天,他压缩了宏图大略,买了一架小风琴。关上房门,小心翼翼地按键。弹了一会儿,他发现,不管弹得如何,这风琴的忍耐力,明显大于小提琴。

第二天,他一走进安诺塔先生家里,胡蒙莉妮就对他说:"昨天我听见了您在屋里弹的琴声。"

拉穆斯认为,关上门,他学习弹小风琴就不会被人发现了。可偏偏有一双尖耳朵,听得见关了门的屋里的琴声。拉穆斯有些不好意思地坦白,他买了小风琴,决心学会弹奏。

胡蒙莉妮责怪道:"您干吗关上门自己瞎琢磨?我多少懂一点,可以给您一些指点。"

"我对乐器一窍不通,"拉穆斯说,"辅导我学弹琴,你可要受大罪。"

胡蒙莉妮信心十足:"凭我现有乐器知识,教您这位新手,大概绰绰有余。"

事态的发展足以证明:拉穆斯承认自己对乐器一窍不通并非谦虚。尽管女教师主动而耐心地指教,音乐知识仍找不到进入他大脑的通道。恰似不会游泳的人掉进河里,发疯似的摇手蹬足,拉穆斯在齐膝深的音乐之水中瞎扑腾。他弄不清楚哪个手指该按哪个键,按一个键就弹错一个音符,而且他又听不出来。他对乐音和噪音持不偏不倚的态度,坦然地破坏乐调的规律。

"您这是干什么?弹错了!"胡蒙莉妮冲他嚷嚷。

拉穆斯立即重弹,以第二个错误纠正第一个错误。态度严肃、坚韧不拔的拉穆斯不是那种动辄灰心丧气的人。如同压路机缓缓行进,对铁轮下压碎的东西不屑一顾,拉穆斯的眼睛绝对盲目地在可怜兮兮的乐谱和小风琴键盘之间来回奔忙。

拉穆斯笨拙的动作把胡蒙莉妮逗笑了,他自己也讪讪地笑了。对拉穆斯显示的弹错琴的"非凡才干",胡蒙莉妮觉得非常有趣。确实,只有爱情,能让人从错误、从无能、从噪音中汲取快乐。有如幼儿开始学走路,摇摇摆摆、跌跌撞撞,母亲见了却满心喜悦,拉穆斯学琴暴露出他对音乐的极端无知,也使胡蒙莉妮无比快乐。

"咳,您怎么老笑?"拉穆斯几次这样问,"您开始学弹琴,难道没有弹错?"

"当然也错过。"胡蒙莉妮答道,"不过,说真的,在弹错的次数方面,我可是望尘莫及。"

不服输的拉穆斯对胡蒙莉妮幽默的批评付之一笑,又从头弹起。

安诺塔先生分辨不出弹奏的高下,却神态肃穆地聆听;然后,一本正经地评论:"不错,拉穆斯弹得越来越熟练了。"

"弹噪音很熟练。"女儿加了注释。

安诺塔先生不同意女儿的看法:"不,不,和我开初听到的曲子相比,拉穆斯先生现在弹的曲子好听多了。依我看,拉穆斯先生只要持之以恒、反复练习,一定能成为演奏家。唱歌、演奏并非高不可攀的艺术,关键在于勤奋。只要掌握哆、嘞、咪、法几个音符,其他困难就都能一一克服。"

他这番高论不容驳斥,在座的只能洗耳恭听。

第十一章

今年秋天杜尔迦①大祭节期间,火车票适度降价,安诺塔先生打算和胡蒙莉妮乘车前往查巴勒普尔他妹夫的工作地点度假。每年旅行一次,换换空气,这无疑有助于改善他的消化功能。

眼下正值帕德拉月②,距杜尔迦大祭节只有几天了。安诺塔先生正忙着采购旅行所需的物品。

离别在即。拉穆斯充分利用女教师启程前不多的时间,加紧练琴。

有一天闲谈时,胡蒙莉妮说:"拉穆斯先生,我看您需要花几天时间到外地去换换空气,对吧,爸爸?"

安诺塔先生觉得女儿说得有道理,因为拉穆斯刚刚经受了丧父的悲恸,所以立即表示赞同:"对,到外地游玩几天有益于身心健康。拉穆斯先生,我的切身体会是,不管是印度西部,还是其他地方的旅游胜地,我发觉到那儿的头几天,身体状况明显好转,食欲增强,能吃能喝,以后就不行了,

---

① 印度神话中毁灭大神湿婆的妻子。
② 印历五月,公历8月至9月。

肚子发胀,胸口火烧火燎的,唉,不管吃什么……"

胡蒙莉妮嫌父亲说话啰唆,又问拉穆斯:"您见过纳尔玛达河吗?"

"没有。"

"那您真该去看看,是吧,爸爸?"

"当然,拉穆斯和我们一块儿去行吗?到那儿换换空气,还能游览闻名遐迩的大理石山。"

其实,呼吸比城里清新的空气,游览景色秀丽的大理石山,早已被拉穆斯确定为恢复健康的两项重要活动。安诺塔先生的建议和他的打算不谋而合,因此当即表示同意。

那天拉穆斯的身心仿佛在风中飘荡。为把心中压抑不住的激动朝他面前新辟的道路上倾泻,他进了屋,关上门,坐下弹风琴。全然不管什么噪音什么和声,他疯狂的手指在键盘上毫无节奏地跳舞。这几天,眼看着胡蒙莉妮即将远行,他心头充塞沉重的离愁。而现在他欣喜若狂,把学习音乐知识的过程中逐步领会的正确和错误的弹奏方法,一股脑地抛到爪哇国去了。

咚咚咚,门被敲响,接着有人喊道:"别弹了,别弹了,拉穆斯先生,您发什么疯呀,天快塌下来喽!"

拉穆斯心里的愧疚油然而生,他满面通红地开了门。

奥卡亚走到屋里,装腔作势地说:"拉穆斯先生,您偷偷地在屋里干的这种勾当,难道不属于您学到的刑法的惩处范围吗?"

拉穆斯嘿嘿一笑:"我认罪。"

"拉穆斯先生,"奥卡亚说,"您不介意的话,我想同您谈一件事。"

拉穆斯不安地、默默地等他说出下文。

"想必您也知道,我不能不关心胡蒙莉妮的幸福和痛苦。"

拉穆斯未置可否地静听着。

"我是安诺塔先生的朋友,我有权问您,您对她怀有什么企图?"

奥卡亚选择的言词和讲话的腔调,均使拉穆斯十分反感。可他素无尖刻地反驳的习惯和能力,只是冷静地说:"您的意思是说我对她不怀好意,什么原因使您产生这样的担忧呢?"

"您看,"奥卡亚说,"您出身印度教家庭,您父亲是正统的印度教徒。我知道他怕您娶梵社成员家的姑娘,才赶来把您带回老家,让您和乡下姑娘结婚。"

奥卡亚出于某种需要,对拉穆斯家的情况做过调查。事实上,正是他略施小计,使拉穆斯的父亲对儿子的婚事忧心忡忡。拉穆斯像是被揭了老底似的,许久没有勇气与奥卡亚面面相对。

奥卡亚的口气咄咄逼人:"您父亲猝然去世,您以为就可以恣意妄为了吗?他的心愿——"

拉穆斯忍无可忍地打断他的话:"听着,奥卡亚先生,关于我如何处理与别人的关系,您如果认为您有权提出忠告,您尽可提出来,但我们父子关系,您不要横加干涉。"

"好吧,不谈你们父子的事。"奥卡亚直截了当地问,"现在请您坦率地告诉我,您是不是想娶胡蒙莉妮?您有没有娶她为妻的足够财力?"

拉穆斯被持续不断的攻击惹火了:"我说奥卡亚先生,您或许是安诺塔先生的朋友,但你我之间谈不上有什么交情,请不要跟我谈这些事!"

奥卡亚偏偏揪住不放:"我不谈这些事,这些事如果不复存在,于是您便一如既往地、不顾后果地过您的快活日子,那确实没有必要多费唇舌。然而,社会不是像您这种逍遥自在的人的游乐场。虽然您是富于高雅情趣的人,不屑于考虑凡世俗事,但稍加思考您会明白,您对一位绅士女儿的所作所为,将使您难以躲避局外人的质问。您的所作所为,是您将您所尊敬的人置于被社会鄙视的一种伎俩。"

"我心怀感激之情接受您的忠告。"拉穆斯毫无表情地说,"我将很快确定我该做些什么,并一定按照我的想法去做。这件事,用不着您再操心,我想我们的谈话到此可以告一段落。"

"拉穆斯先生,您使我如释重负。"奥卡亚说,"这么长时间之后,您总算答应确定并履行您的责任。我为此感到欣慰——其实,我并无与您长谈的癖好,打断您练习弹琴是我的过失,请多原谅,继续练吧,告辞了。"

说罢,奥卡亚匆匆离去。

但弹出不悦耳的噪音的练习未能继续下去。拉穆斯头枕着双手,没精打采仰面躺在床上。不知过了多久,忽听时钟"当当当"敲了五下,便条件反射似的一跃而起。天晓得他究竟确定了什么行动方案,不过,他心里毫不怀疑,当务之急是到邻居家喝两杯茶。

见他脸色有些苍白,胡蒙莉妮吃惊地问:"拉穆斯先生,您是不是

病了？"

"没那么严重。"

"不严重！准是消化功能紊乱,胆汁过多。"安诺塔先生自作聪明地说,"我正服丸药,你不妨吃一丸试试……"

胡蒙莉妮微笑着插嘴："谁来你都让人家吃你的丸药,谁吃了有明显疗效？"

"可也没有什么坏处啊。"安诺塔先生固执地说,"我比较过了,到目前为止我吃过的所有丸药中,数这一种最灵。"

"爸爸,你每次服一种新药,头几天都说是灵丹妙药……"

"你们总不相信。好吧,去问问奥卡亚先生,他听从我的意见服了有没有效果。"

胡蒙莉妮唯恐真的把这位证人叫来,赶紧停止谈论服药,可是证人已"出庭"了。奥卡亚进门就对安诺塔先生说："安诺塔先生,请再给我一粒丸药。我服了您的药,效果特好,浑身轻松。"

安诺塔先生得意地看了女儿一眼。

第 十 二 章

安诺塔先生没有让奥卡亚服了药就走,奥卡亚也没有露出急着要走的表情。他居高临下地注视着拉穆斯。拉穆斯平时从不注意别人的表情,但今天奥卡亚睥睨的目光未能躲过他的眼睛,他心绪烦乱,如坐针毡。

去印度西部旅行的日期一天天临近。胡蒙莉妮惦记着这次旅行,情绪亢奋。她打算等拉穆斯来了,同他详细商量度假的具体计划。在西部幽静的环境中,应当读完哪些书,他俩准备拟定一张书单。原本说定,拉穆斯今日早点过来,他俩是怕喝茶的时候,突然来了奥卡亚或别的不速之客,妨碍他俩的商谈。

不料今日拉穆斯比往常来得还晚,而且是一副心事重重的样子,这简直是给胡蒙莉妮当头泼了一盆凉水。她趁奥卡亚和父亲谈话的机会,低声问拉穆斯："您今天为什么来得这么晚呀？"

拉穆斯心神不定地沉默片刻,说："噢,今天是晚了点儿。"

胡蒙莉妮今日早早地、动作敏捷地梳了头。梳妆、更衣之后,她频频看

钟,一直在心里安慰自己:钟出了毛病,现在还不晚。当她对时钟的信任发生了动摇时,就拿着针线活儿坐在窗前,竭力克制着心头的焦躁。终于,拉穆斯脸色阴沉地来了,但对他的迟到未作任何解释,好像没有必要那么早来似的。

胡蒙莉妮憋着一肚子气喝了午茶。客厅里一张三脚茶几上放着一堆书,为了吸引拉穆斯的注意力,胡蒙莉妮一本一本慢腾腾地拿起那些书,又慢腾腾地往外走去。

拉穆斯见状,蓦地从呆愣中惊醒,几步走到她身边:"您把书拿到哪儿去?您不是要挑选几本带走吗?"

胡蒙莉妮嘴唇哆嗦,她极力忍住外涌的眼泪,声音发颤地说:"算了吧,挑几本书有什么用!"说着,她加快脚步,跑到楼上,把书全扔在卧室地板上。

她一走,拉穆斯更加六神无主。

奥卡亚肚里发笑,揶揄道:"拉穆斯先生,看上去您今天不太舒服。"

拉穆斯嘴里咕哝了一声,别人听不清他究竟说了什么。

奥卡亚一提到身体,安诺塔先生顿时来了兴致:"刚才拉穆斯一进门,我也对他这样说过。"

奥卡亚抿嘴一笑,用挖苦的口吻说:"像拉穆斯先生这样的雅士,也许认为关心身体健康是庸俗之举。他们是精神世界的人,得了消化不良症,也把请医生诊治当作乡下佬的愚昧无知。"

安诺塔先生于是就这个话题,严谨而详细地阐明了一条真理:生产精神食粮的脑力劳动者,同样需要一副好肠胃。

拉穆斯一声不响,心急如焚。

奥卡亚扬扬得意地说:"拉穆斯先生,听我一句忠告,服一粒安诺塔先生的丸药,早点上床睡觉吧!"

"我正等着和安诺塔先生谈一件特别重要的事。"拉穆斯此话是暗示奥卡亚赶快离开。

奥卡亚从椅子上跳起来:"啊呀,您早点讲嘛,拉穆斯先生把所有的话藏在肚子里,等到时间不多了,才急得像热锅上的蚂蚁似的。"

奥卡亚走后,拉穆斯两眼盯着鞋头,缓缓地说:"安诺塔先生,您给了我和亲戚一样随便出入您家的权利,为此我感到多么荣幸,在您面前我无法

用语言来表达。"

"你说这话就见外了。"安诺塔先生说,"你是约肯特罗的朋友,我怎能不把你当作自己的孩子哩。"

开场白终了,拉穆斯脑子里一片空白,不知道往下该说什么话。

安诺塔先生似乎有意在扫清他思路上的障碍:"拉穆斯,把你这位才华横溢的青年当作自家孩子看待,对我来说也是很荣幸的。"

拉穆斯仍不知道怎样表露心迹。

安诺塔先生真心诚意地说:"你知道,有人在背后说了你们不少闲话。他们说胡蒙莉妮已到了结婚的年龄,挑选交往的人,应该慎之又慎。我直率地对他们说,我完全相信拉穆斯的品行,他决不会做出对不起我们的事儿。"

拉穆斯大受感动,脱口说道:"安诺塔先生,您是完全了解我的,您如果认为我是胡蒙莉妮合适的对象,那……"

"这是明摆着的嘛。"安诺塔先生说,"只是因为你家发生了不幸,你们的婚期一直定不下来。可是,孩子,不能再拖延了,社会上已有流言蜚语,应该尽快加以杜绝,你以为如何?"

"一切都照您说的办,不过首先要征求一下您女儿的意见。"

"那当然,但她的心意我是清楚的。尽管如此,明天上午再作最后决定吧。"

"耽误您休息了,我该走了。"

"等等,我说呀,最好在去查巴勒普尔之前举行婚礼。"

"那可没有几天了呀。"

"是的,只有十几天。要是你们下星期日结婚,之后还有两三天可以为旅行作准备。你知道,拉穆斯,不是我催逼你,我不能不考虑我的身体。"

拉穆斯诺诺连声,吞下一粒丸药,异常兴奋地回家去了。

第 十 三 章

女子寄宿学校即将放假。拉穆斯已和女校长商定,假期中仍让卡玛腊住在学校。

与安诺塔先生交谈后的第二天早晨,拉穆斯早早起床,走到外面,在广

场宁静的小路上散步。他打算结婚之后,从头到尾、详详细细地向胡蒙莉妮讲清他与卡玛腊的纠葛。然后,对卡玛腊讲明真实情况。这样,消除误会,彼此谅解。卡玛腊可以作为朋友,无拘无束地和胡蒙莉妮住在一起。想到当地的一些熟人仍可能就他们的关系说长论短,他决定迁居哈查利巴格,在那儿开办律师事务所。

从广场回来,路过安诺塔先生家,他在楼梯口碰见胡蒙莉妮。换成其他日子,两人相遇总要说几句话。但这一回胡蒙莉妮的脸"刷"地红了,两颊的羞红中,泛出一抹曙光般的甜笑。她转过脸,垂下眼皮,一溜烟地跑了。

回到家里,坐在风琴前,拉穆斯心潮澎湃,反复地弹跟胡蒙莉妮学的一支曲子。可这支曲子总不能弹一天吧,弹了一会儿,他打开一部诗集,朗诵诗歌,可他觉得任何一首诗都达不到他的爱情之曲飞扬的高度。

而胡蒙莉妮也喜气洋洋,以前所未有的速度很快做完了家务事。清静的中午,她关上房门,坐下做针线活儿,恬静的脸上闪耀着欢乐的光彩,全身浸透了人生已有圆满归宿的幸福感。

不到喝茶的时辰,拉穆斯就作别诗集和小风琴,一阵风似的跑到安诺塔先生家里。平常,他早已见到胡蒙莉妮,可今日他看到喝茶的房间里空无一人;走进二楼起坐间一看,也是空的。胡蒙莉妮款款走出卧室的足音,许久未传到他的耳朵里。

安诺塔先生准时在茶桌旁坐下。拉穆斯不时焦急地朝门口张望。

门外响起脚步声,但进来的是奥卡亚。他装出亲热的样子,说:"啊,拉穆斯先生,我刚才到您的住所去了。"

一句话给拉穆斯的脸蒙上忧虑的阴影。

奥卡亚干笑两声:"怕什么,拉穆斯先生?我不是去攻击您的。听到喜讯,向朋友表示祝贺是一种责任,我正是去履行这种责任的。"

这席话使安诺塔先生想起,胡蒙莉妮还没有下楼。他喊了一声,没有回音,便起身上楼,催促道:"你这是怎么啦,胡曼①,还做针线活儿?茶已煮了,拉穆斯、奥卡亚都来了。"

胡蒙莉妮脸色微红:"爸,请把我的茶送来吧,我想今天做完这些

---

① 胡蒙莉妮的昵称。

活儿。"

"这是你的老毛病,胡曼!干一件事,别的统统不管。温习功课考试,几本书就从早到晚捧在胸前。现在做针线活儿,又把其他事丢在脑后。不行,这样不行,下来,下楼喝茶。"

安诺塔先生硬把女儿拉到楼下。胡蒙莉妮一进屋,没看谁一眼,直奔茶桌,忙着给大家倒奶冲茶。

"胡曼,你怎么搞的!"老头儿叫起来,"干吗给我杯里放糖,你知道我喝茶是从不放糖的。"

奥卡亚抿嘴一笑:"她无意掩饰慷慨大方,要给每人一份甜蜜。"

拉穆斯心中难以忍受奥卡亚对胡蒙莉妮含沙射影的嘲讽,暗暗发狠地说,结婚以后,无论如何要立即断绝和他的往来。

奥卡亚的话锋忽然转向拉穆斯:"拉穆斯先生,您的名字最好改一下。"

奥卡亚的故作幽默使拉穆斯对他更加厌憎:"为什么要改?"

奥卡亚翻开报纸,说:"您看,一个名叫拉穆斯的学生,请别人冒用他的名字,替他考试,居然考及格了,但后来事情败露了。"

胡蒙莉妮知道拉穆斯不善于针锋相对地舌战。每每奥卡亚对拉穆斯发动攻击,她便挺身而出,予以反击。今天她又忍不住了。她抑制住心头的愤怒,微微一笑:"同名同姓的许多奥卡亚也许在坐牢哩!"

"您怎么这样损人哪?"奥卡亚不悦地说,"作为朋友,我跑来善意地提一条建议,你们却大动肝火,那我索性把事情的由来讲清楚吧。你们知道,我妹妹莎拉德在女子学校读书,昨晚回来对我说:'哥,你们那位拉穆斯先生的妻子也在我们学校读书。'我说:'疯丫头,你尽胡说,除了我们的拉穆斯,世界上没有第二个拉穆斯了吗?'莎拉德说:'不管哪个拉穆斯,反正对他妻子够狠的。学校放假,几乎所有的姑娘都回家过节,他却硬把妻子留在学校里。这可怜的姑娘伤心极了,眼睛哭得又红又肿。'当时我想,这不是令人愉快的事。不过,其他人恐怕也会像莎拉德一样张冠李戴。"

安诺塔先生哈哈大笑:"奥卡亚,你真是疯子说疯话,另一个叫拉穆斯的人的太太在学校里失声痛哭,我们的拉穆斯就非得改名换姓!"

话音未落,拉穆斯霍地站起,脸色铁青地往外走。

"怎么啦,拉穆斯先生?"奥卡亚起身追出去,"为何怒气冲冲地走啊?是不是以为我在怀疑您?"

"乱弹琴!"安诺塔先生嘟囔道。

胡蒙莉妮低声哭了起来。

安诺塔先生慌了神:"怎么啦,胡曼,哭什么呀?"

胡蒙莉妮泪流满面,哽咽着:"爸爸,奥卡亚他太缺德了,他凭什么在我们家肆无忌惮地侮辱老实人?"

"奥卡亚开个玩笑,"安诺塔先生劝道,"你何必跟他较真哩。"

"这种玩笑我可受不了!"说着,胡蒙莉妮跑上楼去。

返回加尔各答之后,拉穆斯千方百计寻找卡玛腊丈夫的下落。几经周折,终于打听到杜巴普库尔属于哪个县,并给卡玛腊舅舅达里尼贾都济写过一封信。

上述不愉快的事情发生后的次日上午,拉穆斯收到了回信。达里尼贾都济的信中说,发生悲惨的沉船事件之后,他的外甥女婿诺利那格一直下落不明。他曾在郎布尔县行医。达里尼贾都济往郎布尔写信询问,得知那儿无人知道他的去向。至于他的老家在哪儿,达里尼贾都济也不清楚。

读完信,拉穆斯从心中排除了卡玛腊丈夫还活在人世的可能性。

上午,拉穆斯还收到许多别的信。不少同仁、朋友得悉他即将结婚,纷纷写信来表示热烈祝贺。有的说要参加他的喜宴,有的用戏谑的语言责怪他不应该对他们保密那么长时间。

拉穆斯读信时,安诺塔先生家的仆人给他送来一封信。一见信封上的笔迹,他的心怦怦直跳。

这是胡蒙莉妮写的信。拉穆斯猜测,她写此信的目的,大概是为消除听了奥卡亚那番话之后她心中产生的疑窦。

拆开信,信纸上只有寥寥数语:

  昨天奥卡亚先生对您非常不礼貌。我以为您今天一早就会过来,但您为什么不来呢?奥卡亚先生信口雌黄,您何必耿耿于怀?您知道,我根本不把他的话放在心里。早点过来吧。我今天一定把针线活儿扔在一边。

从这短短几行字里,拉穆斯感受到了胡蒙莉妮充盈慰藉的琼浆的那颗温柔心中的隐痛,双眼不觉涌满热泪。拉穆斯省悟,从昨夜到现在,胡蒙莉

妮一直急切地期待着平息他胸中的愤懑。怀着这样的心情,她过了一夜,过了上午,末了忍不住提笔给他写了这封信。

拉穆斯原本昨天就考虑向胡蒙莉妮讲明他所处的困境,后来奥卡亚半路上冲出来那么一渲染,他又犹豫起来。现在原原本本地讲吧,旁人听起来,好像他真干了见不得人的勾当,如今暴露无遗,而他正巧舌如簧地为自己开脱罪责。不仅如此,这几乎还表明在这场冲突中奥卡亚大获全胜,自然也是他无法忍受的。

拉穆斯猜想,奥卡亚肯定以为卡玛腊的丈夫是另一个拉穆斯,要不然,他不会打了个信号弹就偃旗息鼓,早闹得满城风雨了。因此,眼下他必须格外谨慎。

这时,邮递员又送来一封信。

拉穆斯拆开一看,信是女子学校校长写的。信中说,卡玛腊心情忧伤,在这种精神状态下,强行留她在学校过节,校长认为是很不恰当的。下星期六学校放假,他务必在星期六把她接走。

星期六他得把卡玛腊接回家!而星期日他将当新郎!

"拉穆斯先生,请您原谅我!"正当他心急火燎的时候,奥卡亚叫嚷着闯进他的房间,"我要是知道为了一句玩笑话您会那么气愤,我决不会开口。玩笑中若有一丝真实,听了难免恼火,可那是道听途说的谣传呀。当着大家的面,您何必勃然大怒,拂袖而去呢?安诺塔先生从昨天起一直责怪我,胡蒙莉妮对我不理不睬。今天我一走进他们家,她见了我扭头就走,您说,我到底犯了什么弥天大罪!"

"适当时候会有公正判决的。"拉穆斯一脸冰霜,"对不起,我马上要去办一件急事。"

"是不是为婚礼请乐队,付预付款?"奥卡亚问,"时间确实紧迫,我不打扰您操办喜事,再见!"

奥卡亚走后,拉穆斯立即去见安诺塔先生,一进门,迎面碰见胡蒙莉妮。

胡蒙莉妮估计他很早会来,早已收拾完房间,坐在起坐间等候。她把要绣的绸布折叠整齐,包在手绢里放在桌上。旁边是一架小风琴。她打算弹几支曲子,自然,更希望以心灵欣赏不可演奏的心曲。

见拉穆斯进屋,她脸颊上顿时闪现柔情的灿烂光辉,但听见拉穆斯开口就问"安诺塔先生在哪儿",那光辉立刻黯淡了。

"他在自己的屋里,怎么,找他有事?"她诧异地问,"他一会儿就下来喝茶。"

"是的,有件急事,不能耽误。"

"那上楼找他吧。"

拉穆斯急匆匆拾级而上。

他确有急事,而且刻不容缓,甚至爱情也只能在门外耐心等待。

风和日丽的秋天仿佛叹了口气,无奈地关闭了自己的欢乐宝库的金门。胡蒙莉妮搬走小风琴前的凳子,坐在桌旁闷头做针线活儿,她一针一针地绣着,一根无形的针也穿刺着她的心。拉穆斯的急事一时半会儿办不完的,急事是拥有全部时光的国王,而爱情是乞丐。

第 十 四 章

拉穆斯走进安诺塔先生的房间,只见他坐在椅子上,用报纸遮着面孔打盹儿,就重重地咳嗽一声。安诺塔先生一激灵醒了,举起报纸:"看过报纸了吗?拉穆斯,这次霍乱流行,死了不少人哪。"

拉穆斯开门见山地说明来意:"我想请您同意推迟几天举行婚礼。我要处理一件急事。"

有关城里有人死于霍乱的详细报道,从安诺塔先生的脑海里消失了。他怔怔地望着拉穆斯许久:"这怎么行,拉穆斯,请柬都发出去了。"

"把婚礼推迟到下星期日,今天写信通知还来得及。"

"拉穆斯,你太让我吃惊了。这是刑事诉讼吗?你为了方便可以要求推迟审理案件。你到底有什么重要事情,讲给我听听!"

"这事非常紧急,一刻也不能拖延。"

安诺塔先生瘫软在椅子上,像一棵被暴风刮倒的香蕉树,有气无力地说:"你的事刻不容缓,好,太好了!您想怎么办就怎么办吧。你只管按照你的主意收回邀请,应邀的客人问起缘由,我就说:'我一无所知,新郎知道为什么非这么干不可,只有他能讲清楚哪天他结婚最合适。'"

拉穆斯默不作声,低着头,瞅着地。

"你同胡蒙莉妮谈过了吗?"安诺塔先生问。

"没有,她还不知道。"

"应该让她知道,不是你一个人结婚嘛。"

"我打算和您谈过之后再告诉她。"

"胡曼,胡曼……"安诺塔先生气咻咻地叫喊。

胡蒙莉妮闻声跑上楼:"什么事,爸爸?"

"拉穆斯说他要办什么急事,现在没工夫办喜事。"

胡蒙莉妮脸色煞白,愣愣地看着拉穆斯。拉穆斯像个罪人,垂首无语。

拉穆斯不曾料到他会如此狼狈地向胡蒙莉妮提出推迟婚期。他在颓丧的心中完全可以感受到,这突如其来的不愉快的消息,给她的打击是何等沉重、何等残酷。但离弦的箭是飞不回来的,他似乎清楚地看见这支残忍的箭射进了胡蒙莉妮的心。

显然,事情已经没有挽回的一点儿余地。婚礼必须推迟,拉穆斯要处理火烧眉毛的急事,具体情况,他暂时不能透露。除此以外,还会有什么新的解释呢?

安诺塔先生沮丧地看着女儿,说:"这是你们自己的事,你们自己商量一下,妥善解决吧。"

胡蒙莉妮低垂着头:"爸爸,其实我也一无所知。"说完,就像狂风大作,乌云的巨口里夕辉骤然消逝那样,冲出了房间。

安诺塔先生举着报纸挡着脸,佯装阅读,实际上是在思索对策。

拉穆斯默坐片刻之后,猛地站起,走到屋外,经过宽敞的客厅,看见胡蒙莉妮痴呆呆地站在窗口。她的眼前,杜尔迦大祭节将临的加尔各答,处处洋溢着欢乐气氛,所有的街道和胡同里,滚滚人流像江河里奔涌的潮水。

拉穆斯犹豫着未敢走到她身旁,在后面目不转睛地望着她。胡蒙莉妮伫立窗前浴着秋阳的倩姿,在他脑子里留下了不可磨灭的印象。她纤润的前额、细心梳理的发髻、白皙的颈上几缕秀发,秀发下金项链闪烁的光泽,从左肩斜垂下来的波状纱丽边缘,深深地铭刻在他愁闷的心中。

拉穆斯缓缓走到胡蒙莉妮身边。她凝望着街景,比起拉穆斯,她似乎对街上的行人更感兴趣。

"我求你一件事。"拉穆斯的嗓音发哽。

胡蒙莉妮从他的话音听出了他心情的沉重,不禁转过身来。

拉穆斯努力提高声调:"请你不要不相信我……"这是他第一次用"你"

这个称呼,"对我说,你永远不会不信任我。我心灵的主宰可以作证,我永远不会亵渎你的一片真情。"

拉穆斯说不下去了,眼角闪着泪光。

胡蒙莉妮抬起清澈、忧郁的眼睛,注视着拉穆斯的脸庞,两行热泪夺眶而出,沿着面颊扑簌簌滚落下来。宁静的窗前,彼此对视的这对恋人,不知不觉置身于无语的安谧和慰藉的天堂。

拉穆斯让心灵许久沉浸于泪水无声流淌的安宁之中,末了释然地叹口气,说:"你想知道我提出把婚期推迟一星期的原因吗?"

胡蒙莉妮默默地摇摇头——她不想知道。

"结婚之后,我会把实情告诉你的。"

一听到结婚,胡蒙莉妮的面颊又泛起红晕。

今天吃完饭,胡蒙莉妮兴高采烈地梳妆打扮,期待拉穆斯到来之时,想象着他俩喁喁低语,展望未来,不时发出欢快的笑声;并一起勾画一幅家庭幸福生活的美妙图画。然而,她做梦也不曾想到,这短短的几分钟之内,他们的两颗心交换了忠贞的花环。他俩相对而立,默默无语,泪水涟涟,品味到了甜蜜的快乐、深沉的宁谧和绝对信任的承诺。

"你快到我爸那儿去一趟,"胡蒙莉妮提醒道,"他还在生闷气哩。"

拉穆斯心情愉快地走了出去,他在精神上作好了袒露胸膛承受人世间各种打击的充分准备。

第 十 五 章

见拉穆斯走进房间,安诺塔先生神色阴沉地望着他。

"请把客人的名单给我。"拉穆斯说,"我今天就把改变婚期的信发出去。"

"这么说,婚期是改定喽?"

"是的,没有别的办法。"

老头儿撅挑子了:"听着,孩子,这事儿我不管了,你去张罗吧。我不想成为别人的笑料。你这样随心所欲,把婚姻大事当做儿戏,像我这种上了年纪的人,只好不过问。这是名单,你拿去。我已花了一大笔钱,许多钱白花了。我不是舍得一次次把钱往水里扔的百万富翁。"

拉穆斯当即表态,他愿意承担一切费用,婚事由他一手操办。他起身要走,安诺塔先生又说:"拉穆斯,成亲之后,你打算在什么地方当律师?不是在加尔各答吧?"

"是的,我想在印度西部选一个合适的城市。"

女婿的话正合丈人的心意:"好,很好,埃吐亚那地方景色宜人,水质也好,有助于消化。我曾在那儿住过一个月,饭量增加一倍。我说,孩子,胡蒙莉妮是我唯一的女儿。我不和她住在一起,她不会快活的,我也放心不下。所以,我的意思是,你要选一个气候有利于身体健康的地方。"

安诺塔先生抓住拉穆斯的过失,心安理得地提出较高的要求。其实,这时他不提埃吐亚,而提出迦拉山区或洁拉奔吉疗养胜地,拉穆斯也会满口答应。

"行,就照您说的,我在埃吐亚开律师事务所。"说罢,拉穆斯肩负通知更改婚期的重任,匆匆离去。

他刚走不久,奥卡亚就来了。

安诺塔先生见了他头一句话就是:"拉穆斯把婚期推迟了一星期。"

奥卡亚暗暗惊奇:"啊,您说什么?怎么能随便改哩,不是后天结婚吗?"

"本来是不应该改的。"安诺塔先生说,"通常谁也不会这样做。可如今你们年轻人的所作所为告诉我,一切都是可能的。"

奥卡亚露出一副十分严肃的表情,脑子里闪电般的想了想说:"你们选了一位女婿之后,闭上眼睛,对他所做的一切不闻不问。您把女儿的一生交托给一个人,就应该对他作深入了解。即使他是天神,谨慎一些,也没有坏处嘛。"

安诺塔先生坚信自己的眼力,说:"要是怀疑像拉穆斯这样淳朴的青年,那与世界上任何人都不能建立彼此信任的关系了。"

"嗯,拉穆斯先生告诉您婚期推迟的原因了吗?"

安诺塔先生挠挠头,说:"没有,他没有主动讲什么原因。我倒是问过,他只说要干一件非常紧急的事。"

奥卡亚转过脸冷冷一笑:"拉穆斯先生肯定把原因告诉您女儿了吧?"

"有可能。"

"叫她来问清楚不好吗?"

"好吧。"安诺塔先生大声叫道:"胡曼,胡曼……"

胡蒙莉妮进屋见奥卡亚在场,故意站在父亲的侧面,不让奥卡亚看见她的脸。

安诺塔先生问女儿:"拉穆斯可曾对你讲过婚礼延期的原因?"

胡蒙莉妮摇摇头:"没有。"

"你没有问他原因吗?"

"没有。"

"真是怪事!我看你和拉穆斯配合得太默契了。"安诺塔先生不满地说,"他跑来说:'我现在没有工夫结婚。'你就说:'那好,改天结吧。'妥了,别的全不用说了。"

"当一个人显而易见地在掩盖做某种事的动机时,别人刨根问底,那不是显得太没有涵养了吗?"奥卡亚好像是在为胡蒙莉妮辩解,"能讲的话,拉穆斯先生也许早讲了。"

胡蒙莉妮的脸气得通红:"关于这件事,我不想听第三者妄加评论。我对发生的一切毫无怨言。"

说完,她疾步走出客厅。

奥卡亚的脸红一阵白一阵,他费力地挤出一丝笑容,说:"世界上为朋友出力受的窝囊气历来是最多的。正因为这样,我更加深切地体会到友谊的珍贵。你们恨我也罢,骂我也罢,怀疑拉穆斯,我认为是朋友应尽的责任。看到你们可能上当受骗,我不能无动于衷、袖手旁观。我承认这是我的一大弱点。好在约肯①明天回来,他如果把事情弄个水落石出,对自己的妹妹一百个放心,我从此决不多嘴多舌。"

安诺塔先生并非不曾意识到,现在已到了查询拉穆斯突然改变主意的缘故的时候,但粗暴地挖掘别人的隐私,弄不好会促发一场预料不到的风暴。他遇事冷静的脾性决定了他不会对此表现出丝毫的兴致。

他对奥卡亚明目张胆地干预他家的私事很有些气恼:"奥卡亚,你的行为很令人怀疑。拿不出任何证据,你为什么……"

奥卡亚懂得克制自己,但不断萌发的猜疑冲决了他忍耐的堤坝,使他恼怒地打断安诺塔先生的话:"您听我说,安诺塔先生。我有许多毛病,我

---

① 约肯特罗的昵称。

嫉妒您未来的乘龙快婿,我怀疑温文尔雅、知书达理的人。我没有哲学知识,教不了名门闺秀。我没有与他们讨论诗歌的奢望。我被视为极其平庸的人。但我一向热爱你们、尊敬你们。在许多方面,我不如拉穆斯,但有一点我感到自豪的是,我从不对你们隐瞒什么。我可以在你们面前袒露我的贫乏,向你们乞求布施。可我的品格从不允许我挖墙洞偷窃。我这话的意思,你们明天就会明白。"

第 十 六 章

发完信,夜幕已经降临。

拉穆斯躺在床上,但毫无睡意。他的头脑里,喧腾着两河交汇处黑白分明的恒河水和朱木拿河水那样的两种思潮,交融的涛声,纷扰着本该安睡的时辰。

他辗转反侧,难以入眠,索性一骨碌爬起来,站在窗口,只见空荡荡的胡同里,一边全是黑魆魆房屋的影子,另一边则洒满皎洁的月光。

拉穆斯凝然伫立,他的心灵渐渐融入没有矛盾、没有惶惑的宇宙的永恒宁谧之中。世世代代,从无声无涯的时空幕后,生与死、劳作与憩息、肇始与终端,应和着听不见的奇妙的音乐旋律,登上世界舞台。拉穆斯隐隐望见一对对痴男情女的挚爱,走出光影交织的往昔,步入星光灿烂的今世。

拉穆斯缓步走上楼顶平台,朝安诺塔先生家张望。万籁俱寂,楼房的墙上、屋檐下、门窗的空隙里、泥灰驳落的墙基上,呈现月光和黑影交叠构成的一幅幅奇特图案。

奇迹!在人口稠密的加尔各答一幢普通楼房里,居住着一位聪慧、妩媚的才女!在这举世闻名的都市里那么多大学生、那么多律师、那么多异乡人、那么多外国人中间,一位名叫拉穆斯的普普通通的青年,有一天来到阿斯温月①金色阳光照耀的窗前,与这位倩女比肩而立,眺望融合无限欢乐的奥秘之海中荡漾的生活和大千世界。这无与伦比的奇迹,既在心灵之内,又在心灵之外!

夜深人静,拉穆斯仍在楼顶平台上踱步。不知什么时候,前面的楼后,

---

① 印历六月,公历9月至10月。

弯弯的秋月已经坠落。大地笼罩在越来越浓稠的黑暗之中,被行将辞别的月辉拥抱着的天空,灰蒙蒙的。

凉飕飕的夜风吹来,疲倦的拉穆斯打了个寒噤。蓦地,惶惧袭上他的心头。他想起,明天他又将出门奔波在生活的战场,进行新的战斗。那夜空的面庞上没有愁容,溶溶月光中没有拼搏前的忐忑不安。夜是那样安详,无数星体不停地运行,宇宙享有恒久的憩息。但是,繁忙人群的战斗无休无止;整个人类社会,在欢欣、忧愁、骚扰、纷争中动荡。一边是茫茫宇宙的永恒安谧,另一边是人世持续不断的争斗,两者何以同时存在?这问题也在满腹心事的拉穆斯的脑际闪现了。刚才,他观瞻了宇宙内宫中爱情的永恒而恬静的形象,而片刻之后,他看到那爱情面临人世的纷争和错综复杂的生活,满面愁云。这两者中间,哪是真实?哪是幻影?

第 十 七 章

第二天,约肯特罗乘早车从印度西部赶回来了。今天是星期六,明天是胡蒙莉妮的大喜日子。但他走到家门口,没有看到举行婚礼的任何迹象。回家之前他以为,他家游廊里早已挂满用雪松的枝条编扎的彩灯,到家一看,他家与墙壁灰暗的左邻右舍毫无区别。

他惶惶不安地猜测,家里可能谁得了急病,便急忙走进客厅,看见茶桌上摆着为他准备的食品,安诺塔先生把喝了一半的茶杯放在桌上,正聚精会神地看报。

"胡曼他好吗?"他忙问。

"很好。"

"婚事怎么样了?"

"下个星期天举行。"

"为什么?"

"为什么?去问你的朋友!拉穆斯只告诉我们,他有急事要办,这个星期天不能举行婚礼。"

约肯特罗心里埋怨父亲优柔寡断、软弱无能,说:"爸爸,我不在,他们尽干糊涂事!拉穆斯有什么火烧眉毛的事!他孤身一人,自由自在,几乎没有亲戚。经济上他有困难,我想他会毫不犹豫地说出来的。你怎能听之

任之,任其胡闹呢?"

"就你有能耐!"老头儿也火了,"好哇,他没有逃之夭夭嘛,你自己去问问他!"

约肯特罗咕咚咕咚喝完茶,拔腿就往外走。

"哎,约肯,"老头儿在后面喊,"你急什么呀?你还没有吃饭哩。"

父亲的喊声未传到儿子的耳朵里。

约肯特罗跑到毗邻的寓所,一面"咚咚咚"上楼,一面大声叫喊:"拉穆斯!拉穆斯!"听不见应答,他开始寻找。卧室、起坐间、楼顶平台、楼下,找了个遍,没见拉穆斯的影子。喊了一阵,总算叫来了拉穆斯的用人。

"你家主人呢?"约肯特罗问。

"一大早出去了。"

"什么时候回来?"

用人告诉他,拉穆斯出门时带了几件替换衣服,对他说四五天以后回来。至于去了哪儿,用人也不知道。

约肯特罗脸色阴沉地回到茶桌旁坐下。

"怎么样,见到他啦?"安诺塔先生问。

"见到个鬼!"约肯特罗没好气地说,"他马上要娶你女儿了,有什么急事,什么时候待在什么地方,你们也不问清楚。他就住在旁边楼里呀。"

安诺塔先生茫然地说:"怎么搞的,昨天晚上他还住在那楼里嘛。"

约肯特罗心里直冒火:"你们根本不知道他的行踪。他的用人也不知道他究竟到哪儿去了。你们和他简直在捉迷藏!真让我扫兴。可是,爸爸,你怎么一点儿也不着急呢?"

儿子的责备迫使安诺塔先生摆出一副焦急的样子,他沉着脸哀叹:"唉,真不知道拉穆斯的葫芦里装的是什么药。"

拉穆斯缺乏必要的交际常识。昨晚,他本应不动声色地向安诺塔先生告辞,再踏上旅程,可他没有想到这一点。他以为他已说过要处理急事,这似乎就等于讲明了急事的全部内容;留下这么一句话,他就可以自由行动,竭尽全力履行其他不便言说的义务了。

"胡蒙莉妮在哪儿呢?"约肯特罗想起了妹妹。

"她早早喝完茶上楼去了。"

"拉穆斯这几天行动诡秘,可怜的胡曼也许觉得很丢脸,躲在楼上不愿

意见我吧。"说罢,约肯特罗急忙上楼,去安慰他想象中一定很伤心很羞愤的妹妹。

胡蒙莉妮独自默默地坐在宽大房间的椅子上,听见约肯特罗的脚步声,慌忙拿起一本书,佯装阅读。约肯特罗一进屋,她放下书,站起来,笑容满面:"哟,哥哥,什么时候回来的?看上去你不太高兴。"

约肯特罗在一张椅子上坐下,说:"没法高兴。胡曼,家里发生的事,我全听说了,你不要难过。最近,我不在家,出了点小乱子,由我来妥善处置。嗯……胡曼,拉穆斯有没有对你讲推迟婚礼的理由。"

胡蒙莉妮感到很为难。她不能忍受别人以怀疑的口吻议论拉穆斯,也不愿对哥哥说,拉穆斯不曾告诉他推迟婚期的原因,然而,她也不想撒谎。沉吟片时,她说了真话:"他是要告诉我理由的,但我觉得没有必要听他解释。"

约肯特罗心想,这是严重的虚荣心,女人有虚荣心是很自然的,于是说:"噢,你别害怕,我今天就弄清楚究竟是什么原因。"

胡蒙莉妮心不在焉地翻着放在膝盖上的书:"哥哥,我根本不害怕,我不愿意你去强迫他说明缘由。"

约肯特罗暗想,她的虚荣心仍在作怪,就说:"得啦,用不着你操心。"说完起身要走。

胡蒙莉妮"呼"地从椅子上站起来:"不,哥哥,你不要去和他谈这件事。不管你们怎么看他,我对他毫不怀疑。"

约肯特罗忽然意识到妹妹这样说话并非出于虚荣心。他在充满爱怜的心里笑着说:这些念书的小姐对世事一团漆黑。她们读了一大堆书,在书中广泛地了解世界,但她们没有怀疑某些值得怀疑的事情的任何经验。把妹妹纯真的信赖和拉穆斯的虚情假意作了一番比较,他心里对拉穆斯更加气愤,把这件事弄个水落石出的决心也就益发坚定。

他第二次抬腿要走,胡蒙莉妮上前一把抓住他的胳膊:"你起誓,你不问他为什么推迟婚礼!"

"走着看吧。"约肯特罗模棱两可。

"不,哥哥,不能走着看,你给我下保证。我心里有数,你们不用担心,相信我一回吧。"

见妹妹态度如此坚决,约肯特罗估计拉穆斯已对胡蒙莉妮作了解释,

可是信口胡编哄弄她也并不太难。因此他又试图说服妹妹："听我说，胡曼，这不是对他不信任，而是要尽女方家长的责任，他也许和你达成了谅解，这只有你们俩清楚。说实话，胡曼，比起你来，他更应与我和爸爸建立信任的关系。当然，你俩结婚以后，就不用我们多管闲事了。"说罢，便匆匆离去。

爱情寻觅的面纱和帷幕被狠狠地扯掉了。胡蒙莉妮和拉穆斯关系日益密切，最终必然你中有我，我中有你，密不可分。然而，一些人一次次抡起怀疑的大棒，猛击他俩的关系。周围各种粗暴的干预，使胡蒙莉妮悲愤地不愿见亲友。约肯特罗走后，她一直默默地坐在自己的房间里。

约肯特罗走出家门就碰见奥卡亚。

"啊呀，约肯，你总算回来了。"奥卡亚大声说，"家里的事听说了吧？对此有何想法？"

"我想了许多。"约肯特罗平静地说，"不过，光凭臆想，毫无根据地进行争论，有什么意思呢？现在不是坐在茶桌旁进行细致的心理分析的时候。"

"你知道，"奥卡亚说，"我生来不善于细致分析，不管是心理学、哲学，还是诗歌创作。可是，我是个实干家。我是来和你商谈采取具体行动的。"

约肯特罗急不可待地："好，说干就干。你能不能告诉我拉穆斯到哪儿去了？"

"能！"

"他现在在哪儿？"

"现在不告诉你，下午三点，我带你去见他。"

"要什么把戏！"约肯特罗吼道，"你们全成了谜语了！我到西部玩了一趟，几天工夫整个世界竟变得神秘莫测、不可思议了。不行，绝对不行，奥卡亚，别遮遮掩掩、吞吞吐吐的。"

奥卡亚感慨地说："听你这样说我实在太高兴了。前几天，我实话实说倒了大霉喽。你妹妹不看我一眼，你爸爸骂我心怀鬼胎，而拉穆斯见了我就哭丧着脸。现在只有你是个例外。可是我怕你，你不是个慎重考虑问题的人，办事鲁莽，我胆儿小，你要是胡来，我可受不了。"

约肯特罗不耐烦了："我说，奥卡亚，我不喜欢你这样兜圈子。看得出，你有话要说，藏在肚里，你想提价是吧？说吧，全给我痛痛快快地吐出来。"

"好吧，让我从头说起，大部分情况对你来说是头号新闻。"

第 十 八 章

拉穆斯在达尔吉帕拉租的房子尚未到期,他无意把赁房转租出去。这几个月,他仿佛遁隐于人世之外,无暇顾及亏损和收益。

今天早晨,他回到那儿的住所,吩咐用人打扫卫生,床上铺了褥子、夹被,买了一些食品。今天学校放假,他要把卡玛腊接回来。

时间绰绰有余。拉穆斯仰面躺在床上,沉浸于对未来生活的遐想。他从未游览过埃吐亚,但想象印度西部的自然景色并非难事。他在心版上描绘着未来的家庭——他的住房在城郊,树木茂密的林荫大道,绕过他家花园,向远方延伸。大道的一边是广阔的田野,点缀着一口口水井和农民为轰赶野兽、鸟雀而搭的草棚。黄牛慢悠悠地转动着辘轳,绞起灌溉农田的清凉井水,整个中午,辘轳凄清的声响不绝于耳。路上时而驶过两轮马车,车后扬起一片尘土。辚辚车声惊醒阳光照射的发困的天空。想象着遥远的住地的炎热,冷清的中午,胡蒙莉妮整日孤零零地待在门窗关闭的平房里,她感到生活枯燥乏味。而在身边看到时刻相伴的卡玛腊,他心里才踏实、舒畅。

拉穆斯决定暂不对卡玛腊讲真情。等他和胡蒙莉妮结婚之后,由胡蒙莉妮选择适当时机,把卡玛腊亲切地搂在胸前,温声细语地对她讲真实的往事,轻轻揭开罩在她身上的神秘而复杂的生活之网,最大限度地减轻她的痛苦。之后,在远离加尔各答的印度西部地区,在他们熟稔的社会阶层之外,不受任何打击的卡玛腊,与他们和睦相处,亲如一家。

中午胡同里非常安静。公职人员全上班去了,不上班的准备睡午觉。阿斯温月中午暖融融的,令人心舒神爽,空气中弥散着即将到来的节日的欢乐气氛。清静的寓所里,拉穆斯思绪翩跹,在幽静的正午的背景上,浓墨重彩地描绘着幸福的远景。

这时,外面传来"嘎嗒嘎嗒"的车轮声。一辆马车驶至拉穆斯的寓所门口,缓缓停住。拉穆斯知道这是送卡玛腊回来的校车,心里不由得一阵激动。他该如何安顿卡玛腊?如何和她交谈?卡玛腊会怎样看待他?这一连串的问题,霎时间使他有些心慌意乱。

楼下他的两个用人,先把卡玛腊的箱子抬到了游廊里,他们身后的卡

玛腊到了门口,忽然站住,不往里走。

拉穆斯忙打招呼:"进屋呀,卡玛腊!"

卡玛腊打退犹豫的进攻,走进屋子。学校放假,听说拉穆斯要把她留在学校,她终日以泪洗面。现在她终于回来了。这段不愉快的插曲和几个月的别离,疏远了她和拉穆斯的关系。所以她走到屋里不看拉穆斯一眼,扭着头呆呆地望着窗外。

见了卡玛腊,拉穆斯暗暗惊异。他仿佛见到了焕然一新的卡玛腊。短短几个月,她发生了惊人的变化。这个原先线条不分明的乡村姑娘身上,哪儿还有昔日的结壮。她明显长高了,身材像初绽绿叶的青藤。圆脸因略长了一些而别具风韵。面颊褪去了黝黑的光泽,显出细嫩的白净。举止、神态中已无一丝拘谨。她进屋后微微侧着脸,笔直地立在窗口,中午的秋阳照耀着她的面孔。她没有戴面纱,扎着红布条的两条辫子,沉甸甸地贴着后背,淡黄色绸纱丽裹着胸脯趋于丰隆的身躯。

拉穆斯痴痴地看着她,良久无语。

这几个月,在拉穆斯的脑子里,影子般渐渐淡化了的卡玛腊的娇美,今日平添了新奇的魅力,使他万分惊讶,对此他毫无思想准备。

半晌,他才开口:"卡玛腊,坐呀。"

卡玛腊在一张椅子上坐下。

拉穆斯问:"你在学校里学得怎么样?"

"很好。"冰冷的两个字。

拉穆斯在脑子里搜寻新的话题,忽然想起了什么:"你大概还没吃饭吧,家里为你做了饭菜,我叫用人端来?"

"不用,我吃过了。"

"再吃点好吗?不吃甜食,吃些水果,苹果、石榴,或者番荔枝……"

卡玛腊不做声,摇摇头。

拉穆斯再次端详卡玛腊。卡玛腊微微垂首,瞅着英语课本上的插图。她楚楚动人的面容像点金棒,触醒了四周沉睡的美。秋阳骤然有了生命力,阿斯温月的时光有了真切的形象。如同太阳制约着轨道上的彗星,这姑娘仿佛以无形的神力吸引着苍穹、空气和阳光。但她浑然不觉,默坐着欣赏书上的插图。

拉穆斯站起身,走进厨房,端来一盘苹果、石榴和番荔枝,说:"卡玛腊,看来你是不想吃了,可我肚子饿瘪了,实在不能再等啦。"

卡玛腊微微一笑,这突如其来的微笑的阳光,一霎间荡尽了两人之间的雾幔。

拉穆斯拿起小刀削苹果,指挥双手干活,他确实是个低能儿。

看着他饿得急着要吃的样子,削苹果的动作却那么笨拙,卡玛腊忍不住咯咯地笑了起来。

这笑声使拉穆斯心花怒放:"你笑我削苹果手不灵巧?得,你来削,我倒要看看你有多大本事。"

"我使不惯小刀,拿立刀①来,我才削。"

"你以为这儿没有立刀吗?"拉穆斯把用人叫来,明知故问:"家里有立刀吗?"

用人答道:"有的,先生,为了做晚饭,买了一套厨房的用具。"

拉穆斯吩咐用人:"把立刀洗干净拿来。"

用人把洗净的立刀搬来。卡玛腊脱了鞋,用脚趾夹住立刀的底部,面带笑容熟练地转动苹果,把皮削尽,切成小片。拉穆斯坐在她对面,把一片片苹果摞在盘子里。

"你吃几片。"拉穆斯说。

"不。"

"那我也不吃。"

卡玛腊抬起双眼看着拉穆斯:"这样吧,你先吃,我过会儿再吃。"

"嗯,不能骗人啊。"

卡玛腊严肃地摇摇头:"不骗你,我说的是真话。"

姑娘发誓般的话语使拉穆斯放心了,他从盘子里拿起一片苹果塞进嘴里。

突然,他停止咀嚼,惊慌地看见约肯特罗和奥卡亚到了门口,朝他走来。

"对不起,拉穆斯先生……"奥卡亚先开了口,"我以为你一个人在这儿。约肯,我们事先不打个招呼,闯进来似乎不太礼貌。走,我们先到楼下

---

① 印度人将立刀底部夹在右脚的大趾和二趾之间,再用双手把蔬菜向直立的刀锋切开。

坐一会儿。"

卡玛腊丢下立刀，腾地站起来。

逃出这间屋子的路上站着两个男人。约肯特罗稍稍侧身让路，但没有从卡玛腊的脸上收回目光，而是两眼锐利地审视着她。

卡玛腊羞怯地跑到隔壁的屋子里去了。

第 十 九 章

"拉穆斯，那姑娘是谁？"约肯特罗直截了当地问。

"我的一个亲戚。"

约肯特罗步步进逼："什么样的亲戚？恐怕不是你的长辈。也没有和你建立亲密关系吧。我听你讲过所有的亲戚，这一个女亲戚，我从未听你介绍过嘛。"

"约肯，这就是你的不对了。"奥卡亚表面上在责备约肯特罗，"哪个人没有连对自己的朋友也保密的隐私。"

"喂，拉穆斯，这果真是非得保密的隐私吗？"约肯特罗又问。

拉穆斯的脸通红："算是隐私吧。关于这个姑娘，我不想跟你们多谈。"

"可是，很遗憾，我特别想和你谈谈这个姑娘。"约肯特罗执拗地说，"假如胡曼和你没有婚约，那的确不必费力打听你和谁亲密到了什么程度。你的秘密全可以藏起来。"

"目前，我只能对你们讲，"拉穆斯说，"世界上我与别人的关系，不是我和胡蒙莉妮的圣洁婚约的障碍。"

约肯特罗反驳道："从你的角度来说，也许不是障碍，但在胡曼的亲人看来，那无疑是一种障碍。我问你，这姑娘是你的什么亲戚？你有什么理由严加保密呢？"

"我如果说出理由，那还叫隐私吗？"拉穆斯说，"你从小了解我，不要问我原因，相信我说的一切吧。"

"这姑娘是不是叫卡玛腊？"约肯特罗问。

"是的。"

"你有没有对人介绍说她是你妻子？"

"说过。"

"那叫人如何相信你?"约肯特罗愤愤地说,"你刚才告诉我们这姑娘不是你妻子,可你对别人说她是你妻子。你这样做无法证明你是老实人的榜样。"

"换句话说,"奥卡亚不失时机地推波助澜,"在高等学府就道德进行辩论,这不能作为范例加以引用。不过,约肯兄弟,处于某种特定的社会环境,对两种人讲两种话也许是十分必要的。其中起码有一种话是真话,大概拉穆斯对你们讲的是真话吧。"

"我不想对你们多作解释。"拉穆斯说,"我只想说一句,我和胡蒙莉妮结婚,与我的责任心并不矛盾。关于卡玛腊,同你们不便细谈。你们可以怀疑我,但我不能做不道德的事。如果只涉及我个人的悲欢、荣辱,我无需对你们保密。但如果危及他人的前途,那我只能守口如瓶。"

"你和卡玛腊的关系,原原本本对胡蒙莉妮讲过吗?"约肯特罗问。

"没有,我打算结婚之后告诉她。如果她想知道,我马上对她讲。"

"噢,我可以对卡玛腊提一两个问题吗?"

"不行,绝对不行。"拉穆斯断然拒绝,"你要是觉得我是罪人,只管用你认为恰当的方式惩处我。但我不能让清白无辜的卡玛腊站在你们面前接受审问。"

"没有必要审问任何人,我要知道的全知道了。证据已经很充足。"约肯特罗咬牙切齿地说,"现在我警告你,你再跨进我家的门槛,小心打断你的腿!"

拉穆斯脸色煞白,默不作声地坐着。

"还有一件事,"约肯特罗又说,"今后不许你再给胡曼写信,不许你在公开场合或秘密的地方同她接触。你要是写信,我就把你的秘密,连同证据,公布于众。别人若问我们为什么解除胡曼和你的婚约,我只回答我不同意这桩婚事。我可以不揭你的老底。但你要是不老实,可就别怪我把你的丑事全抖搂出来。尽管你不仁不义,我仍竭力克制自己。这并非出于对你的同情,而是因为我妹妹胡曼与此事有牵连,只得让你轻易地脱身了。此时此刻,我要对你说的最后一句话是,今后你的言谈举止中,不许你做出你与胡曼有过密切交往的表示。我无意让你对我作出保证,因为在你撒了那么多弥天大谎之后,无法指望你嘴里能吐出一句令人信服的真话。不过,你要是还懂得廉耻,怕别人揭发、羞辱,那么,即便神志不清也不要忘了

我的忠告。"

"啊呀,约肯,你有完没完?"奥卡亚似乎觉得该收场了,"拉穆斯一直没有答话,你一点不可怜他吗?我们走吧,拉穆斯先生,请别介意,我们走了。"

约肯特罗和奥卡亚扬长而去。拉穆斯泥塑木雕般的坐着。当他从痴呆中清醒过来,产生的第一个念头就是:到外面一面大步行走一面考虑如何应付目前的乱局。可他又想到卡玛腊回来了,不能把她一个人扔在家里。

拉穆斯走进隔壁房间,只见卡玛腊开了一扇百叶窗,静坐着望着窗外。听见拉穆斯的脚步声,她关上百叶窗,转过身来。拉穆斯蹲下身坐在楼板上。

卡玛腊问:"他们两个是谁?今天上午去过我们学校。"

"去过学校?"拉穆斯惊讶地重复着。

"是的,他们对你说了什么?"

"问我你是我什么人。"

卡玛腊虽说至今未受到婆婆的调教,未学会在什么场合面露羞颜,但少女的天性使她一听到拉穆斯说这句话,面颊顿时绯红。

拉穆斯接着说:"我回答他们,你与我非亲非故。"

卡玛腊觉得拉穆斯在毫无道理地羞辱她,立即转过脸去,气呼呼地嚷道:"你走!"

拉穆斯暗自发愁,他与卡玛腊之间命运造成的纠葛,怎样对她说清楚哩。

卡玛腊忽然惊叫起来:"啊呀,乌鸦把你的苹果叼走了。"

她急忙跑到隔壁屋里,把水果盘端了回来,放在拉穆斯面前:"你不再吃几片?"

拉穆斯已没有吃水果的兴致,但卡玛腊的关心感动了他。他温和地说:"你吃点吧。"

"你先吃。"

这是极平常的一句话,体现孟加拉家庭中妻子只能在丈夫之后用餐的传统习俗。但在拉穆斯目前窘迫的处境下,这一句话表露的柔情,强烈地冲击了拉穆斯心田的泪泉。他二话不说,强迫自己大吃大嚼起来。

吃够了,拉穆斯说:"卡玛腊,今晚我们回老家。"

卡玛腊垂下眼皮,神色阴郁:"我不喜欢那地方。"

"你喜欢住在学校?"

"不,别再把我送到学校去。在学校里羞死了,同学老跟我打听你的情况。"

"你说了些什么呀?"

"我呀,一问三不知。她们老问我,你为什么把我留在学校里过节……"

卡玛腊的嗓子哽塞了。她心灵的创伤再次隐隐作痛。

"你干吗不对她们说,你与我毫无关系。"

卡玛腊怒冲冲地斜瞥拉穆斯一眼:"去你的!"

下一步该怎么办呢?拉穆斯在心里苦苦思索。他胸中的隐痛像条虫子,啮啃着他的胸膜,往外拱爬。约肯特罗回到家里,愤怒地对胡蒙莉妮讲了些什么?胡蒙莉妮有何想法?他如何向胡蒙莉妮解释清楚?倘若他与胡蒙莉妮永远分离,他的生活有何寄托?这些烈火般灼人的问题在他的心中膨胀,可他没有充裕时间缜密地加以研究、解决。

有一点很清楚,他与卡玛腊的关系,已成为加尔各答城里他的朋友和敌人以辛辣的语言议论的话题,正在四处传播。此时,对拉穆斯来说,他和卡玛腊在加尔各答再待一天也是不适宜的。

见他心事重重、神不守舍的模样,卡玛腊直视着他的脸问:"你在想什么呀?你要是想住在乡下,我愿意跟你去。"

听着少女这种自我克制、为他着想的话,拉穆斯心里一阵酸楚,他不住地问自己:"怎么办?怎么办?"他又神魂迷乱地陷入沉思,呆呆地瞅着卡玛腊,不言不语。

卡玛腊神情肃穆地问:"因为我不肯在学校里过节,你生我的气了?对我说真话!"

"说真的,我不生你的气,我生我自己的气。"拉穆斯奋力挣脱忧思之网,以正常的语调和卡玛腊交谈,"哦,卡玛腊,告诉我,这些日子你在学校里学到了什么知识?"

卡玛腊于是兴致勃勃地向他详细汇报她的学习情况。当她告诉他,她已知道地球是圆的,并试图以此让他感到吃惊时,拉穆斯一本正经地对"地

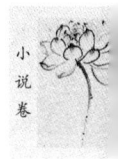

球是圆的"表示怀疑："这怎么可能呢？"

卡玛腊睁大眼睛："啊呀，我们书上这样写的呀，我们早读过了。"

拉穆斯装作惊奇的样子："你说什么？书上这样写的，书有多大？"

"不太大，"卡玛腊迟疑一下说，"不过是印刷的书，上面还有画。"

面对厚厚的一本证据，拉穆斯只好认输了。

卡玛腊一五一十地讲完她获得那些知识之后，又滔滔不绝地介绍学校的学生和老师，每天的学习和生活安排。拉穆斯心不在焉地想着心事，哼哼哈哈地应和两声，或者等她说完一段话随便提一两个问题。

卡玛腊忽然嚷起来："我的话根本没有进你的耳朵。"随后满脸不高兴地站起身。

拉穆斯连忙说："不，卡玛腊，你别生气，我今天不太舒服。"

一听他不舒服，卡玛腊马上走回来："你怎么啦？生病了？"

"恰切地说，不是生病……不那么严重……我常常这样，过一会儿就好了。"

卡玛腊又试图用学到的知识使拉穆斯快活起来："我的地理书上有地球的画，你看吗？"

拉穆斯表示他对此很感兴趣。卡玛腊立即把书拿来，打开放在他面前："看见了吧，这是两个圆，其实合在一起是一个球体。一个球体两面，哪能从一个方向同时看见呢？"

拉穆斯故作沉思状："扁的物体的两面，也不能同时看见呀。"

"所以，地球的两个半球，是分开画的。"卡玛腊解释说。

有关地球的研究，不知不觉送走了假期的第一个黄昏。

第 二 十 章

安诺塔先生焦急地等约肯特罗给他带回好消息，从此彻底消除误解。当约肯特罗和奥卡亚进屋时，他忐忑不安地观察他俩的表情。

"爸爸，谁能料到你居然允许拉穆斯胡作非为到这种地步！"

约肯特罗怒形于色："我要是早知道他这么坏，决不会带他来见你。"

安诺塔先生埋怨儿子："你几次扬扬得意地说，你是拉穆斯和胡曼的红娘，你要是不赞成，还用我……"

约肯特罗羞恼交加:"我以前从未想不成全他们,但因此……"

"我说呀,"安诺塔先生截断儿子的话,"这里头有什么'因此'不'因此'的呢?要么任其发展下去,要么紧急刹车,难道还有第三种选择?"

"已经发展得很远了……"

奥卡亚插口说:"有些事情按照自身的规律向前发展,不需要外力。这就像一只气球,不停地膨胀,最后自我爆炸。嗨,一切都已经发生了,争吵有什么用!眼下,你们还是赶快商量一下采取什么补救办法吧。"

"你们看见拉穆斯了?"安诺塔先生忙问。

"看见了,看清他的面目了。"约肯特罗愤愤地说,"我没有想到在那样的场合见到他,我还见到了他太太哩。"

安诺塔先生目瞪口呆,半晌才缓过神来。"你见到了谁的太太?"

"拉穆斯的太太。"

"我不明白你说的话,哪个拉穆斯的太太?"

约肯特罗一字一顿地说:"常到我们家里来的那个拉穆斯的太太。五六个月以前,他回老家是去结婚的。"

安诺塔先生将信将疑:"他父亲刚去世,不可能结婚吧。"

"去世前他就结婚了。"

安诺塔先生默默地坐着,挠挠头,想了想说:"既然这样,我们的胡曼不能嫁给他了。"

"所以我们的意见……"

"不管你们有什么意见。"安诺塔先生若有所思地说,"婚礼张罗得差不多了,婚期推迟到下下个星期日,请帖全发出去了。难道再写信通知客人不举行婚礼?"

"那倒不必。"约肯特罗胸有成竹地说,"只要稍作改变,一切可以照常进行。"

安诺塔先生困惑不解:"哪方面可以改变呢?"

"哪儿存在改变的可能性,就在那儿改变。我的意思是另选一位新郎来顶替拉穆斯,星期日的婚礼就可以照常举行。要不,我们还有什么脸见人哪。"说毕,意味深长地看着奥卡亚。

奥卡亚不好意思地低下头。

"这么短时间哪儿去找新郎?"安诺塔先生信心不足。

"你只管放心。"

"不过,总得让胡曼同意吧。"

"得知拉穆斯是个伪君子,她一定会同意的。"约肯特罗显得很有把握。

"你认为怎么好就怎么办吧。"安诺塔先生无奈地说,"可是,拉穆斯家境殷实,他有才华,知识渊博,收入可观。前天,他答应我去埃吐亚当律师,唉,一天工夫,竟发生这么大的变化。"

"你不要难过,爸爸。"约肯特罗劝道,"拉穆斯仍可以去埃吐亚当他的律师。时间紧迫,快把胡曼叫来吧。"

少顷,约肯特罗把胡蒙莉妮带进屋里。奥卡亚知趣地坐在墙角书架后面。

约肯特罗说:"胡曼,坐下吧,我有话跟你说。"

胡蒙莉妮默不作声地坐在椅子上。她知道她面临一场考验。

约肯特罗问道:"你和拉穆斯交往的过程中,可曾发现他行为不轨的蛛丝马迹?"

胡蒙莉妮默默地摇摇头。

"他把婚礼推迟一周,"约肯特罗说,"他有什么不能告诉我们的原因呢?"

胡蒙莉妮垂下眼帘:"原因肯定是有的。"

"说得对,有原因,但难道不值得怀疑吗?"

见胡蒙莉妮比其他人更盲目地信任拉穆斯,约肯特罗大为恼火,立即放弃了原定的同她客客气气、循序渐进的谈话方式,语气严厉地说:"你一定记得,六个月前,拉穆斯和他父亲回老家。之后很长一段时间,我们没有收到他的信,感到非常奇怪。你也知道,拉穆斯以前一天到我们家来两次,他一直住在我们家旁边的楼里。不久前回到加尔各答,他一次也不来看我们,在别的地方租了房子,躲藏起来。尽管如此,你们照样信任他,把他请到家里!我要是不出门,能发生这些事?"

胡蒙莉妮缄口不语。

"胡曼,你们为什么不弄明白他行动反常的真实含义?对他的所作所为,你们心里没有产生怀疑?你们对他如此信任?"

胡蒙莉妮仍不答话。

"哼,自作多情!你们心地善良,不怀疑任何人。我希望你对我也有几

份信任。我亲自去学校打听过,拉穆斯把他太太卡玛腊送进女子寄宿学校读书,学校放假,他想方设法把她留在学校,可是三天前他收到校长的一封信,得知放假期间卡玛腊不能住在学校。今天,他们放假了,校车把卡玛腊送到他们原先在达尔吉帕拉租的房子。我去了他们家,看见卡玛腊正用立刀削苹果,拉穆斯坐在她对面的地板上,把一片片苹果往嘴里送。我问拉穆斯,这是怎么回事?可他声称,关于卡玛腊,他无可奉告。只要他说卡玛腊不是他太太,单凭这一句话,也可以消除对他的怀疑。可他既不承认也不否认,态度恶劣。知道了这一切,你依旧信任他?"

约肯特罗两眼盯着胡蒙莉妮,等她回答。可他看到她的脸一霎间变得异常惨白,两手死劲抓住椅子的扶手。

不一会儿,她突然松开手,上身前冲,一头栽倒在地,昏死过去。

安诺塔先生见女儿昏厥,心如刀绞,慌忙伸手把女儿的头搂在怀里,悲怆地呼叫:"你怎么啦,孩子……别信他们,他们尽胡说八道。"

约肯特罗上前一把拉开父亲,敏捷地把胡蒙莉妮扶到沙发上,掬起旁边一只陶罐里的清水,一遍遍洒在她脸上。奥卡亚手执团扇,豁嗒豁嗒为她扇风。

少时,胡蒙莉妮睁开眼睛,显现惊恐的神色,转脸看着安诺塔先生,凄声哀求:"爸爸,请你叫奥卡亚先生离开这儿。"

奥卡亚难堪地放下团扇,走出去站在门后。

安诺塔先生搂着女儿坐在沙发上,轻轻抚摸她的头和后背,长叹一声,悲楚地叫道:"孩子啊……"

胡蒙莉妮双眸滴泪,胸脯急促地起伏;她趴在父亲的膝盖上,极力忍住难忍的哀号。

安诺塔先生哽咽着说:"孩子,你尽管放心,我了解拉穆斯的人品。他不是那种背信弃义的人,准是约肯搞错了。"

约肯特罗受不了父亲的怪怨,大声说:"爸爸,不要自作聪明地安慰她。你这样让她暂时摆脱痛苦,今后她会加倍地痛苦。爸爸,给她一些时间清醒地想一想吧。"

胡蒙莉妮从父亲的膝盖上抬起身来,笔直地坐着,冷冷地盯着约肯特罗:"该考虑的,我全考虑过了。你记住,只要我没有听见他亲口对我讲你说的那些话,我就决不相信。"

说着,她晃晃悠悠地站了起来。安诺塔先生急忙搀住她,嗔怪道:"看你,差点儿摔倒。"

胡蒙莉妮抓住他的胳膊,走进卧室,躺在床上,说:"爸爸,让我一个人待一会儿,我想睡一觉。"

"我去叫哈里他妈来给你扇风?"

"不用了,爸爸。"

安诺塔先生回到隔壁屋里坐下,不由得想起撇下年仅六个月的女儿、撒手人寰的发妻,想起她尽心的侍奉、少有的耐心和令人心荡神迷的笑颜。女儿一天天在他怀里长大,酷肖吉祥女神般的母亲。可眼下他又得为女儿吉凶莫测的前程忧虑,终日心神不宁。他人在隔壁屋里,心里却在为女儿祈祷:"孩子,我恳求天帝,消除你的灾难,保佑你终生幸福。看到你过得快活,身体健康;看到你和心爱的人在一起,像吉祥女神那样建立美满家庭,我就可以放心地去见你妈了。"说着,他撩起衣襟,擦拭湿润的眼睛。

今天这场风波,更强化了约肯特罗平素对女人智慧的极度轻蔑。证据确凿,可她不信,你拿她有什么办法!二加二等于四,可这里头掺杂了个人的感情成分,在某种场合,她们就说那是错的。理性说,黑的就是黑的,她们的爱情却说是白的。她们特别嫉恨可怜的理性。约肯特罗无法想象,载负着这些女人,世界居然朝前迈进。

"奥卡亚!"约肯特罗大叫一声。

奥卡亚慢腾腾地走进屋里。

"刚才你听见了吧!"约肯特罗怒气未消,"现在你还有什么高招?"

奥卡亚打起了退堂鼓:"老兄,为何非把我扯进你们家的私事呢?这几天我闭着嘴不吭声,可你跑来硬把我塞进风箱,两头受气。"

"得了,牢骚以后再发。"约肯特罗抢白道,"现在只有一条路可走,就是把拉穆斯叫来,让他当着胡曼的面,低头认罪。除此别无他法。"

"你疯了,哪个人肯……"

"或者叫他写封信,那样更好。"约肯特罗固执地说,"这项任务由你来完成,不许拖延。"

"试试看吧,"奥卡亚无可奈何,"我尽力就是了。"

第二十一章

晚上九点,拉穆斯带着卡玛腊乘车前往塞亚勒达火车站,有意在路上绕了几个弯。他吩咐司机穿过本可不走的胡同,汽车行至卡鲁土拉一幢楼房附近,便急切地伸出头去张望,看到那熟悉的房子没有任何变化。

拉穆斯长叹一声,惊醒了睡眼蒙眬的卡玛腊:"你怎么啦?"

"没什么。"拉穆斯没有再言语,默默地坐在汽车的黑影里。卡玛腊头靠着汽车,不知不觉又睡着了。拉穆斯刹那间感到卡玛腊的存在着实令他厌烦。

汽车准时抵达车站广场。拉穆斯和卡玛腊检票进站,上车进入预订的一个二等车单间。拉穆斯铺好席子,围上灯罩,使灯光略为黯淡一些,然后对卡玛腊说:"你快睡吧,你平常睡觉的时间早过了。"

"车开了,我再睡,我先坐在窗边朝外面看看,行不行?"

拉穆斯点头同意。卡玛腊拉下面纱遮住脸,坐在靠近月台的卧铺的一端,饶有兴致地注视着熙熙攘攘的旅客。

拉穆斯坐在卧铺中央,心烦意乱地望着外面。火车徐徐启动的时候,他吃惊地发现一个熟悉的人影朝火车飞奔而来。

卡玛腊忽然咯咯地笑了起来,拉穆斯头伸出窗外,只见那人突破月台上车站工作人员的阻拦,不顾一切地跳上启动的列车,可披肩被工作人员抓住。当他从窗口探出上身伸手要披肩时,拉穆斯清楚地看见,他不是别人,而是奥卡亚。

那拉扯披肩的情景,使卡玛腊咯咯的笑声许久难以止住。

"十点半了,"拉穆斯脸色阴沉地说,"车也开了,你该睡啦。"

卡玛腊顺从地躺在卧铺上,入睡之前,情不自禁地咯咯地笑了几声。

但拉穆斯觉得月台上那一幕并不滑稽。他知道奥卡亚的老家不在农村,他家几辈人住在加尔各答。今晚,他气喘吁吁地跳上列车,离开加尔各答,要去哪儿?拉穆斯断定,奥卡亚是来跟踪他和卡玛腊的。

想象着奥卡亚在他们村里乱窜,找人谈话,在对他怀有好感或恶意的人中间大肆造谣,处心积虑地把他搞臭,拉穆斯不胜焦愁。他仿佛看到村里人东一群、西一堆,交头接耳,议论纷纷。在加尔各答这样的大都市里,

很容易找个藏身之处,但浅水似的小村里,丢下一块石子,也能激起轩然大波。想着这些,他心里像有十五个吊桶七上八下,不得安宁。

火车在巴拉格普尔短暂停留时,拉穆斯头伸出窗外,四下张望。奥卡亚没有下车。在诺依哈迪车站,上下的旅客很多,他们中间也没有奥卡亚。火车到了波古拉车站,怀着渺茫的希望拉穆斯又急忙伸出头去观望,下车的旅客中仍没有奥卡亚的影子。他估计沿途的其他车站,奥卡亚都不会下车了。

夤夜,疲惫不堪的拉穆斯昏昏沉沉睡着了。

次日早晨,火车抵达终点站戈亚隆特。拉穆斯忽然看见奥卡亚拎着手提包,披肩包着脑袋,下了车,急匆匆地朝河边的轮船走去。

拉穆斯要乘的轮船几个小时后才起航。但旁边码头上一只轮船快开了,呜呜地鸣着汽笛。

"这只轮船开往哪里?"拉穆斯问。

回答是:"西部。"

"最远到西部什么地方?"

"水深的话,一直开到贝拿勒斯。"

拉穆斯当即上了这只轮船,把卡玛腊安顿在一间小舱房里。然后又下船,买了一些大米、达尔豆①、牛奶和一挂香蕉。

奥卡亚抢在其他旅客的前面,沿着舷梯率先登上甲板。他站的地方,居高临下,其他旅客的行动看得清清楚楚。常乘这班轮船的旅客不慌不忙,知道开船早着哩。他们有的洗手洗脸,有的下河洗澡,有的在岸上支起铝锅做饭。

奥卡亚不熟悉戈亚隆特,以为拉穆斯带着卡玛腊,正在附近的旅馆或饭店里吃饭。直到轮船的汽笛拉响,他仍未见到拉穆斯。

旅客踩着颤颤悠悠的跳板,一个接一个地上船。听着汽笛频频拉响,晚来的旅客慌慌张张地往船上跑。但已上船和正上船的旅客中间,都不见拉穆斯的身影。

所有的旅客上船后,跳板抽掉了,船长下令起锚。奥卡亚惊惶失措地叫起来:"我要下船!"可水手置若罔闻。幸好船离岸不远,奥卡亚咬着牙纵

---

① 用于煮汤的一种黄色小豆。

身一跳,落在了沙滩上。

奥卡亚爬上河岸,在码头上转了几圈,仍找不到拉穆斯。前往加尔各答的早车已开出了。奥卡亚心想,昨晚披肩被拽住冒险上车的时候,他准被拉穆斯发现了。拉穆斯怀疑来者不善,当机立断,不回老家,而乘早车返回加尔各答。谁要是在加尔各答这样的大都市里隐藏起来,是很难被找到的。

第二十二章

奥卡亚在戈亚隆特晃荡了一天,傍晚买票上了一列邮车。第二天早晨在加尔各答一下车,直奔达尔吉帕拉,到了拉穆斯的住处一看,门上挂着锁,跟人一打听,才知道拉穆斯根本没回来。

他扭头跑到卡鲁土拉,只见拉穆斯的寓所也空无一人,只得垂头丧气地来到安诺塔先生家里,向约肯特罗报告:"拉穆斯逃走了,我未能逮住他。"

约肯特罗火了:"怎么回事?"

奥卡亚详细叙述了他的戈亚隆特之行。

发觉奥卡亚跟踪,拉穆斯带着卡玛腊仓皇逃窜——这则消息使约肯特罗对拉穆斯品行不端的怀疑变成了坚信。

"可是,奥卡亚,"约肯特罗说,"你的口头证词,无济于事。不光胡蒙莉妮,连我爸说来说去也总是那句话——拉穆斯不亲口认罪,他们不能不相信他。更要命的是,拉穆斯今天假如跑来说'暂时无可奉告',我爸也会毫不迟疑地把胡曼嫁给他。他们真让我进退两难。我爸受不了胡曼的一丝痛苦。胡曼要是发牛脾气,说'即使拉穆斯有老婆,我也非他不嫁',我爸兴许也会应允。所以不管有多大困难,一定要尽快找到拉穆斯,让他自己承认自己是伪君子。你不要泄气,奥卡亚,这件事本来应该由我去做的,可我还没有想出万全之策,再说我脾气火暴,一发火说不定就对他拳脚相加。噢,你还没有洗脸喝茶吧?"

奥卡亚洗完脸,一面喝茶一面思忖下一步如何行动的时候,安诺塔先生握着女儿的手走进客厅。胡蒙莉妮一见奥卡亚,转身就走。

"胡曼太不像话了。"约肯特罗恼怒地说,"你不能再怂恿她这样目中无

人,爸爸,你得叫她回来。胡曼,胡曼!"

胡蒙莉妮已经上楼。

"约肯,"奥卡亚悻悻地说,"你不要把我推入更尴尬的境地,不要在她面前再提起我,时间是治病的良药,操之过急,采用强硬手段,只会适得其反。"

说着,奥卡亚喝完剩茶,起身告辞。

奥卡亚有无限的耐心。当出现不利于他的风向时,他懂得必须忍辱负重,卧薪尝胆。他不会满腹怨恼地板着脸或愤然离去。他对别人的轻慢和嘲讽无动于衷。他的脸皮坚厚,不管别人对他怎样不客气、不礼貌,他仍能泰然自若,神色不变。

奥卡亚走后,安诺塔先生又把女儿拉到茶桌旁。

胡蒙莉妮脸色苍白,眼圈黯黑,走进客厅便垂下眼帘,不愿看约肯特罗。她知道约肯特罗对她和拉穆斯有一肚子怨恨,因此和颜悦色与约肯特罗面面相对,对她来说是难以做到的。

胡蒙莉妮把对拉穆斯的信任珍藏在爱情之中,但也无法把理智拒之于千里之外!昨天,当着约肯特罗的面,她表达了对拉穆斯的完全信赖,可是当漆黑的夜幕降临,她独自躺在凄冷的卧室里的时候,她的坚信发生了动摇。事实上,她一开始就不理解拉穆斯的反常举动。她越是拼命地将怀疑的理由赶进信任的城堡,它们站在外面越是凶狠地撞击城堡的大门。如同母亲双手把儿子搂在怀里,使之免遭致命的杖击,她抵御着所有怀疑拉穆斯的证据,在心房紧紧抱着对他的信任。可是,唉,以后每天她哪能都有那么大的力气!

安诺塔先生夜里躺在隔壁房间里,隐约地听见女儿在床上翻来覆去的声音。几次起床走进女儿的卧室,关切地问:"孩子,你还没有睡着?"

"爸爸,你怎么还醒着呢?"胡蒙莉妮反问,"我困极了,一会儿就睡着。"

早晨,胡蒙莉妮在楼顶平台上散步,看到拉穆斯的住所一扇窗户也没有打开。

太阳渐渐爬到东边楼群的尖脊上面。对胡蒙莉妮来说,这新生的一天是那么枯燥、那么空虚,没有丝毫欢乐和期盼。她坐在楼顶的一角,双手捂脸,嘤嘤啜泣。这一天不会有客人来,也不能指望谁来和她一起品茶、交谈,甚至往日想象住在旁边楼里情人的愉悦,如今也不属于她了。

"胡曼,胡曼……"

胡蒙莉妮用手擦去脸上的泪水,站起身:"有事吗,爸爸?"

安诺塔先生爬上楼顶,走过来轻轻抚摸女儿的肩背,说:"今天我起得晚了。"

安诺塔先生满腹忧愁,彻夜未眠,拂晓时分迷迷糊糊睡了片刻,阳光透过窗户,落在他的眼皮上,将他惊醒。他起床洗了脸,就去看女儿,但卧室是空的,就上了楼顶,见女儿孤寂地散步,心里一阵辛酸。"走吧,孩子,下楼喝茶。"他劝女儿。

胡蒙莉妮真不愿意坐在茶桌旁面对约肯特罗喝茶。可她知道,她任何违反平日习惯的举动,必然使父亲忧虑不安。况且,每日是她为父亲倒奶冲茶,她不能不尽女儿的孝心。

走到楼下客厅外面,她听见约肯特罗和谁在说话,胸口不禁怦怦直跳。一个想法倏然掠过她的脑际:也许是拉穆斯来了,除了他,谁会来那么早?

她两腿哆嗦着走进客厅,一看是奥卡亚,便控制不住对他的厌憎,转身跑了出去。

安诺塔先生好说歹说,总算又把她带了回来。她低着头,站在父亲的椅子旁边,为他沏茶。

约肯特罗对胡蒙莉妮视奥卡亚为瘟神,始终不予理睬的态度大为恼火,他觉得无法容忍的是:胡蒙莉妮是借此倾诉无从与拉穆斯相聚的悲伤。他看到父亲主动为女儿分忧,胡蒙莉妮则任性地断绝与家庭内外其他人的往来,藏在父爱的庇护所里,便益发气愤。他在心里吼道:我们好像全是居心不良的恶人!出于对她的爱护,我们尽心尽责,为她的美好前景开辟道路。她非但不说一句感激的话,心里还把我们当作罪犯。父亲是个糊涂虫。现在明明不是安慰的时候,而是猛击一掌使她幡然苏醒的时候,可他不仅不举起手臂,反而从她面前将令人恶心的现状越推越远。

"爸爸,"他神情峻肃地开了腔,"你知道又发生了什么事吗?"

安诺塔先生的神经一下子绷紧了:"不知道啊,什么事?"

"前天,拉穆斯带着他妻子乘火车去了戈亚隆特,准备转乘轮船回家乡。后来看见奥卡亚也上了火车,便改变计划,溜回了加尔各答。"

正在倒茶的胡蒙莉妮听到这话,手一抖,茶洒在桌上,心慌意乱地坐在椅子上。

约肯特罗冷冷地睃了她一眼:"我实在不明白他为什么逃走。奥卡亚已调查清楚他所做的一切。以前他的所作所为可恨至极,现在又胆小如鼠,贼似的东躲西藏。我看他这人太卑鄙了。我不晓得胡曼对此有何看法。不过,他这样逃窜,倒是提供了充足的罪证。"

胡蒙莉妮浑身颤抖着站起来:"哥哥,我不需要他的罪证,我不是法官,你们想审判他只管审判。"

"他要和你结婚,我们能袖手旁观吗?"

"谁说要结婚?你们要解除婚约,随你们的便。但我告诉你们,动摇我的决心是白费力气。"说着,胡蒙莉妮嗓子哽噎,两眼垂泪。安诺塔先生慌忙站起,把女儿泪水涔涔的脸搂在怀里,说:"走,胡曼,我们上楼。"

第二十三章

轮船徐徐驶离码头。船上的一等舱、二等舱都没有乘客,拉穆斯选了一间,铺上卧具。

早晨,卡玛腊喝了一杯牛奶,打开客舱窗户,观看河面和岸上的景色。

"卡玛腊,"拉穆斯说,"你知道我们去哪儿?"

"回老家。"

"你不喜欢老家,我们不去了。"

"不去老家是为了我吧?"

"是,为了你。"

卡玛腊的表情变得严肃了:"你干吗这样做?那天我随便说一句,你就记在心上?你太容易生气了。"

拉穆斯笑了笑:"我没有生气呀,其实,我也不想回家乡。"

"那我们去哪儿?"

"西部。"

一听见西部,卡玛腊两眼睁得圆圆的。啊,西部!这两个字唤起常年在宅院里度日的这位姑娘多么绚丽的遐想!那儿有香客朝拜的圣地,有风景旖旎的疗养区,有令人流连忘返的新奇的名胜景观,有历代帝王留下的历史遗迹,有宏伟壮丽的神庙,有说不完的古老传说和英雄史诗!

卡玛腊兴奋不已:"我们去西部什么地方?"

"我还没有拿定主意。"拉穆斯说,"蒙格尔、帕特那、达那普尔、波格萨尔、迦齐普尔、贝拿勒斯,这些地方都可以居住。"

卡玛腊一面听着这些听说过或完全陌生的城市名字,一面展开更加强劲的想象的翅膀。

"太有趣了。"她快活地拍着手掌。

"更有趣的在后头哩。"拉穆斯说,"可是,这几天吃饭问题怎么解决呢?你愿意吃水手做的饭菜吗?"

厌恶使她脸色陡变,惊叫起来:"天哪!我可不能吃他们做的饭。"

"那有什么其他办法呢?"

"怎么啦,我自己做。"

"你会烧菜做饭?"

卡玛腊咯咯地笑道:"我真不知道你心里是怎样看我的,我哪能连饭也不会做呢?我还是小丫头吗?住在舅舅家那阵子,天天是我做饭。"

拉穆斯不无歉意地说:"你那么能干,我提出这个问题是太小看你啦。我们赶快动手做饭吧,好不好?"

说完,拉穆斯走出客舱,找了半天,弄到一只铁炉,雇了一个名叫乌摩奇的男孩,帮助卡玛腊打水、擦盘洗碗。乌摩奇属于卡亚斯脱种姓,拉穆斯答应付给他工钱,并负担他到达贝拿勒斯的一切费用。

"卡玛腊,你做什么饭?"拉穆斯问。

"上船前你真会买东西!"卡玛腊埋怨道,"只买了达尔豆和大米,只能做烩饭了。"

按照卡玛腊的"指令",拉穆斯跟水手要了一些作料。

在烹调方面,拉穆斯的无知,使卡玛腊笑了起来:"光要作料,怎么做饭?没有碾盘、碾杖①,怎么碾作料?你真聪明!"

遭抢白的拉穆斯赶紧又跑出去寻找。碾盘、碾杖没有找到,他只好向水手借了一副铁臼和铁杵。

卡玛腊从未用铁臼、铁杵舂过作料,但今天只得凑合用一回。

"要不我请别人把作料舂碎吧?"拉穆斯提议道。

卡玛腊没有依允,紧握铁杵用力舂了起来。

---

① 孟加拉人使用碾盘、碾杖,将生姜、辣椒等作料碾成酱状再做菜。

未用过的工具,用起来固然不顺手,但也激起她的新奇感。作料蹦出来,落在铁杵四周,引得她发出阵阵笑声。见她快乐的样子,拉穆斯忍不住也笑了。

春作料这一插曲终于结束。卡玛腊把纱丽下摆掖在腰间,在竹篱环围的一块地方动手做饭。他们离开加尔各答时,带了一铝锅"桑德斯"①,这只铝锅正好用来煮饭。

卡玛腊把洗净的达尔豆和大米倒进铝锅,一面煮一面对拉穆斯说:"快去洗澡,饭一会儿就熟。"

果然,拉穆斯洗了澡回来,饭已煮熟。此时他俩面临的问题是:没有盘子,怎么吃饭?

拉穆斯踌躇地说:"是否跟水手借两只盘子?"

"胡闹②!"

拉穆斯低声告诉她,借用其他教徒的餐具这种"大逆不道"的事,他干过好几回了。

"过去借用也就算了,从今往后不能再借,要不我看着别扭。"卡玛腊把铝锅盖洗干净,递给拉穆斯。"今天用它凑合吃一顿,以后用瓷盘。"

拉穆斯在用水冲净的甲板上坐下吃饭,往嘴里塞了两把饭,失声叫道:"啊呀,味道太好了!"

卡玛腊显得有点不好意思:"得了,别笑话我。"

"你瞧,这可不是笑话你。"说着,拉穆斯风卷残云般的吃光铝锅盖上的饭,又叫卡玛腊添饭。

卡玛腊这回为他盛得更多。拉穆斯连忙说:"干吗给我盛那么多,剩下的你够吃?"

"还有很多,不用你担心。"

看着拉穆斯吃得津津有味,卡玛腊心里特别高兴。

"待会儿,你怎么吃呀?"拉穆斯问。

"怎么啦,就用锅盖。"

拉穆斯不安地说:"不,那不行!"

---

① 用牛奶、白糖做的一种甜食。
② 孟加拉地区的水手大都是穆斯林,印度教徒一般不使用穆斯林的餐具。

"为什么不行?"卡玛腊觉得奇怪。

"不,不,那像什么话。"

"很好嘛。"卡玛腊语气平静地说,"一切由我来安排,乌摩奇,你怎么吃呀?"

"底舱甜食店的老板卖甜食,我去跟他要张娑罗树叶当盘子用。"

"你真想用锅盖吃饭的话,"拉穆斯说,"把它给我,我用水洗干净。"

卡玛腊心目中的当家人这种闻所未闻的勤快,使卡玛腊不胜惊异:"你疯啦!"稍顷又说:"我没法替你做枸酱包,你帮我买几个吧。"

"好的,底舱里小贩在卖枸酱包。"

就这样,他们极为和谐地过起了家庭生活。可拉穆斯暗暗发愁,心里说:"卡玛腊以为我和她是堂堂正正的合法夫妻,唉,如何消除她的误解呢?"

卡玛腊从未指望别人帮助她或指点她去占领家庭主妇的位子。投靠舅舅的那几年,她天天生火做饭,照看孩子,从早到晚做家务活儿。如今操持家务,她是那样娴熟、那样利索、那样快活,拉穆斯从中获得了美的享受。但同时也感到焦虑:今后他怎样和她一起过日子呢?他如何把她留在身边呢?不愿留她的话,送她到什么地方去呢?他俩之间应该划一条怎样的界线呢?胡蒙莉妮倘若置身于他俩之间,一切都将非常圆满。但如果不得不放弃胡蒙莉妮身居他俩之间的希望,与卡玛腊共度岁月的各种难题如何解决?恐怕难以找到合适办法!思之再三,拉穆斯拿定主意,应该立即把真情告诉卡玛腊,不能继续对她隐瞒。

第二十四章

一天下午,轮船搁浅了。水手们动用所有器具,使出九牛二虎之力,也未能使轮船从沙洲滑入水中。陡峭的防洪堤下面,布满水鸟足印的一条沙滩,从远处延伸过来,爬进水中。

黄昏时分,岸边村庄里的姑娘们腰间夹着陶罐,三三两两来到河边汲水。她们中胆大的不戴面纱,胆小的戴着面纱,全惊奇地望着搁浅的轮船。

一群淘气的乡下孩子,见平日鼻子冲天、趾高气扬地在河上行驶的庞然大物,在沙洲上进退不得,一个个手舞足蹈,大叫大嚷挖苦讽刺。

太阳在对岸岑寂的沙滩后面冉冉坠落了。拉穆斯手握着栏杆,凝望着夕辉映红的西天。卡玛腊从竹篱环围的临时厨房走到客舱门旁,揣度拉穆斯不可能马上回头,便轻轻咳嗽几声,但未起到提醒的作用。只得用一串钥匙"笃笃笃"敲门。听到响声拉穆斯回过头来,见是卡玛腊,几步走到她面前,说:"这是你叫人的方法吗?"

"要不怎么叫你呢?"

"真怪!我的名字不能叫的话,我父母干吗给我起名字!有事找我,叫我拉穆斯先生不行吗?"

卡玛腊觉得拉穆斯说这话是开荒唐的玩笑,印度教徒的妻子在丈夫面前怎能直呼其名?!她那晚霞映照的脸立时红到了耳根。她羞涩地侧过脸去,说:"你尽胡说!呃,听我说,你的晚饭做好了,早点吃吧,中饭你没有吃痛快。"

沐浴于河风的拉穆斯早已饥肠辘辘,他之所以没告诉卡玛腊,是怕饭菜不齐备,她听了会手忙脚乱。此时,出乎意料地请他吃饭的消息,在他心底掀起包含复杂情感的欢悦的波澜。

这当然不光是即将解饿的欢悦。当拉穆斯发觉卡玛腊时时处处为他着想,以关心和体贴让他感受自古以来愉悦丈夫的传统美德,他在心里不能不感到骄傲。然而,这是他的非分之福,这种洪福建立在误解的基础之上,想到这儿,他又难以躲避忧思的残酷打击。他低垂着头,长叹一声,走进客舱。

卡玛腊见他脸色忧郁,惊疑地问:"你不饿?不想吃饭?你觉得是被我硬拖来吃饭的吗?"

拉穆斯马上装作快活的样子:"不用你硬拖,是我饿瘪的肚子硬把我拖来的。往后你再用钥匙笃笃笃敲门,杀死蜂神洗劫蜂巢的穆杜苏登①千万别露面。"

说着,拉穆斯环顾四周,故作惊讶:"哎,我怎么见不着美味佳肴啊,我这个饿鬼虽说很有力气,可也消化不了家具哪。我从小只有吃食物的习惯。"

---

① 穆杜苏登是印度保护大神毗湿奴的名称之一。这是暗示拉穆斯会把卡玛腊做的饭全吃光。

拉穆斯指指客舱里的卧具和其他物品。

卡玛腊笑得前仰后合,半天才止住笑,说:"你是没有耐心等了吧,你呆呆地望着西天的时候难道不饿吗?好像我一叫你,你马上就饿了似的。噢,你再坐一会儿,我去把饭端来。"

"你再拖拖拉拉,回来就见不着床上的夹被啦,那时可别怪我。"

卡玛腊又被逗得大笑起来,天真的笑声使客舱充满欢乐的气氛。她笑着快步走出舱房去端饭,阴暗的愁容却一霎间取代了拉穆斯硬装出来的喜悦表情。

少时,卡玛腊提着一只盖有娑罗树叶的平底竹篮回到舱房,她把竹篮搁在床上,撩起纱丽下摆擦地板。

拉穆斯急了:"你这是干什么?"

"这条纱丽待会儿要换的。"说着,卡玛腊揭去娑罗树叶,铺在地上,动作麻利地把空心饼和瓜果放在娑罗树叶上。

"天哪!"拉穆斯喜出望外,"哪儿弄来的空心煎饼?"

卡玛腊不想把秘密告诉他,神秘地说:"你猜猜看。"

拉穆斯假装苦思冥想:"大概是向吃早饭的水手要的。"

卡玛腊一听恼了,说:"瞎说八道,快念一声罗摩①。"

拉穆斯一边吃空心煎饼,一边就其由来,上天入地地作荒谬的猜测,故意逗卡玛腊生气。当他说到《一千零一夜》中提着神灯的阿拉丁在俾路支斯坦油炸了大量空心煎饼,命魔鬼送来这份珍贵礼品时,卡玛腊再也忍受不了了,气呼呼地扭过脸去:"你走吧,我不告诉你。"

拉穆斯忙说:"别生气,我猜不着,我认输。这宽阔的河面上,我难以想象居然可以弄到空心煎饼。不过,吃起来确实挺香的。"

说罢,拉穆斯拿起一块空心煎饼大嚼起来,以实际行动证明解饿的重要性大大超过对空心煎饼来历的调查。

原来,眼看搁浅的轮船一天半日不可能起航,而随身带来的食品快吃完了,为避免断粮的危机,卡玛腊派乌摩奇上岸,到村里找些可以吃的东西。住在学校的那段日子,拉穆斯给了她几卢比零花钱。她用省下的钱,让乌摩奇买了几斤面粉和酥油,烙了几张空心煎饼。

---

① 罗摩是印度史诗《罗摩衍那》的主人公,默念罗摩,是表示悔改的意思。

"你想吃什么？"她问乌摩奇。

"妈妈，我告诉你，"乌摩奇说，"我看见村里养牛人家里有新鲜的奶酪。我们客舱里有香蕉，你行行好，再买几派沙①米花糖，把这几样东西拌在一起，做成'法拉尔'，我准吃得肚子圆鼓鼓的。"

馋嘴的孩子对"法拉尔"的渴望，激起了卡玛腊的同情。"买了面粉、酥油，还有剩钱吗？"她问。

"一个子儿也没有了，妈妈。"

卡玛腊感到为难，如何开口向拉穆斯要钱呢？想了想对乌摩奇说："今天你吃不上'法拉尔'，还有空心煎饼嘛，别瞎想了，帮我揉面吧。"

乌摩奇仍不死心："妈妈，我能对先生说我看见奶酪了吗？"

"乌摩奇，"卡玛腊给他出主意，"待会儿先生坐下吃饭，你跟他要买菜的钱。"

拉穆斯吃得正香的时候，乌摩奇走到他身旁，局促地挠着头。拉穆斯偶一抬头看见他，他才吞吞吐吐地说：

"妈妈……上集市买菜……要钱……"

拉穆斯恍然大悟：买菜做饭离不开钱，阿拉丁的神灯倒不出丰盛的食物。

"卡玛腊，"拉穆斯内疚地说，"你手头没钱，为什么不提醒我给你钱呢？"

卡玛腊默默地承认自己的过失。

饭毕，拉穆斯把一个钱匣子递给卡玛腊："旅途中你需要的现金全在里头。"

家庭主妇的全部职责，顺理成章地落到了卡玛腊的肩上。拉穆斯认清了这种无可争议的分工，又走上甲板，手扶栏杆，眺望渐渐被黑暗吞没的西天。

乌摩奇买了米花糖、奶酪，剥了几根香蕉，饱餐了一顿自制的"法拉尔"。卡玛腊站在他面前，细细询问了他的身世。

乌摩奇在继母专制的家庭里受尽虐待，从家里逃了出来，要去贝拿勒斯投靠他外婆。

---

① 货币单位：一卢比等于一百派沙。

"妈妈，"乌摩奇的语气充满依恋，"你们要是肯收留我，我哪儿也不去了。"

听着这孤儿一声声叫着妈妈，卡玛腊温柔、幽深的心底，萌发了纯正的母爱。她温和地对乌摩奇说："好吧，乌摩奇，你跟我们走吧。"

第二十五章

堤岸上茂密的林木，以稠密的暮霭为黄昏女神的金色纱丽镶了一道黑色贴边。村外沼泽里徜徉觅食了一天的野鸭，穿越空中黯淡的夕辉，成群结队飞向彼岸无树的沙滩，要在幽静的水洼里过夜。乌鸦归巢时的聒噪，渐渐停息。河上不见航船。无浪的暗黑的水上，只有一条停泊的尖头大船，披一身昏暗，无声地牵拽着缆绳。

拉穆斯走到船头，在一张藤椅上坐下，沐浴着初升的新月的银辉。

西边天空最后一抹霞光隐逝了，神奇的月光仿佛溶化了坚硬的大地。拉穆斯情不自禁地呼唤："胡曼，胡曼！"

这芳名的两个字，犹如甜蜜的摩挲，层层环围着他的心房；这芳名的两个字，又似饱含无限柔情的一对明眸，隔着缥缈的烟雾，凝视着他的脸，流露出深深的思念。拉穆斯全身一颤，眼里盈满了泪水。

过去两年的一幅幅生活画面，在他的脑海浮现。他想起与胡蒙莉妮初次见面的情景。当时，他并未意识到那天在他的一生中是具有多么特殊意义的日子。当他被约肯特罗带到茶桌旁，看见胡蒙莉妮文静地坐在他面前时，生性腼腆的他，是那样手足无措。后来他羞惶的感觉日益减少，习惯于与胡蒙莉妮聚谈。最终被这张习惯之网所俘获。他把文学作品中读到的有关爱情的美丽诗句，全部用在胡蒙莉妮的身上。每每想到"我正在爱一位聪慧的姑娘"时，他感到无比自豪。他的同学背诵爱情诗，分析题旨、意蕴，仅是为应付考试。而他却真的坠入了爱河，品味着爱情的甘甜。这么一比较，他由衷地同情其他同学。

然而，此时回首往事，他觉得自己当时也是爱情的门外汉。直到卡玛腊骤然出现在他面前，使他的生活变得错综复杂，他身不由己地卷入矛盾的旋涡，承受着来自不同方向的猛烈冲击的时候，他和胡蒙莉妮的爱情，才凝成雏形，富于生命的活力。

拉穆斯垂下头,双手捂着脸。他预感到他未来的生活,是一种备受焦渴折磨的生活,遮覆着难以突破的危机的罗网,他双手有那么多力量把罗网撕成碎片?

坚强的决心在他的胸中腾起,他亢奋地猛然抬头,却看到卡玛腊静立身旁,手扶着另一把藤椅靠背。

卡玛腊心里一惊:"你刚才睡着了,让我吵醒了吧?"

见愧悔的卡玛腊转身要走,拉穆斯急忙叫住她:"不,卡玛腊,我没有睡着,你坐下,我给你讲个故事。"

听他说要讲故事,卡玛腊高兴地拉过一张藤椅,挨着他坐下。拉穆斯决定把真实情况原原本本地告诉她,但又怕她承受不了如此巨大的打击。为了让她在心理上有所准备,所以对她说:"你坐下,我给你讲个故事。"

"从前,"他开始讲,"有一个民族的人都是刹帝利①。他们……"

"究竟是什么时候?"卡玛腊问,"很久很久以前吗?"

"是的,很久很久以前,那时你还没有生哩。"

"你大概出生了吧,"卡玛腊调皮地说,"你经历了很多朝代……后来呢?"

"那些刹帝利有条不成文的规定,他们中谁结婚,不能亲自去新娘家,只能派人送去他的一柄宝剑,新娘和宝剑成亲之后,再把她接到家里,举行婚礼。"

"哼,不像话,那叫什么成亲呀!"

"我也不喜欢这种婚俗,"拉穆斯说,"不过,有什么办法!我说的那些刹帝利,认为跑到岳父家成亲是丢脸的事。我讲的这个故事里有一个国王,也是个刹帝利,有一天他……"

"快说他是哪儿的国王。"卡玛腊急不可待地又打断他的话。

"摩特罗国国王,有一天,国王……"

"先告诉我他的名字。"

卡玛腊显然要他把故事发生的时代、人物、情节交代得清清楚楚,不允许任何含糊不清的搪塞。拉穆斯若知她听故事这么认真,一定会作充分准备。现在他看出,不管卡玛腊多么急于要听故事,也不愿意他随随便便砍

---

① 印度四大种姓之一。

掉任何细节。

拉穆斯愣了一下说:"国王的名字叫罗纳吉德·辛格。"

"罗纳吉德·辛格,摩特罗国国王。"卡玛腊轻声重复一遍,"那么,后来呢?"

"有一天,罗纳吉德·辛格听一位宫廷艺人讲,和他属同一种姓的另一位国王,有一位如花似玉的公主。"

"他是哪儿的国王?"

"你可以假想他是康基国王。"

"我怎么能假想哩!他真是康基国王吗?"

"真的是,你想知道他的名字吗?他叫奥玛尔·辛格。"

"你还没有说那个女孩的名字哩——那个如花似玉的公主!"

"对,对,是我忘了。那女孩的名字……她的名字……噢,对了,她叫昌德拉①。"

"奇怪!你的记性这么差,你连的我名字也忘记过。"

"格萨尔国王听宫廷艺人讲……"

"哪来的格萨尔国王,"卡玛腊听出了错误,"你刚才说是摩特罗国的国王。"

"你以为他是一个王国的国王?其实,他既是格萨尔国又是摩特罗国的国王。"

"这两个王国是邻国吧?"

"是,两个王国身子挨着身子。"

就这样,拉穆斯一再讲错,全神贯注地听故事的卡玛腊一再提出疑问,他一再加以纠正,总算讲完了下面的故事:

"摩特罗国王派遣的使臣,去朝见康基国王,提出与公主缔结姻缘。康基国王奥玛尔·辛格听罢大喜,欣然同意。

"于是,罗纳吉德·辛格的皇弟因陀罗吉德·辛格率领一支军队,浩浩荡荡,离开京城。一路上旗幡飘扬,鼓乐喧天。最后抵达康基国,在御花园里安下营帐。康基国京城里,张灯结彩,一派节日气氛。

"星相学家经过一番推算,确定了结亲的黄道吉日。他们选择的时辰

---

① 孟加拉语中"昌德拉"意谓月亮。

是望日后第十二日午夜后两点半。是夜,京城里家家户户灯火辉煌,悬挂的彩条花串随风飘动。公主昌德拉的婚礼隆重举行。

"但公主昌德拉还不知道与谁成亲。她出生的时候,能卜测未来的修道士波罗玛南德·萨弥上朝启奏:凶神恶煞的目光落到了公主身上,以后公主成婚之日,切不可知道驸马的姓名。

"吉祥时辰举行的婚礼上,公主与罗纳吉德·辛格的宝剑由红绸联结。因陀罗吉德·辛格代表皇兄,俯身向皇嫂施礼,呈上大量贵重礼品。罗纳吉德·辛格和因陀罗吉德·辛格,如同《罗摩衍那》中的国王罗摩和他的弟弟罗什曼那。因陀罗吉德·辛格像罗什曼那尊敬嫂子悉多那样,始终未抬头看一眼出身高贵的雅利安族、面纱后昌德拉羞红的面孔,他匍匐在地叩拜,只看到戴着足镯的昌德拉的纤足上涂的虫漆。

"婚礼结束后的第二天,因陀罗吉德·辛格请皇嫂登上垂挂珠帘的御辇,率军启程回国。想起公主降生时的凶兆,康基国王忧心忡忡,右手摸着公主的头,为她祝福。皇后亲吻女儿,默默垂泪。神庙里,千余名婆罗门为公主诵念禳灾祈安的经文。

"康基国离摩特罗国很远,大约是一个月的路程。第二天晚上,因陀罗吉德·辛格的军队在贝特沙河畔安营扎寨,准备过夜,这时,忽然看见附近树林里有人举着火把。因陀罗吉德·辛格立即派兵前去察看。

"士兵回来禀报:'千岁,那些举着火把的人,也是一支迎亲队。他们和我们一样,也是刹帝利种姓。他们携带武器,护送新娘前往她的丈夫家。这一带强盗猖獗,他们心中害怕,请求千岁保护。千岁若恩准,他们就跟随我们走一段路。

"因陀罗吉德·辛格说道:'帮助祈求庇护者,符合我们的教义,你们好生照看他们。'

"于是,两支迎亲队汇合了。

"第三天是朔日,夜里没有月亮,地上一片漆黑。他们宿营地的前方,是起伏的丘陵,后面是丛林。路途劳顿的士兵们头枕着蛮鸣,在不远处清溪潺潺的催眠声中,酣然入睡。

"突然,喊杀声将他们从睡梦中惊醒,他们看见战马发疯似的狂奔,不知谁砍断了马的缰绳。一顶顶帐篷起火,火光映红无月之夜的天空。

"士兵们明白他们遇到了强盗的袭击,当下与强盗展开厮杀,许多人倒在血泊中。黑暗中分辨不清敌我,强盗在混乱中抢劫金银珠宝,随后躲到深山老林里去了。

"混战结束,找不到公主了。原来,她惊慌失措地跑出帐篷,误认为一群逃跑的人是她的扈从,就跟着他们走了。

"其实,他们是另一支迎亲队的人,强盗趁着混乱劫走了他们护送的新娘。他们错认为戴着面纱的昌德拉公主就是那位新娘,就带着她朝本国的方向飞奔而去。

"他们是贫穷的刹帝利,居住在羯陵伽国的海边。在那儿,公主见到那位新娘的丈夫,他叫杰特·辛格。

"杰特·辛格的母亲笑吟吟地上前握住公主的手,送她进入洞房。亲眷全睁大眼睛,啧啧赞叹:'啊,举世无双的美女!'

"杰特·辛格为公主的美姿所倾倒,视她为他家的吉祥女神,在心殿里顶礼膜拜。公主深谙贞女的道德规范,以为杰特·辛格是她命中的夫君,便下了把自己献给他的决心。

"新婚夫妻的羞颜没几天便消失殆尽。在毫无羞赧的交谈中,杰特·辛格发现,他当作自己妻子娶回来的姑娘,竟是昌德拉公主!"

第二十六章

卡玛腊凝神屏息听到这儿,着急地问:"后来呢?"

"我只知道这些,后来怎样,我也不清楚。依你看,会有怎样的结局?"

"不,那不行!"卡玛腊认为拉穆斯在哄她,"你得给我讲后面的故事。"

"我说的是真话。"拉穆斯说,"我讲的是一本书里的故事。这本书只出了一卷,下一卷几时出版,老天爷才知道。"

"走开,你太坏了!"卡玛腊气冲冲地嚷道,"你在卖关子!"

"你只应生那篇小说的作者的气。"拉穆斯含蓄地说,"我只向你提一个问题,杰特·辛格拿昌德拉公主怎么办?"

卡玛腊望着河面沉思良久,说:"我不知道他会怎么办,我实在想不出来。"

拉穆斯沉吟片刻,与她商榷般地问:"杰特·辛格会告诉她真实情况吗?"

"你这个聪明人说什么糊涂话!"卡玛腊说,"不告诉她,要把事情搅得一团糟吗?那样太可恶了,应该对她说清楚。"

"应该对她说清楚。"拉穆斯机械地重复一句,犹豫片刻进一步试探,"嗯,卡玛腊,假如……"

"假如什么?"

"假如我是杰特·辛格,而你是昌德拉公主……"

"别对我说这种稀奇古怪的话!"卡玛腊大声说,"说真的,我不爱听。"

"不,我得说,假如真是那样,我该怎么办,你又该怎么办?"

卡玛腊不愿意回答,从椅子上站起来,快步朝客舱走去,这才发现乌摩奇坐在舱门口,呆呆地看着河水。

"乌摩奇,你见过鬼吗?"卡玛腊问。

"见过,妈妈。"

卡玛腊拉来近处的一张藤椅,在他身边坐下:"你见过什么样的鬼,给我讲讲。"

看着气恼的卡玛腊走了,在船头的拉穆斯无意叫她回来,对她致歉。这时,弯弯的新月已在他前面浓密的竹林后面消失。熄灭了甲板上的电灯,水手们到底舱吃饭、休息。一、二等舱里没有乘客,三等舱的大部分乘客从两侧下船,涉水上岸,支锅做晚饭。透过黑暗笼罩的树林的空隙,可以看见不远处集市上的灯火。汹涌的急流冲得锚链铮铮作响,恒河膨胀着的脉管的搏动,震得轮船瑟瑟发抖。

沉浸于这迷蒙的阔大、这稠密的幽黑、这陌生景致的奇妙之中,拉穆斯绞尽脑汁,试图妥然解决以责任为核心的棘手问题。

他已省悟,胡蒙莉妮和卡玛腊,他只能选择一位,放弃一位。在他的人生旅程中,同时与她俩朝夕相处的第三条道路并不存在。胡蒙莉妮有父兄的关爱,有栖身之所,现在可能遗忘他,与钟情于她的别的男人结为夫妻。但卡玛腊孑然一人,无依无靠,抛弃她意味着把她推上绝路。

然而,人的自私是无止境的。胡蒙莉妮可能忘却拉穆斯,她不必非得依赖拉穆斯不可,她可以找到更好的归宿,未来的这一幅图景,非但没有给他带来安慰,反而加倍地增加他对胡蒙莉妮的怀念之情。他似乎看到胡蒙莉妮正从他面前款款走过,走向他今后伸手不可企及的地方,但此时此刻他只要果断地伸出手,还可以抓住她。

拉穆斯把脸埋入合拢的手掌里,陷入沉思。远处传来豺狼的嗥叫,村里几条惊恐的狗汪汪地叫起来。他不由得抬起头来,见卡玛腊站在幽静黑暗的甲板上,手扶着栏杆,便从藤椅上站起来问道:"卡玛腊,怎么还不去睡觉?天早黑了。"

"你不去睡吗?"卡玛腊的话语充满期盼。

"我这就去,东边那间客舱里,我已铺好床铺,你别再磨蹭了。"

卡玛腊不再言语,慢腾腾地走进拉穆斯指定的舱房。她不好意思对拉穆斯说,刚才听了鬼的故事,她心里害怕,可她的舱房里只有她一人。

卡玛腊的脚步那样迟缓,表明她极不愿意独居一室。拉穆斯心里感到一阵酸楚,连忙宽慰她:"别害怕,卡玛腊,我的舱房挨着你的舱房,我把中间的门打开。"

卡玛腊骄傲地一扬头:"有什么可怕的!"

拉穆斯略微宽心地走进自己的舱房,熄了灯,上床躺下,在心里发誓般地说道:"胡蒙莉妮,我不能离弃卡玛腊,别了,亲爱的。今天我决心已定,不会再犹豫。"

黑暗中躺着的拉穆斯心想,对胡蒙莉妮道一声"再见",意味着告别人生的巨大价值,便再也躺不住了,一骨碌儿坐起来,下床走到外面。黢黑的夜色中,他却又感到,他受到的委屈和痛苦太微不足道了,不会永存于无限时空。他和胡蒙莉妮的短暂爱情史,在布满苍穹的无数宁静的星球中间,不可能占一席之地;世世代代的阿斯拉万月,无数个星光灿烂的夜晚,这伟大的恒河,流过岑寂的沙洲和白絮飘飞的芦苇丛,流过树影幢幢的沉睡的村庄,奔腾不息,而他的躯体,连同一生的烦恼,过不了多少年,就在焚尸场烧成灰烬,与接纳万物的大地融为一体。

第二十七章

第二天拂晓,卡玛腊醒了,看看四周,舱房里没有别人,这才想起她是在船上。她慢慢地坐起来,透过门缝朝外张望。幽静的河面笼罩在白茫茫的烟雾之中。夜色越来越淡。东边的一排树木后面,现出了金色曙光。不多久,浩淼的淡青水面嵌上了一艘艘渔舟的白帆。

卡玛腊不明白,她为什么受到一种难以名状的隐痛的折磨?这秋日露

浣的朝霞为什么一点也不欢乐？一股泪泉为什么从她的胸腔漫过喉咙，一次次涌满她的眼眶？昨天，她并未意识到她没有公婆、没有朋友、没有亲人。一天之内，究竟发生了什么，竟使她感到拉穆斯并不是她的靠山？为什么她感到天地如此广阔，而她如此渺小？

卡玛腊扶着门户框，怔怔地站了很久。阳光下的流水似熔化的黄金，闪闪发光。水手们各就各位，开始工作。底舱已发动的柴油机隆隆作响，提铁链的叮当声和绞盘的嘎吱声，惊醒了村里的孩子们，他们奔下河滩，来看热闹。

嘈杂声中醒来的拉穆斯，一跃而起，走到门口，看看卡玛腊起床没有。卡玛腊有些慌乱，虽然衣着整齐，仍扯了扯衣襟，仿佛要把自己包裹得严严实实。

"卡玛腊，你洗脸了吗？"拉穆斯问。

这极平常的问题，居然使卡玛腊立刻露出厌烦的神色。若问她为什么不快，她未必能回答出来。她望着别处，摇了摇头。

"天不早了。"拉穆斯不计较她的无礼，"一会儿大家都起床了，你快去梳洗吧。"

卡玛腊没有答话，拿起椅子上一条熨平的纱丽、紧身上衣和一条毛巾，从他的身边径直往浴室走去。

在卡玛腊看来，拉穆斯一大早过来对她表示关心，不仅是多此一举，而且是对她的轻蔑。她已清楚地看到，拉穆斯和她亲近，局限于极小的范围，发展到一定程度便自行中止。公婆家没人教她何时何地如何遮掩羞色，她也从不遵守何种场合如何戴面纱的严格规定。可是今天在拉穆斯面前，她感到羞涩，浑身不自在。

洗完澡，卡玛腊回到舱房里坐下时，这一天的杂事便涌到了她的面前。她解下系在纱丽贴边上的一串钥匙，打开衣箱，一眼看见那个小钱匣子。昨天，她接过钱匣子，胸中立时升起崭新的自豪感，仿佛赢得了独立自主的权利，因此非常小心地把它放在衣箱里，上了锁。此刻，她拿起钱匣子，丝毫不感到兴奋，不觉得这是她的，而只是拉穆斯的钱匣子。这钱匣子里没有卡玛腊完整的独立的权利，所以对她来说它只是一种负担。

拉穆斯走进卡玛腊的舱房，故作幽默："默不作声地想什么？开了箱子，找到一条谜语啦？"

卡玛腊把钱匣子递过去:"这是你的钱匣子。"

"我收下有什么用?"

"你需要买什么东西,买了给我送来。"

"你不需要买一两样东西?"

卡玛腊一拧脖子,答非所问:"我不用花钱。"

拉穆斯嘿嘿一笑:"世界上几个人能说这种大话!既然你如此讨厌这玩意儿,干吗不送人?我哪能再收下它呢?"

卡玛腊不声不响地把钱匣子放在舱板上。

"哎,卡玛腊,"拉穆斯慌了,"说实话,我没有讲完故事,你生我的气了?"

卡玛腊低下头:"谁生气啦?"

"你没有生气,就把钱匣子收起来,那样我才相信你说的是真话。"

"不生气就非得把它收起来呀!你自己的东西自己不能保管?"

"那不是我的东西了。"拉穆斯一本正经地说,"送给别人的东西再拿回来,死了就变成不能转世投胎的野鬼,我难道不害怕?"

拉穆斯对变成野鬼的恐惧,把卡玛腊逗乐了。她笑着说:"你才不怕哩,收回礼品的人真会变成野鬼?我可从来没有听说过。"

情不自禁的笑声,修复了两人的感情纽带。

"你能跟别人打听到什么呢?"拉穆斯说,"哪天你碰见鬼,亲口问问,才知道是真是假。"

卡玛腊忽然来了兴致:"哎,不开玩笑,你真的见过鬼吗?"

"不是名副其实的鬼,我见过很多。"拉穆斯若有所思地说,"世界上纯正的东西历来是极少的。"

"可是,乌摩奇他说……"

"乌摩奇?他是谁?"

"哦,就是跟我们走的那个孩子,他亲眼见过鬼。"

"在这方面,我得承认,我不如他见多识广。"

就在他们谈鬼的当儿,水手们经过艰苦努力,终于使轮船从沙洲滑入深水。轮船刚开出几十米,一个人头顶着竹篮,沿着沙滩一面奔跑,一面举手示意轮船停下。可船长置若罔闻。那人便朝拉穆斯大声叫喊:"先生,先生!"

"他准以为我是船上售票的先生。"拉穆斯自言自语地挥手告诉求援者,他没有指挥轮船停下的权力。

卡玛腊忽然大叫起来:"啊,那是乌摩奇!不,不能扔下他不管,你想办法把他接上船。"

拉穆斯爱莫能助地说:"我求他们,他们也不肯停船的。"

"不,你快去叫他们停船!"卡玛腊哀求道,"告诉他们,船离岸不远。"

拉穆斯这才去见船长,请他下令停船。

"先生,这样做违反轮船公司的规章制度。"船长堂而皇之地拒绝。

"船长!"卡玛腊不顾一切地上前求情,"您别把他丢在这里,船停一下吧,他是我们的小用人乌摩奇。"

万般无奈,拉穆斯只得采用司空见惯、行之有效的简单办法让船长同意"违章"驾驶,他低声表示愿意支付一笔辛苦费,船长才命令停船。乌摩奇费力地爬上船,遭到船长劈头盖脸一顿训斥。可他只当耳旁风,连眉头也没有皱一下。他把头顶的竹篮放下,搁在卡玛腊的脚边,若无其事地笑了笑。

卡玛腊怨气未消:"你笑什么!船不停下,你怎么办?"

乌摩奇不答话,把篮底往上一提,倒出茄子等几样蔬菜、一挂生香蕉和一大把南瓜花。

"这些菜你从哪里弄来的?"卡玛腊问。

在警察眼里,乌摩奇的"采购"是完全不能令人满意的。昨天,他去集市买奶酪等食品的时候,留意村里哪家的菜园里种了什么蔬菜,哪家的竹架上挂着什么瓜果。今天开船之前,他溜下船,在他看准的地方采摘了一篮蔬菜,全然不管别人许可不许可。

拉穆斯勃然大怒:"这些菜是你从人家地里偷来的?"

"能算偷么?"乌摩奇满腹委屈,"菜地里蔬菜那么多,我不过拿了一点点儿。"

"拿一点点儿不是偷吗?混账东西!你给我滚!这些菜全拿走!"

乌摩奇可怜巴巴地瞅着卡玛腊:"妈妈,在我们老家,这种菜叫'比菱',炖鱼干特别好吃。这一种叫'贝都'……"

"你拿着你的'比菱'菜给我滚得远远的!"拉穆斯愤怒地吼道,"要不然,我把它们全扔进河里!"

乌摩奇扑闪着眼睛望着卡玛腊,等她发落。卡玛腊使个眼色,暗示他快把菜拿走。领会了她眼神中隐含同情的欣喜,乌摩奇赶紧把甲板上的蔬菜拾起来装进竹篮,不慌不忙地走了。

"他简直是无法无天!卡玛腊,你不能由着他胡来!"说罢,拉穆斯走进自己的舱房,摊开信纸写信。

卡玛腊引颈四望,看到乌摩奇过了二等舱,静静地坐在船尾处用竹篱围成的临时厨房旁边。

二等客舱里没有乘客。卡玛腊用披肩遮着脸,走到乌摩奇跟前:"那些菜你全扔了?"

"干吗扔呀,全放在厨房里哩。"

卡玛腊装作气愤的样子:"你太不像话了,以后不许再拿人家的东西。想想看,船开走了,你还能找到我们?"

卡玛腊进了厨房,厉声说道:"把立刀拿来!"

乌摩奇递上立刀,卡玛腊便快捷地切乌摩奇出于好意弄来的蔬菜。

"妈妈,这种菜拌些芥末儿,好吃得不得了。"乌摩奇说。

卡玛腊没好气地说:"你爱吃,自己去碾。"

卡玛腊摆出一副严厉神态,不让乌摩奇感到他那样胡闹能得到她的赞许。她沉着脸,切完茄子等蔬菜、瓜果,生火做饭。

唉,卡玛腊能不溺爱这个离家出走、无依无靠的孤儿!她不认为偷几棵菜是那么严重的罪行,但她深深地感到这个无家可归的孩子寻求庇护的心情是何等急切、何等真诚。为了讨得她的欢心,这个不幸的孩子从昨天起一直寻找"摘菜"的良机。倘若再耽误片刻,他就上不了船了。卡玛腊能不心疼他吗?

"乌摩奇,昨天的奶酪我给你留下一些,你去吃吧。"卡玛腊说,"不过,你得记住,不要再去做那种不体面的事。"

乌摩奇有些不好意思,说:"妈妈,你昨天没吃奶酪?"

"我不像你那么爱吃奶酪。"卡玛腊说,"乌摩奇,现在什么都有了,就差鱼,能搞到吗?没有鱼,能让先生吃饭有胃口?"

"弄得到鱼,妈妈,但没有钱,不好办。"

卡玛腊皱起眉头,不得不又训斥他:"乌摩奇,我真没有见过像你这样的傻瓜!我对你说过不付钱能随便拿人家的东西?"

昨天,乌摩奇得到的印象是,卡玛腊不太容易从拉穆斯那儿要到钱。此外,总的来说,他不喜欢拉穆斯先生。所以他把拉穆斯撇在一边,单为他和卡玛腊这两个孤苦无助的人在一起过好日子,想出了最简单的手段。弄些茄子等蔬菜、生香蕉,他有十二分把握。但弄鱼的窍门,他尚未找到。在这个世界上,单凭无私的虔诚是弄不到一口奶酪、一条小鱼的,必不可少的是钱。所以,对于卡玛腊这个幼小的崇拜者来说,世界不是称心如意的场所。

乌摩奇有些懊丧地说:"妈妈,你跟先生说一声,让他给你五派沙,我保证给你买一条大鲤鱼。"

卡玛腊忧虑地说:"不,我不许你下船。你上了岸,他们准不会再拉你上船的。"

"干吗上岸!"乌摩奇通报他的新发现,"早晨水手用网逮了许多大鱼,他们会卖给我们一条半条的。"

卡玛腊立即拿出一卢比,塞在他手里:"该付的鱼钱给人家,剩余的拿回来。"

不一会儿,乌摩奇拎着一条鱼回来了,但没有找回钱来,他解释说:"少于一卢比,他们不卖。"

卡玛腊心里明白他说的不是实话,微微一笑说:"轮船下次靠岸,看来得换几卢比的零钱。"

乌摩奇神色自然地附和道:"一定得换,整块钱一出手,让他们找钱,难哪!"

拉穆斯坐下吃饭,尝了尝鱼,连声赞叹:"啊呀,味道太鲜美了。这鱼是从哪儿弄来的?嚄,这么大的鲤鱼头!"他小心地举着鱼头,"这不是梦,不是幻影,也不是幻觉,这是实实在在的鱼头。古籍云:有鱼必有头!"

这天的午饭堪称"筵席",在欢快的气氛中结束。饭后,拉穆斯走到船头,在一张藤躺椅上躺下消食。

卡玛腊这才吩咐乌摩奇吃饭。青菜炖鲤鱼,他爱吃极了。他吃鱼的狂热突破嗜好的界限,渐渐令人担忧时,卡玛腊赶紧制止道:"乌摩奇,你不能再吃了,我给你留开些,你晚上再吃。"

白天的繁忙,和乌摩奇无拘无束的谈笑,究竟何时化解了卡玛腊心头的郁闷,她自己也说不清楚。

白昼渐逝,斜阳长长的光束从西天漫到了甲板上,微颤的水面上闪烁着柔和的光斑。两岸长满葱绿的秋季作物,田间小路上,走来一群腰间夹着水罐、要下河洗澡的村姑。

卡玛腊做完枸酱包,梳了头,洗了手,换了衣服,动手做家务的时候,太阳已在村庄的竹林后面落下。

按照预定的航程,轮船在码头上抛锚停泊了。

卡玛腊今天不必为晚饭多费神思。中午剩下的菜饭足够对付一顿。出乎她的意料,拉穆斯跑来对她说,午饭吃得太饱,晚饭他不吃了。

卡玛腊不放心地问:"你一口也不吃吗?我给你炸几块鱼⋯⋯"

"不用炸。"丢下命令似的三个字,拉穆斯转身离去。

卡玛腊当即把剩下的炖鱼统统倒在乌摩奇的盘子里。

"你不给自己留点儿?"

"我吃过了。"

至此,卡玛腊总算为这个漂流的小家庭料理完了一天的家务。

河面和两岸的田野里,洒满澄明的月光。岸上没有村落。一望无际的寂寥的稻田,翠绿秀丽。稻田上宁静、幽美的月夜,好似翘首等待情郎的倩女。

岸边一间铁皮屋顶的小屋里,轮船公司一位瘦小的职员坐在长凳上,正在煤油灯昏黄的灯光下登记账目。小门敞开着,拉穆斯可以清楚地看见他。

拉穆斯长出了一口气,暗想:命运之神假如容我踏上职员那样的狭窄但清晰的人生旅途,每天上班记账,出了差错,被老板臭骂一顿;做完工作,回家无忧无虑地睡觉。那我简直就是快乐的神仙喽!

不久,那小屋里灯光熄灭了。那职员关门上锁,用薄披毯裹着脑袋御寒,在寂静的农田中间慢慢地远去了、消失了。

卡玛腊手扶轮船栏杆,在拉穆斯身后站了很久,可他竟未察觉。她以为傍晚拉穆斯一定会去叫她,可做完家务活儿,许久不见拉穆斯来找她,便缓步走上甲板。

然而,她一见拉穆斯就收住脚步,不愿走到他身旁。月光落在拉穆斯的脸上——那张脸仿佛离她很远,很远;拉穆斯仿佛与她毫无关系。沉思的拉穆斯和孤苦的卡玛腊之间矗立着的魁伟的夜神,从头到脚裹着月光之

袍,食指按在唇上,默默地执行警卫任务。

当拉穆斯双手捂脸,额头碰着桌面的时候,卡玛腊慢慢地朝舱房走去,听不到一点儿脚步声,她不想让拉穆斯知道她曾来找过他。

舱房里黑咕隆咚、阴森森的。一脚跨进去,她的心怦怦乱跳。她感到自己被人遗弃,异常孤独,异常凄凉。这间小木房仿佛是她从未见过的残忍怪兽,张着血盆大口,朝她喷吐漫漫黑雾。她去哪儿呢?哪儿容她躺下娇小的身躯,安然合上眼睛,喃喃自语:哦,这是我的栖身之所?

她惶恐地朝舱房里扫了一眼,又退了出来,不小心把拉穆斯的雨伞碰倒在她的铁皮衣箱上,"咚"地一声惊动了拉穆斯。他抬起头,从椅子上站起来,看见卡玛腊站在他的舱房门口。

"啈,是卡玛腊,"拉穆斯说,"我以为你早躺下睡了。你是不是害怕呀?好吧,我也不待在外面了。我这就到你旁边的舱房去睡,中间的门照样开着。"

"我不害怕!"卡玛腊激愤地说着,一步跨进漆黑舱房,"砰"地一声关上拉穆斯打开的门。她把自己抛在床上,脸上蒙着一块头巾;在这冷酷的人世间,她至今未找到可以向其倾吐心声的人,只能自己把自己严密地包裹起来。她心里充满愤懑和怨恨!在没有依靠和自由的地方,她如何活下去?

长夜漫漫,似无尽头。

拉穆斯在隔壁舱房里睡着了。烦躁的卡玛腊躺不住了,起床悄悄地走到舱外,手扶栏杆朝迷蒙的岸边凝望。四下里听不见生灵的声息,月亮在西天下坠。望着岸边隐逝于庄稼地里的土路,卡玛腊浮想联翩:多少村姑每天腰间夹着盛满水的陶罐,沿着这些土路,朝她们的家走去。家!想到家,她的心仿佛就要飞出躯壳。哦,属于她的安适的家在何方?

河岸空旷、凄清,四周的地极支撑着静默的苍穹。哦,无谓的苍天,无谓的大地!对这个纤弱少女来说,宇宙的无边无涯毫无意义!

她只需要一个小小的温馨的家!

什么响动使卡玛腊心里一惊,她察觉有人站在她身旁。

"别怕,妈妈,我是乌摩奇。夜深了,你怎么还不睡?"

刚才竭力克制的泪水,眼看着潮水般涌出她的双眼。大颗大颗的泪珠沿着她的面颊滚落下来。她猛地转过脸去,不让乌摩奇看到她落泪。

饱含雨霖的一片云彩在天空飘移，遇到和它一样流浪的一阵清风，它载负的雨水便哗哗倾落，卡玛腊的情形与其相似。从一个无家可归穷孩子口中听到一句关切的话，卡玛腊再也抑制不住眼中盈满的泪水。她想说什么，可嗓子哽噎着说不出话来。

乌摩奇心里也很难受，可他找不到恰当的话来安慰卡玛腊。憋了半天，无由来地冒出一句："妈妈，你给的一卢比，还剩下七安那①。"

卡玛腊盈泪的重负已大大减轻，听着乌摩奇的主动坦白交待，她不禁露出爱怜的笑容："噢，很好，钱放在你那儿。走，现在你也去睡吧。"

月亮已在树林后面坠落。这次卡玛腊一上床就闭上疲倦的眼睛睡着了。翌日，早晨的阳光叩击她舱门的时候，她还沉浸在睡梦中。

第二十八章

卡玛腊新的一天，是在沉闷的氛围中开始的。她看到的太阳是那么羸弱，河水没精打采地流淌，岸边的树木像是长途跋涉的、疲惫不堪的旅人。

乌摩奇跑来帮她干活时，她懒洋洋地说："你给我走吧，乌摩奇，今天别来打搅我。"

但乌摩奇不是一两句话就可以支开的孩子。他说："我不惹你生气，妈妈，我是来帮你碾作料的。"

上午，拉穆斯发现卡玛腊气色不好，忙问："卡玛腊，你是不是病了？"

在卡玛腊看来，这样的询问纯属多余，完全是虚假的客套话。她使劲地摇摇头，算作回答，转身到厨房里去了。

拉穆斯由此感到问题日趋严重，解决这个难题已刻不容缓。他在心里反复权衡利弊，得出的结论是：只有首先对胡蒙莉妮说明真相，采取行动才比较容易。经过一番思考，他坐下来给胡蒙莉妮写信，写了几句觉得不满意，又全部涂掉，重打腹稿时，忽听有人问："先生，请问您的尊姓大名？"他惊异地抬起头，只见来者约莫五十岁左右，唇髭灰白，头顶头发稀少。

拉穆斯正全神贯注地考虑信的内容，思绪被突然打断，愣了一下。

"您好，您是婆罗门吗？"陌生人接着说，"您是拉穆斯先生，我打听过

---

① 印度货币单位，一卢比等于十六安那。

了。您想必知道,在我们国家,询问名字是与人结识的必要程序,是文明的体现。可如今有些人为此恼怒。您如果生我的气,尽可'以其人之道还治其人之身',连珠炮似的向我提问。我可以告诉您我的名字,我父亲的名字。您问我祖父的名字,我也不会拒绝回答。"

这番滑稽话把拉穆斯逗笑了:"我尚未气到那种可怕的程度,听到您一个人的名字,我就满足了。"

"我叫杜伊洛克·贾格罗帕尔迪,在西部地区,大家管我叫'大叔'。您读过历史吧,在印度斯坦,婆罗多①是贾格罗帕尔迪国王,而我是印度整个西部地区的贾格罗帕尔迪大叔。您到了西部地区,不会不听到人们谈到我。可是,先生您究竟要去什么地方呢?"

"我还没有拿定主意。"

"拿主意是要花些时间的。"贾格罗帕尔迪说,"但买票上船可不能磨磨蹭蹭。"

拉穆斯颇有同感:"前几天我在戈亚隆特下了火车,听见轮船正频频鸣笛。当时我心里很清楚,旅行的目的地可以从长计议,但轮船不会推迟起航。所以紧迫的事只能先赶快了结了再说。"

贾格罗帕尔迪双手合十,说:"向您致敬,先生,我非常佩服您的胆量。您和我们完全不同,我们总是先想好去处再登船,因为我们生来胆子小。而您未确定旅行目的地,就毅然踏上旅途,有魄力!您太太也来了吗?"

拉穆斯犹豫了一下,没有回答说"她也来了"。

见他不做声,贾格罗帕尔迪说:"请原谅我,从可靠途径,我已得知您太太也在船上。刚才她在厨房里做饭,我饿瘪的肚子把我领到那儿。我对她说:'姑娘,你见了我不用害羞,我是西部地区大名鼎鼎的贾格罗帕尔迪大叔。'啊,这姑娘真像转世的杜尔迦女神,我接着对她说:'姑娘,你有这么好的厨房,你做的香喷喷的饭菜可不能藏起来不让我吃呀。我这个人笨手笨脚不会做饭哪。'她露出甜蜜的笑容。我看出她很乐意照顾我。今天,我不必为吃饭伤脑筋了。其实,我每次外出,都翻阅历书,挑选黄道吉日,可从来没像今天这样走运。噢,您有事,您忙您的,我不打搅了。您要是允许,我愿为您太太帮点小忙,有我们在,还用她伸出莲花般娇嫩的小手拿铁钳

---

① 在印度史诗《罗摩衍那》中,婆罗多是十车王的儿子。

去端铁锅？哦，不说了，不说了。您继续写信，您不用站起来，我知道怎样向她作自我介绍。"

贾格罗帕尔迪双手合十，对拉穆斯说声"回头见"，便向厨房走去。

"这儿散出去的香味儿，谁闻了谁掉口水。"他一进厨房就声情并茂地夸赞，"啊，这是鱼羹饭，不用尝就知道。不过，姑娘，泡菜得让我来做。不住在炎热的西印度的人，是不会做正宗泡菜的。你准在心里嘀咕：这老头儿胡说八道，没有罗望子果，用什么做泡菜！嗨，有我在这儿，你就不必为罗望子果费心。你等一会儿，需要的东西我全给你弄来。"

转眼工夫，他捧来了纸包着的一罐泡菜，说："这是我今天做的泡菜，吃一点也可以，其余的放上三四天，味儿才重。你拿一小块放在嘴里嚼嚼，就会明白贾格罗帕尔迪大叔牛皮会吹，泡菜做得也确实地道。去吧，孩子，把脸和手洗干净。天儿不早了。厨房里剩下的活儿，我包了。你别不放心，姑娘，我向来有做饭的习惯。我家里那口子，身子骨不硬朗，为了让她吃饭有胃口，我做泡菜成了行家了。听我讲老伴的事，你笑了，其实，这不是开玩笑，全是真的。"

卡玛腊面带微笑："我想跟您学做泡菜。"

"啊呀呀，这门学问哪能随便传给别人！"贾格罗帕尔迪故弄玄虚，"一天之内教会了你，贬低这门学问的价值，文艺女神必然对我发怒。你得花三四天时间奉承奉承我这个老头儿。讨好我用不着苦思冥想，我可以详细指点。第一条，枸酱包我爱吃得要命，但不许包进整粒槟榔。征服我的心不是轻而易举的事，但是，姑娘，你脸上的甜笑，差不多已使你成功了。咦，这小家伙是谁？"

乌摩奇不答话。他早已憋了一肚子怒气，恨老头儿在卡玛腊的感情王国抢夺了他的地盘。

"他叫乌摩奇。"卡玛腊见他不吱声，连忙介绍。

"有出息的孩子！"老头儿发觉乌摩奇并不欢迎他，"我一眼就看出，一时半会儿难以摸透他的心思。不过，姑娘，我会和他和睦相处的。噢，别浪费时间了，我得马上动手做饭。"

有老人做伴，卡玛腊不知不觉忘掉了心中空虚的感觉。拉穆斯也由于老人的来临，情绪得以稳定下来。最初几个月，拉穆斯误认为卡玛腊是他妻子的时候，他怜香惜玉的举止神态，两人卿卿我我的情状，与现在如同路

人的情形形成鲜明对比。拉穆斯的一反常态,不能不使卡玛腊伤心。这时,贾格罗帕尔迪来到她身边,如能排遣她对拉穆斯的幽怨,拉穆斯就可集中精力医治自己的心灵创伤了。

卡玛腊走到不远处他们的舱房门口站住了。她是来找贾格罗帕尔迪的,想和他一起消度中午无事可做的漫长时光。但老人一见她连连摆手:"不,不,姑娘,这样不好,这绝对不行!"

卡玛腊不明白他没头没脑地说不好是指什么,既诧异又好奇。

"哦,我说那双鞋哩。"老人委婉地说,"拉穆斯先生,这固然是您的一片好意,但随您怎样分辩,你们这样做有损于宗教传统。不要剥夺你们的脚接触神圣国土的权利,不然,印度将要崩溃。罗摩如果让悉多穿上达逊公司生产的长靴,您认为罗什曼那还会心甘情愿地陪伴他们度过流放的十四年吗?绝不可能!听我这么说,拉穆斯先生,您居然发笑,心里不赞同我的看法,这倒是不奇怪的,你们与众不同嘛,听见轮船的汽笛声,不管三七二十一,就往船上跑,压根儿没想过究竟去哪儿……"

"行了,大叔,"拉穆斯嫌他说话啰唆,"说说您的高见,我们应该在什么地方下船。您的建议比轮船的汽笛声宝贵得多。"

"哟,认识才一会儿,您决断的能力已有明显的提高。"贾格罗帕尔迪婉转地表露被人看重的得意,"嗯,来吧,来迦齐普吧。姑娘,你愿意来迦齐普吗?我们那儿的田野里长着鲜艳的玫瑰花,敬重你的一个老头儿也住在那儿。"

拉穆斯用征询的目光看着卡玛腊,卡玛腊点点头表示同意。

之后,乌摩奇、贾格罗帕尔迪和仍有些羞涩的卡玛腊,在她的舱房里,就未来的生活进行热烈讨论。拉穆斯叹口气,像被抛弃了似的踱出舱房。

中午,轮船隆隆地向前行驶。秋阳辉映的两岸,幽静奇妙的景致,在人们面前梦境般的变幻着,无比宽广的乡村画面上,点缀着碧绿的稻田、木船停泊的码头、金黄的沙滩、村庄的牛厩和铁皮小屋连绵的集市;苍老的榕树底下是等候摆渡的旅客。

邻舱里面,被老人的幽默激发的卡玛腊的清脆笑声,不时透过秋日正午甜美的宁静,传入拉穆斯的耳廓,在他心中回荡。这一切多么美好,又多么遥远,被精神上受到的沉重打击挡在拉穆斯呻吟的生活之外。

第二十九章

卡玛腊还是个天真无邪的少女，猜疑、忧伤、痛楚都不能在她心中长驻。

这几天，她没有空闲去琢磨拉穆斯忽冷忽热的态度了。如同河水受阻的地方，积聚浮沤，拉穆斯反复无常的言行使卡玛腊质朴的心河在某一地段受阻，形成旋涡，溅出星星点点的疑窦。与老人贾格罗帕尔迪在一起，有说有笑地做饭，偶尔互相埋怨几句，一日三餐为他夹菜添饭，这种和谐的家庭气氛，协助卡玛腊的心河冲破一切障碍，静静地向前流淌；旋涡消失；积聚的浮沤、萦回的忧思随波漂逝。她不再为自己发愁、哀伤。

阿斯温月的艳阳使河上的景色瞬息万变，赏心悦目。船上的卡玛腊愉快地充当家庭主妇的角色，她度过的每一天，仿佛都是金色流水的封面内，一部朴素无华的诗集翻过去的一页。

如今天刚亮，她便精神饱满地忙碌开了。乌摩奇自从那次险些被遗弃在岸上之后，再没有误过船，而且每次出击成功，头顶着满满的一篮菜归来。今天，他们的小厨房里，他那只竹篮又激起无限惊喜。

"啊呀，这西葫芦多鲜灵！唷，天哪，你从哪儿弄来的长扁豆？你瞧，大叔，这是菠菜，我以前真不知道讲印地语的地区也长这种蔬菜。"围着乌摩奇的菜篮子，每天早晨一老一少都这样兴高采烈地议论一番。

但只要拉穆斯在场，就有一种不和谐的话音，他总是怀疑竹篮里装的是赃物。

卡玛腊激动地为乌摩奇辩解："嗳，钱是我亲手数了交给他的。"

拉穆斯却说："你这样做不过是加倍地为他提供偷窃的方便，他既偷菜又捞钱。"说罢，就把乌摩奇叫来，进行审查，"喂，你给我算算买菜的钱！"

乌摩奇加了两遍，一次的数目和另一次的数目相差甚大。算到最后，花的钱竟比卡玛腊给的钱多了许多。但他泰然自若、理直气壮地为自己辩护："我要是算得清呀，还会是现在这副样子吗？早当上收税的老爷喽，您说对不对，爷爷？"

"拉穆斯先生，吃完饭您再审这件案子，一定会作出公正的判决。"贾格罗帕尔迪话里有话地说，"可这会儿我不能不夸他几句。乌摩奇，我的乖孩

子,弄菜可不是一门简单的学问。能掌握这门学问的人,掰着手指头数得清的。不错,大家都刻苦学习,可成功的有几个?拉穆斯先生,我理解饱学之士的尊严、面子,但您知道,眼下不是长扁豆的旺季,在人生地不熟的地方,一大早,您说有几个孩子弄得到这么鲜嫩的长扁豆?先生,怀疑人人都会,但能弄到菜的,一千个人中间恐怕也只有一个。"

"大叔,您这样说不妥当。"拉穆斯提出警告,"您偏袒他会害了他的。"

贾格罗帕尔迪不以为然:"这孩子没有太大的能耐,他这点本事要是得不到鼓励、不发挥作用,日后要吃后悔药的,起码我们在船上这几天。嗯,乌摩奇,明天给我采一些楝树叶,能摘到枝梢上的更好。姑娘,我想用它煮汤喝。印度的医书上讲,嗨,算了,什么医书不医书,没有工夫闲聊了。乌摩奇,快把那些菜洗干净。"

拉穆斯越是怀疑、厌恶乌摩奇,这孩子和卡玛腊就越是亲近。加上贾格罗帕尔迪也站在她一边,三人组成了独立于拉穆斯的小团体。现在,一方是具有细微判断力的孤家寡人拉穆斯,另一方是卡玛腊、乌摩奇和贾格罗帕尔迪,由家务的纽带、感情的纽带和谈笑的纽带维系在一起,形成强大阵营。受了新来的老人的热情感染,拉穆斯怀着甚于往日的好奇观察卡玛腊,但无法加入他们的阵营。他像一只大船,欲靠岸停泊,却由于那儿水浅,只得在河中央抛锚,远远地眺望河岸。而小巧的舢板、渔船却能灵便地驶过去泊在岸边。

临近月圆的一天早晨,旅客们起床看到,一团团乌云吞没了天空,河风凌乱地吹拂。时而下一阵雨,时而太阳又从云缝钻出来。恒河中央已没有其他船只,远处的一两只木船,给人以胆战心惊的感觉。汲水的村姑不敢在码头石阶上停留。云团压挤的一束阳光孤零零地落在河面上,两岸间的河水索索发抖。

轮船继续破浪前进。恶劣的天气带来了许多困难,但卡玛腊仍旧坚持做饭。

贾格罗帕尔迪忧愁地望着天空:"姑娘,看来得把下一顿饭提前做好。你赶紧做豆饭,我来和面烙饼。"

他们吃完午饭,时间已经很晚了。风越刮越猛,河里浪涛翻滚。无从知晓太阳是否已经西沉。轮船提前抛锚了。

黄昏悄然逝去。乱云间偶尔泄出几缕惨笑般迷离的月光。不多久,狂风大作,大雨倾盆。卡玛腊曾在风暴中遇险,落入汹涌的河水。此时她面对狂风暴雨,不免想起那段可怕的经历,心中惊恐不安。

拉穆斯过去安慰她:"在船上不用害怕,卡玛腊,只管安心睡觉,我在隔壁舱房里守夜。"

贾格罗帕尔迪也来到她的舱房门口,说:"好姑娘,别害怕,风暴它姥姥哪有胆量来碰你!"

风暴它姥姥胆量有多大,无从测定。但风暴是多么厉害,卡玛腊却有切身体会。她几步走到门口,声音发颤地央求道:"大叔,你进来坐一会儿吧。"

老头儿面露难色:"姑娘,现在是你们睡觉的时候了,我这会儿……"

他迟疑地进舱一看,拉穆斯不在,不禁万分惊讶地大声嚷道:"外面刮风下雨,拉穆斯先生跑到哪儿去了?他总没有冒雨偷菜的习惯吧。"

"谁呀?是大叔吗?我在隔壁舱里。"

贾格罗帕尔迪透过中间的门,朝邻舱望去,拉穆斯半躺着,在灯光下看书。

贾格罗帕尔迪大为不满,说:"您太太一个人待在舱房里害怕极了。您手中的书是吓不退风暴的,放下书算不了什么过错,快上这屋里来吧。"

卡玛腊胸中涌起压抑不住的冲动,她不顾一切地跑过去抓住他的手,压低嗓音坚定地说:"不,大叔,不!"

风暴声中,卡玛腊的话未能传到拉穆斯的耳朵里,但贾格罗帕尔迪听见了,他惊疑地踅了回来。

拉穆斯放下书,不紧不慢地走进卡玛腊的舱房:"噢,贾格罗帕尔迪大叔,什么事?卡玛腊对您……"

卡玛腊看也不看拉穆斯,急忙说:"不,不,我刚才请他来和我聊会儿天。"

若问她一迭声地说"不",在否定什么?她也回答不出。这"不"的潜台词是:你拉穆斯如果认为需要安抚我惊悸的心,我就说,不,我不需要。如果你认为需要有人陪伴我,我还是那句话,不,我不需要。

"大叔,夜深了,你去睡吧。"卡玛腊恢复了平静,"麻烦您去照看一下乌摩奇,他兴许让风暴吓坏了。"

门口传来童音:"妈妈,我什么都不怕。"

乌摩奇蜷缩着坐在卡玛腊的舱房门口,浑身不住地发抖。卡玛腊一阵心疼,跑到外面大声说:"啊哟,乌摩奇,干吗坐在这儿淋雨?真不懂事!去,跟大叔睡觉去。"

听着卡玛腊怜惜的责怪,乌摩奇心里喜滋滋的,拉着贾格罗帕尔迪的手睡觉去了。

"你睡之前要不要我陪你聊聊天?"拉穆斯问。

"不用,我困极了。"

拉穆斯并非不理解卡玛腊的心情,可他不再言语,看了一眼卡玛腊那张委屈而倔强的脸,怅然走回自己的舱房。

卡玛腊没有安然入睡所需的平和心境,但仍强迫自己躺下了。舱外,风暴越发肆虐,浪涛越发凶猛,隐约可以听见水手粗鲁的咒骂声。船长隔一会儿就摇铃,向机舱传达命令。单靠铁锚已难以抵御狂风稳住船体,机器已开始运转。

烦躁不宁的卡玛腊撩开夹被,下床走到舱外甲板上。暴雨停了片刻,但飓风像中箭的怪兽,号叫着四处乱窜。初十四云雾缭绕的天空,在微光中隐隐露出欲毁灭一切的狰狞面目。两岸已看不清楚,河面上一片混沌;但上下、前后、远近,看得见和看不见的物景中,一种浑噩的疯狂和盲目的蠢动凝成了古怪的形体,像阴曹地府里支棱着犄角的黑牛,暴怒地摇晃着脑袋。

望着这发疯的夜,这张牙舞爪的云天,说不清由于恐惧还是由于狂喜,卡玛腊的心房瑟瑟颤抖。这毁灭中蕴含的势不可挡的力量和超越羁绊的自由,仿佛唤醒了在卡玛腊心底昏眠的酷肖她的另一个少女。这遍布世界的反抗的气势,震撼了她的心。但究竟反抗什么?这问题的答案在风暴的咆哮中能找到么?不,它与卡玛腊心中的激情一样,不可言传。

天地间这令人震惊的狂乱,这愤怒的咆哮和哭泣,欲撕碎飘忽的无形虚假、梦幻和昏暗之网,冲到人前。从无路可循的原野尽头,飓风号叫着"不,不",穿过浓稠的夜色,飞驰而来。这是一种严正的拒绝,但究竟拒绝什么,不得而知。它只是不歇地吼叫:不,决不!

第 三 十 章

第二天早晨,风暴虽略微减弱,却始终不曾停息。船长神色焦灼地望着天际,是否起锚航行,犹豫不决。

贾格罗帕尔迪一大早就到卡玛腊的隔壁舱房里找拉穆斯。拉穆斯还躺着,一见他腾地坐了起来。老头儿看出他一夜睡在这儿,联想昨夜发生的一切,感到事情蹊跷。

"您整夜睡在这儿的吗?"他试探地问。

"这突如其来的风暴太可怕了。"拉穆斯答非所问,"大叔,您昨夜睡得怎么样?"

老头儿对拉穆斯回避自己的问题颇为不满:"我看上去是个傻瓜,说话笨嘴拙舌,不过,我活了那么大岁数,研究过许多棘手问题,并且圆满地解决了大部分问题。可我觉得,到目前为止,您是我遇到的最大难题。"

拉穆斯的脸"刷"地红了,他稳定住情绪,淡淡一笑:"不被理解并不是罪过呀,大叔。泰卢固语的儿童读本,对我来说是天书,但对安德拉邦的孩子来说像水一样简单。不要动辄指责您不懂的东西,您若认为睁大眼睛死盯那些不懂的字母一阵子,就会弄懂,那恐怕是不切实际的幻想。"

"原谅我,拉穆斯先生,"老人说,"想方设法去理解与我素不投机的人,在我是不自量力的行为。不过世界上也有一些人和我一见如故,成为朋友。我们的大胡子船长,就是证人。您去问问他承认不承认我与您太太相处得和亲戚一样,他准点头;不点头,我就骂他不是真正的穆斯林。这时候,您硬扯进泰卢固语的例子,不是存心跟人过不去吗?光恼火不行,拉穆斯先生,仔细想想吧。"

"正因为我想过了,我才不恼火。"拉穆斯固执地说,"不管我恼火不恼火,也不管您懊丧不懊丧,泰卢固语仍旧是泰卢固语——自然法则就这样冷酷。"

说完,拉穆斯长叹一声。

拉穆斯正在琢磨在迦齐普尔安家是不是明智的选择。开初他觉得身边有个认识的老人,在陌生的地方安家方便一些,但现在他感到熟人也会带来麻烦。今后当地人打听并议论他和卡玛腊的关系,这对卡玛腊来说无

疑是极不愉快的。倒不如把家安在周围全是陌生人的地方,谁也不会来打听他们的私生活。

抵达迦齐普尔的前一天,拉穆斯对贾格罗帕尔迪说:"大叔,我不认为迦齐普尔有利于我的律师生涯,我决定前往贝拿勒斯。"

老人见拉穆斯口气坚决,笑笑说:"一再改变决定实际上已不是什么决定,只能叫做没有主见。尽管如此,我还想问,前往贝拿勒斯是您的最终决定吗?"

"是的。"斩钉截铁的两个字。

老人没再吭声,转身去收拾行李。

卡玛腊诧异地上前问:"大叔,我做了什么错事惹你生气啦?"

"在船上天天拌嘴,我说不过你们。"

"为这你上午老躲着我们?"

"姑娘,"老人气咻咻地说,"你们想甩掉我,反倒说我躲着你们!"

卡玛腊莫名其妙地看着他。

老人接着说:"拉穆斯先生还没有告诉你,你们要在贝拿勒斯下船?"

卡玛腊既不承认也不否认,想了想说:"大叔,收拾行李你不在行,来,我帮你整理箱子。"

见卡玛腊听说改变计划前往贝拿勒斯是那样满不在乎,老头儿好不伤心,但又在心里宽慰自己:"这也许是件好事,像我这样上了年纪的人,干吗又往一张新网里钻哩!"

拉穆斯恰在这时来告诉卡玛腊去贝拿勒斯的决定:"卡玛腊,我正找你哪。"

卡玛腊好像没有听见,仍为老人叠衣服,一件件放入箱子。

"我们不去迦齐普尔了,"拉穆斯接着说,"我决定到贝拿勒斯开律师事务所,你说行吗?"

卡玛腊没有从老人的衣箱上抬起眼睛:"不,我要去迦齐普尔,我的东西全收拾好了。"

卡玛腊果决的回答使拉穆斯暗暗吃惊:"你一个人去吗?"

卡玛腊抬起温柔的眼睛望着老人:"怎么啦,大叔不也在那儿吗?"

贾格罗帕尔迪听了忐忑不安起来:"姑娘,你要是这样偏向我,拉穆斯先生眼里可就容不下我啦。"

"我就是要去迦齐普尔!"卡玛腊坚定不移的口气表明她的行动无需征得他人的首肯。

拉穆斯垂头丧气:"大叔,那我们还是去迦齐普尔吧。"

暴风雨过后的傍晚,月光慷慨地洒在河上。拉穆斯走上甲板,坐在椅子上默默思忖:再不能这样混了,卡玛腊的反抗情绪一天比一天强烈,生活问题日趋复杂。继续把她留在身边,又得保持一定的距离,实在太难了!唉,顺从天意吧。卡玛腊是我妻子——我确实也承认过她是我妻子,因为不曾念结婚誓词,就把她拒之门外,对她是不公正的。那天在寂静的沙洲上,阎王把新娘卡玛腊送到我身边,亲手为我们结上红绸带,世界上别的地方,还有比他更富权威的证婚的祭司吗?

胡蒙莉妮和拉穆斯之间是危机四伏的战场。拉穆斯经过苦战,排除障碍,击退羞辱,克服猜忌,赢得胜利,才能昂首挺胸地站在胡蒙莉妮的身旁。可他一想到激战就胆怯,他看不到获胜的一线希望。他如何证明自己清白无辜?进行辩护,就得详细讲述过去的一切。而在老百姓眼里这是丑恶的,对卡玛腊是难以忍受的惨痛打击,因此他一直难下决心。

所以,他像个懦夫,毫不迟疑地把卡玛腊当作自己的妻室,这样做对各方面都好。胡蒙莉妮正怨恨拉穆斯——这种怨恨其实能为她把芳心奉献给专一的侣伴开辟道路。想到这里,拉穆斯喟然长叹,把在胡蒙莉妮身上寄托的希望连根拔除。

第三十一章

"喂,你上哪儿去?"拉穆斯问乌摩奇。

"我和妈妈一块儿去。"

"我给你买的是到贝拿勒斯的船票。这是迦齐普尔码头。我们不去贝拿勒斯了。"

"我也不去了。"

拉穆斯从未担心乌摩奇会一直赖在他们家里,此刻,瞅着这流浪儿坚毅的表情,他不禁一愣。

他问卡玛腊:"非得把乌摩奇带去吗?"

"不带他,他去哪儿?"

"怎么,贝拿勒斯他有亲戚呀?"

"不,他说要跟我们走。"卡玛腊转身叮嘱,"乌摩奇,记住,紧跟大叔。一不小心挤到其他旅客中间,你就找不到我们了。"

他们到什么地方居住,应该带上谁,这一切现在都是卡玛腊一锤定音。过去,她顺从拉穆斯的意志。可近来突然摆脱了拉穆斯的控制。

因此,乌摩奇腋下夹着小包袱跟在他们身后,围绕他的去向并未发生更多的争执。

贾格罗帕尔迪家是一幢平房,坐落在市区和旅印欧洲人的住宅区中间。房后是芒果园,房前有一眼石砌的水井,再往前是一堵不高的石墙。墙内是菜园,种植的圆白菜、豌豆,因甜冽的井水浇灌而生意盎然。

下船后的第一天,卡玛腊和拉穆斯暂时住在这幢平房里。

贾格罗帕尔迪的妻子名叫霍利芭毗妮。丈夫在人前宣扬妻子孱弱多病,但看外表她并不虚弱。她已不年轻,身子骨却依然硬朗,头上有几缕银丝,但大部分头发仍是黑的。衰老已把证书送到她手中,可尚未占领她的躯体。

这对夫妇年轻的时候,霍利芭毗妮患过严重的疟疾。要治愈她的病,除了改变环境,别无他法。恰好贾格罗帕尔迪在迦齐普尔一所小学谋到一个教师的职位,于是迁居此地。妻子后来完全康复了,可丈夫对她身体仍没有一点信心。

请客人在外屋落座以后,贾格罗帕尔迪走进内宅,高声叫道:"老三家①!"

三媳妇在院墙内支派用人罗魔葛里碾小麦,自己在阳光下捣鼓大大小小的坛坛罐罐里的各种腌菜。

贾格罗帕尔迪寻到后院:"啊,你在这儿,天冷了,你怎么不披条披肩?"

"尽胡说,冷啥呀!我的后背都让太阳晒脱皮了!"三媳妇夸张地说。

"脱皮好吗?嗳,树荫不是无价之宝,尽管利用嘛。"

"嗯,会利用的。"三媳妇言归正传,"我问你,这次为什么在外面待那么长时间?"

"说来话长。外屋坐着几位客人,先得招待他们一下。"说罢,贾格罗帕

---

① 贾格罗帕尔迪大概排第三,故如此称呼。

尔迪向妻子简单介绍了几位客人的情况。

以前也经常有外地客人突然登门,可接待拉穆斯夫妇,霍利芭毗妮感到为难:"我的妈哟,你家哪有多余的房间!"

"先去见见面,"丈夫不耐烦地催促,"过会儿再商量如何安排住处。我们的苏伊洛佳哪儿去了?"

"她正给儿子洗澡。"

贾格罗帕尔迪赶紧把卡玛腊叫进内宅,见他老伴。

卡玛腊俯下身,对霍利芭毗妮行摸足大礼,刚起身,老太太右手摸了摸她的下巴,吻了吻自己的右手指,对丈夫说:"她的脸很像我们的毕杜。"

毕杜是他们的大女儿,和丈夫住在坎普尔。贾格罗帕尔迪肚里暗笑,他知道卡玛腊和毕杜长得根本不像。霍利芭毗妮从不承认其他姑娘的容貌和才干胜过自己的女儿。小女儿苏伊洛佳住在娘家,让她与卡玛腊比美,必然败北,因此霍利芭毗妮把不在家的大女儿推上赛场,以便在自己家里永远高举胜利的旗帜。

霍利芭毗妮对丈夫摆出具体困难:"他们来做客,太好了,可我们的新房还没有装修完,他们只能受点委屈,大家在这儿挤着住吧。"

在集市那边,贾格罗帕尔迪确有一间小屋正在修缮,不过那是店铺,不适合居住,主人当然是下不了请客人去暂住的决心的。

贾格罗帕尔迪不能揭穿妻子的谎言,笑笑说:"这姑娘要是怕挤怕受委屈,我还敢把她带来?"他转身面对妻子,"好了,你别老站在外面,秋天的太阳很毒的。"

说着,他出去陪拉穆斯闲坐。

霍利芭毗妮开始询问卡玛腊家的情况:"你丈夫是律师?他当律师几年了?每月挣多少钱?什么,他还没有开业?那你们靠什么生活呢?你公公给你们多少财产?你不知道?妈哟,你真是个没有心眼的傻丫头!公公家的事,你啥都不问?家里开销,丈夫每月给你多少钱?既然婆婆已过世,就该由你当家,你已经不是小女孩了嘛。我大女婿每月挣的钱如数交给毕杜。"

老太太提了一连串问题,并对卡玛腊的回答毫不掩饰地加以评论,这使卡玛腊领悟了自己涉世不深,缺乏人生经验。确实,拉穆斯的家世和内心世界,她知之甚少。倘若剖析他俩的关系,她对丈夫的不了解,简直不可

思议，在别人眼里那是一件丢人的事。霍利芭毗妮的几个问题，已使她清楚地认识到这一点。她暗想，她至今没有机会与拉穆斯深入交谈，作为他的妻子，却对他一无所知。此时，她自己也觉得这太奇怪了。她为自己的糊涂感到羞愧、痛心。

霍利芭毗妮接着说："姑娘，让我看看你的手镯，哟，这金子成色不好，出嫁时你从娘家没带几件首饰？哦，你没有父亲，于是让你两手空空地上轿？你丈夫没给你置什么首饰？我大女婿每两个月为毕杜打一件金首饰……"

正当她俩一问一答的时候，苏伊洛佳牵着两岁女儿的手进来了。苏伊洛佳皮肤黝黑，脸盘儿小巧，两眼炯炯有神，额头宽广。一眼就可以看出，她是个性情温和、凡事有主见、顺心遂意的女人。

苏伊洛佳的小女儿站在卡玛腊面前，眼睛眨巴几下就甜甜地叫了声"阿姨"，这当然不是因为看到卡玛腊长得像她妈，年轻的姑娘，只要她看了不反感，都会毫不踌躇地叫人"阿姨"。想不到能当阿姨的卡玛腊，立即伸手把她抱在怀里。

霍利芭毗妮向女儿介绍卡玛腊："她丈夫是律师，来西部开业谋生，路上遇到你父亲，你父亲就把他们带到迦齐普尔来了。"

苏伊洛佳和卡玛腊你看我，我看你，一瞬的对视中，就产生了友好感情。

霍利芭毗妮为客人安排住宿、烧饭做菜去了。苏伊洛佳拉着卡玛腊的手说："妹妹，到我屋里去。"

两人一见如故，谈得十分投机。乍一看，苏伊洛佳和卡玛腊在年龄上并无太大差异。总的来说，苏伊洛佳的生活圈子比较狭小，说话谨慎。卡玛腊恰恰相反，她见多识广，神态、举止大大超过她的实际年龄。完婚之后，大概是因为头上没有公婆的压力或别的什么缘故，她的个性不知不觉地、无羁地得到了发展，表情透现出独立人格的刚毅。不管遇到什么事情，她都在心里问个为什么。"闭上你的嘴"、"照我说的去做"、"女人家，一问三不知，像什么话"这类训斥，她从未听过。她的温柔中寓含刚烈，总是昂首挺胸地面对世界。

苏伊洛佳的女儿小吴咪，尽管以孩子特有的手段，一再试图垄断她俩的爱抚，两位新朋友的谈兴仍越来越浓。交谈中，卡玛腊深切感觉到自己语言的贫乏。苏伊洛佳谈到她的家庭,口若悬河,可她似乎没有什么可说的。卡玛腊的生活背景所衬托的夫妻之画,只是以铅笔勾出的浅浅的轮廓;不曾显现整体画面的和谐,至今不曾涂上颜色。

在这以前,卡玛腊未曾获得清晰地观察自身生活空虚的机缘;她在心里感觉到的匮乏,常常促发叛逆的情绪,但匮乏的真貌,并未在她眼前浮现。

朋友间的交谈的序幕一拉开,苏伊洛佳提到她丈夫时的自豪感,便似纤指弹拨她的心弦,发出美妙乐音。而卡玛腊发觉,她的心弦弹不出一个音符。关于她的丈夫,她能说什么?有什么可说的?她哪有什么兴致?苏伊洛佳的生活之舟,满载着幸福,一帆风顺地向前飞驰。而卡玛腊生活的空船搁浅了,动弹不得。

苏伊洛佳的丈夫彼平在迦齐普尔鸦片部门供职。贾格罗帕尔迪有两个女儿。大女儿住在婆家。老头儿舍不得小女儿也远嫁他乡,骨肉分离,特意挑选了这位家境贫寒、愿意入赘的女婿,并通过一位英国职员打通关节,为他谋了个肥差。如今,女婿彼平与岳父母住在一起。

谈着谈着,苏伊洛佳忽然若有所悟地说:"妹妹,你稍坐一会儿,我去去就来。"接着,她含笑说明原委:"他洗完澡回来了,我得为他准备早饭,让他吃了去上班。"

卡玛腊露出毫不掺假的惊奇之色:"你怎么知道他回来了?"

"你和我开玩笑吧。"苏伊洛佳说,"我和别的女人一样了解自己的丈夫。你难道不熟悉你丈夫的脚步声?"

她嘻嘻地笑着,捏着卡玛腊的下巴晃了晃,把结在纱丽贴边上的一串钥匙"哐"地一声甩到后背,抱着女儿匆匆走了。

卡玛腊一直不知道脚步声的语言是那么容易掌握。她望着窗外默默地沉思,外面一株番石榴树枝繁叶茂,缀满花朵,钻入花蕊的蜜蜂随意地窃食着花蜜。

第三十二章

在开阔的恒河岸边,有一幢独门独院的平房,拉穆斯正与房东商谈租赁事宜。

他近期必须去一趟加尔各答,托运他的一些用品,并按照迦齐普尔律师协会的章程办理转会手续。然而,他又鼓不起足够的勇气重返那座大都市。一想到加尔各答那条街道,他的心情就异常沉重。他仍未钻出那张情网,可目前的情势又不容他迟迟不承认与卡玛腊的夫妻关系。他左右为难,一再推迟行期。

卡玛腊住在贾格罗帕尔迪家的内宅。这幢平房面积不大,拉穆斯只能住在外屋,两人几乎没有见面的机会。

苏伊洛佳私下常对卡玛腊表示歉意,说她家住房不宽裕,让她和拉穆斯暂时分居,实在是出于无奈。

可卡玛腊竟毫不在意:"姐姐,你心里干吗老过意不去!这不是什么可怕而不幸的事情嘛。"

苏伊洛佳笑着说:"嚙,你真是一副铁石心肠。其实,别跟我假正经,你骗不了我,我摸不透你的心思?"

"呃,姐姐,说实话,彼平要是两天不和你见面,那你……"

苏伊洛佳的语调带着自豪:"啊哟,两天不见面,他还能活下去!"

苏伊洛佳动情地回顾了彼平与她如胶似漆的情状。她告诉卡玛腊,新婚的日子里,英俊的新郎哪天运用各种战术,突破老人设置的鹿砦,与窈窕的新娘耳鬓厮磨;哪天如何遭到失败;哪天如何亲热当场被发现。为消除白天不能单独待在一起的苦恼,在彼平吃午饭的时候,他俩如何背着老人,在一面镜子里频频交换眼神,传递思恋。回忆那些欢乐的往事,苏伊洛佳神采飞扬,笑个不停。

后来,彼平上班了。苏伊洛佳接着讲述他俩如何得了相思病,彼平如何钻空子从办公室溜回家,等等,等等。

有一回,彼平要去帕特那几天,为父亲办事。苏伊洛佳问丈夫:"你在帕特那待得下去吗?"彼平豪爽地回答:"有什么待不下去的,没问题!"他坚定的口气深深地刺伤了苏伊洛佳的心。她在心里发誓:离别的前一夜,决不露出忧伤的神情。但她的誓言不知怎的突然被眼泪的洪水冲垮了。第二天,一切准备就绪,彼平正要动身的时候,忽觉得头疼难忍,患了一种确诊不了的疑难病,不得不取消帕特那之行。家里当即请医生为他检查开药,他神不知鬼不觉地把药扔进阴沟,一种神奇药方使他莫名其妙地康复了。

苏伊洛佳叙说夫妻恩爱,眉飞色舞,全然不觉时光流逝,可一听见门外远处轻微的脚步声,就立刻心神不定,她知道是彼平下班回来了。可见她表面上与卡玛腊说说笑笑,可在心里却专注地倾听着门外的动静。

苏伊洛佳对夫妻生活的追述,并非天花乱坠,其间也有一些真实成分。卡玛腊开初几个月与拉穆斯神奇的相处中,仿佛也有类似的情调。后来,她冲出学校的藩篱,回到拉穆斯身边,富于音乐旋律和舞蹈节奏的生活之波,也曾冲击她的心灵——其内涵,她从苏伊洛佳有声有色地追述中,似乎也有所领悟。然而,这一切是支离破碎的,缺乏连贯性,不能抵达某个终点。她和拉穆斯,何曾有苏伊洛佳和彼平之间那种缱绻情状!这几天,他们没有见面,若说她因此失魂落魄;若说拉穆斯坐在外屋,绞尽脑汁地寻找潜入内宅来见她的借口,那完全是不可置信的。

星期日来到了。这一天,苏伊洛佳感到非常为难。她新交的女友这些日子不得不与丈夫分居,使她十分内疚,可她又没有甘愿不与彼平欢度假日的崇高牺牲精神。拉穆斯先生近在咫尺,卡玛腊却不能与他团聚,而她如果充分享受假日的乐趣,这太说不过去了。唉,如何为他们创造一次团聚的机会呢?

这些儿女私事,自然不便与长辈商议。所幸的是,贾格罗帕尔迪倒不是那种只等人找上门征求意见的人。他向家里人宣布:他今天要出城办一件急事;并向拉穆斯透露:这一天不会有嘉宾光临,他临走前一定锁上大门。他特地向女儿播报了这则新闻,相信新闻的弦外之音,女儿苏伊洛佳定能心领神会。

在恒河里洗了澡,回到家里,苏伊洛佳对卡玛腊说:"来,妹妹,让我帮你擦干头发。"

"今天干吗这么着急?"卡玛腊不解地问。

"原因嘛,一会儿告诉你。我先帮你梳头。"苏伊洛佳为卡玛腊梳了头发,编了几根辫子,盘了个硕大的发髻。

随后,她俩就卡玛腊该穿什么衣服展开激烈争论。苏伊洛佳非要她穿鲜艳衣裳,卡玛腊却说没有穿艳服的任何理由,最后她穿上了,完全是为了让苏伊洛佳高兴。

午饭后,苏伊洛佳在丈夫耳边轻声嘀咕了几句,扔下丈夫径直进入内宅,催促卡玛腊去外屋找拉穆斯。

在这以前,卡玛腊多次神色坦然地找过拉穆斯。女人羞羞答答地走到别人面前,这在世人眼里是一种传统礼法。但卡玛腊从未有过遵循这种礼法的机会。相识之初,拉穆斯就打碎了她的羞赧。而她又没有一位知心女友严厉地纠正她不知害羞的举动。

然而,今天苏伊洛佳磨破了嘴皮子,卡玛腊就是不肯去找拉穆斯。卡玛腊知道苏伊洛佳拥有亲近丈夫的权力,可她体会不到这种权力的光荣之时,她岂能卑微地朝拉穆斯走去!

看看实在说不服卡玛腊,苏伊洛佳在心里说:她是在怨恨拉穆斯。是的,确是怨恨。分居几天了,拉穆斯居然不找个借口,进内宅和妻子亲热亲热!

吃完饭,年老的女主人关上门,睡午觉。苏伊洛佳不失时机地出去吩咐彼平:"你去见拉穆斯先生,就说卡玛腊叫他进来。你放心,爸爸对这种事睁一只眼闭一只眼,妈妈蒙在鼓里哩。"

对于生性腼腆、笨嘴拙舌的彼平来说,这项使命索然无趣。可是,和妻子过礼拜天,他决不敢违抗妻子的命令。

拉穆斯仰面躺在外屋的地毯上,一条腿架在另一条屈着的膝盖上,正阅读《先锋报》。读完了头版的重要消息,因无事可做,便一目三行地浏览广告。这时见彼平进屋,赶紧站起来,显得很高兴的样子。彼平并非趣味相投的理想的谈友,但在异地他乡,拉穆斯却觉得对于消度无聊的中午时光,彼平是不可多得的人物。

他热情招呼:"来来来,彼平先生,请坐,请坐!"

彼平没有坐下,局促地挠着头皮说:"她请您到里屋去一趟。"

"谁,卡玛腊?"

"是。"

拉穆斯有些惊讶。他虽然打算让卡玛腊成为他名副其实的妻子,但他生来遇事瞻前顾后,这几天有了空闲只顾歇息了。他在想象中为卡玛腊戴上家庭主妇的桂冠,以未来享受的幸福激动着自己的心,但迈出实实在在的第一步,似乎比登天还难。近来,他已习惯于和卡玛腊保持一定的距离,他此时想象不出这样的距离哪天蓦然消失。因此,他对租房并不特别热心。

从彼平口中得知卡玛腊请他,他揣摸大概是卡玛腊有什么重要的事和

他商量。虽说他是被叫去商量要事,心里仍然激动不已。他扔下《先锋报》,跟随彼平往里走时,在这加尔底格月①蜜蜂嗡嘤、令人慵倦的悠长而宁静的中午,仿佛是去与情人幽会的念头,竟使他心游意荡。

彼平站在门口,指指里屋,转身走了。

卡玛腊以为苏伊洛佳对她丧失了信心,找彼平去了。她开了门,坐在门槛上,凝望前面的花园。苏伊洛佳的话语在她的身心内外奇妙地弹响了情曲;如同花园里和风吹拂,枝叶摇颤着窃窃私语,卡玛腊胸中也不时掠过嗟叹的轻风,她的心弦便离奇地荡起无可言传的愁思。

拉穆斯走进屋站在她身后,轻轻地叫一声"卡玛腊",她慌忙站起来,满腔的热血如潮翻腾。往日走近拉穆斯从不羞涩的卡玛腊,此刻不知怎的竟不敢抬头与他面面相对,羞得连耳根都红了。

卡玛腊服装鲜艳,容貌娇美,在拉穆斯眼里,宛如重新塑造的倩女。卡玛腊焕然一新的姿容使他万分惊异,心迷神醉。他慢慢地走到卡玛腊跟前,静立片刻,柔声说:"卡玛腊,是你叫我来的吗?"

卡玛腊大吃一惊,以一种不必要的激愤的语气断然否认:"不,不!我没有叫你来,我叫你来干什么!"

"叫我来是罪过吗,卡玛腊?"

"不,我没有叫你来!"卡玛腊的口气更加坚决。

"那好哇,我是不请自来的客人。就算这样,你也不至于拉下脸撵我走吧。"

卡玛腊急了:"苏伊洛佳他们知道你进入内宅会生气的。你快走,我真的没有叫你来。"

拉穆斯冲动地一把抓住她的手:"这样吧,你到我房间去,那里没有外人。"

卡玛腊全身发抖,猛地抽回自己的手,跑到隔壁一间屋里,"砰"地关上房门。

拉穆斯恍然大悟,这是大叔家那位太太一手策划的"阴谋",他全身洋溢着感激之情,回到外屋,又仰面躺在地毯上,拿起《先锋报》,目光在广告栏上扫来扫去,可一个字也没有映入他的眼帘。在他的心空,思绪的五彩

---

① 印历七月,公历10月至11月。

云霞随风飘荡。

苏伊洛佳"咚咚咚"敲着关闭的房门，许久没人来开，只得推开门上的小百叶窗，手伸进去拉开插销。一进屋，看见卡玛腊趴在地板上，双手捂脸，抽抽搭搭地哭泣。她心里纳闷：究竟发生了什么事，卡玛腊会这样伤心！她蹲下来坐在卡玛腊身边，嘴凑到她耳畔，温声细气地问："妹妹，你怎么啦？为什么哭呀？"

"你干吗把他叫来，你太坏了！"

卡玛腊本人，以及别的局外人，都难以理解她这种突如其来的强烈愤慨。最近几个月，她胸中贮积的隐痛是无从窥见的。

拉穆斯闯入内宅之前，卡玛腊塑造了想象的天国，里面布置得富丽堂皇。拉穆斯假如为思恋所驱使，情真意切地步入她的幻境，她必然喜上眉梢，上前迎迓。但他开口就说他是被叫来的，这使她想象的天国顿时訇然坍塌。拉穆斯在学校放假期间将她留在学校的企图，轮船上他的冷漠表情，以及其他种种令她反感的行为，一齐涌上她的心头。唾手可得的并非真正的获得；把他叫来，也并不意味着他是心甘情愿地走来的。男女之间最珍贵的是什么，来到迦齐普尔这几天，卡玛腊似乎已经彻悟了。

苏伊洛佳自然无法理解卡玛腊此时的复杂心情，她做梦也不会想到，卡玛腊和拉穆斯之间有一条不可逾越的鸿沟。她痛惜地把卡玛腊的头搂在怀里，猜测着问："哦，妹妹，拉穆斯先生是不是对你说话太厉害了？兴许是因为让彼平去叫他来，他很恼火。你为什么不告诉他这是我安排的呢？"

"不，他没有说那些话，可你干吗把他叫来呀？"

苏伊洛佳懊悔不迭："妹妹，是我的过错，请原谅。"

卡玛腊一骨碌儿坐起身，搂着苏伊洛佳的脖子："走吧，姐姐，快走，彼平先生正生闷气哩。"

拉穆斯在冷清的外屋心猿意马地看了一会儿《先锋报》，"啪"地把报纸摔掉，坐直身子，嘴里嘟哝着："不能再拖了，明天就去加尔各答。我越是迟迟不承认卡玛腊是我妻子，我的罪孽就越深重。"

拉穆斯的责任心幡然苏醒，一步跨过了所有的惶惑和顾虑。

第三十三章

拉穆斯下定决心,这次重返加尔各答,办完私事立即回来,即便经过卡鲁土拉那条胡同,也决不进去。

他在达尔吉帕拉的旧居住了下来。白天办事所需的时间不多,其余的时光冗长得似乎难以打发。过去一些过从甚密的良朋好友,也不敢去拜访。每天上街,总是小心谨慎地藏在人流里,唯恐碰见他们中间的哪一位。

然而,旧地重游,他察觉他的感情在起着微妙变化。在那渺无人烟的沙洲,在那纯净、幽静的氛围中,卡玛腊亭亭玉立,似含苞欲放的奇葩,出现在他面前,令他心痴神醉。但他返回加尔各答,她的魅力几乎丧失殆尽。在达尔吉帕拉的寓所里,他试图以充满爱恋的目光观瞻想象王国中的卡玛腊,他的心灵却不作出积极响应;在他眼前浮现的卡玛腊,只是个缺乏文化修养的不成熟的姑娘。

越是过度地使用力量,力量越是减少。他发誓不让胡蒙莉妮在他的心殿占一席之地,可胡蒙莉妮的音容笑貌日夜在他的心幕上显现,将她忘却的坚强决心,成了怀念她的得力助手。

拉穆斯假如有雷厉风行的作风,早就把事情处理完毕,离开加尔各答,踏上归程了。他的优柔寡断致使一些小事一拖再拖。最后,谢天谢地,大小事情总算全办妥了。

因律师事务的需要,拉穆斯明天得首先前往阿拉哈巴德,在那儿稍作停留之后,返回迦齐普尔。行程已定,他暗自思量:他一直抑制自己的感情,可自我克制给他颁发了什么奖品!离开加尔各答之前,悄悄地去卡鲁土拉一趟,打听一下安诺塔先生一家的近况,不至于有什么坏处嘛。

决定去卡鲁土拉探望之后,拉穆斯坐下给胡蒙莉妮写信。信中他从头至尾叙述了他和卡玛腊的关系,并且明确表示,这次返回迦齐普尔,他将立即与不幸的孤女卡玛腊正式结为夫妻。通过这封信,他把以前发生的真事,完整地告诉胡蒙莉妮,从而彻底断绝两人的关系,和她永别。

他把信纸装入信封,信纸和信封上都没有写收信人的姓名。安诺塔先生的几个用人十分尊敬拉穆斯,因为拉穆斯对胡蒙莉妮身边的人一向态度温和。这家的仆人逢年过节,总得到他的赏钱和赠送的衣服。拉穆斯打算

黄昏时分悄然进入卡鲁土拉安诺塔先生家中,从远处偷偷地看胡蒙莉妮几眼,然后把信交给一位可靠的仆人,嘱托他暗地里转交胡蒙莉妮,从此永远割断两人昔日的感情纽带,他就可以毫无牵挂地远走高飞了。

暮色降临,拉穆斯手里拿着信走进那条熟悉的胡同,两条腿微微发颤,心跳骤然加快。他极力按捺住心头的激动走到门口,却见大门关闭;往楼上望去,所有的窗户也关着。整幢房子空荡荡的,笼罩在黑暗之中。

他上前敲门,敲了三四下,一个仆人从里面开了门走出来。

拉穆斯认识他:"嗯,你是苏昆吧?"

"是,先生,我是苏昆。"

"你家老爷哪儿去了?"

"带着小姐到西部休养去了。"

"具体什么地方?"

"说不上来。"

"还有别人和他们一起去了吗?"

"诺林先生也去了。"

"诺林先生是谁?"

"我不清楚。"

拉穆斯又问了几个问题,才知道诺林先生是个英俊青年,近来常到胡蒙莉妮家做客。虽然拉穆斯对胡蒙莉妮已不抱希望,但对诺林先生却无一丝好感。

"你家小姐身体怎么样?"拉穆斯问。

"小姐身体挺好的呀。"

苏昆心想,拉穆斯听了这则喜讯一定感到欣慰,但心灵之神洞察一切,即刻知道苏昆猜错了。

"我要上楼看看。"拉穆斯示意仆人带路。苏昆举着一盏冒烟的煤油灯,领着拉穆斯走到楼上。拉穆斯像幽灵似的,在一间间屋里走来走去,时而止步,在曾经坐过的一两张椅子或沙发上坐一会儿。屋里所有的陈设、用品和以前一模一样,唯一不同的是,不知从何处冒出一个诺林先生!人世间任何人的位子,不会长久地空闲着。拉穆斯曾与胡蒙莉妮并肩站在窗前,沐浴于斯拉万月落日的余晖。两颗心静静地融为一体。今后,夕阳难道不照样映照这扇窗户?某一天,某一个人不会来修补残缺的男女比肩的形象？那时,过去的历史能阻挡他们？能无声地用食指指着他们的鼻尖厉声斥责？把他们拆散？

诺林的出现刺伤了拉穆斯的自尊心,他感到胸口一阵剧痛。

翌日,拉穆斯取消了前往阿拉哈巴德的旅行计划,乘车直接返回迦齐普尔。

第三十四章

拉穆斯在加尔各答大约逗留一个月,这一个月对卡玛腊来说是不短的。在她的生活中,一股成熟的洪流,突然迅速地流动起来,如同霞光转瞬间变成早晨的阳光,卡玛腊昏睡的女性苏醒了,变得异常敏感。假如她不和苏伊洛佳亲密无间,苏伊洛佳的生活散发的爱情的光和热,假如不温暖她的心,她的女性何时苏醒,就难以预测了。

鉴于拉穆斯迟迟不归,经不住苏伊洛佳一再撺掇,贾格罗帕尔迪亲自出马,为拉穆斯夫妇寻找住房。几经周折,终于在城外恒河岸边租了一幢平房。又为他们买了几样家具,使这幢房子基本上适合居住。之后又雇了必不可少的几个用人,在新宅干杂活儿。

在外滞留多日的拉穆斯回到迦齐普尔,再没有任何借口住在大叔家里了。前几天,卡玛腊已进入新居,忙着拾掇屋子。

这幢平房四周,有足够的空地修一座花园。两排高大的西栗树中间,是一条绿荫斑驳的土路。冬季清澄的恒河水位下降,平房和恒河之间横亘着一片沙地。当地农民在沙地上种小麦,有的地段甚至栽种了西瓜、甜瓜。平房南侧对着恒河的方向,矗立着一棵高大苍老的苦楝树,根部四周砌着石栏。

这幢平房多年无人租用,房屋和外面的土地处于废弃的状态,园子里杂草丛生,几乎没有花木。屋里积了一层厚厚的尘土。然而,卡玛腊却十分喜欢新居的一切,在即将获得家庭主妇位子的喜悦的光华之下,她看什么都无比美好。她在心里已盘算好,哪间屋派什么用场,花园里哪个部位种什么花木。她还与大叔商议,拟定了荒地的开垦计划。她亲自指挥用人砌了炉灶,把毗连的贮藏室做了必要的改造。她整天打扫、洗刷、收拾,事情好像总做不完。屋里屋外,到处是她辛劳的印记。

琐碎的家务事中,女性显示的美,是那样奇妙、那样温馨,这在别处是无从目睹的。拉穆斯看着卡玛腊操持家务,仿佛看见一只鸟儿冲出樊笼,在蓝天自由飞翔。她神采飞扬的面容、做家务事的娴熟、动作的快捷,在他心里激起崭新的惊奇和欢愉。

拉穆斯从未目睹端坐在家庭主妇宝座上的卡玛腊的风采,但今天他同时看到了家庭王国中卡玛腊的绰约风姿和庄重仪态。

他不由自主地走到卡玛腊身边,关切地说:"卡玛腊,你怎能这么干呀,你会累垮的。"

卡玛腊停下手里的活儿,抬头望着拉穆斯,莞尔一笑:"哪至于呀,这点活儿对我来说算不了什么。"

她把拉穆斯的关怀当作珍贵的奖品收下,又埋头干了起来。

受了感动的拉穆斯找个借口又转了回来,问道:"你吃饭了吗,卡玛腊?"

"哟,这会儿还能不吃?早吃过了。"

其实,拉穆斯也知道她吃过了,他这样明知故问是为了对她表示一点关心。听着他多余的询问,卡玛腊仍感到快慰。

拉穆斯尽力延长两人的谈话:"卡玛腊,你亲手干了那么多活儿,也该给我派一份活儿。"

能干的人有个通病,他们大都不相信别人的能力。生怕不亲自动手,让别人做了,会出纰漏。卡玛腊笑笑说:"算了吧,这些活儿不是你们男人干的。"

"我们男人有超凡的忍耐力。"拉穆斯说,"我们能忍受你们对男性的轻蔑,不作反抗。假如我与你们一样,是个女人,非和你大吵一场不可,嗯,你在给大叔派活儿方面无可挑剔,可难道我是个废物吗?"

卡玛腊装糊涂:"我不知道,可我一想到你在厨房扫尘土的情景,就忍不住要笑。快离开这儿吧,一会儿又要扫得尘土飞扬了。"

"灰尘是不认人的,对你对我一视同仁。"拉穆斯把话题一节节地抻长。

"收拾房间是我的事,吃灰尘也得忍着。"卡玛腊说,"这儿没你干的事,你干吗跑来受罪?"

拉穆斯怕外面用人听见,压低嗓门:"不管有事没事,我乐意分担你的一份辛劳。"

卡玛腊羞得面红耳赤,不再答理拉穆斯,往后退了几步,大声喊道:"乌摩奇,提一罐水来冲冲这儿的地板,你没看见那么多泥浆?把扫帚递给我。"

接过扫帚,她用力扫了起来。

拉穆斯见她干下人的活儿,手忙脚乱地阻止:"啊呀,卡玛腊,你这是干什么?"

他听见身后传来响亮的回答:"怎么啦,拉穆斯先生,这是不光彩的营生?你们受过英国教育,宣扬人人平等。您要是认为扫地是最低贱的行当,那为什么把扫帚给仆人呢?我是个粗人,您要是问我的看法,我告诉您,这贞洁的姑娘手中每一根扫帚丝,在我看来,和太阳光一样明亮。姑娘,你们家屋外那片荒地的杂草、荆棘,差不多都让我清除干净了,你想在哪儿辟一块菜地,过一会儿指给我看。"

"大叔,你稍等一会儿,我收拾完屋子再告诉你。"

屋子打扫完毕,卡玛腊把缠在腰间的纱丽边缘解开蒙在头上,来到屋外,和大叔商量在何处整治菜地。

一天荏苒地逝去。但平房还没有收拾停当。由于多年不住人,门窗关闭,不花两三天时间把地板擦洗几遍,敞开门窗透透风,散尽霉味,这幢房子显然是不适合居住的。

所以天黑以后,他们还得在大叔家暂住。拉穆斯不免有些懊丧。整整一天,他展开想象的翅膀,遐想黄昏时分在他们宁谧的住所里点亮华灯,向含笑、羞涩的卡玛腊袒露情怀。可他的希望落空了,看看还得三四天之后才能迁入新居,第二天他去了阿拉哈巴德,到省律师协会办理入会手续。

第三十五章

拉穆斯动身的那天早晨,卡玛腊邀请苏伊洛佳到她家新居的外面野餐。彼平吃了早饭上班之后,苏伊洛佳急急忙忙地过去了。这天是星期一,大叔应卡玛腊的请求,向学校请了一天假。

姐妹俩在苦楝树下生火做饭,乌摩奇跑前跑后地帮忙,饭很快做熟了。

进餐结束,大叔进入平房睡午觉。

姐妹俩坐在苦楝树的凉荫里,说悄悄话。在卡玛腊的眼前,融和她俩

的絮语,这开阔的河湄,这冬日温暖的阳光,这清凉的树荫,形成了奇妙境界。如同万里无云的深邃的蓝天上,黑点般的苍鹰在缓缓飘移,卡玛腊迷茫的情思,也正向远方飞驰。

下午三四点钟,苏伊洛佳坐不住了。她丈夫快下班了,她得赶快回去。

"姐姐,你侍候姐夫的习惯,一天也不能改吗?"卡玛腊问。

苏伊洛佳笑而不答,捏着卡玛腊的下巴摇了摇,起身走进平房,叫醒父亲:"爸爸,我回家啦。"

大叔对卡玛腊说:"孩子,你也回去吧。"

"不,我还有事情要做,天黑了回去。"

大叔嘱咐老仆人和乌摩奇留下来当下手,自己送女儿回家。因为家里有些事要他处理,临走时说:"过一会儿我就回来。"

卡玛腊收拾完房间的时候,太阳还没有下山。她用披肩蒙着头和肩膀,又坐在苦楝树底下。对岸停泊的两三只大船直立的桅杆,在晚霞燃烧的天际刻上几道黑影。渐渐地,太阳在桅杆后面陡峭的堤坝后坠落了。

这时乌摩奇找个借口来到她跟前,说:"妈妈,你好久没吃枸酱包了,我从爷爷家里给你弄来了几个。"说罢,递给她一个纸包。

卡玛腊这才从遐想中清醒过来,见天色已晚,便站了起来。

"贾格罗帕尔迪爷爷派车接你来了。"乌摩奇接着说。

卡玛腊上车前,走进平房,每间屋子又检查一遍。

正房里砌了个英国式壁炉,炉台上亮着一盏煤油灯。她把纸包放在炉台上,想起要找什么东西,忽然发现纸包上有拉穆斯写的她的名字。

"这张纸你从哪儿弄来的?"她问乌摩奇。

"原先在先生房间的墙角里,我扫地捡到的。"

卡玛腊展开这张纸,仔细阅读。

这就是那天拉穆斯写给胡蒙莉妮的信,信中详述了他与卡玛腊的感情纠葛。粗枝大叶的拉穆斯,不知道什么时候把信丢了。

卡玛腊读完了这封信。

"妈妈,你站着发什么愣? 天已经黑了。"乌摩奇焦急地催促。

卡玛腊呆若木鸡,屋子里一片死寂。

见卡玛腊脸色煞白,乌摩奇惊惶失措:"妈妈,你听见我说话吗? 我们走吧,天黑了呀。"

卡玛腊仍伫立不动。不知过了多久，大叔家的用人急匆匆地跑了进来，说："大姐，车在外面等了很久了，您跟我们走吧。"

第三十六章

见进屋的卡玛腊神情恍惚，苏伊洛佳忙问："妹妹，你身上不舒服，头疼？"

"不，我没病，怎么不见大叔呀？"

"学校圣诞节放假，"苏伊洛佳说，"我妈叫他去阿拉哈巴德看望我姐姐，她病了几天了。"

"他几时回来？"

"至少一星期后才能回来。拾掇房间，你从早忙到晚，看上去很疲劳，吃了饭早点睡吧。"

卡玛腊如果毫不隐瞒地告诉苏伊洛佳那封信的内容，或许能从绝望中得到解脱。然而，她觉得难以启齿。"我一直认为是我丈夫的人，实际上不是我丈夫。"这话对别人说说也未尝不可，但绝不能对苏伊洛佳透露。

卡玛腊拖着沉重的双腿走进卧室，关上门，在灯光下又看了一遍拉穆斯的信。

信上没有写收信人的姓名，信封上也没有写地址，但从信的内容可以看出这是写给一位姑娘的。拉穆斯曾与她订婚，但由于卡玛腊的介入而被迫中断关系。拉穆斯在信中并不隐讳他全身心地爱本应收到此信的姑娘，但在一场毁灭性风暴中，来历不明的卡玛腊突然出现在他面前，像重担压在他肩上。他怜悯这个无依无靠的姑娘，不得不忍痛割断与她的爱情纽带。

从夜里在沙洲上与拉穆斯邂逅相遇开始，一直到来迦齐普尔定居，一幕幕情景，在卡玛腊的记忆屏幕上闪现。过去不理解的，此时她一下子全明白了。拉穆斯早已发觉她不是他妻子，他很苦恼，想不出安顿她的妥善办法。而她坚信他是她丈夫，一心一意要和他恩恩爱爱、白头偕老。这样的羞耻像烧红的尖刀，一次次刺入她的胸膛。回想起平日在拉穆斯面前邀宠撒娇，她恨不得一头钻入地下。浸入她人生的这种耻辱，是永远洗刷不了了。

她开了门,走进屋后的花园。冬夜幽黑的天穹,像奇大无比的黑色大理石,冷森森的。天上没有一片流云。地上没有一缕烟雾。只有数不清的寒星,闪烁冷寂的微光。

她前面嫁接了优良品种的一排芒果树,徐徐延伸着黑影。卡玛腊苦苦思索,想不出如何走出目前困境的办法。她坐在清凉的野草上,凝然不动,宛若一尊木雕,但没有掉一滴眼泪。

无从知晓她这样呆坐了多久。严寒渗入她的体内,刺激她的心脏,她不禁瑟瑟颤抖。深夜,直到一弯冷月撕碎沉寂的槟榔树后的黑暗,她才缓缓起身,回到屋里,关上房门。

第二天早晨,卡玛腊睁眼一看,苏伊洛佳站在她的床边。她明白睡过头了,有些不好意思,一骨碌儿坐了起来。

"妹妹,别起床,再睡会儿吧。"苏伊洛佳劝道,"你准不太舒服,脸色很难看,眼圈都黑了。告诉我,出了什么事?"

说着,苏伊洛佳挨着她坐下,搂着她的脖子。

卡玛腊胸脯剧烈地起伏,再也控制不住眼泪。她把脸贴着苏伊洛佳的肩头,悲怆的泪水夺眶而出。苏伊洛佳没有说话,只是紧紧地搂抱着她。

少时,卡玛腊猛地挣脱苏伊洛佳的双臂,发出一声撕肺裂胆的惨笑。

"卡玛腊,别这样笑。"苏伊洛佳急忙劝道,"唉,我认识许多姑娘,没有一个像你这样内向。你以为你瞒得过我!你啊,别把我当傻瓜!说,让不让我揭你的底?拉穆斯先生去了阿拉哈巴德,没给你来过一封信,你就生闷气,好个孤傲的小姐!可你也知道他是去办事,两天以后就回来嘛。他兴许很忙,抽不出时间写信,你就跟他赌气,傻丫头!可话说回来,妹妹,别看我劝你头头是道,我要是你呀,一样吃不下饭,睡不着觉。唉,女人嘛,爱掉几滴不值钱的眼泪。等哭得气顺了,咯咯一笑,就啥都忘喽。"

苏伊洛佳又把卡玛腊搂在胸前,轻声问:"你暗暗发誓不再原谅拉穆斯先生了?嗯,对我说实话!"

"是的,不原谅。"

苏伊洛佳轻轻拍一下卡玛腊的脸颊:"唷,真那样?走着瞧吧。哎,你敢和我打赌?"

耐心劝说卡玛腊之后,苏伊洛佳写了封信,寄给在阿拉哈巴德的父亲。信中写道:

卡玛腊未收到拉穆斯先生的来信,愁眉不展,异常焦急。可怜的姑娘新来乍到陌生的地方,拉穆斯先生却想走就走,扔下她不管,连封信也不写。你难以想象她为此多么悲伤。拉穆斯先生在阿拉哈巴德永远处理不完他的事情?每人都有一摊事儿,难道因此抽不出时间写封一两行字的短信?

大叔特意去见拉穆斯,把女儿信中有关卡玛腊的一段话念给他听,责备他不该把妻子扔在脑后。

其实,拉穆斯的心正日益贴近卡玛腊,而正因为如此,他也更加彷徨。

犹犹豫豫的拉穆斯不想马上从阿拉哈巴德返回迦齐普尔,但这时却从大叔收到的信中得知了卡玛腊的情况。卡玛腊思念他已到了寝食俱废的地步,但因为害羞没有亲自写信。

在拉穆斯身上构成矛盾的两个方面,不知不觉合二为一了。现在他不能只关心个人的悲欢,"卡玛腊也爱他",这一事实也应是他考虑问题的出发点。上苍不啻在恒河沙洲上缔结了他俩的姻缘,而且已使他俩心心相印。

想到这里,拉穆斯毫不迟疑地给卡玛腊写了封信:

我最亲爱的:

　　卡玛腊,我这样称呼你,你不要以为是一种流行的写信格式。如果我不认为你是世界上我最爱的人,我决不会在信中称呼你"我最亲爱的"。如果你曾起过疑心,如果我曾伤害过你那颗温柔的心,那么,让我由衷地对你说一声"我最亲爱的",从而消除你的怀疑,治愈你的伤痛。除此之外,还有什么话语可表明我的心迹!

　　过去,我的许多言行是你怨愤、痛楚的缘由,为此,你若在心里控告我,作为被告,我决不答辩。我只有一句话:你是我最亲爱的,我爱你胜过其他任何人。这样说如还不足以涤尽我的罪过,不足以使我能一笔勾销以往种种不近情理的行为,我可就走投无路了。

　　所以,卡玛腊,今日我称呼你"我最亲爱的",以此抹掉弥漫着猜疑的我们的过去,为我们爱情的光辉未来奠定坚实基础。我真诚地希

望,你完全相信我所说的"你是我最亲爱的"这句话。如果你真心接受这句话,今后就不会有疑窦,不会向我提任何问题了。

另外要说的是,我尚无勇气问你我是否赢得了你的爱情,今后我也不会问你。我丝毫也不怀疑,我未说出口的这个问题的圆满答案,某一天从你的心悄然进入我的心。凭借爱情的力量,我敢作这样的预言。我无意吹嘘我的才华、相貌与你相配,但只要心诚意挚,为什么不能结为百年之好呢?

我非常清楚,我写得有些矫揉造作,听起来像篇文章。我真想把这封信撕碎。但此时此刻,写一封我满意的信,似乎还不可能。因为,信是两个人互相交换的物件,一方写的第一封信,一般难以正确地表达所有的情感。你和我心灵相通的那天,我才能给你写名副其实的信。相对的两扇门敞开着,风才能自由地吹进屋子,尽情地嬉戏。卡玛腊,最亲爱的,你的心扉何时敞开呢?

所有这些问题都会慢慢地逐个得到解决,过分着急,无济于事。你收到这封信的第二天上午,我就回到迦齐普尔了。我恳求你,我回到迦齐普尔,让我在我们的新居里与你见面。我像个流浪汉似的虚度了许多宝贵年华,我已失去耐心。这次回去走进新居,我渴望看到,我心目中的女神,以家庭主妇的面貌出现在我面前。那一刻,我们第二次成亲般的交换圣洁的目光。你还记得我们第一次交换吉祥的目光吗?在那个月夜,在河边,在那杳无人影的沙洲上?那儿头上没有房顶,四周没有墙壁,没有父母、兄弟、邻居、亲戚簇拥着我们,那是一片荒野。那情景似缥缈的梦,毫不真实。所以,我盼望有一天,在早晨纯净、明丽的阳光下,在居室内,在真实之中,我们深情地久久地四目对视。神圣的布萨月①的黎明,以我们家的门为背景,你布满质朴笑容的脸,永远铭刻在我的心里。我急切地期待这一刻的到来。我最亲爱的,我是你心扉外的嘉宾,不要让我空手而归。

祈求布施的拉穆斯

---

① 印历九月,公历12月至1月。

第三十七章

苏伊洛佳为了使郁郁寡欢的卡玛腊重展笑颜,主动问道:"你今天去新租的平房吗?"

"不去了,没有必要再去。"

"每间屋都布置完了。"

"是的,姐姐,全完了。"

苏伊洛佳出了屋,一会儿又回来了:"我要是给你一样东西,你拿什么谢我?"

"我有什么呢,姐姐?"卡玛腊的声调凄凉。

"你一无所有。"

"是的。"

苏伊洛佳拍一下卡玛腊的脑门:"噢,你说得对,你的一切送给一个男人了吧?你睁大眼睛,看看这是什么?"

她从纱丽下面掏出一封信。看到信封上拉穆斯的笔迹,卡玛腊的脸"刷"地白了,急忙转过脸去。

"啊呀,够了,别耍小孩子脾气了!"苏伊洛佳说,"你呀,胸膛里的心怦怦地跳,恨不得老鹰抓小鸡那样嗖地把信抢到手。可你不开口求我,我就不给你,看你能忍多久。"

这时吴咪用绳子牵着一只肥皂盒,一面走进来一面叫嚷:"小姨,小姨,喔……"

卡玛腊把她抱在怀里,不住地亲她的脸蛋,逃跑似的奔向卧室。吴咪"开小车"突然受阻,急得哇啦哇啦乱叫。可卡玛腊不松手,抱着她进了卧室,学狗叫猫叫,逗得她嘻嘻地笑。

苏伊洛佳跟了进去:"我算服你了。卡玛腊,这回你又赢了。我不扣你的信,骄傲的姑娘,拿去吧!我可不愿意让人诅咒。"

说罢,她把信丢在床上,从卡玛腊手里接过吴咪,往外走去。

卡玛腊拿起信,抚弄了一阵才折开。目光扫过头三四行,气得脸通红,羞愤地把信扔了。半晌,才抑制住那几行字勾起的愤慨和厌恶,从地上捡起信,从头到尾读了一遍。

信里的全部内容,很难说她是否已经领会。然而,她觉得她握着一样脏物,立即又扔掉了。这封信是在呼唤她与一个不是她丈夫的人建立家庭!过了那么多日子,拉穆斯故意写信来侮辱她!他们迁居迦齐普尔,卡玛腊越来越倾心于拉穆斯,拉穆斯难道不知道,她相信他,不只是因为他是拉穆斯,而且还是她心目中的丈夫吗?其实,拉穆斯心里一清二楚。现在他写来这封充满情爱的信,不过是出于对一个孤女的怜悯罢了。误认为他是自己的丈夫,卡玛腊对他倾吐的一腔柔情,她如何收回,如何收回呀!命运哪,为什么使她含垢忍辱,抱恨终生?她降临人世难道伤害了谁?犯了罪孽?所谓的家庭,像狰狞的怪物,要将她吞噬,她如何逃离险境?两天以前,她做梦也不曾想到,拉穆斯会成为面目可憎的魔鬼!

乌摩奇这时来到门口,咳嗽一声,屋里没有动静,便轻声喊道:"妈……"

卡玛腊闻声出来,乌摩奇挠着头说:"妈,希土先生的女儿出嫁,从加尔各答请来了'贾特拉'剧团。"

"好啊,乌摩奇,你去听戏吧。"

"明天早晨我摘几朵花给你送来?"

"不,不用了。"

乌摩奇转身要走,被卡玛腊叫住:"乌摩奇,你去听戏,这五卢比你拿去吧。"

乌摩奇觉得奇怪,不明白听戏与这五卢比有什么内在联系,谁不知道乡下听戏是不花钱的!

"妈,是要我进城替你买东西吗?"

困惑不解的乌摩奇刚迈开步,卡玛腊又叫住他:"乌摩奇,你穿这身衣服去听戏,人家不笑话你?"

乌摩奇从未想到其他戏迷会希望他衣着整洁地出现在演出场地,见他衣衫不整会大加议论。所以,没有披肩,缠身的长布不干净,他向来满不在乎。因而,他没有答话,只是咧嘴嘿嘿一笑。

卡玛腊取出两条纱丽,递给乌摩奇:"拿去穿吧。"

乌摩奇瞧着纱丽的漂亮贴边,万分高兴,扑通一声跪下,给卡玛腊磕了个头。他按捺不住心头的欢欣,眉开眼笑地走了。

望着他远去的背影,卡玛腊抹去涌出的两颗泪珠,无声地站在窗前。

"卡玛腊,妹妹。"苏伊洛佳一面进屋一面说,"你的信让我看看行吗?"

苏伊洛佳从不对卡玛腊隐瞒私事,与卡玛腊亲如姐妹,故而无所顾忌地提出要看她的信。

"拿去看吧。"卡玛腊指指地上的信。

苏伊洛佳惊奇地想:"哟,她的气还没有全消。"

她捡起信细看了一遍。信中的情话不少,可这算什么类型的信!哪个丈夫这样给妻子写信?简直是进行文学创作!

"哎,妹妹,你丈夫平常写小说吗?"她问卡玛腊。

一听"丈夫"这两个字,卡玛腊的身心霎时间仿佛萎缩了:"我不知道!"

"那你今天还到平房那边去吗?"

卡玛腊点点头。

"我本来可以陪你到晚上的。"苏伊洛佳说,"可是,妹妹,你知道,纳罗辛格今天娶媳妇,我得去帮忙。只好让我妈陪你了。"

卡玛腊连忙劝阻:"不用啦,不麻烦她老人家了,那儿有用人。"

苏伊洛佳笑着开玩笑:"是啊,有忠实的小奴才乌摩奇,还担心什么!"

吴咪不知找到谁的一支铅笔,一边乱画一边嘴里嘟嘟嚷嚷,像是在说"我正读书哩"。苏伊洛佳一把抱起她,强行制止她的"艺术创作",她急得尖叫起来,以示抗议。

"来来,给你一样好玩的东西。"卡玛腊把她抱进屋,让她坐在床沿上,哄她、逗她、亲她,直到她乐够了,不耐烦了,伸手要东西,才开箱取出一副金镯。

吴咪拿着这罕见的"玩具",高兴极了。小姨替她戴上金镯,她便小心地举起圆鼓鼓的胳膊,骄傲地给妈妈看。

苏伊洛佳三下两下从女儿手腕上褪下金镯,要放入箱子:"卡玛腊,亏你想得出来!这么贵重的首饰戴在她手腕上。"

吴咪控告母亲粗暴举动的哭号,惊天动地!

"姐姐,"卡玛腊说,"这副金镯送给吴咪了。"

苏伊洛佳惊叫一声:"你疯啦!"

"姐姐,我发誓,这副金镯你还给我,我决不收下。你叫金匠把它熔了,给吴咪打条项链吧。"

"哦,真的,我从未见过像你这样的疯姑娘。"苏伊洛佳说着伸手搂住卡

玛腊的脖子。

"今天我要离开你们家了。"卡玛腊的语调充满依恋之情,"在这儿,我很快活,我一生从来没有这么快活过。"

说罢,两行热泪扑簌簌滚落下来。

苏伊洛佳强忍着涌溢的泪水:"卡玛腊,你怎么说这种话,好像你要去很远的地方似的。你在这儿,有几份快乐,我心里有数。现在好了,你的困难全没了。在你自己的家里,欢欢喜喜地建立你的王国吧。哪天我们去看你,但愿不要烦我们,不要在心里说:'把这讨厌的女人送走,我俩才自由自在。'"

临别之时,卡玛腊俯身对苏伊洛佳行摸足大礼。

苏伊洛佳说:"明天中午我过去看你们。"

卡玛腊没有表示欢迎,也没有婉拒。

卡玛腊走进平房,见乌摩奇也来了,就说:"你走吧,听戏去吧。"

"你今天住这儿,我……"

"好了,好了,这儿不用你担心,听戏去吧。这儿还有毗桑。走吧,别磨蹭了。"

"戏开演还得有会儿哩。"

"好极了,娶亲的那家热闹得很,你去看看长点见识。"

其实,乌摩奇也想去看新娘子,用不着卡玛腊特地鼓动。他转身要走,却又被卡玛腊叫住:"听着乌摩奇,大叔回来,你……"

她一时语塞,不知该作怎样的交代。乌摩奇大张着嘴静静地望着她。她略一思索,说:"记住,乌摩奇,大叔很喜欢你,你需要什么,代我向他施礼,跟他要,他一定给你。别忘了代我向他行摸足礼,你能做到吗?"

乌摩奇并不理解卡玛腊这样叮嘱的深层含义,却痛快地说了声"做得到",便蹦蹦跳跳地走了。

下午,毗桑见卡玛腊收拾物品,忙问:"太太,您要去哪儿?"

"到恒河里洗澡。"

"我陪您去吧。"

"不用,你看家吧。"说着,卡玛腊无端地赏给他一卢比,出门径直向恒河边走去。

第三十八章

一天下午,安诺塔先生上二楼找胡蒙莉妮,想和她一起安安静静地喝茶。二楼的起坐间和卧室里,都不见她的踪影。他问看门的得知,她并未外出。他异常焦急,气喘吁吁地爬上楼顶。

纵目四望,加尔各答向天边绵延的形态各异、大大小小的楼顶上,雾季的阳光憔悴、黯淡。白日一节节缩短,一阵阵微风随意地旋转。胡蒙莉妮坐在楼顶梯棚的阴影里发愣。

她不曾发觉安诺塔先生何时走到了她身后,直到安诺塔先生缓缓转到她身侧,手扶着她的肩头,她才心里一惊,脸色绯红。

胡蒙莉妮急于站起之前,安诺塔先生已在她身边坐下,沉默片时,长叹一声说:"胡曼,要是你妈现在还活着,那多好哇!你的事儿,爸我一点也帮不上忙哪。"

从老父亲口中听到这辛酸的话语,胡蒙莉妮即刻从沉滞的麻木中苏醒了。她看了一眼父亲。他脸上交织着慈爱、忧郁和痛楚!几天工夫,他已判若两人。家中因她卷起一场风暴,他挺身而出,孤军奋战;在心灵受伤的女儿周围徘徊着思考对策。眼看搜索枯肠寻到的劝慰的言词不起任何作用,他不由得想起亡妻,从仁慈的心底发出一声无奈的长叹。但对胡蒙莉妮来说,这犹如振聋发聩的霹雳、照亮混沌的电光。良心的自责,把她从悲伤的泥潭中猛地拽了出来,影子般消逝了的世界,重又真切地呈现在她面前,心中不禁涌起深深的愧怍。她奋力驱散层层围困着她的愁思,自己解放自己,她的心思转到了父亲身上:

"爸爸,这会儿你觉得身体怎么样?"

唉,身体!安诺塔先生近来已经忘记他的躯体还可作为一个话题。

"我的身体,很好!"他说,"你现在这个样子,真让我为你的身体担心。这些年我还算康健,不会轻易垮的。可你太娇嫩了,真怕你经受不了风浪。"

说罢,他轻轻抚摸女儿的肩背。

胡蒙莉妮问道:"哎,爸爸,妈妈去世的时候我多大?"

"你那时三岁,刚学会说话。我记得很清楚,你问我:'妈妈去了哪儿?'

我说:'妈妈上她爸爸那儿去了。'你出生之前,你外祖父就去世了,你没有见过他。你听不懂我的话,瞪大眼睛望着我。过了一会儿,你牵着我的手,朝你妈清空的卧室走去。你相信,我会告诉你在空屋里发现的你妈的下落。你以为你爸神通广大。你从未想到,面对生死之类的铁的规律,你'神通广大'的父亲,其实和小孩子一样一无所知,束手无策。我至今感到,我是多么无能。你父亲心里,上苍恩赐了慈爱,但给予的能力实在太少了。"说着,他右手轻拍一下女儿的头。

胡蒙莉妮右手握着那只散发着温情的颤抖的手,用左手一边抚摸着一边说:"我隐隐约约记得妈妈的模样。我记得中午她躺在床上看书,我不乐意她看书,使劲儿抢她的书。"

就这样,父女俩满怀深情地回忆昔日的生活。胡蒙莉妮询问了母亲的秉性、爱好和当年的家境。父女俩一问一答之间,夕阳衔山,天际显现苍凉的紫铜色。加尔各答沉浸于繁忙和喧闹之中。其间一条街道上一幢楼房的顶上,笼罩在阴郁的暮霭中的一老一少,以浸泪的亲情展示亘古如斯的亲密的父女关系。

楼梯口忽然响起约肯特罗急促的脚步声,父女俩的低声细语顿时中断。两人不安地站了起来。

约肯特罗尖利的目光盯着父亲和妹妹,声调阴阳怪气:"看样子胡曼今天是要在楼顶上会客喽。"

约肯特罗近日性情暴躁,看什么都不顺眼。家中昼夜弥漫着的悲凉,使他一刻也坐不住,总想一走了之。然而,跑到朋友、熟人家里,人家就问胡蒙莉妮的婚变,他就得解释一番,这又使他怕见人。

"胡蒙莉妮做得太过分了。"这是他回答询问的第一句话,"女孩子读英国小说,中了邪了。胡曼心想:'既然拉穆斯抛弃了我,我的心就应该破碎。'所以,她正大张旗鼓地锤击她的心哩。几个读过外国小说的孟加拉姑娘有幸忍受这种失恋的痛苦!"

安诺塔先生为了女儿免受约肯特罗刻薄的讥讽,抢先解释道:"是我要和胡曼聊天的。"

他这话给人的印象是:是他把胡蒙莉妮拖到楼顶上来闲聊的。

"怎么,茶桌上不可以闲聊?"约肯特罗顶撞他一句,"爸爸,胡曼这样疯疯癫癫,是你一味娇宠的结果。长此下去,这个家让人无法待了。"

胡蒙莉妮惶愧地岔开话题："爸爸,你还没有喝茶吧?"

"茶不是诗人的想象力,不会从暮天的夕辉中哗哗地流下来。"约肯特罗挖苦妹妹,"坐在楼顶上这个角落里,茶杯是不会满的,这还用得着我提醒吗?"

为了不让胡蒙莉妮感到窘迫,安诺塔先生赶快打圆场："我决定今天不喝茶了。"

"怎么啦,爸爸,你们要出家当苦行僧?"约肯特罗的语调仍然含讽带讥,"你们脱离红尘,我怎么办?光喝空气我可受不了。"

"哦,不,不喝茶不等于修苦行。"安诺塔先生搪塞道,"昨天晚上我没有睡好,所以我想白天不喝茶,今晚就可睡个囫囵觉。"

往常,安诺塔先生和女儿闲聊的时候,脑子里浮现的满斟的茶杯,颇具诱惑力。但今天是个例外。许多日子之后,今天他又能平心静气地和女儿交谈了。在僻静的楼顶上,父女俩谈得那么坦直、那么舒畅,他不记得以前有过如此惬意的闲聊。这样的闲聊若移往别处,是难以接受的,硬要挪动,所有的心里话,就会像惊鹿那样逃窜,因此安诺塔先生一再无视茶杯的呼唤。

胡蒙莉妮根本不相信父亲是在采用饮茶节制法治疗失眠症。

"走吧,爸爸,去喝茶。"她催促着。

安诺塔先生当即忘却对失眠的恐惧,步履急促地朝茶桌走去。

进了客厅,安诺塔先生一愣,奥卡亚在里面坐着。他有些忧愁,暗想："胡曼的心境刚稍稍恢复正常,见了奥卡亚,免不了又气恼,情绪失控。"但此刻他已无法回避,胡蒙莉妮跟着他走进来了。

奥卡亚一见胡蒙莉妮,站起来尴尬地对约肯特罗说："约肯,我这就走。"

胡蒙莉妮出人意料地说："怎么,奥卡亚先生有急事吗?喝杯茶再走嘛。"

她热情留客使在场的人均感到惊讶。

奥卡亚重新坐下,说："你们不在的时候,我已喝了两杯茶了。非逼我喝,我不会说,再来两杯,我的肚子是盛不下的。"

胡蒙莉妮笑了："您在我家喝茶,从来没人逼您。"

"是的,只要是好东西,即使不需要,我也从不回绝。"奥卡亚说,"天帝

赋予我这样处世的智慧。"

"我为你祝福!"约肯特罗说,"记住你这句话,某些好东西,即使你不需要,也舍不得离开你。"

许久以后,安诺塔先生家茶桌上的谈话重又热闹起来了。往日,胡蒙莉妮总是娴静地微笑,但今天她的朗笑多次淹没别人的话音,她甚至和父亲开玩笑:"爸爸,你看奥卡亚多没有良心,近来他不吃你的丸药,反倒身强力壮,满面红光。如果他心存一丝感激之情,那一定是头疼难忍了。"

"这叫做对丸药忘恩负义。"约肯特罗打趣道。

安诺塔先生情不自禁地哈哈大笑。亲人朋友又开始鄙视他的丸盒,在他看来这是家族气氛健康的标志,压在他心上的一块石头落地了。

"你们不安好心,"老头儿也来点幽默,"纯粹是干涉他人的信仰!服用我丸药的队伍中,只剩下一个奥卡亚了,你们还妄图把他赶走。"

"别担心,安诺塔先生,"奥卡亚似在表白,"赶走奥卡亚可是件难事。"

"兑换①伪造的卢比,警察局才会对他立案起诉。"约肯特罗含蓄地说。

一阵阵开怀大笑,驱逐了这些日子隐附在安诺塔先生家茶桌上的幽灵。

胡蒙莉妮还没有梳头,说声"对不起"起身走了,不然,今日的茶话会,是不会这么快就散的。奥卡亚想起一桩急事,也起身告辞。

"爸爸,"约肯特罗说,"不能一拖再拖了。快张罗胡曼的婚事吧。"

安诺塔先生疑惑地看着儿子。

"关于胡曼和拉穆斯解除婚约,社会上流言蜚语很多。"约肯特罗接着说,"我能单枪匹马总和人家吵架吗?事情若能摊开来讲,我倒不怕吵架、骂娘。但为了胡曼的面子,我不便多开口,只好动拳头。那天听见阿吉尔胡言乱语,我狠狠地抽了他几鞭子。只要尽快让胡曼完婚,那些闲言碎语就会平息下去。我也不必整天摩拳擦掌满世界吓唬人了。听我一句话,爸爸,千万别再拖了。"

"胡曼和谁结婚呢,约肯?"

"只有一个理想人选。事情弄到这步田地,外面闹得沸沸扬扬,为胡曼物色对象很难。眼下只有奥卡亚可供选择。他这个人感情专一,甩掉他可

---

① 在孟加拉语中,Bhanganu 是多义词,"赶走"、"兑换"是其两个词义。

不容易。不过很容易驾驭,你叫他吃丸药他就吃,你吩咐他结婚,他二话不说就当新郎!"

"你疯了,约肯!"安诺塔先生叫了起来,"胡曼愿意嫁给奥卡亚?"

"只要你不添乱,我能说服她。"

"不行,约肯,"安诺塔先生愤然说道,"你不了解胡曼,只会吓唬她,使她恐惧,终日不得安宁。你让她安安静静过几天吧,可怜的孩子受够了委屈,她的婚事有充裕的时间商议嘛。"

"我不会逼她,"约肯特罗下保证似的说,"我和风细雨地同她讲道理,让她心悦诚服。爸,出不了岔子。你们莫非以为我不吵架就不会说话?"

约肯特罗是个急性子。当天晚上,胡蒙莉妮梳了头刚走出房间,就被他叫住:"胡曼,我有话跟你说。"

胡蒙莉妮一听,心口怦怦地跳,跟着约肯特罗慢腾腾地进了起坐间,缓缓坐下。

"胡曼,你可曾注意爸爸一天比一天衰弱?"

胡蒙莉妮没有答话,脸上露出愁容。

"我说呀,不赶快采取措施,他势必被病魔击倒。"

胡蒙莉妮听出了弦外之音,父亲身体欠佳,她负了不可推卸的责任。她低下头,神情忧伤地用手绞拧纱丽贴边。

"过去发生的事,就让它过去吧,"约肯特罗继续说,"我们越是悔恨,就越是感到蒙受了耻辱。现在,你如果真想让爸爸心中安宁,就应尽快把不愉快的往事连根铲除,扔到九霄云外。"

说罢,他静静地直视着胡蒙莉妮的面孔,等她回答。

胡蒙莉妮面露愧色:"今后我决不再提过去的事,免得爸爸生气。"

"我相信你,但光这样仍堵不住别人的嘴。"

"那你说我还能做什么?"

"只有一个办法能平息外面的飞短流长。"

胡蒙莉妮猜到了约肯特罗未说出口的办法,机敏地提议道:"我带着爸爸到西部旅行,散散心,过两三个月回来,谣传就销声匿迹了,这样不是很好吗?"

"旅行也未必能根治他的心病。只要他知道你心存怨恨,他心里就好像插进一把刀,疼痛难忍,寝寐不安。"

胡蒙莉妮两眼涌满泪水,她猛地抹了把泪说:"你告诉我该怎么办吧。"

"我知道我说出来你心里不高兴,但你如果真心希望大家过上太平日子,你就赶快结婚吧。"

胡蒙莉妮目瞪口呆。

约肯特罗压抑不住心头的焦躁:"胡曼,你们女孩子喜欢沉湎于想象,随意夸大鸡毛蒜皮的事。以前不知多少女人,也遇到过你在婚事上遇到的波折,后来重找对象,结婚成家,生儿育女,安安稳稳地过日子。不然,全像小说里描写的那样幽居闺帏,怎么活下去!'吾乃尼姑,终生修行,端坐楼顶,注目远空;情郎不义,诓蒙痴女。昔日缱绻,供奉心殿,匍匐在地,永世顶礼。'世人面前,你吟诵这样的诗句,不感到羞耻?我们听了早已无地自容了。我劝你找个知书达理的绅士,尽早完婚,把那些讨厌的诗句,统统扔进垃圾桶!"

胡蒙莉妮也知道像那几句歪诗描写的那样出现在人前,是多么丢脸,因此约肯特罗的嘲讽像刀似的刺进了她的心。她极为反感地责问:"哥哥,我什么时候说过要当尼姑终身不嫁?"

"你不愿意说,就赶快出嫁。当然,你如果说男方若不是天国的雷神因陀罗那样的人物,你就看不上,那你只能当尼姑修行了。世界上有几样称心如意的东西!不管弄到什么,你得让你的心去适应它。依我看,这是人的伟大之所在。"

"哥哥,"胡蒙莉妮气愤不已,"你凭什么这样挖苦我?我对你说过我喜欢那种男人吗?"

"说倒是没有说过。"约肯特罗终于亮底牌了,"不过,我看到,你有时无缘无故,有时以不公正的理由,毫不踌躇地对某些好心朋友表示明显的憎恶。然而,你不得不承认,今生今世,你与之谈过话的男人中间,有一个人,无论你是快乐还是苦恼的时候,无论在人家赞扬还是贬低你的时候,他都对你忠心不二。因此,我心里非常尊敬他。你如果祈望有个为你的幸福献身的丈夫,那么,你不必费力四处寻找。而你如执意沉浸于你的那种诗境……"

胡蒙莉妮腾地站起,说:"你别对我指手画脚了!我的终身大事,由爸爸做主。他叫我嫁给谁,我就嫁给谁。我要是违拗,你再来评论那首诗吧。"

约肯特罗缓和一下口气:"妹妹,别生我的气。你知道,我心里烦躁,头脑发热,说话信口开河。我是看着你长大的。我哪会不知道你有廉耻感,你是多么爱爸爸?"

说罢,他只得去找父亲商量。

安诺塔先生愁眉苦脸地坐在屋里,焦急地想象着约肯特罗威逼女儿的情景。他坐不住了,正要起身去中止兄妹俩的争论,却见约肯特罗走了进来,便静等儿子报告他与胡蒙莉妮的谈话结果。

"爸爸,"约肯特罗显得很兴奋,"胡曼同意结婚了。你也许想,是我施加压力强迫她答应的,其实不是。现在你把你的意见明确地告诉她,她决不会反对和奥卡亚结婚。"

"还非得我去表态?"

"你不表态,她能跑来说:'我愿意嫁给奥卡亚?'呃,你要是觉得不便亲口对她说的话,授权给我,我去转达。"

"那倒不必,"安诺塔先生忙说,"该我说的,我亲自对她讲。不过,有必要这样仓促行事吗?我看啊,不妨再缓几天。"

"不行,爸爸,夜长梦多。不能无限期拖延。"约肯特罗脾气特别固执,家里谁也拗不过他。他着手做一件事,不办成决不罢休。安诺塔先生也有些怕他。

"好吧,我以后对她说。"老头儿采用缓兵之计。

"爸爸,这会儿是和她谈婚事的最佳时机。她正在屋里等候你的'旨意'哩。今天无论如何得把这件事说定了。"

见父亲迟疑地沉思默想,约肯特罗着急地催他:"爸爸,你不要前怕狼后怕虎,去找胡曼吧。"

"约肯,你待在这儿,我一个人去和她谈。"

"也好,我在这儿静候佳音。"

安诺塔先生走进起坐间,里面黑糊糊的。他听见有人慌里慌张地从椅子上站起来,随后又听到哽咽的话音:"爸爸,灯灭了。我去叫用人来点灯。"

安诺塔先生正确无误地猜到了熄灭的缘由,就说:"算了,孩子,不用点灯。"

他摸索着走过去坐在女儿身旁的椅子上。

"爸爸,"胡蒙莉妮说,"你最近太不关心自己的身体了。"

"有特殊原因哪,孩子。其实,我身体挺棒的,你不用成天犯愁。倒是你自己的身体,要多加注意才是。"

"你们都这么说,太不了解人了!我是个寻常女子。爸爸,你说,你几时看见我不爱护身体。要是你们觉得我应该吃药治病,为什么不早说?爸爸,听了你的嘱咐,我几时说一个'不'字。"

说到最后,她的哽咽声更加清晰了。

"从未说过,孩子,你从未说过。"安诺塔先生赶紧夸女儿,"无论做什么事,你都不用我再三叮嘱。你是我的亲骨肉,知道我的心思,凡事顺着我的心。愿我的祝福不落空,天帝保佑你终生幸福。"

"爸爸,你愿意我留在你的身边吗?"

"当然愿意。"

"至少哥哥娶的嫂子进门之前,我要留在你身边。我不在,谁侍候你呀?"

"侍候我?孩子,不要说这种话。老让你们侍候,我的身价没那么高哟。"

"爸爸,屋里太黑了。我去端盏灯来。"不一会儿,她从隔壁房间取来了一盏煤油灯,说:"这几天家里乱哄哄的,傍晚没给你读报,这会儿给你读几段。"

可安诺塔先生已站了起来:"好的,你稍坐一会儿,我去去就来听你读报。"

说完,他回到约肯特罗那儿,本想说"今天无法和胡曼谈婚事,改天再说吧",不料约肯特罗开口就问:"怎么样,和她谈过婚事啦?"他只得含混地回答:"对,谈过了。"他怕儿子又去责难胡蒙莉妮,增添她的烦恼。

"她一口答应了。"约肯特罗问。

"对,这样说未尝不可。"

"我这就去告诉奥卡亚。"

"不,不,"安诺塔先生伸手拦住他,"现在万万不可和奥卡亚谈这事。你知道,约肯,草率从事,遗患无穷,不要和任何人谈这事。我们先去西部旅行一趟,回来再作决定。"

约肯特罗不理睬父亲的唠叨,搭了条披肩,径直去了奥卡亚家。奥卡亚面前放着一本英文版财会书籍,正在学记账。

约肯特罗把他的练习本往旁边一推:"记账以后再学,我们先商定你成亲的吉日。"

"你说什么?"奥卡亚感到喜从天降。

第三十九章

第二天早晨,胡蒙莉妮起床梳洗停当,信步走到外面。在父亲的卧室门口,看见他坐在窗户旁一张躺椅上,默默沉思。

安诺塔先生的卧室里家具不多,有一张床,靠墙角立着一个衣柜。他亡妻一张发黄的照片嵌在墙上一个精致的镜框里。对面墙上挂着妻子生前为他织的一件毛衣,衣柜里妻子的几件首饰和其他一些物品原封不动地放着。

胡蒙莉妮站在他身后,像要寻找拔除白发似的,柔软的手指抚摸着他的头。

"爸爸,今天我们早点喝茶。"胡蒙莉妮说,"然后,坐在你的房间里,听你讲过去的奇闻趣事。我自己也说不清楚为什么那么喜欢听你讲过去的事情。"

安诺塔先生如今对女儿的言谈举止极为敏感,他一听就猜到她急于喝茶的缘由:再过片时,奥卡亚就在他家茶桌旁落座,为了躲避他,她想抓紧时间喝完茶,藏在她清静的卧室里。

想到女儿像一只怕被猎人逮住的梅花鹿,终日提心吊胆,东躲西藏,安诺塔先生不觉一阵心酸。

他赶忙下楼,见用人还未送来沏茶的开水,不禁大发脾气,用人分辩说,事先不知道要提前备茶,可分辩只起到了火上加油的作用。

安诺塔先生对用人手脚不勤快早已不满,他从不及时备茶生发开去,不客气地训斥了他们一顿,说用人个个变成老爷了,还得另外雇人每天把他们从梦中叫醒,等等,等等。

不等他训斥完,一个用人把开水送来了。平时喝茶,安诺塔先生一面闲聊一面慢呷细品,一副优雅的神态。可今天一反常态,以超常的速度,咕咚咕咚一口气把茶饮完。

胡蒙莉妮暗暗诧异:"爸爸,你急着要出门吗?"

"哦,不,"安诺塔先生搪塞着,"天气冷,一口气喝完热茶,出点汗浑身轻松。"

遗憾的是,他身上还没出汗,约肯特罗带着奥卡亚,一前一后进了屋。

奥卡亚先生今天特意打扮一番,衣着分外整洁。他右手持银柄手杖,胸前悬垂着表链,左手捧着棕色纸张包的一本书。他没有在老地方落座,搬一张椅子,坐在胡蒙莉妮身边,笑容可掬地说:"你们的表今天走快了吧!"

胡蒙莉妮不看他,也不理他。

"胡曼,走,我们上楼。"安诺塔先生推托说,"我冬天穿的衣服该搬到太阳下晒晒了。"

"爸爸,太阳不会逃跑的。"约肯特罗不快地说,"胡曼,给奥卡亚倒杯茶,我也要一杯,不过先给客人。"

奥卡亚笑着对胡蒙莉妮说:"您见过肩负历史使命的人所表现的这种伟大的自我牺牲精神吗?约肯堪称第二位菲立浦·锡特尼爵士[①]。"

胡蒙莉妮装作没有听见奥卡亚的吹捧,冲了两杯茶,一杯递给约肯特罗,另一杯推到奥卡亚面前,然后求援似的望着父亲。

安诺塔先生心领神会:"太阳太毒了,上楼晒了很难受的。胡曼,我们快走吧。"

约肯特罗看出父亲是借故躲避,立刻阻止:"今天别晒衣服了,奥卡亚是和……"

"你们欺人太甚!"安诺塔先生被激怒了,"胡曼精神上非常痛苦,可你们非要把自己的意志强加于她不可。我默默地忍了几天,现在忍无可忍了!胡曼,从明天起你和我在我房间里喝茶。"

他伸手拉着胡蒙莉妮往外走,她却平静地说:"爸爸,你再坐一会儿,你还没有喝够茶哩。奥卡亚先生,我可以问问那纸包包着什么奥秘吗?"

"岂止问,您有权揭开里面的奥秘。"说着,奥卡亚把纸包递到她面前。

胡蒙莉妮打开一看,里面是一本装帧精美的田尼生诗集。她心里一

[①] 据说菲立浦·锡特尼爵士在战场上受伤,把水让给其他受伤的士兵,从此他的名字成为先人后己的代称。

惊,脸色大变。她以前也曾收到另一个人赠送的一本田尼生诗集。装帧和这一本完全相同,至今珍藏在她卧室里书桌的抽屉里。

"奥秘还没有完全揭开。"约肯特罗微笑着翻开封面,让胡蒙莉妮看扉页,上面写着:

> 赠胡蒙莉妮小姐
> 奥卡亚敬送

"啪"的一声,书从胡蒙莉妮的手中落到地上,她看也不看地说:"爸爸,走吧。"

父女俩互相搀扶着走了。

约肯特罗火冒三丈,冲着他俩吼叫:"没劲透了!这个家简直没法待了,哪所学校聘我去教书,我马上搬走。"

"算了,兄弟,你这是白生气。"奥卡亚劝道,"我来之前就怀疑,肯定又是你搞错了。你一再给我打包票,我感激不尽。可我有百分之之百的把握说,胡蒙莉妮心里,过去和将来,都不容我占一席之地。所以,你也别抱什么希望了。依我之见,当务之急是想方设法让她忘记拉穆斯。"

"说得对,可你有什么法子让她忘记?"

"除了我,世界上难道没有与她般配的英俊小伙子?"奥卡亚自我解嘲似的说,"我看哪,你若是你妹妹,我的长辈可就不必焦急地掐算日子,推算我哪天不当光棍了。可话说回来,不管有多大困难,我们也要为胡蒙莉妮找个才貌双全的对象,她看一眼,决不会产生跑上楼顶晒衣服的强烈愿望。"

约肯特罗信心不足:"对象不是上哪家店铺预定就能弄到的。"

"稍不顺利,你就垂头丧气。"奥卡亚说,"我已为胡蒙莉妮物色了一个对象,不过,你再像以前那样莽撞,好事又会被你搅黄的。所以,一开始不要对双方提什么婚姻大事。不然,双方会感到拘谨。你让他们接触、交谈,慢慢建立感情,等到时机成熟,再顺水推舟地撮合他们。"

"这是个好办法,告诉我他是谁。"

"你和他不熟,但见过他,他就是诺利那格大夫。"

"诺利那格……"约肯特罗自言自语地回忆着。

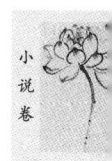

"你有点吃惊吧,梵社内部对他看法不一,他们的争论还会继续下去。我想,你总不至于因为这一点就让他从你的指缝里溜走吧。"

"这样的人选,我抓在手里,再让他风似的飘走,那还有什么可称为运筹帷幄!可是,诺利那格大夫愿意娶胡曼吗?"

"我不敢保证,今天去求亲,他就欣然同意。"奥卡亚说,"但时间什么样的奇迹不能创造!约肯,你听我说,明天诺利那格大夫要发表演讲,你带胡蒙莉妮去听。此人口才极好,而口才向来是吸引女人心的法宝。唉,笨嘴拙舌的无知的女人,不懂得言听计从的丈夫比能说会道的丈夫可靠得多。"

"听我说,奥卡亚,你详细介绍一下诺利那格的生平,快说吧。"

"好的,约肯。你知道,一个人历史上若有小疵,你不必大惊小怪。某些稀世珍宝,恰恰由于其不显眼的瑕疵才唾手可得,我看那是巨大的收益。"

奥卡亚讲叙的诺利那格的简历如下:

诺利那格的父亲拉兹波勒卜是法里特普尔地区的一个小地主。他三十岁那年加入梵社。但他妻子无论如何不肯接受丈夫的宗教信仰,她严格遵循自己的宗教礼仪和行为规范,与丈夫格格不入。不言而喻,这对拉兹波勒卜来说不是件愉快的事情。他儿子诺利那格富于年轻人的朝气,宣传宗教改革的热情很高,他以出色的辩才在梵社这个宗教团体内树立了自己的威望。他曾参加政府的医疗队,在孟加拉各地巡回医疗。因品德高洁、医术精湛、乐善好施而誉满全邦。

后来发生了一桩不可想象的事情。年逾半百的拉兹波勒卜死活要娶他认识的一位寡妇,谁也制止不了他。他振振有词地说:"我的结发妻子在宗教上不是我志同道合的伴侣,可另一个女人在宗教观点、待人接物、性格脾气等方面和我完全一致,不娶她是一种罪过。"

在众人的谴责声中,拉兹波勒卜不得不按照印度教的教规和那个寡妇结了婚。

诺利那格的母亲不愿意再和丈夫一起过日子,收拾行装,准备离家前往圣地贝拿勒斯。在郎布尔的诺利那格闻讯立即停止行医,赶回老家,央求母亲:"妈妈,让我和你一起去贝拿勒斯。"

母亲潸然落泪,说:"孩子,我和你们的宗教信仰完全不同,你跟着我不是自寻烦恼吗?"

诺利那格宽母亲的心:"今后我们不会有矛盾的。"

诺利那格决心让被丈夫抛弃的感情受到伤害的母亲过上幸福的晚年生活,义无反顾地陪伴母亲离开故乡,在贝拿勒斯安了家。

"儿呀,你媳妇几时进门哪?"有一天母亲问诺利那格。

诺利那格被问住了,略一沉吟说:"妈妈,结婚有什么意思,我现在过得挺自在的。"

母亲明白,儿子甘愿为她作出自我牺牲。可他显然不准备与不是梵社成员家庭的姑娘结婚。她心情沉重地说:"儿呀,你为了我终身不娶,像个僧人,那可万万使不得呀。只要你中意,娶什么样的姑娘,我都不在乎。"

诺利那格考虑了一两天,回复母亲:"我一定找个合你心意的女人,她像女仆似的孝敬你,不会因任何事情和你闹别扭。我决不娶让你烦恼的媳妇。"

于是,他回到孟加拉,寻觅他心目中的理想伴侣。他此后的经历是一片空白。有人说他秘密地进入一座村庄,娶了一位失去双亲的孤女,婚后不久,妻子猝然去世。另外一些人对此表示怀疑。奥卡亚则相信,在成亲的最后一刻,他退缩了。

不管实际上是何种情况,在奥卡亚看来,诺利那格一见钟情、与之结为伉俪的女子,他母亲见了眉头是不会皱的,这个女子应该是胡蒙莉妮。像胡蒙莉妮这种容貌楚楚动人、有教养的姑娘,诺利那格打着灯笼上哪儿找呀!另外,毫无疑问,性格温柔的胡蒙莉妮将来必定孝敬婆婆,不惹她生气。诺利那格只要细心观察胡蒙莉妮两天,也必然得出上面的结论。所以,奥卡亚建议:尽快安排这对年轻人见面。

第 四 十 章

奥卡亚一走,约肯特罗三步并作两步上了二楼,只见父亲正和妹妹聊天。安诺塔先生见了儿子,神情有些不自然。他心里后悔刚才在茶桌上大动肝火,未能保持平日那种超然的恬静神态。因而此刻他以听起来特别亲切的声调招呼:"进来,约肯,快坐下。"

"爸爸，"约肯特罗开始实施奥卡亚的方案，"你和胡曼足不出户，一天到晚待在家里，这样对身体有什么好处！"

"你听我说，约肯，"安诺塔先生口气平和地回答，"我们向来习惯于在家消度时光，每回带胡曼出去之前，都要动脑筋动员她一番。"

"爸爸，干吗把责任推到我头上？"胡蒙莉妮娇嗔地说，"你想带我去哪儿，走呀。"

这话是悖违胡蒙莉妮爱静的天性的，但也有力地表明，她满腹悲愁却无意死死地抓住屋里的地板，不挪动一步。其实，她对周围发生的一切，也有浓厚兴趣。

"爸爸，明天举行演讲会，你带胡曼去听听吧。"约肯特罗不失时机地提议。

安诺塔先生素知女儿不愿进入人群稠密的场所，偶尔去了，极为拘束。所以他不答话，向女儿投去征询的目光。

胡蒙莉妮表现出异乎寻常的兴致："演讲会？哥哥，谁发表演讲？"

"诺利那格大夫。"

"诺利那格？！"安诺塔想起了这个有争议的青年。

"他是一位天才演说家！"约肯特罗使用赞词毫不吝啬，"另外，听了他的动人事迹，谁都肃然起敬。他的性格那么坚强，自我奉献精神那么高尚，真是个旷世稀见的杰出人物！"

实际上，仅仅两小时之前，除了听到一些无从证实的传闻外，他对诺利那格一无所知。

胡蒙莉妮装出十分兴奋的样子："太好了，爸爸，我们去聆听这位伟人的精彩演讲。"

安诺塔先生并不完全相信女儿对演讲真有那么大的兴致，但暗暗感到欣慰，心想："即使女儿强迫自己对此显出反常的热情，但与外界接触，与亲朋好友来往，有助于迅速恢复她的正常心态。人的交际，是治愈各种心病的灵丹妙药。"

"好吧，"安诺塔先生对儿子说，"明天你带我们准时入场，不过，你先谈谈你了解到的诺利那格的情况。据我所知，关于此人的立身行事，有些人颇有微词。"

约肯特罗首先把贬低诺利那格的一些人臭骂了一通："那些人是狂热

的宗教徒,自以为手捧天帝签署的檄文降临人世,对别人肆无忌惮地诽谤、污蔑。像这帮心胸狭窄、目空一切、贩卖宗教信条的家伙,世界上别的地方是找不到的。"

他越骂火气越大。

安诺塔先生为使他平静下来连声说:"说得对,说得对。谁一味议论别人的缺点,谁必然心胸狭窄、疑神疑鬼,没有人情味。"

"爸爸,你是影射我吗?"约肯特罗听着觉得滋味不对,"我的脾性和顽固的宗教徒截然不同。我骂人家,也夸人家,有意见当面说;迫不得已,才动拳头解决问题。"

"约肯,你简直是疯了!"安诺塔先生急忙辩解,"我怎能影射你!我还不了解自己的儿子?"

约肯特罗接着用一连串赞美的词句,讲叙诺利那格的生平事迹。最后说:"为了使母亲晚年幸福,诺利那格陪母亲住在贝拿勒斯,对某些宗教活动持十分克制的态度,为此,爸爸,你提到的那些小人小题大做,竭尽造谣中伤之能事。可我本人认为他是个高尚的人,你说呢,胡曼?"

"我同意你的看法。"

"我知道你会有同感的。"约肯特罗话题一转,"胡曼,我也知道,为了爸爸的幸福,只要有可能,你也能作出同样的牺牲。"

安诺塔先生含笑慈祥地看着女儿,胡蒙莉妮面露羞红,垂首不语。

第四十一章

演讲会结束,安诺塔先生带着女儿回到家里的时候,暮色尚未降临大地。

安诺塔先生坐下喝茶,感慨地说:"今天听了演讲,获益匪浅啊。"他没有再作更多的议论,可他的脑海里思潮滚滚,竟没有注意胡蒙莉妮喝了茶何时悄悄上楼去了。

今天演讲厅里发表演讲的果然是诺利那格。他出人意料的年轻、英俊;虽然是个青年,面孔却未脱少年的灵秀;而发自心灵深处的善于思考的沉稳气质,也从全身透现出来。

他演讲的题目是:损失。他层次分明地阐述了自己的观点:一个人不

失去什么,意味着得不到什么。到了我们手中的东西,我们并没有完整地获得。当我们作出牺牲将其获得,它才真正地成为我们心灵的珍宝。我们某些真实的财富,一个人若看着它退缩,将其丧失,那他是不幸的。然而,人心中蕴藏更多地收回丧失之物的能力。如果我们对丧失之物垂首合十,坦诚地宣告:我奉献此物,这是我牺牲的馈赠,我痛苦的馈赠,我眼泪的馈赠。那么,渺小成为崇高,瞬息成为永恒,我们极普通的日用品成为神圣的祭品,永世保留在我们心中神庙的宝库里。

他这些话一直在胡蒙莉妮的心田回荡。她静静地坐在楼顶上星光闪烁的天幕下,整个心灵是充实的,同时感到整个天空、整个世界,也是充实的。

从演讲厅回来的路上,约肯特罗也谈了自己的感想:"奥卡亚,你为胡曼找了个了不起的对象,可惜他是个哲人。他讲的话有一半我听不懂。"

"查明病因,方能对症下药。"奥卡亚胸有城府地说,"胡蒙莉妮沉湎于对拉穆斯的怀想之中,不是哲人,像我们这样的平庸之辈,是难以把她从痴想中唤醒。他口若悬河地演讲的时候,你可曾注意胡曼的表情?"

"注意了,"约肯特罗回答,"显然,她很欣赏他那套理论。不过,她因为爱听演讲,便冒失地把新郎的花环挂在演讲者的胸前,这样的事,我看未必发生。"

"听了你我的演讲,她会感动不已?"奥卡亚倒有自知之明,"约肯,你不知道,苦修者对女人特别有吸引力。迦利陀娑在他的不朽诗篇中描写雪山神女乌玛为感动修行者①,也长年累月地苦修。我告诉你,约肯,你把别的男人推到胡蒙莉妮面前,她在心里就把他和拉穆斯作比较,必然被比下去。但诺利那格不是凡夫俗子,没人拿他和别人比较。你带着别的小伙子来见胡蒙莉妮,她一眼看穿你的动机,产生强烈的反感。但找个借口把诺利那格带来,介绍给胡蒙莉妮,她不会心生疑窦。然后,一步一步地将她的敬意转化为向新郎敬献花环的欲望和行动,就不会太难了。"

"要手腕不是我的特长,我最擅长的是动拳头。"约肯特罗说,"随你怎么吹捧,我就是不喜欢他这个人。"

奥卡亚劝道:"动脑筋想想,约肯,你这样固执己见,一场好戏恐怕又要

---

① 指毁灭大神湿婆。

唱不成了。一个人身上,不可能集中所有人的优点。不管看他顺眼不顺眼,不尽快从胡蒙莉妮的心里抹去拉穆斯的影子,我就不认为已经大功告成。别老以为你凭力气无所不能,你照我说的去办,就会一步步达到你的目的。"

约肯特罗毫不掩饰对诺利那格的偏见:"最关键的一点是,我看诺利那格是个神秘莫测的人物,我怕同这类人物打交道。搞不好,我们跳出一个泥坑,又将落进另一个泥坑。"

"老兄,你的手被自己的过错的开水烫红皮了,如今见了红云就胆战心惊。"奥卡亚说着翻开了旧账本,"你们当初盲目地信任拉穆斯,称赞他才华出众,无与伦比,对人真诚,不知欺骗为何物。在哲学领域,他是继商羯罗①之后最伟大的哲学家;而在文苑,他是19世纪文艺女神萨罗萨蒂的男性转世!第一次见到拉穆斯,他给我的印象就不佳,像他这种吹嘘自己的理想多么崇高的伪君子,我见得多了。遗憾的是,我一直没有直言相告的机会。你们知道,像我这样平庸的人,只有妒贤嫉才的份儿,除此没有别的能耐。算了,不谈我了。这么多天以后,你想必已经明白,只让你妹妹站在远处崇拜这种'伟人',是可以的,可把自己的妹妹嫁给他,是不安全的。印度有条古老的梵文格言:一根针顶一根针。既然诺利那格取代拉穆斯,是目前唯一的选择,你就不要横挑鼻子竖挑眼了。"

约肯特罗不买他的账:"听我说,奥卡亚,我们中间,你最早识破拉穆斯的真面目——这样的神话,你说一千遍,我也不信。你是妒火烧身,眼里容不下拉穆斯。同时,我不承认,你揭露他说明你具有明察秋毫的能力。得了,言归正传,现在如需玩弄花招,还得由你出马,我爱莫能助。至少诺利那格这个人,千言万语归一句:我看不上!"

约肯特罗和奥卡亚进入安诺塔先生正喝茶的客厅,就见胡蒙莉妮从另一扇门溜了出去。奥卡亚寻思,胡蒙莉妮一定是在窗口看到他俩在街上走回来了,不禁微微一笑,挨着安诺塔先生坐下,一边拿起茶壶给自己倒了杯茶一边说:"诺利那格先生说的每句话,发自他的内心,因此句句能打动听众的心。"

"他确是个才子。"安诺塔先生赞叹道。

---

① 商羯罗是印度中世纪吠檀多哲学的集大成者。

奥卡亚附和着："岂止是才子，他是当今社会寥若晨星的圣哲。"

约肯特罗虽然也参与"阴谋活动"，但奥卡亚的吹捧，他实在听不下去了："得了吧，别夸他是什么圣人哲人！但愿上天永远不让我们与你那些圣哲接触。"

然而，他昨天还对诺利那格的高贵品德赞不绝口，并大骂抨击诺利那格的人是心怀叵测的诽谤者。

安诺塔先生发觉儿子两天之内对诺利那格的态度来了个一百八十度的大转变，忍不住说："哎，约肯，你不能这样说，外表看上去高尚的人，心灵一般也是高洁的，我相信这一点，我甚至同意被蒙蔽，但不愿意为维护自己有限智慧的光荣，而去怀疑那些圣哲。诺利那格先生的论述，不是别人观点的翻版。他从自己的精神体验中提炼的观点，对我来说非常新鲜，很有启迪。一个虚伪的人，怎能有这种发人深省的真知灼见？有如真金不能用其他材料伪造，他的精彩演讲也不是陈词滥调拼凑出来的。我真想亲自去向诺利那格先生表示祝贺和敬意。"

奥卡亚故意叹了口气："唉，我担心他身体吃不消。"

"怎么，他身体不好？"安诺塔先生关切地问。

"怎么好呀？他日夜阅读典籍，研究宗教理论，从不关心自己的健康。"

"这就不对了。"安诺塔先生说，"我们无权糟蹋自己的身体。我们的肉体，不是自己创造的。我哪天见到他，几天就能使他完全康复。其实，保持身体健康，只要遵循几条简单的原则，其中第一条是……"

约肯特罗听得不耐烦了："爸爸，你瞎操什么心呀，我看诺利那格先生气色很好。一见他那么壮实，我就想，宗教修行这玩意儿，确实能起强身作用。我还想以他为楷模，学习他的修行方法哩。"

约肯特罗隐含嘲讽的这席话，安诺塔先生当然无法苟同："不，约肯，奥卡亚说的兴许是实情。我们国家许多伟人英年早逝，他们对身体漠不关心，给国家带来巨大损失。我们不该让这种悲剧重演。约肯，诺利那格不是你想象的那种假道学家，他有真才实学。我们应当提醒他珍惜自己的健康。"

火候已到，奥卡亚接口说："我想法把他带到您这儿来，您详细地解释，对他一定大有裨益。另外，记得我考试的时候，您叮嘱我服用一种鲜嫩树根的液汁，壮阳补气，有惊人的疗效，对任何一位脑力劳动者都是最好的补药。您如果劝诺利那格先生……"

约肯特罗呼地从椅子上站起来,打断他的话:"哼,奥卡亚,你又把我的怒火点燃了,你的胡说八道可谓超凡绝伦!我不想听,走了。"

第四十二章

在胡蒙莉妮的婚变之前,安诺塔先生身体不错,却每日服用西医和土方郎中开的药片和丸药。现在,他对那些丸药兴趣索然。他不但不对人讲他每况愈下的健康状况,甚至千方百计地加以掩饰。

今天,心力交瘁的安诺塔先生斜靠着椅背朦胧入睡时,胡蒙莉妮听到楼梯上很重的脚步声,急忙放下怀里的针线活儿,走到门口,想示意哥哥别进来打扰父亲歇息,却惊讶地看到,随同哥哥来的,竟是诺利那格先生。

她刚要躲到另一间屋里去,却被约肯特罗叫住了:"胡曼,我把诺利那格先生请来了,我给你们介绍一下。"

胡蒙莉妮立刻收住脚步。诺利那格走上前,双手合十,颔首施礼,没看她一眼。

安诺塔先生惊醒了,悠长地喊道:"胡曼……"

胡蒙莉妮回到他身边,轻声说:"诺利那格先生来了。"

约肯特罗已把诺利那格领进屋里,安诺塔先生忙起身上前,对他表示欢迎:"承蒙光临寒舍,我们全家不胜荣幸。胡曼,你去哪儿?坐在这儿,孩子!诺利那格先生,这是我女儿胡曼。那天我们听了您的演讲,茅塞顿开,您演讲时谈道:我们不会失去获得的东西;不是真正的获得,必将丧失。这话含义非常深刻。你说对吗,胡曼?事实上,我们获得还是没有获得一样东西,只有在失去之时,方能下结论。诺利那格先生,我有一个请求,请您常来我家和我们讨论各种社会问题,这对我们来说是莫大的恩惠。平时我们很少出门,随便您何时光临,都能在这屋里见到我们父女俩。"

诺利那格看一眼满脸羞色的胡蒙莉妮,坦诚地说:"我在演讲台上阐述了艰深的理论,请不要因此认为我是古板的不易接近的学者。那天,是一群学生非要我上台演讲的,碍于情面,我不能回绝他们的请求。不过,我就深奥的宗教理论阐明了自己的观点之后,倒是不必担心再次受到邀请了。那些学生率直地对我说,我所作的演讲,有四分之三他们听不懂。约肯特

罗先生,那天您也在场,不要以为看见您焦急的眼睛不时扫视手表,我当时无动于衷。"

"我听不懂是因为我才学疏浅,"约肯特罗说,"您不要因为我听不懂而懊丧。"

"约肯,不是所有年龄段的人都能听懂他那套理论的。"安诺塔先生客观地说。

"依我看,"诺利那格说,"没有必要让所有人深刻领会这种理论。"

"可是,诺利那格先生,有句话非对您说不可。"安诺塔先生念念不忘客人的健康,"天帝派遣你们来到人世,要你们担起济世救民的重任,因此切不可漠视自己的身体。我们应当经常提醒能对社会作出贡献的人,任何时候不可浪费健康这份资本,否则,他们将丧失奉献的能力。"

这番话使诺利那格发觉安诺塔先生对自己很不了解,就说:"您和我相处久了,彼此熟悉了,就会知道我从不轻视世上任何东西。我乞儿似的来到人世,历尽艰辛,曾得到许多人的关怀、帮助。许多人的照拂使我的身心渐渐趋于成熟。轻视并损坏任何东西,在我看来是不足取的老爷作风。无力创造的人,也无权肆意挥霍,暴殄天物。"

安诺塔先生连声称赞:"您讲得对极了,对极了!您那天的演讲中好像有类似的内容。"

"你们继续谈,我有个约会,先走一步。"约肯特罗推托着站了起来。

诺利那格无意久留:"约肯特罗先生,请您原谅。大概您知道,我向来不爱打搅别人。我也该起身了,走吧,我们可以一起走一段路。"

约肯特罗极力挽留:"不,您只管坐,不要管我。我从来没有在一个地方静坐半天的耐心。"

"诺利那格先生,"安诺塔先生也不愿意这位嘉宾马上离开,"您不要因为约肯去赴会而不肯多坐一会儿。约肯说来就来,说走就走,很难让他坐热一张椅子。"

约肯特罗走后,安诺塔先生问道:"诺利那格先生,您现在住在哪儿?"

诺利那格露出感激的笑容:"我无法说我有固定的住处,许多朋友争着拉我去住在他们家中,他们的一片真情令我感动。但我需要清静。约肯先生为此特意为我在你们家旁边租了房子。这条胡同确实非常安静。"

安诺塔先生听了,喜不自胜,但他稍加注意就会发现,听到诺利那格即将成为他家邻居的消息,女儿苍白的脸现出了悲酸的神色,那隔壁的房子曾经是拉穆斯的住所啊!

恰在这时,用人进来说茶已沏好,于是他们来到楼下的客厅。

安诺塔先生一下楼就吩咐:"胡曼,先给诺利那格先生倒一杯茶。"

"噢,不用倒,安诺塔先生,"客人忙说,"我不喝茶。"

"太见外了,诺利那格先生!一杯茶都不喝,要不吃点甜食。"

"请您多多原谅。"

"您是医生,我不想班门弄斧,在您面前大谈养生之道。不过,就我个人的体会而言,用完午餐三四个小时之后,喝杯热茶,或喝点热开水,对消化大有好处。您要是不习惯喝浓茶,我可以替您把茶冲淡一些。"

诺利那格从胡蒙莉妮的表情看出,她对他不喝茶感到不可思议,并猜度他婉拒喝茶究竟是什么原因。因此一面看着她,一面解释:"您对我不喝茶所作的猜想,恐怕不一定完全正确。千万别以为我厌恶你们家这张茶桌。以前,我也有茶瘾,喝茶很多,奶茶的香味至今使我心舒神爽,看着你们品茶,我也很惬意。但你们也许不知道,我母亲恪守宗教礼仪。除了我,她没有贴心的亲人了。在她身边,我不能做违反她习惯的不孝顺的事。这就是我戒茶的缘由。但在这儿,你们喝茶的乐趣,我也能分享。我的忌讳,并不妨碍我领受你们招待的心意。"

胡蒙莉妮起初听着诺利那格侃侃而谈,心里仿佛受到了轻微的伤害。她觉得诺利那格不愿意和他们推心置腹地交谈,而是一味地说客套话,以掩饰自己的真相。她全然不知,诺利那格初次与生人接触,无论如何摆脱不了拘谨。在生人面前,他常常摆出不合他天性的肃穆神态;讲心里话,音调也夹杂不自然的成分,自己听了也觉得别扭。所以,约肯特罗借故急着要走的时候,他在心里责怪自己,也想起身告辞。

然而,当他提到他母亲,胡蒙莉妮不能不以钦佩的目光打量他了。她看到诺利那格一谈到母亲,脸上便露出淳朴、庄重的表情,不禁深受感动。她很想跟他打听一些他母亲的情况,但终因羞怯而未开口。

安诺塔先生听了他的解释,表示赞同:"您这样做合乎情理。早知如此,我决不会请您喝茶的。请多包涵。"

诺利那格微微一笑:"我没有喝茶,但照样领受你们真诚邀请的美意。"

诺利那格告辞走了,胡蒙莉妮搀扶着父亲到了二楼房间里,从一本孟

加拉月刊选了几篇文章,读给他听。听着听着,安诺塔先生睡着了。近来,他身上已出现精力枯衰的征兆。

第四十三章

相识不久,诺利那格与安诺塔父女的关系渐渐密切起来。起初,胡蒙莉妮认为,从诺利那格这种满腹经纶的学者口中,只能听到有关重大宗教问题的宏论,万万没有想到他也能像普通人那样谈论日常生活。几天过去,她发现诺利那格非常健谈,只是谈笑风生之中,仍与他们保持合乎礼貌的距离。

有一天,安诺塔先生父女俩正和诺利那格聊天,约肯特罗怒气冲冲地回到家里,说:"你可知道,爸爸,梵社内部有些人竟然阴阳怪气地说我们是诺利那格先生的门生。为此我刚才和波雷斯大吵了一架。"

安诺塔先生坦然一笑:"我看不必惭愧,假如一个社团里只有导师,没有学生,做这种社团的成员,我才感到惭愧。在每个人都摆出导师的架子传经讲道的地方,谁也学不到知识。"

"安诺塔先生,"诺利那格说,"我也是您队伍里的一员;让我们组成学生队伍,背起行囊,周游全国,在可以学到知识的地方,停留数日,虚心学习。"

约肯特罗怒气未消:"不,这样说不合适。诺利那格先生,不是所有的人都能成为你的挚友、亲戚。凡是拜访过您的人,全被称为您的门生,'美名'远扬,这样的侮辱,我们绝不能一笑置之。您现在从事的那些研究,我看扔了算了。"

"请问,我研究什么课题?"

"听说,您研究瑜伽修行法,练习吸气、屏息、呼气。黎明时分,面对冉冉升起的红日,默默祈祷。一日三餐,甚至喝口水,都有一套严格的仪式。长此下去,您难免脱离民众,就像俗话所说的:利剑滑出剑鞘。"

听着约肯特罗胡言乱语,胡蒙莉妮羞愧地低下头。

诺利那格含笑分辩:"约肯特罗先生,脱离民众固然不对,但一个人如同一把剑,难道全插入剑鞘吗?所有的剑插入剑鞘的部位,大致相同。但外面的剑柄上,铸剑的艺人可以按照自己的意愿,运用技术,饰以各种各样的花纹。人也一样,在民众之鞘之外,拥有表现自己特殊艺术情趣的地盘,这地盘你们也要占领吗?最让我吃惊的是,我在别人看不见的内室静心练功,怎会被一些人窥见,召来他们的非议?"

"您大概还不知道吧,"约肯特罗似有所指地说,"这些人肩负促进世界进步的使命,把刺探别人内室里发生的一切,当作一项重要任务,他们还有凭借想象力填补某些情报的空白的才干。要不然,改造世界的工作如何持续下去!另外,诺利那格先生,避开别人的耳目,做常人不做的事,终究要被人发现;而做大家都做的事,别人就不会向您投来好奇的目光。您想不到吧,您坐在楼顶平台上做那套动作,我们的胡曼观察得十分仔细,她还对我爸讲过。不过,胡曼并未接受改造您的重任。"

胡蒙莉妮的脸霎时间涨得通红,她恼怒地要进行反驳,诺利那格却又先开了口:"胡曼,您不要感到难为情。您上楼顶散步,看见我做晨祷、晚祷,谁敢指责这是您的过错?您无须为长了一双眼睛而害臊。假如看别人是一种过错,那我们人人有份。"

安诺塔先生一如既往地站在女儿一边:"况且,胡曼从未对我表示她反对您做祈祷。她怀着崇敬的心情,向我询问您那种宗教活动的程式。"

"您那套玩意儿,我实在不敢恭维。"约肯特罗不屑地说,"我们是平民百姓,过着平淡的日子,没遇到特别的困难。偷偷摸摸做那些古怪的动作,我不认为有什么天大的好处。那样做破坏心理平衡,使人变得孤僻。不过,我这样说,您不要恼火。我是凡夫俗子,在世界剧场里,坐在中间的座位上。有些人拼命爬到高高的舞台上,正襟危坐。我除了用泥土和他们接触,别无他法。世界上像我这样的人不计其数。因此,您如果把他们撇在身后,遁入光怪陆离的世界,免不了成为无数土疙瘩袭击的目标。"

诺利那格对此似有思想准备,坦荡地说:"泥块有大有小,形状各异。有的掷过来碰一下身子,有的在身上留下一块伤疤。如果谁大惊小怪地说这人是疯子,这人幼稚无知,那伤不了他一根毫毛,但如果说这人企图修炼成道,登上师尊的宝座,广招弟子,那不管怎样劳累,脸部的肌肉也挤不出足够的笑纹,对那种议论置之不理了。"

"我再次希望您别生我的气,诺利那格先生,"约肯特罗无意再争论下去,"您上楼顶愿意做什么就做什么吧,我无权干预。归根结底,我的看法是,置身于普通人的范围之内,别人不会横加指责。大家怎样走路,我也怎

样走路,这就够了。走得太快,难免互相拥挤。他们骂得您狗血喷头也罢,钦佩得五体投地也罢,都无关紧要,但在拥挤的人群中生活能舒服吗?"说着,他抽身便走。

"约肯先生,您上哪儿?"诺利那格大声叫道,"您使出全身力气,把我从楼顶猛地抛到'平民'的一层大理石地板上,随即逃之夭夭是不行的。"

"今天我话说够了,嗓子都哑了,高抬贵手,让我出去散散步吧。"

约肯特罗走后,胡蒙莉妮低着头下意识地用手绞弄桌布的流苏。这时若细心端详,会发现她眼角闪动着晶莹的泪花。

一次次与诺利那格接触、交谈,胡蒙莉妮越来越清楚地看到自己精神的贫乏,急不可耐地要踏上诺利那格所走的道路。正当她满腹愁闷,身心内外找不到支撑点的时候,诺利那格在她的面前展示了一个崭新世界。最近,她在心里渴望成为一名梵社教徒,严格遵循教规。因为,教规是心灵牢固的支柱。况且,哀戚不能以心中唯一的情感形式长期存在,意欲通过外部的苦行,竭力显示自身的真实。她以前没有勇气这样做,她畏惧他人审视的目光,把痛苦深深地埋在心底。如今,她仿效诺利那格的自我修行方式,遵守圣洁的教条,每餐吃素,心中获得极大的慰藉。她把卧室地板上的草席和地毯卷成两捆,收藏起来。床挪到角落里,用布帘挡住。卧室里没有一样陈设。她每天洒水,把地板扫得干干净净。一只花瓶里插着正绽放的鲜花。每日沐浴完毕,她身着素服,端坐在地板上。自由的阳光透过所有敞开的窗户射进屋里,她以明媚的阳光、长空的蔚蓝和清新的和风润泽自己的心灵。

安诺塔先生未能和女儿一样一丝不苟地遵守教规,但看到女儿通过自我修行,脸上焕发出怡然的光彩,也就感到放心了。如今,诺利那格前来拜访,三个人就坐在胡蒙莉妮这间屋子的地板上无拘无束地交谈。

约肯特罗却看不惯,一再提出抗议:"你们搞什么名堂!你们携起手来,把这幢房子变成了令人畏惧的圣殿,简直没有我的立足之地了。"

往常听见约肯特罗这样嘲讽,胡蒙莉妮非常窘促,但现在只有安诺塔先生对儿子的冷嘲热讽表示气愤。胡蒙莉妮以诺利那格为榜样,往往娴静地付之一笑。她如今毫不犹豫地、放心地背靠坚固的精神支柱,在这种场合显露羞愧的神色,已被她认为是怯懦的表现了。她知道,有些人认为她目前的举止十分怪诞,并加以嘲笑,但她对诺利那格的信任和崇敬,足以将那些人拒之于千里之外。她在人前再也不会像从前那样手足无措。

一天早晨,胡蒙莉妮沐浴后做完祈祷,静坐在清静的窗前。忽然,安诺塔先生带着诺利那格走了进来。胡蒙莉妮满心喜悦,立即匍匐在地,先向诺利那格接着向父亲行摸足大礼,收下他们足上施福的尘土。这使诺利那格有些局促不安。

安诺塔先生忙说:"不要不好意思,诺利那格先生,胡曼是在履行自己的职责。"

诺利那格先生往常到他们家里来,从未像今天这么早。发现胡蒙莉妮眼里的惊诧,他解释说:"我刚收到从贝拿勒斯寄来的一封信,得知母亲身体欠佳,今天得乘夜车赶回去。白天我要把所有的事情处理完毕,所以一大早先来和你们告别。"

"老太太偶染微恙,我们不知怎样表达心中的焦虑。"安诺塔先生说,"愿天帝保佑她很快康复。这些日子,和您在一起,我们得到许多教益。您的情分,我们恐难报于万一。"

"过奖了,安诺塔先生。"诺利那格谦逊地说,"您知道,恰恰是我得到了您的热情帮助,尤其在生活上,您多方照顾我这个邻居。另外,我以前思考的深奥理论,由于你们的热诚关怀而赢得了新的活力。我的思考和研究,也由于你们在生活上提供印证而建立在双倍牢固的基础上了。我深切地感到,在别人心灵的合作之下,取得事业上的成功是多么容易。"

安诺塔先生感慨万千地说:"想起来真奇怪,以前我们总觉得迫切需要一样东西,但究竟是什么,说不清楚。就在那时,我们与您相识了。我发觉,没有您,我们简直寸步难行。我们深居简出,很少与人交往。可以说,我们基本上没有参加集会、听人演讲的兴致,纵然我想去,劝胡曼出门也颇费口舌。可是那天出现了奇迹,听约肯说您要发表演讲,我们父女俩二话不说,就赶到会场去了,这可是破天荒头一遭啊。请记住这些,诺利那格先生,您由此可以知道,我们需要您是毋庸置疑的,否则,这样的事决不会发生。我们对您真是感激不尽。"

"我也请你们记住,"诺利那格说,"除了你们二位,我从未对其他人谈过我生活中的一些秘密。能够表露真实,本身也是接受真实的教育。我平常表露真实的强烈愿望,因你们的帮助而得以实现。所以我也请你们不要忘记,我是多么需要你们。"

胡蒙莉妮没有说话,一直静坐着,看着从窗户射进来的落在地板上的阳光。诺利那格要走了,她才说了一句:"请常来信,告诉我们您母亲病情好转的情况。"

诺利那格一站起来,胡蒙莉妮重又匍匐在地,向他行摸足大礼。

第四十四章

最近,奥卡亚一直未在安诺塔先生家露面。诺利那格返回贝拿勒斯的那天,他又踏着约肯特罗的身影,出现在安诺塔先生的茶桌上了。

奥卡亚认为,胡蒙莉妮心里还活着几缕对拉穆斯的怀念,测量它的最简便的方法,就是看胡蒙莉妮对他冷淡到什么程度。今天,他发现胡蒙莉妮神态安详。见了奥卡亚,她的表情毫无变化。

"很久没有见到您了。"她和颜悦色地说。

奥卡亚似乎仍旧自卑:"我这种人值得人家看吗?"

胡蒙莉妮被逗乐了:"您要是觉得您不配让人家看,索性和别人断绝往来。我们大多数人便关门闭户,孤独地消度余生。"

"奥卡亚是妄图夺取谦虚的桂冠。"约肯特罗嘲笑奥卡亚,"不料胡曼技高一筹,将奥卡亚击败,以全体世人的名义,摘取了谦虚的金牌。关于人际关系,有句话我非说不可。像我们这些普普通通的人,最善于与人交往。而那些超凡脱俗的人,我们最好少跟他们见面,见多了实在受不了。他们常在深山老林、幽深的岩洞里游荡,如果长期住在居民区,奥卡亚、约肯特罗等卑微的人只好逃到山区的森林里去了。"

约肯特罗话里的刺儿,扎在了胡蒙莉妮的心坎上。但她默不作声,冲了三杯茶,放在奥卡亚、约肯特罗和父亲的面前。

"你不喝茶?"约肯特罗觉得奇怪。

胡蒙莉妮明知将召来约肯特罗的严厉抨击,仍平静而坚定地回答:"是,我戒茶了。"

"看样子,你是正儿八经地开始苦修啰!"约肯特罗果然言词刻薄,"茶叶里的精神力量,是不是不够哪,非得要像修道士那样,嚼食赫尔杜吉干果,从中汲取充足的精神力量?啊!可怕的歪门邪道!胡曼,收起你那套修行术吧!喝一杯茶,你那瑜伽功夫要完蛋的话,就让它完蛋吧!世界上最坚硬的物品也不能万古长存,何况你那破玩意儿,它在老百姓中间是没有市场的!"说罢,他立起身,故意冲了杯茶,放在胡蒙莉妮面前。

胡蒙莉妮没有伸手去接,转脸对安诺塔先生说:"哎,爸爸,你怎么光喝茶,不吃几块点心?"

安诺塔先生的手和嗓音都在颤抖:"孩子,说实话,这桌上的任何食品,我吃了都没味儿。约肯大放厥词,我一直默默地忍着。我知道,在我这样的情绪和身体状况下,我一开口是管不住嘴的,回头免不了又后悔。"

胡蒙莉妮走过去站在父亲的椅子旁边:"爸爸,你别生气,哥哥要我喝茶是出于好意。我不气恼。爸,你得吃点点心。我知道你空肚喝茶会不舒服的。"

胡蒙莉妮把点心盒拽到父亲面前。安诺塔先生拿起一块慢慢地嚼着。

胡蒙莉妮回到自己的椅子上,端起约肯特罗为她冲的一杯茶就喝。

奥卡亚慌忙起身:"对不起,我的茶喝完了,这一杯给我喝吧。"

约肯特罗上前抢下胡蒙莉妮手中的茶杯,转身对父亲认错:"是我不对,请爸爸原谅。"

安诺塔先生没有答话,两行混浊的老泪涌出眼眶,沿着脸腮滚落下来。

约肯特罗和奥卡亚轻手轻脚地退了出去。

安诺塔先生吃完点心站起来,抓住女儿的手,颤巍巍地上楼去了。

这天夜里,安诺塔先生浑身针刺般的疼痛,请来的医生为他作了检查说,他的肝脏略微肿大,但病情并不严重,只要到印度西部的旅游胜地疗养一年半载,就可康复。

安诺塔先生的疼痛减轻一些之后,医生走了。老头儿有气无力地说:"孩子,走吧,我们到贝拿勒斯住些日子。"

胡蒙莉妮心里也正考虑改换环境。诺利那格才走了几天,她就感到自我修身的热情急剧衰减。诺利那格在旁边,她的祈祷仿佛有坚实的基础,他面庞闪现的坚毅、忠诚和恬静的光彩时时增强她的信念。

诺利那格回贝拿勒斯之后,她的热情仿佛蒙上了阴影。她强迫自己遵从他的教诲,加倍勤谨地修行,但这样做她感到极为倦怠、极为颓唐,眼里忍不住落下泪来。

今天在茶桌边,她表现得非常坚强,落落大方地招待客人,但她的心上压着一块石头。回忆往事的悲酸,变本加厉地向她袭来,她的心又像无家

可归的流浪者,茕茕独行,时而仰天哀叹。所以父亲提议去西部旅行,她立刻赞同:"爸,那太好了!"

第二天,约肯特罗见父亲和妹妹收拾行李,好生纳罕:"这是怎么回事?"

"我们到西部去。"安诺塔先生回答。

"西部什么地方?"

"我们先各地跑一跑,最后选个山清水秀的地方住一阵子。"

安诺塔先生不愿告诉儿子他选择的地点是贝拿勒斯。

"我不能陪你们了。"约肯特罗不无歉意地说,"我已向有关部门申请当小学校长,正等候回音。"

第四十五章

早晨,拉穆斯从阿拉哈巴德回到了迦齐普尔。这时,街道上行人稀少,路边的树木仿佛畏惧严寒,蜷缩在叶片的绿幔之内。村庄的房舍上面弥漫的一团团白雾,仿佛是一动不动趴着孵蛋的白天鹅。马车疾驰在清空的路上,车里,拉穆斯穿一件厚外衣,激动的心跳使他的胸脯剧烈起伏。

马车在平房外停下,拉穆斯下了车,心想:卡玛腊听见车声,兴许已走出屋子,在门廊里等候。他在阿拉哈巴德买了一条昂贵的项链,想亲手挂在卡玛腊的脖子上。他的手伸进外衣的口袋,取出装项链的锦盒。

拉穆斯走进院子,只见所有的门关闭着。用人毗桑躺在门廊里打呼噜。拉穆斯脸色阴暗,惊讶地伫立片刻,高声叫道:"毗桑!"他是指望他的喊声传到屋里,惊醒另一位酣睡的人。他心里有些怨气,等候他归来做的第一件事,竟是大叫大嚷把人从沉睡中唤醒,而他半宿还没有合眼哩。

连叫几声,叫不醒毗桑,无奈,拉穆斯上前推推他。他坐了起来,懵懵懂懂地朝四周瞅瞅。

"太太在家吗?"拉穆斯问。

毗桑开初似乎未听明白拉穆斯的话,眨巴眨巴眼睛,随后忽然惊慌地说:"是,她在家里。"一说完话,又躺倒睡着了。

大门轻轻一推就开了,拉穆斯走到里面,在一间间屋里寻找,没有见到一个人影。

他忍不住又大叫一声"卡玛腊",仍没有回音。于是跑进花园,在苦楝树那边兜了一圈,又在厨房、马厩、用人的居室里仔细找了一遍,仍没有找到卡玛腊。

这时,太阳已冉冉升起。树上的乌鸦呱呱地聒噪。两三个村姑头顶着陶罐,来到平房外井台上汲水。土路那边的农院里,一个农妇一面推磨碾麦子,一面亮开嗓子唱起优美的民歌。

拉穆斯回到平房里,见毗桑仍睡得很死,便弯下腰,抓住他使劲摇晃,同时闻到了他嘴里泄出的浓烈的酒味儿。

猛烈的摇晃终于使毗桑大致恢复了神志,他挣扎着爬了起来。

"太太在哪儿?"拉穆斯又问。

"在屋里。"

"胡扯!哪间屋?"

"昨天她来这儿了呀。"

"后来去哪儿啦?"

毗桑张口结舌地看着拉穆斯。

这时,乌摩奇身上绕着卡玛腊送给他的红贴边纱丽,晃着披肩,两眼通红地跑来了。

拉穆斯忙问:"乌摩奇,你妈在哪儿?"

"从昨天起,妈一直在这儿的呀。"

"你去哪儿啦?"

"昨天下午妈让我去希土老爷家听戏来着。"

"先生,请付车钱。"车夫打断他们的话。

拉穆斯又跳上这辆马车,径直到了大叔家门口。下车进去,却见全家人乱作一团。他猜想可能是卡玛腊病了。其实并非如此。昨天傍晚后不久,吴咪突然又哭又叫,不一会儿就嘴唇发紫,手脚冰凉。全家人吓坏了,急忙请来医生诊治,喂药、护理,手忙脚乱,一宿谁也没有睡觉。

拉穆斯寻思,吴咪生病,卡玛腊准是被叫来帮助照看她了,就对彼平说:"吴咪病了,卡玛腊肯定也十分焦急。"

卡玛腊昨晚有没有过来帮忙,彼平并不清楚,只好随口附和道:"是呀,她那么喜欢吴咪,自然是很焦急的。不过,医生说了,不用过分担心。"

彼平这样说虽然使拉穆斯略为宽心,但他兴高采烈地归来,想象中团

圆的激动场面成了泡影,心便凉了。他猜疑是凶神恶煞作祟,阻碍他和卡玛腊欢快地团聚。

这时,乌摩奇也从平房那边赶来了,平常他深得苏伊洛佳的宠爱,因而可以随便出入她家的内宅。

苏伊洛佳见他进了大门,朝她的房间奔来,怕他吵醒已睡着的吴咪,赶快迎了上去。

"姑妈,我妈在哪儿?"乌摩奇开口就问。

苏伊洛佳暗暗吃惊:"哎,是你昨天和她一块儿回平房的嘛。天黑后,我本想叫拉希穆尼娅过去陪陪她,可女儿病了,就没有让她去。"

乌摩奇满面愁容:"平房里我没有见到她。"

"你说什么?"苏伊洛佳慌了神,"昨晚你溜到哪儿去了?"

"妈不让我陪她,到了那边,就让我去希土老爷家听戏。"

"我看你聪明过头了!"苏伊洛佳训斥道:"毗桑人在哪儿?"

"毗桑是一问三不知,昨晚他喝醉了。"

"去,快去把彼平先生叫来。"

"天哪!"她一见彼平就惊叫起来,"出了大事啦。"

彼平脸色陡变,胆战心惊:"啊,出了什么事?"

"卡玛腊昨天去了平房那边,可这会儿找不到她了。"

"昨天夜里,她没有到我们家来?"

"没有哇,吴咪闹病,我本想请她来帮忙,可哪有闲人去叫她。拉穆斯先生回来了吗?"

"他在平房那边没见到卡玛腊,可能以为她在我们家,也到这儿来了。"

"快去,快去,和他一道去找卡玛腊。吴咪好多了,睡着了。"

彼平和拉穆斯又登上马车,回到平房,耐着性子,费力地撬开毗桑的嘴,从他嘴里挖出的片言只语,构成下面简单的一段话:

昨天下午,卡玛腊一个人朝恒河边走去,毗桑主动要求陪伴她,她没有应允,给了他一卢比,叫他留在家里。他坐在花园门口看家,正巧有个卖酒的挑着两罐用新鲜枣树汁酿造的土酒,从他面前走过,以后世界上发生了什么,他就浑然不知了。

毗桑用手指了指卡玛腊去恒河边所走的一条路。

沿着这条路,拉穆斯、彼平和乌摩奇穿过沾满露水的一片庄稼地。乌

摩奇像寻找失去幼崽的猛兽,向四周投去焦灼、尖利的目光。

三个人来到恒河边,收住脚步。周围空寥、凄凉,不见一个人影,褐黄色的沙滩在朝阳下闪着冷光。乌摩奇悲切地呼叫:"妈妈,你在哪儿?"从陡峭的对岸传来回声,但无人应答。

东找西找,乌摩奇忽然看见远处有一样白色的物件。他奔了过去,看到挨着水的沙土上有一串手绢包着的钥匙。

"哎,那是什么?"拉穆斯跟上去,认出是卡玛腊用的钥匙。

这串钥匙遗落的沙滩边缘,新近淤积的泥沙上,一双纤足的深深的印迹,一直延伸到水里。浅水处闪闪发亮的一样东西,未能避过乌摩奇锐利的眼睛。他疾步上前摸出来一看,是一枚珐琅金胸针——拉穆斯早先送给卡玛腊的礼物。

所有这些遗物,向恒河中央指示了卡玛腊的去向。乌摩奇再也控制不住自己,发出撕心裂肺地惨叫:"妈呀,妈呀!"纵身跳进河里。他像疯了似的,一次次潜入不太深的河底,用手乱摸,河水很快被搅浑了。

拉穆斯木头似的站着。

"乌摩奇,你这是干什么,快上来!"彼平惊恐地喊道。

乌摩奇喷了口水,固执地号叫:"我不上去,我不上去。妈呀,你不能撇下我走啊。"

彼平心里极度紧张,其实完全没有必要担心乌摩奇出事。他游泳像河里的鱼,投河自杀,对他来说委实太难了。他潜水摸索,浮上来换气,折腾得精疲力竭,才上岸扑倒在沙滩上,号啕大哭。

彼平推推泥塑木雕般的拉穆斯:"拉穆斯先生,走吧,站在这儿有什么用,不如赶快到警察局报案,请他们派人搜寻。"

苏伊洛佳家里响起一片哭声,整整一天,没人吃一口饭,睡一会儿觉。他们雇的渔民撑着船,沿河撒网打捞。警察局也派人四处搜寻。被派往车站打听的一个用人回来禀报,昨晚没有长相像卡玛腊的孟加拉姑娘乘车离开迦齐普尔。

这天下午大叔回到家里,听了家人讲述近日卡玛腊反常的言谈举止,他深信不疑:卡玛腊投河自杀了。

女用人拉希穆尼娅瞪大眼珠:"怪不得吴咪昨天夜里没由来地突然闹病,大叫大嚷。快找人为她念经驱邪吧。"

拉穆斯五内俱焚,一滴眼泪也流不出来了。

"几个月前,"他痴呆呆地坐着回忆,"卡玛腊从恒河中冉冉升起,来到我身边。昨天,她又像祭神的一朵纯洁的鲜花,在恒河中隐逝了。"

太阳落山之后,拉穆斯又跑到恒河边,站在那串钥匙的遗落之处,目不转睛地望着卡玛腊的几个脚印。接着,脱了鞋,撩起下垂的长袍的下摆,蹚水走了几步,取出锦盒里的新项链,"嗖"地往河中央扔去。

大叔家的人因卡玛腊自尽而悲痛不已,谁也不曾留意,拉穆斯何时离开了迦齐普尔。

第四十六章

拉穆斯如今无所事事,四顾茫然。他颓丧地思忖:今生今世,他再也安不下心来做任何工作,也难以在任何地方长期居住了。

他并非不曾想到胡蒙莉妮,但与她重归于好的念头一冒出来就被他扼杀了。他在心里对自己说:"一连串惨痛的事件已将我彻底摧垮,使我无从混迹于人群。一棵遭受雷殛的树,岂能奢望在百花怒放的树林中占一席之地!"

于是他外出游览名胜古迹,每个地方待的时间都不长。他泛舟恒河,领略贝拿勒斯城的码头上万民沐浴的盛况。在德里城登临古笃波石塔;从德里前往阿格拉,踏着皎洁的月色,瞻仰壮丽的泰姬陵。在克什米尔首府阿姆利则,游览了金庙。随后攀登罗兹普达那巍峨的阿布山,在山顶古刹里焚香膜拜神灵。他四处漫游,不让身心得到闲憩。

最后,旅途劳顿的这位青年的心魂,远望家园,哀伤不已。对在家乡宁静的氛围中度过的童年的回忆,以及对一度可能建立的美满家庭的怀想,加剧了他心头的痛楚。终于,以排忧解愁为目的的旅行戛然而止。他长叹一声,买了张车票,登上了开往加尔各答的列车。

抵达加尔各答,拉穆斯不敢贸然走进卡鲁土拉胡同。到那儿,他能见到什么、听到什么,无从预测。他只是担心那儿发生了巨变。有一天,他走到胡同口,又踅了回来。第二天傍晚,他强迫自己走到安诺塔先生家门口,只见所有的门窗关闭着,看不到里面有人居住的任何迹象。

他揣摸用人苏昆可能留下看守空楼,就上前敲门,叫他的名字,但半晌无人应答。

安诺塔先生的邻居昌德拉·穆汉坐在家门口抽烟,起身走过来和他搭讪:"谁呀？是拉穆斯先生吧,您好吗？安诺塔先生一家人不在楼里。"

"您知道他们去哪儿了吗？"

"说不准,只知道他们去了西部。"

"大叔,他们一共几个人？"

"安诺塔先生和他女儿。"

"您能肯定没有别人陪着他们？"

"是的,临走时我碰见他们了。"

拉穆斯忍不住说:"我听人讲,有个名叫诺利那格的先生是他们的旅伴。"

"您得到的消息不确切。诺利那格先生在您原先住的那座楼里住了一段日子,安诺塔先生父女俩动身前两三天,他就返回贝拿勒斯了。"

拉穆斯又向昌德拉·穆汉问了几个问题,对诺利那格有了初步了解。他全名叫诺利那格·贾特帕达亚,据说曾在郎布尔县东部地区行医,现在和他母亲住在贝拿勒斯。

拉穆斯沉吟片刻又问:"您能告诉我约肯在什么地方吗？"

昌德拉·穆汉告诉他,约肯特罗去了比萨依普尔,在穆门辛格县一个地主办的初中任校长。接着他问道:"拉穆斯先生,好久没见到您了,这些日子您在哪儿？"

拉穆斯觉得没有必要再隐瞒自己的行踪:"我在迦齐普尔当律师。"

"打算在那儿长住？"

"不,不想在那儿待了。但今后去哪儿,尚未确定。"

拉穆斯前脚刚走,奥卡亚后脚就到。约肯特罗离开加尔各答的时候,委托奥卡亚在他一家人回来之前常来照看这幢房子。

奥卡亚肩负此项重任,不敢有丝毫懈怠。他有点没点地跑来,出其不备地查看看守房子的两个用人中间,谁目无家规,擅离职守。

昌德拉·穆汉告诉他:"拉穆斯先生刚走一会儿。"

"是吗?他来干什么?"

"我不知道。他跟我打听了安诺塔先生家的情况。他很消瘦,乍一看都认不出来了。他不叫用人的名字,我真不敢认他。"

"他现在住在哪儿?你问过吗?"

"前些日子,他住在迦齐普尔,最近从那儿回来了。今后在哪儿落脚,他说还没有决定。"

"唔……"奥卡亚沉思着检查去了。

拉穆斯回到住处,心中感慨万端:"命运同我开了多么可怕的玩笑!我和卡玛腊的纠葛,诺利那格和胡蒙莉妮的最终结合,构成一部长篇小说,一部蹩脚的长篇小说。只有命运这位无所顾忌的作家,才敢把杂乱无章的故事情节拼凑在一起。世界上发生的这种离奇古怪的事,胆怯的作家是没有勇气借助想象写入小说的。"

但拉穆斯转而又想:"如今我已挣脱生活中这张迷茫之网,很可能,命运在错综复杂的小说的最后一章,不会为我安排一个悲惨的结局。"

约肯特罗住在比萨依普尔地主庄园附近的一座平房里。星期天早晨,他正在看报,从市场上来的一个人送来了一封信。他扫了一眼信封上的笔迹,十分惊讶。拆开一看,果然是拉穆斯的信。信中说,他正在比萨依普尔市场恭候,有要事相告。

约肯特罗腾地从椅子上跳起来。尽管上次分手时他怒斥了拉穆斯,可拉穆斯毕竟是他童年时代的朋友,况且很久没有见面了,在这僻远的乡村,他不能让远道而来的朋友吃闭门羹。实际上,想到老朋友重逢,他还是非常兴奋的。他对拉穆斯和卡玛腊的瓜葛至今不乏好奇心。尤其是胡蒙莉妮不在此地,全然不必担心拉穆斯言词不当又出现不愉快的场面。

约肯特罗跟随送信人去找拉穆斯,到了市场,一眼看见拉穆斯默默地坐在杂货店里倒扣着的一只煤油桶上。杂货店里的老板曾拿出专门招待婆罗门的水烟筒,装上烟请他抽,不料这位戴眼镜的先生一口谢绝,便认定他是城里出生的十足的怪物。两人寒暄了几句,便不愿再说什么了。

约肯特罗跑过去一把抓住拉穆斯的手,将他从煤油桶上拽了起来:"真拿你没有办法!你还是那样扭扭捏捏,不直接到我的住所找我,半道上钻进杂货店,四平八稳地坐在夹心甜饼和米花糖球中间!"

拉穆斯不好意思地笑笑。

回去的路上,约肯特罗谈起他从事教育的体会,滔滔不绝:"不管神学家怎样胡诌,我们谁也无法理解天帝。他让我在城里长大成人,一身市民的习气,可最终把我送到这落后愚昧的乡村,在荒野里鞭笞我的灵魂!"

拉穆斯环顾四周:"哦,这地方不错。"

"你是说……"

"环境幽静。"

"是啊,所以我才迫不及待地要把像我似的另一个人撵走,使环境更加幽静。"

"不管你怎么发牢骚,这对心境的安宁……"

"请别对我赞美这儿的环境了!这些日子,心境的过度安宁,憋得我的魂儿快从嗓子眼里蹦出来了。为打破这里的沉寂,我使出了浑身解数。前两天,我对学校的秘书动了拳头。我让地主老爷熟悉了我的脾性,从此他不敢随便干涉我的事了。他想走我的门路,在英文报纸上自吹自擂哩。我强硬地告诉他,我的志趣在其他方面。我之所以能在这儿待到今天,并非因为我品德高尚。当地一位副县长对我极为器重,那地主惧怕县长大人,不敢逼我打起铺盖卷儿上路。今后我在报纸上读到这位副县长调任的消息的一天,也就是我这位校长的太阳在比萨依普尔的天空坠落之时。在这儿,能与我袒露胸怀交谈的只有旁吉——我养的一只狗。其他所有人向我投来的目光,无论如何不能说是善意的。"

到了约肯特罗的住所,拉穆斯一屁股坐在凳子上。

"哎,先别坐下。"约肯特罗没有忘记老朋友的习惯,"所谓晨浴是你恪守的传统习俗,快去把身子洗干净吧。我再烧壶开水,借你这位嘉宾的光,今天我喝第二次早茶。"

这一天是在吃喝谈笑和歇息中度过的。约肯特罗一直没有给他说明远道来访的目的的机会。

用完晚餐,两位朋友拉过两张椅子,坐在煤油灯下。远处传来豺狼的嗥叫,瞑黑的夜色在蟋蟀喓喓的鸣叫声中战栗。

"约肯,"拉穆斯先开了口,"你大概能猜到我跑到这儿来要告诉你什么事情。记得你曾问过我一个问题,那会儿不是回答你问题的适当时候。现在回答那个问题的障碍已不复存在。"

拉穆斯沉默片时,接着慢慢地把他与卡玛腊在沙洲相遇,最后卡玛腊投河自尽,从头至尾详细地叙述了一遍。他时而喉咙哽咽,声音发颤,时而悲伤得说不下去,停顿一两分钟。约肯特罗一言不发地听着。

等他说完之后,约肯特罗长叹了一口气:"唉,那天你对我讲这些话,我绝对不相信。"

"相信这事的缘由,此时和那时是完全一样的。"拉穆斯说,"所以我特地来请你到我结婚的村子里去一趟,然后我带你去见卡玛腊的舅舅。"

约肯特罗深深地感动了:"我的脚不挪动一步,一动不动地坐在这把椅子上,我也相信你说的每一个字。相信你的话,向来是我的习惯。这中间只有一次例外,为此我请你原谅。"

约肯特罗从椅子上站起来,走到拉穆斯跟前。拉穆斯刚站起,两位童年时代的朋友就紧紧地拥抱在一起了。

拉穆斯清了清哽塞的嗓子:"命运编织了一张无法突破的虚假之网,不知从何处撒了过来,将我罩住。除了蜷缩在网里之外,我长久找不到脱身的办法。今天,我终于从网里钻了出来,对任何人,我再没有什么需要隐瞒的了,我终于得救了。

"但我至今不知道,今后也不可能知道,卡玛腊自杀前听到了什么,经历了怎样的思想斗争。不过有一点可以肯定,若不是她的死割断我们两人生活的死结,最终我们两人都必将落入可怕的绝境,想起来我至今胆战心惊。从死神的巨口中突然冒出来的难题,又突然被死神吞进肚里了。"

"先不要下断言卡玛腊已自杀身亡。"约肯特罗说,"但不管怎么说,你这方面的疑团已全部廓清。眼下,我得考虑如何同诺利那格周旋。"

约肯特罗随即谈了对诺利那格的看法:"他这种人,不好理解。凡是不理解的,我一概不喜欢。而许多人恰恰相反,越是不理解的,越是喜欢。在这方面,胡曼真够让我担心的。当我看到她戒了茶,不再吃一块鱼、一块肉,甚至讥笑她,她也不像以前那样眼泪汪汪的,而是报以微笑,我就觉得事情不妙。不过,尽管如此,有了你这位助手,不用太久就可以把她救出苦海。对此我深信不疑。所以,你做好准备吧,让我们两位朋友联手展开一场对苦行主义的战斗！"

拉穆斯哈哈大笑："我虽不是威震四海的英雄好汉，但一定全力以赴。"

"不用性急，过了圣诞节再动手。"

"那太晚了，我先行动如何？"

"不，那不行。是我拆散了凤鸾，理应由我亲手重结你们的姻缘。我不能让你当先锋，抢走神圣的责任。不急，十天后就是圣诞节了。"

"这十天我上……"

"不，不，我不想听你又有什么打算。你在这儿当十天客人。这儿能与我吵架的人，一个个被我轰走了。我迫切需要朋友陪伴，改变一下说话的声调。我决不会放你走的，我的处境太悲惨了，每天晚上只能听听瘆人的狼嗥。你的声音，我听起来像是优美的琴曲。"

第四十七章

从昌德拉·穆汉那儿得到拉穆斯回到加尔各答的消息，奥卡亚满腹狐疑。

"拉穆斯在搞什么鬼？"他心里纳闷，"他在迦齐普尔当律师，隐蔽得天衣无缝，难道是什么突发事件迫使他放弃律师生涯，壮着胆子，闯进卡鲁土拉胡同？他迟早能打听到安诺塔先生和胡蒙莉妮在贝拿勒斯休养，而且十有八九会去找他们。"

思之再三，奥卡亚决定前往迦齐普尔，摸清拉穆斯的底细，然后直接去贝拿勒斯，与安诺塔先生商量对策。

阿克拉哈扬月[①]的一天下午，奥卡亚拎着提包出现在迦齐普尔车站。

他先到各个市场打听，名叫拉穆斯的一位孟加拉律师住在什么地方。询问多人，方知名叫拉穆斯的律师在市场上是无名之辈。

他灵机一动，跑到法院里查询。法院里刚散庭，头上缠着缠头巾的一位孟加拉律师正要上车，奥卡亚跑过去问："先生，我找拉穆斯·昌德拉·乔德里先生，他是孟加拉律师，不久前到迦齐普尔来了，您知道他的地址吗？"

[①] 印历八月，公历11月至12月。

奥卡亚从这位律师口中获悉,拉穆斯以前住在大叔家里,现今是否还住在那儿,有没有搬家,他不清楚。拉穆斯的妻子有一天突然失踪了,很可能是投河自尽。

奥卡亚径直前往大叔家。

他一面走一面在心里说:"哼,拉穆斯的狐狸尾巴总算被我抓住了。他老婆一死,他一定去找胡蒙莉妮,花言巧语地欺骗她,说他没娶老婆。胡蒙莉妮在目前的情势下不可能不信他的谎言。像拉穆斯这种声嘶力竭地宣扬仁义道德的人,骨子里多么卑鄙!"

想到这里,他不禁对自己产生三分敬意。

他找到大叔,一提起拉穆斯和卡玛腊,大叔一阵心酸,忍不住又掉下眼泪。

"既然您是拉穆斯的朋友,"大叔拭着泪眼说,"您一定像亲戚那样熟悉我的卡玛腊。跟您说句真心话,和她认识才几天,我就忘了她和我女儿的区别了。可爱的孩子,几天工夫就和我亲得不得了。我做梦也想不到她会离开我们,这是落在我们头上的晴天霹雳呀。"

奥卡亚装出难过的样子:"我不明白怎会发生这种不幸的事,拉穆斯对卡玛腊肯定十分粗鲁。"

"您别生气。奥卡亚先生。"大叔对客人讲述心中早有的疑惑,"我至今摸不透你们这位拉穆斯先生的脾气。他外表文质彬彬,对人很和气,可他心里在想什么,打什么主意,你有天大的本事也猜不着。否则,没法想象他对卡玛腊这种心地淳朴、温顺勤快的妻子会那么冷淡。卡玛腊对他忠贞不贰,她和我女儿亲如姐妹,可在我女儿面前从未说过一句抱怨丈夫的话。我女儿隐隐约约感到她有一肚子苦水,但直到最后也未能让她吐出一口来。这么贤惠的妻子,伤心到了极点,才会走上绝路。这一点,我想您是能够理解的。唉,想到这些,我的心都碎了。这恐怕是天意呀,偏偏那天我去阿拉哈巴德看望女儿,要不然,这姑娘哪舍得扔下我走啊。"

第二天早晨,奥卡亚由大叔带路,去看了拉穆斯租的平房和卡玛腊投河的地点。

回到大叔家里,奥卡亚出人意料地说:"听我说,大叔,我不相信卡玛腊像您说的那样跳进恒河自杀了。"

"您怎么看这件事?"

"依我看,卡玛腊是离家出走,我们要想法找到她。"

大叔一激动站了起来:"您说得有道理,这不是不可能的。"

"贝拿勒斯离这儿不远,"奥卡亚猜测着说,"我和拉穆斯的一位非常要好的朋友住在那儿,说不定卡玛腊躲到他家去了。"

大叔似乎看到了希望:"咳,拉穆斯先生从未提起他这位朋友。我要是知道,能不去找吗?"

"那么,跑一趟吧,我陪您去贝拿勒斯。印度西部地区,据说您了如指掌,多方打听准能把事情搞清楚。"

大叔欣然接受了奥卡亚的建议。

奥卡亚心里明白,光他一人对胡蒙莉妮揭露拉穆斯当面一套背后一套的卑劣行径,她不会轻易相信,他要让憨直的大叔当面作证,所以略施小计把大叔带到了贝拿勒斯。

第四十八章

在贝拿勒斯城郊军事当局管辖的环境幽静的地区,安诺塔先生租了一座平房。

父女俩到达贝拿勒斯,得知诺利那格的母亲葛曼克丽起初咳嗽,发低烧,不久便转为肺炎。西部地区早晚气温较低,老太太发着烧照样早晨下河洗澡,导致体温骤升,病情日趋严重。

连日来由胡蒙莉妮不辞辛劳地服侍之后,葛曼克丽终于转危为安,但依然非常虚弱。葛曼克丽是个正统的印度教徒,严守宗教习俗和各种清规戒律,不肯让加入梵社的胡蒙莉妮按照医嘱为她安排饮食和必要的营养品。患病之前,她每日吃自己做的饭菜。现在只得让儿子诺利那格亲手烧煮可口的食物,端到她床前。

葛曼克丽常常以哀伤的语调对儿子说:"我老了,可以离开这个世界了。老天爷硬把我留下来,只不过是叫你们为我多受累罢了。"

葛曼克丽从不讲究吃穿,生活极为简朴,但十分关注周围环境的整洁、幽美。胡蒙莉妮早听诺利那格讲过,因此每天下工夫把房间收拾得很干净,门窗擦得一尘不染。每次去看望葛曼克丽,也穿得整齐、利索,安诺塔先生租用的平房前有座花园,他每天摘几枝花送来,胡蒙莉妮把花插在病

榻左右的花瓶里,房间便显得非常幽雅。

诺利那格多次劝母亲雇个日夜照看她的女仆,但她横竖不肯让种姓低下的用人侍候。家里倒有几个男女用人做打水劈柴之类的粗活,但她个人的事情,从不允许拿工钱的哪个用人插手。哈里的母亲是她的老保姆,把她从小带大。老保姆死后,纵然得了重病,也不让哪个女仆为她打扇或按摩。

她特别喜欢长得漂亮的男孩。早晨,去十马祭码头洗完澡,回家的路上,总向每尊湿婆神像敬献鲜花,洒些恒河水。有时把讲印地语的眉清目秀的男孩或皮肤白嫩的婆罗门女孩带回家来。她常给村里俊秀的男孩玩具、点心,甚至给零花钱,男孩们便亲切地叫她奶奶。有时孩子们到她家来玩,喊喊喳喳,闹得天翻地覆,老太太看着眉开眼笑。

葛曼克丽还有个癖好,她一见精美的小工艺品,就掏钱购买,其目的自然不是收藏。谁收到一样小玩意儿,总是非常高兴的,她这样想着,就把这些工艺品作为礼物赠送,从中获得莫大快乐。她的远房亲戚和结识的朋友,常常收到她邮寄的这类礼品,确实也惊喜不已。

她有一只特别大的红木箱子,里面储存购置的时髦精致的首饰和丝绸服装。她想等诺利那格的妻子一进门,就把箱子里的一切都送给她。在她的想象中,新娘是一位如花似玉的少女,性情活泼,容光焕发,使她家四壁生辉。她要亲手打扮儿媳妇,让她穿箱子里的衣服。老太太在这种绚丽、甜美的遐想中,消度空闲的时光。

她的生活起居酷肖苦行主义者。她几乎每天沐浴完毕,就焚香祷告,一丝不苟地完成宗教仪式。她每日一餐,只吃少量水果、甜食和牛奶。然而,她不赞成诺利那格也恪守教规,节制饮食。她常对儿子说:"男人干吗过这种循规蹈矩的清苦生活?"她把男人当作身材魁梧的孩子,仁慈地宽容饮食上男人的不节制和缺乏宗教责任心,认为不应对此横加指责。她以体谅的口吻说:"男人哪里吃得了这份苦啊。"

当然,她觉得,人人应忠于宗教信仰,可某些教条,她认为不是为男人制定的。只要不进入她的祈祷室,不净身不在她膜拜神明的时候与她接触,诺利那格哪怕和一般的男人那样不拘小节,甚至鲁莽一些,她仍感到高兴。

葛曼克丽病体痊愈下了病榻之后,发现胡蒙莉妮遵从诺利那格的教

诲,严守教规。甚至年迈的安诺塔先生也怀着景仰之情,像聆听德高望重的师尊布道那样,专心倾听诺利那格讲解宗教理论。

她觉得这太可笑了。有一天,她把胡蒙莉妮叫到身边,笑吟吟地说:"闺女,我看你们父女俩是在鼓励他胡闹!干吗听他讲那些疯话?你们姑娘家应该穿红戴绿,打扮得漂漂亮亮,应该娱乐、游玩、开怀大笑。你们哪里到了修行的年龄呀?你兴许会问:'那您为什么修行呢?'这里头有个原因。我父母是虔诚的印度教徒,一生严守教规。我们几个兄弟姐妹,从小接受宗教教育,是在浓郁的宗教气氛中长大的。到了这么大年纪,放弃宗教习俗,我适应不了另一种生活环境。你们和我们不一样,我知道你们接受了现代教育,现在强行改变生活习惯有什么好处呢,闺女?照我说呀,你应该珍惜你学到的知识,坚持自己的生活方式。咳,那一套东西不值得你效仿。抛到一边吧!你有什么必要吃素,练习瑜伽?诺利那格几时成了赫赫有名的师傅?他懂什么呀?陪我来贝拿勒斯之前,他无所顾忌,想干什么就干什么,听见谁念经文,他对人家吹胡子瞪眼。后来,他一反常态,完全是为了让我高兴。照这样下去,我看说不定哪天他会成为一个割断尘缘的僧人。我一再叮嘱他:'你应该坚持你从小奉行的信仰,那并不坏嘛,不要管我满意不满意。'他听了笑笑。他就是这脾气,闭着嘴听人家说话,你骂他一顿,他也一声不吭。"

下午五点以后,胡蒙莉妮就这样一面梳头,一面听老太太絮叨。

葛曼克丽不太喜欢胡蒙莉妮梳的发式:"闺女,你可能认为我是守旧派,对当今时髦的装扮一窍不通。其实,我会梳的发式比你们年轻姑娘多得多。早年我认识一位雍容华贵的英国太太,她常在我家教我做衣服,梳各种发式。但等她走了,我就得洗一次澡,换一身衣服。有什么办法,闺女,这是传统习俗。我不知道它有几分正确几分错误,但不那么做,是要挨刺儿的。我对你们也有看不惯的地方,你别介意。那不是出于内心的憎恶,仅是习惯罢了。我婆家的人,脱离了正统的印度教,信奉梵教学说,我多少年一直默默地忍受,从不指责。对他们我只有一句话:坚持你们心目中的崇高事业吧。我是个无知的女人,不能放弃自己多年的生活方式。"

说罢,她撩起纱丽的下摆,擦拭眼里的泪水。

从此,葛曼克丽每天为胡蒙莉妮解开发髻,把她乌黑的长发梳成各种时髦的式样,从中享受到巨大乐趣。她甚至打开那只红木箱子,取出她的

鲜艳服装,为胡蒙莉妮装扮。按照自己的审美情趣为别人打扮,在她是其乐无穷的消遣。胡蒙莉妮几乎每天拿着针线活儿来向她讨教,她也乐意传授新的缝纫方法,于是这便成了她黄昏时分不可缺少的生活内容。

葛曼克丽平时还饶有兴致地阅读孟加拉月刊和小说。胡蒙莉妮就把手头所有的书刊都给她送去。听了她对某些文章和小说的评说,胡蒙莉妮不胜敬佩。老太太没有学过英语,竟有非同寻常的鉴赏能力,确是她始料不及的。

总之,诺利那格母亲的高雅谈吐和对宗教的虔诚,使胡蒙莉妮感到她是一位非常神奇的女人。她的气质、风度、为人和性情,都出乎胡蒙莉妮的意料。

第四十九章

后来,葛曼克丽受凉又发了一次烧,但没几天就康复了。

一天下午,诺利那格恭敬地匍匐在她脚前,行过摸足大礼,说道:"妈,你最好听从医生的嘱咐,吃几天病人该吃的饭菜,你太虚弱了,不能光吃素。"

"你要我遵从医生的意见,可你却死抱着瑜伽修行法不放。"葛曼克丽语重心长地劝儿子,"诺利那格,不要一意孤行地走出家人的路,听我一句话,赶快结婚吧。"

诺利那格坐着一声不响。

"孩子,我的身体远不如从前了。"葛曼克丽接着说,"看到你成家立业,妈到另一个世界去也就放心了。我一直盼望娇小、白净的儿媳跨进我的房间。我教她读书、做针线活儿,把她调教成懂事明理、手脚勤快的姑娘。我要亲手把她打扮得像我想象的那么漂亮。但得了这场大病,天帝使我头脑清醒了许多,我不能过分乐观地相信自己的年寿。我已是风中残烛,随时可能熄灭。替你找一个少女,由你承担照看她的责任,只怕你没有那么多精力。倒不如找个年龄相仿的姑娘,结为夫妻。生病发烧的那几天,我琢磨着你的婚事,整夜睡不着觉。我知道这是我应该为你做的最后一件事,趁我没咽气赶快了却此事,否则我死不瞑目呀。"

诺利那格迷茫地问:"哪儿去找和我们志趣相投的姑娘?"

"嗯,一切由我来张罗。"葛曼克丽成竹在胸,"等事情有了眉目,我会告诉你的,不用你操心。"

葛曼克丽尚未与安诺塔先生见面。以往他来拜访,老太太总待在内室。这天傍晚,安诺塔先生照例出门散步,顺便到诺利那格家小坐。葛曼克丽吩咐用人把他请进内室,他一落座,就开门见山地说:"您女儿娴静、温柔,很有教养,我很喜欢她。我儿子诺利那格,您和女儿是了解的。谁也挑不出他的毛病。他在医学界也有些名望。您为女儿找个比诺利那格更好的对象,恐怕不是太容易吧。"

安诺塔先生喜不自胜:"您这是哪里话,我从来没有勇气抱这样的希望。我女儿嫁给诺利那格,对我来说是莫大的幸运,但他……"

"诺利那格不会反对的。"葛曼克丽语气坚定地说,"他和现在的年轻人不一样,凡事都听我的。其实,也不用我多劝他。您女儿才貌双全,谁不喜欢?不过,我想让他们尽快完婚,我感到我的身体一天不如一天了。"

晚上,安诺塔先生满面春风,三步并作两步赶回家去,进门就把胡蒙莉妮叫到他屋里,说:"孩子,我老了,最近身体也不太好,你的婚事不圆满解决,我死也不安心哪。胡曼,在你爸面前,用不着害羞,你妈不在了,你的事由我做主。"

胡蒙莉妮莫名其妙地望着父亲。

"孩子,有人为你提亲了。"安诺塔先生说,"我心里真是说不出的高兴,但又担心发生变化。事情是这样的,胡曼,刚才诺利那格的母亲叫我去,对我说希望你当她的儿媳。"

胡蒙莉妮满脸羞红:"爸爸,你瞎说什么!不,不,这绝不可能。"

胡蒙莉妮从未想过她可能做诺利那格的妻子,突然听见父亲提起这门亲事,不禁又羞又窘。

"为什么不可能?"安诺塔先生觉得奇怪。

"诺利那格先生!"胡蒙莉妮大声嚷道,"这不是乱点鸳鸯谱吗?"

她的回答似乎不合情理,但口气如此坚决,不容人细想是否合理。

胡蒙莉妮不愿再谈婚事,一转身走进外面的游廊。

安诺塔先生懊丧极了,他根本没想到女儿会一口拒绝,还以为女儿听到诺利那格要娶她一定高兴得不得了。他神色凄怆,困惑地看着昏黄的煤油灯。他觉得女孩子的脾气太不可揣摸、太不可思议了,妻子过早去世,他

这个父亲太难当了。

胡蒙莉妮在黑黢黢的游廊里坐了很久,偶一抬头朝屋里扫了一眼,见父亲神情沮丧,心里十分愧疚,赶忙起身走到父亲坐的椅子后面,抚摸着他的头说:"爸爸,走吧,你的晚饭早已摆在桌上,也许已经凉了。"

安诺塔先生机械地走进饭厅。他毫无胃口,吃饭如同嚼蜡。他相信胡蒙莉妮与诺利那格喜结良缘,她生活道路上的障碍从此荡然无存,因而对女儿的未来充满信心。岂料女儿一口拒绝,伤透了他的心。他悲怆地长叹一声,心想:胡曼至今念念不忘拉穆斯啊。

平日,他吃完饭就上床睡觉,今日却坐在游廊里一张躺椅上,望着花园前兵营里幽静的小路,胡思乱想。

胡蒙莉妮轻轻地走出来,柔声说:"爸爸,这儿太冷,回屋睡吧。"

"你先睡,我想在这儿坐一会儿。"

胡蒙莉妮在他身边默默站了片刻,又劝道:"爸爸,你会着凉的,回去坐在起坐间里吧。"

安诺塔先生这才从躺椅上立起身,一句话不说,回卧室去了。

胡蒙莉妮近来极力不让拉穆斯的容貌在她脑海浮现,搅乱趋于平静的心境,妨碍她的自我修炼。她在心中与自己展开艰苦卓绝的搏斗。然而,外来的干扰每每撕裂她心头的伤痕,引起剧痛。未来的生活究竟怎样,她感到茫然。

在这种情形下,她一心一意寻找坚固的精神支柱,末了把诺利那格当作师尊,一举一动遵从他的教导。当父亲转达葛曼克丽希望两家联姻的意愿,试图将她从心底最幽深的密室里拉出来,她才发觉心田的恋情之根是那么坚韧,谁妄图将它折断,她立即奋起制止,更加有力地把它抱住。

第 五 十 章

葛曼克丽向安诺塔先生提亲以后,把诺利那格叫去,郑重其事地告诉他:"我已为你物色了一个非常般配的姑娘。"

诺利那格漫不经心地笑了笑:"和女方谈妥了吗?"

"不谈妥还行?"葛曼克丽说,"我能活千年万年吗?听着,孩子,我很喜欢胡蒙莉妮,论品行,她是百里挑一,虽说皮肤不那么白净,但……"

"求求你，妈！"诺利那格打断母亲的话，"不管人家皮肤白皙还是黝黑，我不能与她结婚，绝对不能！"

"你怎么说得这么绝哩，我看你没有不能和她结婚的理由嘛。"

回答这个问题对诺利那格来说，实在太难了。前一段时期，他俨然一个师傅，诚心诚意地传授宗教知识，母亲忽然提出要娶她，这使他羞臊得脸面发烫。

见儿子默不作声，葛曼克丽以不容商量的口吻说："我不想听你反对这门亲事的话。为了我，你这么大年纪竟要脱离红尘，当苦行僧，一辈子住在贝拿勒斯，我不许你这样胡闹。我可把话说死了，几天后有个吉祥的日子，万万不能错过，你准备当新郎进洞房吧。"

诺利那格沉默良久，终于鼓起勇气："妈妈，有件事，看来非说不可了。不过，有句话说在前头，你听了千万别难过。我要说的这件不幸的事，发生在八九个月之前，现在不必为它难过了。然而，妈妈，你心肠软，悲惨的事即使过去了，你听了好几天仍然唉声叹气。因此，我几次要讲，话到嘴边又咽了回去。你如果要禳解我命中的灾难，只管举行宗教仪式，对神明顶礼膜拜，但别为无可挽回的惨祸过于伤心。"

葛曼克丽心慌起来："孩子，我不知道你要讲什么，可听了你这番话，我心里真有点忐忑不安。活在世上，我从不掩饰自己的感情。我总想远离尘世的纷扰，但灾难却纷至沓来，落在我们头上，唉，不管它是好是坏，你原原本本讲给我听吧。"

"今年的玛克月，"诺利那格开启了回忆之门，"我在郎布尔县变卖了一切家什，把花园别墅也租了出去，动身回家。行至桑拉，我心血来潮，改变了正常的旅行计划，决定不乘火车，而乘木船直接前往加尔各答。我在桑拉租了当地的一条大木船，扬帆起航。航行两天之后，在沙滩边抛锚停泊。我下河洗澡，忽然看见我的老朋友普奔手握猎枪朝河边走来。他见了我高兴得又蹦又跳，冲着我高声说：'哈哈，猎手逮到一个大猎物。'他是当地的副县长，带着帐篷下乡视察。阔别多年之后，在荒郊野外邂逅相逢，他说什么也不让我走，领着我到处游玩。有一天，他的帐篷搭在一个叫杜巴普库尔的地方。下午，我们进村游逛。这是一座小村庄。我们步入一片稻田旁一家有围墙的庭院。院后是瓦房。这家的主人搬出两张藤椅，请我们坐下。这时游廊里有一些学生正在上课。小学教师坐在木椅上，两条腿蹬着

游廊的木柱。学生们捧着练习写字的石板,坐在泥地上,哇啦哇啦地读书。

"主人名叫斯里朱格笃·达里尼贾都济。他不厌其烦地向普奔打听我的情况。回到帐篷里,普奔对我说:'老弟,你可是吉星高照,达里尼贾都济要来向你求亲。'我困惑不解:'这是怎么回事?'普奔告诉我:'那个达里尼贾都济放高利贷,是天下少有的吝啬鬼。他之所以允许在他家里办小学,是为了在新县长下乡视察时向县长大肆吹嘘他热心于民众事业。实际上,他每天只给小学教师做两顿饭,晚上十点结算饭钱,外加利息。教师的工资从学生交的学费和政府的补贴中支付。达里尼贾都济有个妹妹。她丈夫不幸早逝。那可怜的女人无处栖身,只好投奔哥哥,她当时已有身孕,在哥哥家生了个女孩,产后因病得不到及时治疗而死去。他还有个守寡的妹妹住在他家,每天做全部家务活儿,他便省下一笔雇用人的开销。这个女人像母亲一样照看幼小的外甥女,女孩刚几岁,她也死了。那女孩在舅舅和舅妈的虐待和无休止的斥骂声中一天天长大了。她好像已超过了一般孟加拉女孩出嫁的年龄,可她是孤女,哪能轻易找到对象!何况她是遗腹子,村里无人知道她父亲是谁。村里饶舌的人散布了关于她出生的许多谣言。达里尼贾都济家道殷实,却爱财如命。大家私下都盼望娶这个女孩子的人,从她舅舅身上挤出一笔置妆奁的钱。最近四年里,他总对人说,那女孩只有十岁。推算一下,她至少已有十四岁。这女孩名叫卡玛腊,无论从哪个方面看,她可谓吉祥女神拉克希弥的凡世化身。像她这样娇小玲珑、俏丽可爱的少女,我从未见过。外地的年轻婆罗门经过这座村庄,达里尼贾都济就纠缠不休,求爷爷告奶奶地要人家娶走卡玛腊。谁表示同意,村里人就挤眉弄眼地起哄,把他吓跑。这一回,轮到你去试试胆量啦。'

"你知道,妈妈,当时我满腔义愤,不假思索地对普奔说:'我愿意娶这个姑娘。'我早就打算娶回一个正统印度教家庭的少女,让你见了惊喜。我知道,我和成年梵社姑娘结婚,把新娘带到家中,你和我心里都不会快乐的。

"普奔听了我的话,吃了一惊,说:'不要信口胡说!'我说:'不是开玩笑,我已拿定主意。'普奔问我:'这是最终决定?''当然,决不后悔。'我说。

"当天傍晚,达里尼贾都济亲自来到我们帐篷里。这位婆罗门手臂上绕圣线,双手合十,对我恳求:'先生,求您大发慈悲,把我们从苦难中救出来!您去亲眼瞧瞧我家姑娘,您要是看不上,我也不勉强。但您千万别听

信村里我那些仇人散布的谣言。'

"我当即表示:'不用相亲了,您选个成亲的日子吧。'达里尼贾都济显然早已翻阅历书,说:'后天大吉大利,办喜事吧。'他之所以那么热心,那么急于操办婚事,是想省下一大笔费用。于是,便草草举行了婚礼。"

葛曼克丽不胜惊讶:"举行了婚礼?诺利那格,你不是在瞎说吧?"

"不是,妈妈。我带着新娘上了我租的木船。那天下午,航行了大约两个小时。那时正值帕尔衮月①,天气晴好,不料太阳下山刚一个时辰,突然袭来一阵罕见的旋风,转眼间掀翻木船。这是一场无从预测的灾难。"

"啊,穆都苏登②!"葛曼克丽惊叫一声,吓得汗毛都竖了起来。

"片刻之后,"诺利那格接着说,"当我恢复知觉的时候,我发现我在河中拼命划水,四周看不见木船和其他乘客。我游上岸,向警察局报告木船出事的经过。他们派人沿岸寻找,一无所获。"

葛曼克丽脸色苍白:"算了,过去的事让它过去吧。今后别再对我提起这种悲惨的事儿,想起来我就心惊肉跳。"

"我本来一直想对你隐瞒,可你那么坚决地要我结婚,不得已我只好说实话了。"

"因为发生了这桩令人痛心的事儿,你就一辈子不结婚了?"

"那倒不至于,可是妈妈,那个姑娘假如还活着呢?"

"你疯啦!她活着还不给你捎信儿来。"

"她对我一无所知。对她来说,我是个走南闯北的陌生人。她甚至没有羞涩地瞥我一眼。来到贝拿勒斯,我曾写信告诉达里尼贾都济我现在的通讯地址,他回信说,他也没有找到卡玛腊。"

"你打算怎么办?"

"等一年,一年之内得不到她的音讯,只能认为她已经遇难。"

"你太认真了,为什么非得等一年?"

"妈妈,这一年剩下的时间不多了。现在是阿克拉哈扬月,布萨月不宜举行婚礼,玛克月一过就是帕尔衮月了。"

"既然这样,就再等一等。但你与胡蒙莉妮的亲事已经确定,我和她父

---

① 印历十一月,公历2月至3月。
② 印度神话中保护大神的名称之一。

亲谈妥了。"

"妈妈,常言道:谋事在人,成事在天。最后我们全得服从上苍的意志。"

"你说得也是,孩子,听你讲了船翻人亡的事儿,我全身还在发抖哩。"

"这正是我担心的,妈妈,只怕又要几天你才能恢复正常的心境。每次你受了惊吓,波动的情绪很久难以平复。所以,妈妈,平时我不敢和你谈这种事。"

"你做得对,孩子。我也不明白这些年我为什么这么胆小。听人讲了哪儿发生了天灾人祸,那可怕的情景就老在眼前晃动,以至于我后来没有勇气拆别人寄来的信,怕信里有不幸的消息。我还叮嘱过你,有些事不要对我讲,我好像觉得我已不在人世,干吗再让那些灾祸来搅得我不安宁哩。"

第五十一章

当卡玛腊跌跌撞撞地走到恒河沙滩上的时候,冬阳正徐徐坠向昏惨、暗淡的西边的地极。她俯下身去,朝即将被黑暗吞没的夕阳叩拜。然后撩些水洒在头上,往河里走了几步,双手并拢,掬水向圣洁的恒河奠洒,接着把几朵鲜花抛向河中央,完成了神圣的祭礼。

接着,她匍匐着向长辈行告别大礼。礼毕,抬起头来,她想起了一个应该受她顶礼膜拜的人。以前她不曾抬头注望的面庞。新婚之夜,她坐在他身边,甚至不敢看一眼他的脚。他在新房和她的女伴讲过几句话,可她当时那么羞赧,又戴着面纱,根本没有听清。此时,她伫立水边,凝神回忆他的话音声调,却怎么也想不起来了。

那天,婚礼一直持续到深夜。她十分疲乏,自己也不清楚是在什么时候躺下睡着了。第二天早晨,她睁开眼,看见邻居的一位少妇咯咯地笑着使劲推她。新郎早已不在床上。

在她今生的最后时刻,她手头没有一样信物能唤起对主宰她生命的那个人的回忆。她丈夫对她来说是一团漆黑——里面没有容貌、没有话语、没有任何痕迹。维系新郎、新娘的那条红绸,是达里尼贾都济买的便宜货,她知道不值几块钱,没有细心保管,已丢失了。

拉穆斯写给胡蒙莉妮的那封信,裹在她的纱丽贴边里。她取出信,坐在沙滩上,借着黄昏的微光又读了一遍。关于她丈夫的那部分,只有寥寥数语,他名叫诺利那格·贾特帕达亚,曾在郎布尔行医,如今不知去向。另外几张信纸,她在身上摸索了半天也没有找到。

"诺利那格"这个名字,在她干旱的心田洒下了丰沛的甘霖,使她空虚的心灵变得充实。这个名字仿佛是无形之体,将她团团围住。从她眼里涌出的滚滚泪水,仿佛润软了她绝望的心,熄灭了烤炙她灵魂的难忍的悲痛的烈火。

卡玛腊心头回荡着铿锵的誓言:"空虚已经填补,黑暗已经荡涤。我遥遥地望见他仍活在人间,他仍属于我。"她噙着泪坚定地对自己说:"如果我是他忠贞的妻子,我应该坚强地活下去。今生今世,我一定能拊触他脚上的吉祥尘土,天帝也不能阻拦我与他重逢,只要我活着,他就不会离开人世。薄迦梵①保佑我逢凶化吉,是要我侍奉他一生。"

她把手帕包着的一串钥匙扔在沙滩上。想起拉穆斯送给她的胸针还别在胸前,立即也摘下抛进水里。然后,转身向西面走去。至于前往何处,如何寻找他,她脑子里没有成熟的构想。她只有一个念头:朝前走,朝前走!这儿没有容她站立片刻的地方。

冬日黄昏的余晖不知不觉在天空消逝了,白色沙滩在黑暗中闪着寒光,仿佛大千世界上无数奇丽的画作中间,这一幅色彩鲜艳的画卷,被谁涂抹得只剩下一些黑白线条。带着不瞬的疏星的漆黑夜空,俯视着空清的河岸,发出轻微的叹息。

除了荒寂和无尽的黑暗,卡玛腊眼前什么也看不见。她只知道她得不停地朝前走,无法知道最终到达什么地方。

她决意沿着河滩前行,这样无需问路。万一遭到歹人的袭击,有被强暴的危险,恒河母亲顷刻间将向她提供安全的庇护所。

空中没有一缕云雾,纯净的夜色包围着她,但并未切断她的视线。

夜深人静,从大麦地的尽头传来一声声骇人的狼嗥。卡玛腊已走了很远,沙滩断绝,眼前是耸立的土坡。河边出现一座村庄。卡玛腊怀着怦怦跳动的心走到村边,看到整座村庄正在酣睡。她提心吊胆地绕过村子往前

---

① 宇宙万物之主。

走,感到两腿发软,全身没有一点儿力气。最后挣扎着走到被雨水冲得皲裂的高坡附近,精疲力竭地躺在一棵高大的榕树底下,转眼工夫就睡着了。

拂晓时分,她睁开眼睛,只见下弦月的清辉已稀释了地面上的黝黑,一位中年妇女好奇地问她:"喂,你是什么人?冬天夜里这么冷,你怎么睡在树底下?"

卡玛腊慌忙坐起来,扫视四周,看到不远处码头上泊着两只大船。这位中年妇女是船上的乘客,她起得这么早,是想在别人起床之前在河里洗澡。

中年妇女打量着卡玛腊:"啊呀,你看上去是孟加拉人嘛。"

"我是孟加拉人。"

"你怎么跑到这儿来了?"

"我离家去贝拿勒斯,昨天深夜,我困得受不了了,就在树下躺倒了。"

"天哪,你真让我吃惊!步行去贝拿勒斯!唔……你上我们的船吧,我洗完澡就来。"

这位太太洗完澡,上船找到卡玛腊,作了自我介绍。

原来,他们是最近迦齐普尔隆重举行婚礼的希德萨尔家的亲戚。这位中年妇女名叫娜宾卡里,她丈夫是穆孔德·拉勒·达特,近年住在贝拿勒斯。他们不能漠视亲戚家送来的请柬,可又不愿住在他家,在他家用餐,所以乘船来道贺,晚上睡在船上。希德萨尔太太一再表示歉意,娜宾卡里却说:"大姐,你知道,当家的身体不太好,从小单独给他做饭,这已是几十年的老习惯。家里养着几头奶牛,每天挤牛奶炼制黄油,再搅黄油提取酥油,用酥油烙空心饼。那几头奶牛,不是随便喂什么草料可以对付的……"等等,等等。

"你叫什么名字?"娜宾卡里唠叨了半天问。

"卡玛腊。"

"我看你戴着铁手镯,你丈夫在世吗?"

"成亲第二天就失踪了。"

"哦,天哪,竟有这种事!你年纪看上去并不大呀。"娜宾卡里从头到脚打量一下卡玛腊,"超不过十五岁。"

"我也不知道自己的确切年龄,大概十五岁吧。"

"你是婆罗门种姓?"

"对。"

"你家在哪儿?"

"我没去过公婆家,娘家在毕苏卡列。"卡玛腊只知道他父亲的出生地是毕苏卡列。

"你父母亲……"

"都过世了。"

"哦,让哈里①保佑你吧,今后你打算怎么办?"

"到了贝拿勒斯,哪个心善的人家收留我,一天给两顿饭吃,我就给他家干活儿,我还能做菜烧饭。"

娜宾卡里心里暗暗高兴,决计把这个女婆罗门带回家,让她当厨娘,又可不付工钱。但她脸上不露声色地说:"我家不用再雇人了,家里已有几位老家的婆罗门仆人。婆罗门厨师更不能随便雇的,我男人吃饭特别讲究,饭菜做得稍不顺心就大发脾气。通常雇个烹调技术高超的婆罗门厨师,每月付工钱十四卢比,另外管吃管穿。尽管这样,你是婆罗门姑娘,又遇到了难处,我不能看着不管。走吧,你到我们那儿去。我们一家那么多人吃饭,剩菜剩饭不知倒掉多少,多你一口子,不见得增加什么花销。我家里没太多的活计。眼下家里只有我和丈夫两个人。几个女儿都嫁给了名门大户。我只有一个儿子,是法官,现在在塞拉兹甘杰法庭审理案件。两个月前总督老爷给我们寄来一封关于委任他为法官的信。我对我男人说,我们的儿子诺托不愁吃、不愁穿,干吗让他一个人在外地受罪?我知道不是每个印度人能交好运当上法官的,可我可怜的儿子远离父母,孤苦伶仃,这是何苦呢?有什么必要这样做呢?"

"我男人对我发火:'哼,孤陋寡闻,鼠目寸光!你一个女人家,懂什么?我出钱供他上学,谋到法官的位子,是希图他给我挣钱?我还没有穷到那种地步!我是要他干点正经事,要不然,他年纪轻轻的,天晓得走上哪条邪路!'"

两只船升帆起航,风疾船快,没几个小时,便抵达贝拿勒斯。男女主人、仆人和卡玛腊下了船,一齐来到城郊一幢两层花园别墅里。

这里见不到月薪十四卢比的婆罗门厨师的影子,厨师确有一个,他是

---

① 印度神话中的保护大神的名称之一。

奥利萨邦人。卡玛腊来了没几天,娜宾卡里突然无缘无故地对他大发雷霆,不付工钱便将他辞退了。在找到旷世难觅的月薪十四卢比的第二位厨师之前,卡玛腊不得不承担厨房里的全部活计。

娜宾卡里经常给卡玛腊敲警钟:

"听我说,姑娘,贝拿勒斯不是太平的地方,你年轻漂亮,千万别随便走出这幢房子。下恒河洗澡,去观看毗塞索的湿婆神像,必须由我带你去。"

娜宾卡里时刻监视卡玛腊,唯恐稍一疏虞让卡玛腊逃出她的手心。她不许卡玛腊和其他孟加拉女人接触、交谈。白天,卡玛腊被繁杂的家务活儿缠住,晚上,还不能不去听娜宾卡里吹嘘她家的富有。她绘声绘色地描述她家的珠宝首饰、金盘银盆、丝绒绸缎衣服和华贵的陈设,因为害怕被盗窃,才没有搬到贝拿勒斯来。

"我男人从来不习惯用铜盘吃饭,"她神气活现地说,"刚来的头几天他老是抱怨,说丢几件餐具有什么了不起,再买就是了。你听他的口气,似乎有钱就可以随便挥霍,我可不能依应。宁可麻烦一些,心里头踏实,你不知道,在我们老家有一座庄园,仆人前呼后应,再多雇些人也舍得花钱,但总不能带二三十个仆人到这里来吧。我男人倒是说过,在这幢别墅的旁边再租一幢房子,可我说不成,我没有那么多精力。到这儿来是为过几天清闲日子,雇一群仆人,弄那么多房子,让我照管,从早到晚劳神费心,我不干……"等等,等等,没完没了,卡玛腊听着烦透了。

第五十二章

囚居在娜宾卡里家里,卡玛腊好似水很浅的池塘里的一条鱼,感到憋闷,只有逃离这幢别墅,才能自由地呼吸。然而,离开这儿,她到哪儿栖身呢?她领略过那天夜里住宅外面黑暗世界的恐怖,而今再无勇气盲目地闯进那种令人惊恐万状的险境中去了。

娜宾卡里并非不喜欢卡玛腊,但她的喜欢中少了点人情味儿。卡玛腊病过一两天,她也照看过卡玛腊,可卡玛腊难以怀着感激的心情接受她的照顾。卡玛腊在繁忙之中反倒觉得自由自在。尤其是娜宾卡里亲自来叫她去闲聊,那段时间对她来说最难熬了。

一天上午,娜宾卡里把卡玛腊叫去:"哎,我的婆罗门厨娘,当家的今天身体不太舒服,不吃米饭,给他烙饼吧。可你别往饼铛里咕嘟咕嘟倒酥油,我知道你是做饭的能手,但不明白你平常烙饼为什么用那么多酥油。单说用油,那位奥利萨厨师比你高明得多,他倒油不多不少,吃饼刚好能闻到一点油味儿。"

卡玛腊对女主人的挑剔向来是不回嘴的;她照旧不声不响地干活儿,仿佛没有听见她数落。

但今天娜宾卡里无理的指责刀一般刺伤了她的心。她默默地切着蔬菜,感到人世间毫无乐趣,生活的重荷难以承受。这时,从女主人屋里飘来的一句话,传到她耳朵里,引起她的关注。

娜宾卡里把一个男仆人叫到她屋里,吩咐道:"噢,图勒希,快进城把诺利那格大夫给我请来,告诉他,你主人病重。"

诺利那格大夫!卡玛腊的眼前,满天的阳光像拨动的金弦,熠熠闪耀起来。

她停止切菜,跑到厨房门口。图勒希从楼上下来,她连忙问:"你上哪儿,图勒希?"

"太太叫我去请诺利那格大夫。"

"这个大夫怎么样?"

"是当地有名的大夫。"

"他住在哪儿?"

"城里,离这儿大约一英里。"

自从当了厨娘以后,卡玛腊常把主人吃剩的少量食物偷偷地分给吃不饱的用人,为此虽然多次受到斥责,但也改变不了她怜贫惜贱、助人为乐的习惯。女主人娜宾卡里特别吝啬,在她的严厉管束下,用人们每天食不果腹。此外,男主人和女主人吃饭从不按时,用人又只能在他们吃饱之后再吃,饿急了便向卡玛腊诉苦:"婆罗门大姐,我们快饿死了。"软心肠的卡玛腊赶紧塞给他们一些食物。从此,用人们都把她当作知己,乐意为她效劳。

楼上忽然传来呵斥声:"图勒希,你们站在厨房门口嘀嘀咕咕搞什么鬼?你们当我是瞎子?叫你进城,你非得到厨房里兜一圈!难怪这几天丢了好几样东西!告诉你,做饭的女婆罗门,你累倒在路上,是我发善心收留了你,你就这样报答我的恩情吗?"

娜宾卡里患了治不愈的疑心病:家里的仆人密谋偷窃她的物品。她拿

不出任何证据的时候,就胡乱猜疑、指桑骂槐。她相信:黑暗中投掷的土疙瘩,大部分能击中目标。她已让用人们个个知晓,她时刻圆睁着警惕的眼睛,谁也休想蒙骗得了她。

但她今天刻薄的呵斥在卡玛腊心中未激起反感。卡玛腊机器似的继续干活儿,但神思不知飞到哪儿去了。

厨房里的杂事料理停当,卡玛腊站在厨房门口等候。图勒希终于回来了,但只有他一个人。卡玛腊惊疑地问他:

"图勒希,大夫没有来?"

"是的,没有来。"

"为什么?"

"他母亲病了。"

"他妈病了?!他家没有其他亲属?"

"没有,他还没有结婚。"

"你怎么知道他没结婚?"

"我听他家用人讲的。他没有太太。"

"兴许他太太死了。"

"可能吧,他的用人波罗兹说,他在郎布尔当医生时候,也没有太太。"

楼上传来恼怒的吆喝:"图勒希!"

卡玛腊慌忙跑进厨房。图勒希急匆匆上楼交差。

诺利那格——在郎布尔行医——卡玛腊心中的疑窦烟消云散了。

图勒希向女主人回禀完毕,走下楼来。

卡玛腊又向他打听:"听我说,图勒希,我有个亲戚,名字和那个大夫完全一样。告诉我,他是不是婆罗门?"

"是婆罗门,他姓贾特帕达亚。"

图勒希怕又被女主人看见,不敢和卡玛腊多谈,转身走了。

卡玛腊上楼找到女主人:"太太,家务活儿全做完了。我要去十马祭码头洗澡。"

"这个要求你提得不是时候。"娜宾卡里脸上毫无表情,"主人今天病了,说不准啥时候要吃点东西,你出门怎么行呢?"

"我听说我一位亲戚住在贝拿勒斯,我要去见他。"

娜宾卡里勃然变色:"少跟我来花言巧语!我是上了年岁的人,什么事

没经过！谁给你通风报信的？是图勒希？这个混账东西，不能再留在这儿了。你听着，婆罗门厨娘，我把话说在前头，只要你在我家待一天，就不准你一个人去码头洗澡或私自进城找什么亲戚。"

随后她吩咐看门的去叫图勒希马上卷起铺盖滚蛋，永远不许再在她家露面。

慑于女主人的淫威，其他用人只得尽量减少与卡玛腊的接触。

不知道诺利那格下落的日子里，卡玛腊一直耐心地等待，而此时她一刻也不能忍耐了。她丈夫就在这座城里，而她依旧寄人篱下，这在她是无法忍受的。于是她干活儿不免心猿意马，差错迭出。

娜宾卡里为此非常恼怒。

"我说，婆罗门厨娘，"她训斥道，"我看你是越来越不像话了，你是不是中了邪？你自己不吃不喝，随你的便，可你难道想饿死我们？这几天你做的饭菜半生不熟，根本没法咽下去。"

卡玛腊毫无惧色："我整天心神不定，在这儿干不下去了，您让我走吧。"

"痴心妄想！"娜宾卡里一声怒喝，"眼下好像又是《往世书》上说的第四个黑暗时代了，到处是忘恩负义的人。我好心收留你，辞退了在我家干了多年的老实本分的婆罗门厨师。我从未向人打听你是不是真正的婆罗门姑娘，可你居然厚颜无耻地要我放你走。你要是逃跑，我就到警察局报案。我儿子是法官，判了许多人绞刑。奉劝你不要跟我耍滑头！你不是没听说过伽塔那小子跟主人顶嘴，受到了应有的惩罚，至今还关在牢里。你和我们作对，不过是鸡蛋碰石头！"

关于用人伽塔，娜宾卡里说的那句话，倒不是胡吹。主人诬陷他偷了一只贵重的金表，把他送进了大牢。

卡玛腊这时束手无策。永久的团聚眼看唾手可得，她的手却被捆绑住了，人世间还有比这更残酷的事吗？然而，她不甘心被禁锢于家务和窄小的厨房，晚上做完家务活儿，她戴上御寒的头巾，悄悄地溜进花园，伫立在院墙旁边，眺望通往城市的大路。她一颗年轻的心，渴望侍奉丈夫，急于向他表示忠贞。她的神魂沿着夜间清寂的大路，飞往城里她丈夫居住的陌生宅邸。她静立了许久，双膝跪下，匍匐着向远方的亲人行礼，然后悄然回到卧室。

然而，她这些许欢悦、些许自由，不久也被剥夺了。有天晚上，家务事全做完了，娜宾卡里不知何故派用人来找卡玛腊。用人转了一圈回去禀报："太太，厨房里我没有找到婆罗门厨娘。"

"什么？她是不是跑了？"娜宾卡里有些惊慌，端着一盏煤油灯，楼上楼下找遍每间屋子，不见卡玛腊的影子。

她丈夫穆孔德半闭着眼睛，正咕噜咕噜地抽水烟，娜宾卡里慌慌张张地走进他的屋子："啊呀，糟了，婆罗门厨娘八成逃走了。"

穆孔德听了显得很镇静，懒洋洋地说："我早劝你别收留她，我们不了解她的根底。她偷走了什么东西？"

"上回给她的那条头巾，在她屋里不见了，别的丢了什么，还没查清。"

男主人的口气严肃而果决："快向警察报案。"

一位用人奉命提着灯笼朝警察局奔去。几乎同时，卡玛腊回到她的房间，只见娜宾卡里正翻箱倒柜，仔细清点物品，查看丢了什么没有。她一扭头瞥见卡玛腊，怒气冲冲地责问："我说你耍什么鬼把戏？你躲到哪儿去啦？"

"干完活儿，我在花园里散步。"

娜宾卡里蛮横无理地破口大骂。用人们全聚在门口看热闹。

平常，任凭娜宾卡里泼妇般的辱骂，卡玛腊从不掉一滴眼泪。今天，她也像一尊女神像，静静地站在那儿，一副威凛不屈的神态。等娜宾卡里恶言秽语喷射的势头略为减弱，她一字一顿地说："既然你们对我很不满意，就让我走吧。"

"是要叫你滚蛋的！"娜宾卡里恶狠狠地说，"你这种忘恩负义的女人，我管你一辈子吃穿？别做美梦！但我先要让你明白你落到了谁的手心里，以后再把你赶走。"

卡玛腊从此不敢再出门了。空闲时关上门，在心里祈祷："薄迦梵啊，快把我这个苦命的女人救出火坑吧。"

一天，穆孔德先生带着两个用人，乘车兜风去了，大门从里面上了门闩。暮霭降临了大地。

门外忽然有人问道："穆孔德先生在家吗？"

娜宾卡里一听又惊又喜："啊呀，是诺利那格大夫来了，普迪娅，普迪娅！"

听不到名叫普迪娅的女仆的应答，娜宾卡里吩咐卡玛腊："婆罗门厨娘，快去开门！告诉这位先生，我男人兜风去了，一会儿就回来，请他进来稍等片刻。"

卡玛腊提着灯笼下楼，两条腿不住地发抖，胸口怦怦直跳，手心渗出冷汗。她唯恐情绪过于激动，泪眼模糊，看不清他的面容。

她从里面抽掉门闩，放下面纱遮住脸，立在门后的暗处。

"你家主人在家吗？"诺利那格问。

卡玛腊心慌意乱地回答："不在家，请进来吧。"

诺利那格步入客厅，刚落座，普迪娅风风火火地跑进来："我家老爷遛弯去了，马上就回来，您稍坐。"

卡玛腊呼吸急促，胸中涨满欲认不能的悲楚。她站在昏暗的游廊里，从那儿可以清楚地看见诺利那格的面孔。然而，她站不住了，瘫坐在地，竭力按捺住胸中澎湃的激情。她的心跳加快，外面寒风刺骨，全身禁不住瑟瑟颤抖。

诺利那格坐在煤油灯的光圈里，一副若有所思的模样。黑暗中战栗着的卡玛腊定定地望着他，热泪不知不觉涌满她的眼眶。她抬手擦擦眼泪，以全神贯注的凝睇将诺利那格摄入她心灵的最深处。他天庭饱满，安详的脸上闪耀着暗淡的灯光，他的容貌越是清晰地印在她心上，她全身仿佛越是麻木，失去知觉，与浑圆的天穹融为一体。广渺的宇宙中仿佛什么也没有了，只有那张映着灯光的脸庞。周遭的一切也仿佛融入他的脸庞了。

无从知晓卡玛腊这样迷迷糊糊地过了多久，蓦然，她看见诺利那格从椅子上站了起来，和穆孔德寒暄、交谈。

卡玛腊怕他们走进游廊发现她在偷听，赶紧离开游廊，躲到下面的厨房里。厨房在庭院的一侧，庭院的通道是从内宅外出的必经之路。

卡玛腊周身洋溢着火焰般的兴奋之情，她在心中喃喃自语："我这个卑微的女人，竟有这样气宇轩昂的丈夫！他那样高雅、纯洁、潇洒、俊美，显现着天神的气概！啊，天帝，我忍受的一切苦难化为了甘甜！"

说着，她一次次俯身虔诚地对薄迦梵膜拜。

楼梯上响起了下楼的脚步声，卡玛腊几步走出厨房，站在黑糊糊的大门旁边。普迪娅擎着灯走在前头，诺利那格跟着她走到了外面。

卡玛腊暗自悲叹："我甘愿在你高贵的足下尽心侍奉，可我如今是被囚

禁在陌生人家的女奴,你在我面前走过,却不认识你的妻子。"

穆孔德送走大夫,吃饭去了。卡玛腊蹑手蹑脚地走进空清的客厅,跪在诺利那格坐过的椅子前,以额叩地,吻着他的脚踩过的地板。她心里很难受,她被剥夺了侍候丈夫的权利,无法对他倾吐思念和挚爱!

第二天卡玛腊得知,穆孔德先生听从诺利那格大夫的劝告,决定到更远的西部地区去疗养。全家人一大早就开始忙碌,为搬家、旅行作准备。

卡玛腊去见女主人,说:"我不能离开贝拿勒斯到别的地方去。"

"我们能去,你为什么不能去?我看你是太虔诚了!"女主人以为卡玛腊以宗教为幌子,不愿离开圣城贝拿勒斯。

"随您怎么说,我也得留下来。"

"好啊,我们走着瞧吧。"

"求您行行好,不要硬把我带走!"

"我看你是越来越刁滑了。行李收拾完了,马上就要动身,你却耍赖,不肯走。时间这么紧迫,我上哪儿找厨师?做饭烧菜这一摊事谁来管?"

不管卡玛腊怎样哀求,娜宾卡里就是不应允。卡玛腊愤恨地回到屋里,关上门,凄楚地呼唤薄迦梵,泪水在她脸上潸潸而下。

第五十三章

那天黄昏,安诺塔先生和女儿谈了她与诺利那格的婚事之后,半夜里旧病复发,全身疼痛。

这一夜艰难地熬过去了,早晨,他的病痛略为减轻,便起床坐在花园甬道旁边,全身沐浴于冬日朝阳的红光。他面前是一张茶几,胡蒙莉妮正为他沏茶。

安诺塔先生被病痛折磨得脸色焦黄,眼圈发黑,一夜之间他的年龄仿佛增加了几岁,显得越发苍老。

看着父亲枯瘦的脸,胡蒙莉妮心如刀绞。当她想到,她拒绝嫁给诺利那格,老父亲为此精神上受到沉重打击,心中的忧烦成为他的病因时,不禁万分愧悔。她该怎么办呢?怎样做才能使父亲心情舒畅呢?她想了半天也未想出什么好办法来。

正当她异常苦恼的时候,奥卡亚带着大叔突然出现在她面前,她刚要回避,却被奥卡亚叫住:"您别走,这位是迦齐普尔的贾格罗帕尔迪先生,在西部地区,他的名字妇孺皆知。他要和你们谈一件非常重要的事情。"

大叔和奥卡亚坐在花园里的一张石凳上。

"听说拉穆斯先生和你们有很深的交情。"大叔说明来意,"所以我来打听一下,你们可曾得到他太太的消息。"

安诺塔先生惊呆了,半响反问似的嗫嚅着:"拉穆斯的太太?!"

胡蒙莉妮痛楚地垂下眼睑。

"姑娘,"贾格罗帕尔迪继续说,"你们也许觉得我这个人古怪、粗俗,没有教养,可你们耐着性子听我把话讲完,就会明白,我跑到这里来,不是为了通过与你们谈别人的事情和你们套近乎的。今年杜尔迦大祭节期间,拉穆斯先生和他太太乘船前往印度西部地区,我在轮船上和他们相识。你们知道,谁见了卡玛腊姑娘都不感到生分。我这个老头子,经历过许多惨痛的事件,心硬似铁,可我至今忘不了那个对人热情的好姑娘。拉穆斯先生拿不定主意到哪儿落脚。卡玛腊和我这老头儿相处仅两天,就对我非常信任,非常尊敬,三言两语说服拉穆斯先生在迦齐普尔下了船,住在我家里。她和我二女儿苏伊洛佳比亲姐妹还亲。后来发生的事儿,真叫我难过得不想再提。这位善解人意的姑娘,为什么突然离开我们,不知去向,使我们全家人伤心落泪呢?我至今弄不清楚其中的原因。自从她走后,苏伊洛佳的眼泪一直没有干过。"

说着,说着,贾格罗帕尔迪流下了眼泪。

安诺塔先生急忙问:"她究竟出了什么事?她到哪儿去了?"

大叔神色悲切:"奥卡亚先生,事情的经过您都清楚,您和安诺塔先生说吧。一提那事儿,我的心都要碎了。"

奥卡亚从头至尾讲了一遍,虽然任何细节未加注释,但从他的描述中不难听出拉穆斯的品德是不高尚的。

"这些事我们从未听说过,从未听说过。"安诺塔先生喃喃地重复着,"拉穆斯离开加尔各答之后,我们至今没有收到他的信。"

"甚至他娶了卡玛腊,我们也蒙在鼓里。"奥卡亚不怀好意地说,"哎,贾格罗帕尔迪先生,问您一个问题,卡玛腊果真是拉穆斯的太太?会不会是他的姐妹或亲戚?"

"您瞎扯什么!"贾格罗帕尔迪对奥卡亚胡猜大为不满,"她怎么不是拉

穆斯的太太？世界上几个男人能像拉穆斯那样交好运,娶上这么贤惠、忠顺的妻子！"

"这就太奇怪了！这位妻子越是贤惠,越是受到冷遇。薄迦梵大神大概是有意让贞女贤妻接受最严峻的考验吧。"说完,奥卡亚像是感触颇深地长叹了一口气。

安诺塔先生搔着稀疏的头发:"毫无疑问,这是十分悲惨的事。但既然已经发生,就让它过去吧,何必无谓地悲恸呢?"

"不过,我一直怀疑,"奥卡亚神情严肃地说,"卡玛腊并未自杀,只是离家出走。所以我和贾格罗帕尔迪先生专程来贝拿勒斯,四处寻找。现在清楚了,你们对这件事一无所知,尽管如此,我和大叔还要花两三天时间到别处继续寻找。"

"拉穆斯先生现在在哪儿?"安诺塔先生问。

大叔答道:"他不辞而别,不知道他在什么地方。"

"我也一直没有见到他。"奥卡亚接过话头,"不过,我听说他又回到了加尔各答,或许正在阿里普尔法庭为当事人辩护哩。一个人,尤其是像拉穆斯这样的年轻人,不会常年沉浸于悲痛之中。贾格罗帕尔迪先生,走吧,我们一块儿进城,走街串巷,寻找卡玛腊。"

安诺塔先生问:"奥卡亚,你住在我们这儿吗?"

"这会儿不能给您肯定的答复。我心里很难过,在贝拿勒斯待几天就得寻找几天。安诺塔先生,您知道,卡玛腊姑娘出身高贵,她准是因为无法宣泄内心郁积的痛苦才逃出家门的。这会儿说不定又遇到了危险。拉穆斯先生可以对她漠不关心,可我不能无动于衷、袖手旁观。"

奥卡亚和大叔走后,安诺塔先生神情忧悒地瞥了女儿一眼。

胡蒙莉妮竭力保持着镇静,她知道,父亲正为她忧心如焚。

"爸爸,"胡蒙莉妮若无其事地转换了话题,"今天无论如何要请医生为你作一次彻底检查。近来,杂七杂八的小事常使你情绪波动,体质下降,应该抓紧时间进行治疗。"

女儿这席话使安诺塔先生心里轻松了许多。在听了奥卡亚对拉穆斯肆无忌惮的攻击之后,胡蒙莉妮依然关心他的病痛,这卸却了压在他心上的一块石头。换成其他日子,他可能找个借口,撇开他病痛的话题,可今天却说:"你说得很对,我是该检查一下身体了,今天就派人把诺利那格请来,你看如何?"

胡蒙莉妮感到自己同诺利那格有些疏远了,在父亲面前,她很难再和以前那样神情坦然地与诺利那格相处。然而,为了使父亲尽快康复,她爽快地回答说:"太好了,我马上派人去叫他。"

看到胡蒙莉妮平静的神态,安诺塔先生慢慢地鼓起了勇气:"胡曼,关于拉穆斯的所作所为……"

"爸爸,"胡蒙莉妮敏感地截断他的话,"太阳越来越毒了,走,回屋去吧。"

胡蒙莉妮不给他再提往事的机会,挽着他的胳膊,搀扶着他进屋,坐在椅子上;用薄毯盖着他的膝盖,塞给他一份报纸,从眼镜盒里取出眼镜,给他戴上,叮嘱一句:

"你看报吧,我去去就来。"

安诺塔先生试图像乖顺的孩子,执行女儿的命令,无奈神思怎么也集中不到报纸上。他为儿女焦虑,末了终于把报纸放在一边,起身去找女儿。现在还是上午,却看见女儿的房门关闭着。

他一声不响地走进游廊,来来回回踱步。少时,又去找女儿,发现房门仍然关着。他已疲惫不堪,"咚"地坐在躺椅上,烦躁地把头发挠得乱蓬蓬的。

胡蒙莉妮派人把诺利那格请来了。他仔细地为安诺塔先生作了检查,开了处方,并就他的饮食起居作了交代,然后问胡蒙莉妮:"安诺塔先生是不是有特别烦恼的事情?"

"可能吧。"含糊其辞地回答。

诺利那格叮嘱道:"可能的话,尽量让他在精神上得到充分的休息,保持平和的心境。我母亲也让我有些为难。她动不动就着急,寝食不安,很难保持身体的健康。昨天,为了一桩微不足道的小事,她左思右想,大概整夜没有睡着。我说话办事非常谨慎,不让她的情绪发生大的波动,可是在这个世界上,有时难免疏忽。"

"您的脸色看上去也不太好。"胡蒙莉妮说。

"哦,不,我自我感觉良好。我从来不生病,昨晚可能少睡了一会儿觉,看起来不像平常那么精神吧。"

"要是有个女人总在您母亲身边照顾她,她的身体状况也许会好得多。

您一个人太忙,每天出诊看病,侍候她哪能很周到呢?"

胡蒙莉妮说话时神态非常自然,这一席话无疑也说得合乎情理,但一说完,她遭到了羞赧的袭击,满面通红。同时,她想到,诺利那格很可能从她的话联想到他俩的婚事。事实上,瞥见她脸上一霎间浮现的娇羞,诺利那格确也想到了母亲同他谈的亲事。

胡蒙莉妮为消除诺利那格的误解,赶紧作了补充:"您为她雇一个年轻的女用人,问题不就解决了吗?"

"我跟她谈过多次,她一直不同意。"诺利那格无奈地说,"她做礼拜向来一丝不苟,不相信雇用的女用人能照顾周全。况且,她的脾性就是这样,让挣钱谋生的用人去服侍她,她觉得是无法接受的。"

胡蒙莉妮没有再谈他的母亲,沉默了一会儿又开了口:"我努力按照您的教诲去做,但常常遇到阻挠,不得不后退,我觉得我已陷入了绝望。您说,我不能一如既往地心坚志笃吗?在外界的干扰下,我只能神不守舍地徘徊吗?"

听着胡蒙莉妮哀戚地发问,诺利那格想了想说:"您应该明白,我们在生活道路上遇到的重重障碍,能唤醒我们心中的巨大潜力。所以,您千万别灰心丧气。"

"明天上午您能来一趟吗?"胡蒙莉妮热切地看着诺利那格,"有您的帮助,我就感到力量倍增。"

在诺利那格坚定、安详的表情和话音中,胡蒙莉妮仿佛找到了庇护所。诺利那格走后,她觉得她的心仍受着慰藉的摩挲。她伫立在卧室外的走廊里,眺望冬阳下的金色田野。景色迷人的晌午,她周围的大千世界里,运动和静止、纷扰和静谧、争名逐利和看破红尘,同时存在;她把自己悲苦的心呈放在无限宇宙的怀抱中,物我两忘的一瞬间,灿烂的阳光和辽阔、亮丽的蓝天便把世界历代诵念的深沉的祝福注入她的心灵。

胡蒙莉妮又想到诺利那格的母亲。老太太为什么愁眉不展,为什么夜里辗转反侧,难以入眠,她是知道缘由的。父亲最初提出两家联姻,曾引起她的恐慌和反感,但现在已烟消云散。她对诺利那格的信赖和尊敬,有增无减,只是其间没有闪电般的爱情冲动,是的,暂时没有。诺利那格在事业上颇有建树,可他似乎清心寡欲,看不出他正期盼哪个女人的求爱。然而,他和其他人一样,生活上需要有人照料。他母亲年事已高,疾病缠身,谁会来照顾他呢？在这个世界上，诺利那格的生命不是可以轻视的珍宝，应该得到充满敬意的呵护。

今天上午，胡蒙莉妮听了拉穆斯那段离奇经历，心里受到霹雳般的轰击，不得不调动全部意志的力量，保护自己不被摧垮。在目前的状况下，为拉穆斯感到悲伤，在她是一种耻辱。当然，她无意视拉穆斯为罪犯，把他推上被告席进行审判。世界上千千万万的人中间，有的从事各种崇高事业，有的参与形形色色的卑鄙活动，但我们赖以生存的地球，总是一刻不停地转动，何须她胡蒙莉妮承担审判谁的责任！

现在，她不允许拉穆斯的身影再在她的脑海里闪现。每每想到卡玛腊自杀的情景，她不寒而栗。她扪心自问："我与这个苦命女人的自尽究竟有无关系？"羞愧、怨恨和同情便交织着侵扰她的心。她双手合十，默默祈祷："啊，天帝，我没有犯下任何罪行，可为什么被卷入这场悲剧呢？祈求你解除并砸碎套在我身上的精神桎梏！我别无所求，让我在你的世界上安安稳稳、无忧无虑地过日子吧。"

拉穆斯和卡玛腊一起生活了几个月后，前者下落不明，后者投河身亡，胡蒙莉妮对此有想法，安诺塔先生很想知道，可又没有勇气直截了当地问她。胡蒙莉妮坐在游廊里默默地做针线活儿，安诺塔先生一次次走过去，看见她阴郁的面孔，一次次又踱了回去。

黄昏时分，胡蒙莉妮遵照医嘱，侍候父亲喝了杯溶和有助于消化药粉的牛奶，坐在他的身边。

"胡曼，把煤油灯从我眼前挪远一点。"等房间显得暗了一些，安诺塔先生接着说，"上午来的那个老头儿，我看非常憨厚、善良。"

胡蒙莉妮默默无语，不作评论。安诺塔先生无法延长他的开场白，只好明确地说："听了拉穆斯那些行为，我着实吃惊，以前别人讲了他许多闲话，我一直不相信，但今天……"

胡蒙莉妮蓦地以悲切的声调央求道："爸爸，别谈那些事！"

"孩子，其实我也不愿意谈。"安诺塔先生说，"但上苍安排的厄运使我们的苦乐与一个个突然出现的人纠缠在一起，他们的所作所为，我们岂可视而不见！"

"不——"胡蒙莉妮脱口说道，"不是那样的。我们不允许外人卷入我们的悲欢。爸爸，我的情绪很好，不要为我瞎着急，那样做只会使我更加

羞惭。"

"胡曼,我的好女儿,我已是黄土埋半身的人了,你没有理想的归宿,我心不安哪。看着你修道女似的过日子,我能放心地撒手西去吗?"

胡蒙莉妮默不作声。

"你要知道,孩子。"安诺塔先生苦口婆心地劝说,"人活在世上,不能因为一个希望破灭了,就抛弃其他所有的珍品。也许你由于气愤,不知道如何使生活充满乐趣,使人生臻于成功。但我时时在考虑怎样让你过得快活。我知道你怎样能过上安宁、美满的生活,所以你切不可漠视我提出的那门亲事。"

胡蒙莉妮两眼噙着晶莹的泪花:"爸爸,你不要这样说,我从未把你的话当耳旁风,你说的话,我句句照办。我只是想静下心来,在思想上有所准备。"

安诺塔先生在昏暗中伸手揩去女儿脸上的泪滴,然后轻轻抚摸着她的头,再没有说一句话。

第二天早晨,安诺塔先生和胡蒙莉妮在树底下喝茶的时候,奥卡亚飘然而至。

安诺塔先生向他投去询问的目光。

"卡玛腊至今没有找到。"奥卡亚接过主人递来的茶杯坐下,"拉穆斯先生和卡玛腊的一些物品,放在贾格罗帕尔迪先生那儿,他想把这些物品交给别人保管。拉穆斯先生肯定打听到了你们的地址,不久会找上门来,所以如果把那些物品交给你们……"

"奥卡亚,你这个糊涂虫尽胡说八道!"安诺塔先生愤愤地说,"拉穆斯跑到我们这儿来干什么?我们凭什么替他保管东西?"

不料奥卡亚以宽宏大度的口气说:"拉穆斯有错误,有罪过,估计现在已经悔悟了。这时候给他一些安慰,难道不是老朋友应尽的义务?非得同他断绝往来?"

"奥卡亚,"安诺塔先生满面怒容,"你一次次跑来,喋喋不休地议论拉穆斯,你是存心要搞得我们父女俩神魂不宁。我要你记住这句话:从今往后,别在我们面前开口闭口拉穆斯长拉穆斯短!"

"爸爸,你别生气。"胡蒙莉妮声调温和地劝道,"要不你的病会加重的。奥卡亚先生乐意说什么随他说好了,天塌不下来。"

"噢,不,不,"奥卡亚连忙致歉,"请你们原谅,我实在不知道你们此时的心情。"

第五十四章

穆孔德先生决定带领家人暂时离开贝拿勒斯,迁居密拉特。行李已捆绑好,明天清晨启程。

卡玛腊此时只盼望发生意外,中止这家人的密拉特之行。她还在心里祈祷:"诺利那格大夫,在明天之前您来为病人看一次病吧!"但她的希望全落空了。

娜宾卡里怕厨娘在收拾行李的忙乱之际逃跑,这几天不许她离开自己的左右,支使她一刻不停地整理物品。

卡玛腊由衷地希望:今天夜里,她突然身患重病,娜宾卡里便不能强迫她同行了。她也不是没有想过,医治她重病的担子将落到那位大夫的肩上。她甚至闭上眼睛,想象着假如最后她医治无效,不幸死去,临终前,她将伏在地上用手沾一撮他足上的尘土。

当天晚上,娜宾卡里吩咐卡玛腊睡在她的卧室里。次日早晨,她带着卡玛腊上了马车,直奔火车站。主人穆孔德乘坐二等车厢。娜宾卡里和卡玛腊上了专供妇女乘坐的三等车厢。

客车准点缓缓驶离贝拿勒斯车站。如同疯狂的野象撕咬茂密的树叶,轰鸣的火车仿佛也在撕咬卡玛腊的灵魂。她渴望救援的眼睛怔怔地望着窗外。

"哎,厨娘,盛枸酱包的盒子,你放在哪儿?"女主人的问话,将她从遐想中唤醒。

卡玛腊取出盒子,交给女主人。女主人打开盒子就是一顿训斥:

"哼,我早料到你会丢三落四的,你把装熟石灰的小瓶丢下了,这会儿我怎么办?不管哪件事,我不亲自动手,准出娄子。哼,婆罗门厨娘,你心怀鬼胎,存心报复我,故意惹我发火。你今天炒菜不放盐,明天做的甜食有酸味儿,你以为我不知道你使坏!行啊,到了密拉特,叫你认清你是什么人,我又是什么人!"

当火车驰过城外一座铁桥的时候,卡玛腊头伸出窗外,依依不舍地最

后看了一眼恒河畔的圣城贝拿勒斯。

她不知道诺利那格的寓所坐落在城里哪条街道上,但火车朝前飞驰,映入她眼帘的房舍、码头、尖顶寺庙等景象全显现着诺利那格的容貌,使她心痴神迷。

"天哪,你趴在窗口瞧什么?"娜宾卡里尖声挖苦,"你不是鸟,没长翅膀,飞不上天的!"

贝拿勒斯城的景物消失了,卡玛腊静坐在座位上,遥望着天空。

火车中途停靠在穆格勒索拉依车站。月台上人声嘈杂,旅客拥挤,在卡玛腊的眼里,这全像幻影,全似梦境。她犹如木偶,丢了魂似的,从一节车厢走到另一节车厢。

列车又快要启动了,这时她突然惊讶地听到一个熟悉的声音在喊她"妈妈"。她转过脸朝月台上望去,啊,是乌摩奇!

卡玛腊脸上焕发出欣喜的光彩:"嗨,乌摩奇!"

乌摩奇用力推开车厢的铁门,转眼工夫,卡玛腊已站在月台上。乌摩奇咚地跪下,用手沾一些她脚上的尘土,涂在自己的头上。他兴奋得不知说什么才好,咧着嘴嘻嘻地笑。

卡玛腊一下车,车上的乘务员随手"砰"地一声把门关上。娜宾卡里急得哇哇大叫:"喂,厨娘,你在下面干什么?车马上要开了。快上来,快上来!"

她的叫声未传到卡玛腊的耳朵里。

呜——火车拉响汽笛,嘎登嘎登驶出车站。

"乌摩奇,你从哪儿来的?"卡玛腊问。

"迦齐普尔。"

"那儿他们一家人都好吗?大叔怎么样?"

"他身体挺好的。"

"我大姐呢?"

"妈妈,她天天掉眼泪,干着急。"

感激的泪水立时涌满卡玛腊的眼眶。

"吴咪好吗?"卡玛腊又问,"她常想起她的小姨吗?"

"你临走前送给她的那对金镯子,他们不给她戴在手腕上,她就撅着嘴不喝牛奶。给她戴上,她举起手乱摇,嘴里嘟嘟囔囔:'噢,姨走啰。'她妈一听眼泪直掉。"

"你到这儿来干什么呀？"

"我在迦齐普尔待得没有意思，溜出来了。"

"你打算去哪儿？"

"我跟你一块儿走，妈妈。"

"可我一个子儿都没有了。"

"我有钱。"

"你哪儿弄到的钱？"

"你给的五卢比，我还没有花。"乌摩奇取出用衣摆一层层包着的五卢比给她看。

"我们走吧，乌摩奇，我们到贝拿勒斯去，好不好？你能去买两张车票吗？"

"当然能。"少顷，乌摩奇拿着车票回来了。开往贝拿勒斯的一列客车停在车站上，乌摩奇把卡玛腊送上女乘客的车厢，说："妈，我在旁边一节车厢里。"

在贝拿勒斯下了火车，卡玛腊问乌摩奇："我们到哪儿落脚呢？"

"妈妈，你别犯愁，我带你去一个让你开心的地方。"

"让我开心的地方？"卡玛腊嘲笑乌摩奇，"贝拿勒斯城里，东南西北，你分得清吗？"

"这儿我很熟，等着瞧吧，我带你去的是什么地方。"

乌摩奇让卡玛腊坐在雇的一辆马车的后座上，自己坐在车夫旁边。不多久，马车在一幢房子前停下，乌摩奇回头说道："妈妈，就在这儿下车。"

卡玛腊下了车，跟随乌摩奇跨进大门。乌摩奇朝里面高声喊道："嘿，爷爷，你在家吗？".

从厢房传来声音粗厚的答话："谁呀，是乌摩奇吗？你从哪儿跑回来的？"

话音刚落，贾格罗帕尔迪大叔手持水烟筒走了出来。乌摩奇不吭声，满面得意的笑容。

卡玛腊万分惊喜，俯身向大叔行摸足大礼。

贾格罗帕尔迪愣住了，嘴唇翕动着，好一会儿不知道该说些什么，水烟筒该放在什么地方。

末了,他用手托着卡玛腊的下巴,稍稍抬起她低垂的羞惭的脸,无限疼爱地说:"闺女,你总算回来了,快,快上楼!"

他朝楼上大声喊叫:"哎,苏伊洛佳,你看谁来了?"

苏伊洛佳快步走出屋,站在游廊的楼梯口。卡玛腊迎上前去,俯身行礼,手沾她脚上的尘土。苏伊洛佳一把扶起她,搂在胸前,吻她的额头。

苏伊洛佳激动得泪流满面:"好你个妹妹呀,你一声不响说走就走,害得我们天天以泪洗面哟。"

"不说以前的伤心事,苏伊。"大叔提醒女儿,"快带她去洗澡吃饭吧。"

"小姨,小姨!"

吴咪挥舞着小手,叫嚷着跑了过来。

卡玛腊张开双臂把她抱起,紧紧地搂在怀里,不住地吻她的脸蛋,她直叫痒痒。

苏伊洛佳看着卡玛腊凌乱、干涩的头发和又破又脏的衣服,心里一阵辛酸,赶紧把她拉进自己的房间,让她洗头、洗澡。然后拿出鲜艳的新衣服,帮她穿戴整齐。

"看来你昨晚没有睡好,眼睛都眍进去了。"苏伊洛佳心疼地说,"你先在床上睡一觉,我这就去给你做饭。"

"我不睡,姐姐,我们一块儿到厨房去。"

于是,两位好朋友有说有笑地动手做饭。

原来,贾格罗帕尔迪大叔接受了奥卡亚的建议,收拾行装准备前往贝拿勒斯时,苏伊洛佳和他软磨硬泡:"爸爸,我和你一道去贝拿勒斯。"

"彼平现在没有假呀。"大叔左右为难。

"不要紧,我一个人去。反正妈在家里,生活上他不会有困难的。"

在这以前,她从未说过愿意与丈夫暂时分离的话。

大叔勉强同意了。父女俩乘车离开迦齐普尔,在贝拿勒斯下车,大叔见乌摩奇也从车上下来,诧异地问:"哎,你怎么也来了?"

乌摩奇此行的动机和他们完全一样。可他已被委以料理家务的重任。他拔腿一走,家庭主妇必然着急、气愤。父女俩好说歹说,总算使他同意返回迦齐普尔。

以后发生的事情,读者全知道了。他在迦齐普尔家里度日如年,有一天家庭主妇吩咐他去市场买菜,他怀里揣着钱,乘船渡过恒河,径直去了火车站。

这一天,贾格罗帕尔迪的老伴等到天黑也未见到这小家伙的影子。

第五十五章

同一天,奥卡亚来到贾格罗帕尔迪的住处拜访,大叔看出他与拉穆斯的交情不深,敷衍了几句,只字不提卡玛腊已和他住在一起。

大叔家谁也不问卡玛腊为什么不辞而别,后来流落到什么地方。日子过得与往常一样,卡玛腊仿佛跟着他们到贝拿勒斯旅游来了。吴咪的保姆拉希穆尼娅并无恶意地责怪了她几句,当即被大叔叫到一边,告诫她不要多嘴多舌。

当天晚上,苏伊洛佳和卡玛腊躺在一张床上。苏伊洛佳左胳膊搂着她的脖子,把她拥在怀里,右手抚摸她的身体。这轻柔的摩挲像一串无声的问题,探寻她心底难言的苦楚。

"姐姐,你们怎么看我的?生我的气了吧?"卡玛腊不安地开了口。

"我们难道是傻瓜?"苏伊洛佳以体谅的语气答道,"我们能不懂嘛,这世上有别的路可走,你绝不会走那条令人恐惧的绝路。我们悲伤、痛哭,不明白薄迦梵大神为什么竟把你推进灾难的深渊,没有罪孽的人为什么也受到惩罚。"

"姐姐,你愿意听我讲我过去的事吗?"

"妹妹,我能不愿意么?"苏伊洛佳温和地说。

"我不知道当初为什么不好意思对你讲真话,"卡玛腊回忆道,"那时我没有时间认真考虑前因后果。一个炸雷仿佛突然落到我头上,我害羞得不敢见你。在这个世界上,我没有妈妈,也没有姐妹。姐姐,你既是我大姐又像我妈妈,所以我愿意把满肚的委屈向你倾吐,我的私事本来是不该对别人吐露的。"

卡玛腊坐不住了,一骨碌儿坐起来。苏伊洛佳也坐了起来,两人面面相对。卡玛腊坐在暗黑的床上,从结婚开始,细述了她的曲折经历。

当她讲到结婚前和新婚之夜,她都不曾大大方方地看丈夫一眼时,苏伊洛佳忍不住说:"我从未见过像你这样的傻丫头。我结婚那年年纪比你小,可你别以为我羞臊得不敢寻机会瞅我的新郎!"

"我并不是因为害羞,姐姐!"卡玛腊往下说,"我当时已超过一般女孩出嫁的年龄。村里我的女友冷不丁听说我的婚事定了,纷纷跑来寻开心。我为了向她们表明,我年龄是大了一些,但有了新郎并非如同得到了七位国王拥有的珍宝,便故意看都不看他一眼。我甚至觉得,在心里对他表示丝毫兴趣也是非常羞耻、非常不体面的事儿。为这我付出了沉重代价。"

卡玛腊停了一会儿,继续说:"我以前对你讲过,成亲以后,我们乘坐的木船怎样沉没,我们怎样绝处逢生,但我和你说那些话的时候,我并不知道我落到他手里,把他当作丈夫,而实际上他并不是我丈夫。"

苏伊洛佳听到这里不胜惊异,身子挪到卡玛腊的旁边,挽着她的脖子,感慨地说:"唉,你命太苦了!居然有这种离奇的事儿,这会儿我全明白了,那真是一场灾难。"

"你说得对,姐姐。假如当时我淹死了,一切就全结束了。天帝为什么让我活下来受苦呢?"

"拉穆斯先生也没有察觉吗?"苏伊洛佳问。

"结婚后不久,有一天他叫我'苏茜腊'。我对他说,我的名字是卡玛腊,你们干吗叫我'苏茜腊'?我现在明白了,那天他已发觉我俩阴错阳差地成了'夫妻'了。姐姐,想起和他一起生活的情况,我就害羞得抬不起头来。"

说罢,卡玛腊陷入了沉默。

至此,苏伊洛佳终于逐步弄清楚了卡玛腊过去的生活轨迹。

听完她的叙述,苏伊洛佳说:"虽说厄运让你受了不少苦,但是我想,你幸亏落到了拉穆斯先生的手里,不管怎么样,想想可怜的拉穆斯先生,心里也怪难受的。好啦,夜深了,卡玛腊,躺下睡吧。这几天,你睡不着觉,整夜哭泣,脸色都发青了。下一步怎么办,明天再商量吧。"

拉穆斯写给胡蒙莉妮的那封信,卡玛腊一直保存在身边。第二天,苏伊洛佳把父亲叫到清静的里屋,给他看那封信。大叔戴上眼镜,很慢地读了一遍,然后把信叠好,摘下眼镜,心情沉重地自言自语:"原来如此,现在该怎么办呢?"

"爸爸,"苏伊洛佳说出早已想好的主意,"这两天吴咪受了点凉,老咳嗽,干吗不请诺利那格大夫来给她看看病呢?在贝拿勒斯,他和他母亲,家喻户晓,我们还没有见过人家哩。"

诺利那格大夫如约来给女孩看病,苏伊洛佳急不可耐地想见他一面。

"卡玛腊,来,快走!"她连声催促。

在娜宾卡里家里,卡玛腊失魂落魄,急于要见诺利那格,而此时却羞怯得不愿起床了。

苏伊洛佳急了:"瞧你的苦命相!我可不跟你磨嘴皮子,告诉你,我没工夫。吴咪的病是个幌子,大夫不会待很久的。我在这儿劝你求你,一耽搁连我也见不到他了。"

说罢,不容分说,她把卡玛腊拖下床。两个人站在门后,朝外窥视。

诺利那格取出听诊器,仔细检查吴咪的胸背,开了一张处方,起身走了。

诺利那格的英俊、魁伟,着实令苏伊洛佳叹为观止:"哦,卡玛腊,上苍让你吃了许多苦,你终于时来运转了。妹妹,你再耐心地等两天,我们替你想办法。这几天我们常去把大夫请来给吴咪看病,你见他的机会是少不了的。"

有一天,大叔有意选择诺利那格不在家的时候前去请他出诊。

"主人不在家。"仆人说了句大叔意料中的话。

"老太太总在家吧。"大叔说,"请向她禀报,说有位上了年岁的婆罗门特意来拜访她。"

楼上传来回话:请这位婆罗门进去。

大叔一见葛曼克丽就恭敬地说:"老妈妈,贝拿勒斯城里,您的大名无人不晓。我今天见到您,真是三生有幸。我上门打扰不为别的,我的小孙女病了,想请您儿子去看看,不巧他不在家。我想既然来了,没见到大夫,也该给您老人家请个安。"

"诺利那格一会儿就回来。"葛曼克丽热情地说,"您稍坐片刻,天不早了,我叫仆人给您端几盘茶点来。"

大叔看准时机恭维老太太:"我早知道,您不招待我这个婆罗门是不肯放我走的。不论谁见到我,都一眼看出我是个美食家,并给予特殊关照。"

葛曼克丽招待大叔用完茶点,仍觉意犹未尽:"明天我请您吃午饭,今天没有准备,没法让您痛痛快快地吃一顿。"

老太太这几句话正中大叔的下怀:"午餐准备就绪,请想起我这个老婆罗门。我的住处离您家不远,您若允许,我带您的仆人去看我的住房。"

经过三四次拜访,大叔成了诺利那格家的熟客和老太太的朋友。

有一天,葛曼克丽把儿子叫到跟前,郑重地叮嘱:"听着,诺利那格,你可不能向贾格罗帕尔迪先生收出诊费。"

大叔朗声大笑:"母亲的命令下达之前,儿子早就执行了。他没有收过我一分钱,乐善好施者,一眼能看出谁是穷人。"

父女俩用两天时间进行了周密的策划。

第三天早晨,大叔对卡玛腊说:"走吧,我们去十马祭码头洗澡。"

卡玛腊对苏伊洛佳说:"姐姐,你也去吧。"

苏伊洛佳推托道:"我不去了,妹妹,吴咪的病还没有全好。"

洗完澡,大叔领着卡玛腊没有原路返回,走上另一条路。走了不远,他们看见刚洗完澡的一位老妇人身着绸纱丽,拎着一罐恒河水,慢腾腾地往家走去。

大叔把卡玛腊带到她面前:"孩子,快向她施礼,她是诺利那格大夫的母亲。"

卡玛腊心里一惊,急忙匍匐在地,伸手沾她脚上的尘土。

"哟,你是谁?"葛曼克丽满面慈笑,"瞧,多俊的姑娘,简直是吉祥女神的化身!"

葛曼克丽撩起卡玛腊的面纱,端详着她眼睑微阖的面孔:"你叫什么名字,闺女?"

不等卡玛腊回答,大叔先抢先开了口:"她叫荷里达希,是我远房堂兄的女儿。她父母已经过世,现在跟着我们过日子。"

"走吧,贾格罗帕尔迪先生,到我家坐一会儿。"

葛曼克丽领他们到家里,叫儿子来见客人,可儿子外出看病去了。

大叔在一张椅子上坐了下来。卡玛腊盘腿坐在地板上。

"不瞒您说,"大叔开始介绍他的"侄女","我这个侄女命太苦了,结婚第二天,她丈夫就离家当了行脚僧。打那以后,她再没有见到他。荷里达希希望住在圣地,虔诚地做宗教功课,除了宗教,从别处她找不到一丝安慰。可是,我的祖宅在迦齐普尔,那儿有我一份差事。我得挣钱养家糊口。陪她住在这儿,我实在是心有余而力不足,所以只好来请您帮忙。您要是把她当作亲生女儿留在身边,我是很放心的。哪天您感到不方便,只管把她送到迦齐普尔交还给我。可我敢说,您和她相处两三天,就会觉得这姑娘是块美玉,一刻也舍不得她离开了。"

葛曼克丽喜笑颜开:"哦,这太好了。您把这么标致、温顺的姑娘交托给我,是我的造化。平常,我也把路上遇见的姑娘带回家来,给她们食品和衣服,心里总感到很愉快。但从不把她们留在家里,荷里达希是个例外,她归我了,你不用牵肠挂肚。想必你们听人谈到过我儿子诺利那格,他心地善良,待人诚恳。除了他,我没有别的亲人。"

大叔称赞道:"诺利那格先生的大名,人人皆知。得知他和您住在一起,我更加放心了。我听说他结婚以后,新婚夫妻乘的船遇到风暴沉没了,他太太不幸遇难,打那以后,他几乎成了苦行主义者。"

"那恐怕是天意。"葛曼克丽感慨地说,"请您别再提那桩悲惨的事情,我至今想起来还感到毛骨悚然。"

"您允许的话,我这会儿就把荷里达希给您留下了。"大叔导演的这出戏已获得圆满成功,觉得可以落下帷幕了,"我也该告辞了,不过我今后常来看她,她有一位堂姐,也想来给您请安。"

大叔走后,葛曼克丽把卡玛腊拉到自己的身边:"来,闺女,让我仔细看看你。你年纪不大呀。唉,世上竟有那样狠心的丈夫,丢下你不管!我为你祝福,他早晚会回来和你团聚。天帝创造了你的娇美容颜,舍不得让它白白地衰老的。"

葛曼克丽托起卡玛腊的下巴,手指抚摸着她的面颊:"我家没有和你年纪差不多的女孩和你做伴,你一个人在我这儿待得惯吗?"

卡玛腊一双美丽的大眼睛闪现纯正的敬意:"我待得惯,妈妈。"

"我琢磨着,你在这儿怎么过日子。"

"我为你干活儿。"

"傻丫头!我有什么活儿呀!我家里只有一个儿子,也像个出家人。他哪天要是说'妈妈,我需要那些东西,我要吃这些东西,我喜欢这种物品。'那我就开心死了。他从不说这样的话。他的收入不少,手头却不存一分钱。他从不让人知道他花钱做了哪些善事。听着闺女,既然你一天二十四小时陪伴我,有句话得说在前头,你听我一次次夸奖我儿子,可能感到腻烦,但你得忍着点儿。"

卡玛腊无比欣喜地垂下眼睑。

"我想让你做些事儿。"葛曼克丽接着说,"你会做针线活儿吗?"

"做得不好。"

"没有关系,我可以教你。你识字吗?"

"识字。"

"那太好了。不戴老花镜我看不清字,往后你念给我听。"

"家务活儿,烧饭做菜,我全学过。"卡玛腊说。

"你长得和杜尔迦女神那么健壮,"葛曼克丽夸卡玛腊,"你不会做饭,天下谁还会做饭呀!平时,诺利那格吃的饭菜都是我亲手做的。我病了,他自己做,从不吃别人做的饭。往后有你帮忙,我可以不让他做了。哪天我体力不济,你给我弄些粗茶淡饭,我想一定能对我的胃口。走吧,闺女,我带你去看我家的贮藏室和厨房。"

说罢,她带着卡玛腊去参观她这个小家庭的后台。

卡玛腊趁机轻声提出要求:"妈妈,今天让我来做饭吧。"

葛曼克丽微微一笑:"贮藏室和厨房是家庭主妇的王国。世俗生活中的许多东西,我已放弃,可这里的一切,我舍不得丢掉。好吧,闺女,今天由你做饭。三四天之后,所有的担子都让你挑,我就有足够的时间在神像前虔心祈祷了。但家务事的羁绊是不容易挣脱的,说不定过了两三天,我又会有做饭的兴致,贮藏室的宝座太吸引人了。"

今天该做哪几样菜,该做哪些事情,葛曼克丽对卡玛腊一一作了交代,随后朝祈祷室走去。而与此同时,她为卡玛腊安排的一场烹饪的考试开始了。

卡玛腊像平常那样动作麻利地淘米切菜,做完必要的准备工作。然后把纱丽下摆掖在腰间,头发随便地扎一下,开始煮饭炒菜。

诺利那格出诊归来,首先给母亲请安,他最放心不下的是母亲的健康。今天走进家门,听见厨房里的响声,闻到饭菜的香味,心头不觉一震,只当母亲正在厨房里忙碌,急忙来到厨房门口。

听到一阵重重的脚步声,卡玛腊惊异地回过头,正好与诺利那格四目相对。她立即放下铲子,要把面纱放下来,这才想起连着面纱的纱丽下摆结在腰里。当她猛地一抽,把面纱翻上来罩着面孔时,惊讶的诺利那格已经离去了。

卡玛腊拿起铲子,手索索地抖。

葛曼克丽比往日提前做完祷告,走进厨房一看,饭菜全做好了。卡玛

腊把厨房打扫、擦拭得干干净净,地上没有一点柴屑、菜帮子或别的脏物。

葛曼克丽十分满意,夸道:"哦,你不愧是真正的婆罗门姑娘。"

诺利那格坐下吃饭。葛曼克丽坐在他对面。而另一个心情紧张的少女站在门后,侧耳偷听。她不敢朝屋里窥探,心里七上八下,唯恐她做的饭菜不合他们的口味。

"诺利那格,今天饭菜的味道怎么样?"葛曼克丽想听儿子的评价。

诺利那格向来不讲究吃喝,所以葛曼克丽从不同他谈论菜肴,今天是头一回兴致勃勃地问他的看法。

她还不知道,诺利那格已经发现了厨房里新的"奥秘"。最近,母亲的身体每况愈下,他一再劝母亲雇一名厨娘,可她总不依允。刚才他看见新来的姑娘在做饭,甚感欣慰。他并未留意几样菜的味道如何,却高兴地说:"味道好极了,妈妈。"

门后的卡玛腊听到赞扬,兴奋得站不住了,转身走进旁边的一间屋子,双手交抱着急剧起伏的胸脯。

吃完饭,诺利那格照例在安静的书房里翻阅医学文献,以解决诊治过程中遇到的问题。

下午,葛曼克丽把卡玛腊叫去,亲自为她梳理头发,往她的发缝里抹朱砂,把她的脸扳过来扳过去,久久地端详。

卡玛腊不好意思地垂下眼皮,一动不动地坐着。

"唉!"葛曼克丽在心里自言自语,"我有卡玛腊这样的儿媳该多好哇。"

当天晚上,葛曼克丽突然又发起高烧,诺利那格神色焦灼地劝她:"妈妈,我带你离开贝拿勒斯,到风景区去住些日子,换换空气,在这儿你的身体总不见有好转。"

"不行,我的孩子。"葛曼克丽固执地说,"你希望我多活几天,要带我离开贝拿勒斯,可万一我死在陌生的地方哩,哦,我不能同意。(对卡玛腊)闺女,你还站在门口,去吧,睡觉去吧,整夜不睡怎么行哩。我这一病三四天起不了床,家里的事全仗你料理了,我不能让你整夜守着我。诺利那格,你也走吧,回你的房间去。"

等诺利那格回到隔壁的房间,卡玛腊坐在床边,轻轻地搔她的腿。

"闺女,前世你准是我女儿。"葛曼克丽动情地说,"要不然,你怎会鸟儿似的飞来,让我得到了你呢?你知道,我有个习惯,不许笨手笨脚的生人来

侍候我。可你抚摸我的身子,我全身别提多舒畅。这太奇怪了。仿佛多少年来我一直认识你,丝毫不觉得你是生人。好了,闺女,听我的话,放心去睡吧。诺利那格就在隔壁房间里。他从不让别人服侍他妈妈,我一再劝他不要这样做,可磨破嘴皮子,他就是不松口。他有特殊的能耐,在我身旁守一夜,很辛苦,脸上却看不到疲劳的痕迹。他能够这样,原因是不管什么时候遇到什么困难,他都能镇定自若。我和他恰恰相反。闺女,你也许在心里笑话我,心想这老太太一提起诺利那格,就唠唠叨叨,没完没了。闺女,母亲只有一个儿子,往往就是这样,况且世界上几个母亲有像诺利那格这样孝顺的儿子呢?说实话,我常常想,诺利那格是我儿子,他为我做的一切事情,我也能为他做。你瞧,我又谈他了。哦,到此为止,闺女,去吧,睡觉去吧。你老守在这儿,我反倒睡不着。唉,上了岁数的人,身旁有个人,一开口就没个完。"

第二天卡玛腊承担了全部家务。走廊东头,诺利那格叫人用木板围起来,地上铺了大理石,建成一间小屋,既是他的祈祷室也是他的书房。每天中午他坐在里面看书读报。这天早晨,他走进小屋,只见地上已洒水扫过,物件擦得一尘不染,铜香炉上的污渍被擦去,金香炉似的闪闪发光。书架上书刊和医学文献排成整齐的一列。早晨的阳光透过敞开的门照进来,收掇过的小屋显得益发明净。看着焕然一新的屋子,刚洗完澡的诺利那格心里充满惊喜。

清晨,卡玛腊提着一罐恒河水,来到葛曼克丽的床边。老太太见她洗过澡,头发湿漉漉的,吃了一惊:"噢,闺女,你一个人去码头啦?我早晨醒了一直发愁,我病倒了,谁陪你到河边洗澡呢?你年纪还小,这样一个人……"

"妈妈,"卡玛腊连忙解释,"我娘家一个用人在家待腻了,昨天晚上跑来看我,是他陪我去河边的。"

葛曼克丽猜测着说:"唔,也许是你婶子放心不下,派他来看望你,这很好。叫他跟着你帮你做点事。他在哪儿,叫他来见我。"

卡玛腊把乌摩奇领进屋里。机灵的乌摩奇立刻对老太太磕头施礼。

"小家伙,你叫什么名字?"葛曼克丽问。

"我叫乌摩奇。"不知为什么他忽然咧嘴嘿嘿地笑了起来。

葛曼克丽满面笑容:"乌摩奇,谁给你这身漂亮衣服?"

乌摩奇指指卡玛腊:"是'妈妈'给我的。"

葛曼克丽瞟了卡玛腊一眼,开玩笑说:"我还以为按照孟加拉人的习惯,初六这一天,这身衣服是丈母娘送给乌摩奇的礼物哩。"

乌摩奇以他的勤快和嘴甜很快博得了老太太的欢心,在她家住了下来。

有了乌摩奇这个帮手,卡玛腊白天用不了多长时间就做完全部家务。她亲自把诺利那格的卧室收拾得非常整洁,物品擦得干干净净。诺利那格换下来的脏衣服,全扔在墙角里,卡玛腊抱出去洗干净,晒干,一件件叠齐,挂在横木衣架上。屋里没有落上灰尘的什物,她也装作要擦拭,拿起来翻来覆去地看。床头靠墙是一个衣柜。她拉开柜门一看,里面是空的,只有底层放着诺利那格的一双木屐。她伸手取出木屐,摁在自己的额头上,然后抱孩子似的抱在胸前,用纱丽下摆拂擦上面的灰尘。

这天下午,卡玛腊坐在葛曼克丽的床边给她捶腿时,胡蒙莉妮捧着一束鲜花走进来,对她行跪拜礼。

葛曼克丽在床上坐起来:"来,来,胡曼,快坐下。安诺塔先生身体好吗?"

"昨天他病了,不能来看您,今天他好多了。"

葛曼克丽指着卡玛腊介绍说:"听我说,孩子,我很小的时候,我妈就去世了。这么多年以后,她转世投胎了,昨天我在路上突然与她相遇。我妈名叫荷里维毗妮,现在改名荷里达希。胡曼,你说,你什么时候见过吉祥女神似的这么俊俏的姑娘?"

卡玛腊害羞地低下头。从葛曼克丽的话语中,她渐渐知道了胡蒙莉妮的身份。

"妈妈,您身体好些了吗?"胡蒙莉妮问。

"你知道,我老喽。"葛曼克丽说,"不要光问我身体怎样。我这会儿还活着,就够满意的了。可时间不会老被哄蒙的。你关心我的身体,我很感激。有一件事,我一直想和你谈谈,但总没有合适的机会。昨天晚上我又发高烧,更加明白这件事再拖延下去对双方都不利。说实话,孩子,我是姑娘那会儿,谁如果来提亲,我听了准羞死。你们没有受过过去那种严厉的管教,接受的是高等教育,况且年纪也不小了,我可以坦率地和你们谈婚姻大事。今天我主动提这个话题,在我面前,你别不好意思。哎,告诉我,孩

子,那天我和你父亲谈了你们的亲事,他对你讲了吗?"

胡蒙莉妮低垂着头:"嗯,讲过了。"

"但是,孩子,显然你不赞成这门亲事。"葛曼克丽用惆怅的语调说,"你要是同意,安诺塔先生早就喜气洋洋地跑到我家来了。也许你心里想,我儿子诺利那格是一位苦行主义者,白天黑夜热衷于宗教活动,还结什么婚?我儿子确是这样的人,但不能把婚姻也永远置于脑后呀。从表面看,他心里似乎不萌生情爱,而实际上那是你们的错觉。我是看着他一天天长大的,深知他的秉性。相信我的话,姑娘,他懂得爱,他的爱如火一样炽热,他为此有点害怕,竭力克制自己的情感。我不是说大话,哪个姑娘揭去他苦行主义的外衣,触摸到他的心,就能获得他心中的忠诚、甜美的爱情。胡曼,你不是少女了,你有文化,又拜诺利那格为师,接受他传授的宗教知识。看到你和诺利那格组成一个小家庭,我死也瞑目了。否则,我知道我死后,他一辈子不会结婚的。想想他那时的处境吧,他必定孤苦伶仃、四处飘零。唉,不说丧气话,告诉我,孩子,我知道你很尊重诺利那格,可心里为什么反对这门亲事呢?"

胡蒙莉妮低着头说:"妈妈,如果您认为我适合做他的妻子,我不会反对的。"

葛曼克丽听了她这句话,伸手把她拉到面前,慈爱地吻一下她的额头。接下来两人再没有谈婚事。

"荷里达希,把这束花拿去……"葛曼克丽侧脸一看,没有荷里达希的踪影。在她们交谈的时候,她无声无息地躲开了。

上面这席话终了之后,胡蒙莉妮在老太太面前反倒感到特别拘束,而葛曼克丽的舌头似乎也不灵便了。

胡蒙莉妮起身告辞:"妈妈,我得早点回去。爸爸还没有痊愈。"

说罢,她伏身对葛曼克丽行告别礼。

葛曼克丽轻抚着她的头:"再见,孩子,再见。"

胡蒙莉妮一走,葛曼克丽就派用人把儿子叫来,没头没脑地对他说:"诺利那格,我不能再等了。"

"等什么?"诺利那格迷惑不解。

老太太赶紧解释:"我刚才同胡蒙莉妮详细地谈了你俩的婚事,她满口答应了。这会儿我不想再听你的任何借口。你看我的身体一天不如一天,你俩的婚事迟迟定不下来,我心里很不踏实。半夜里醒来,老琢磨该怎么办。"

诺利那格不忍心再让老母亲为自己寝寐不宁:"好吧,妈妈,别瞎想了,安安稳稳地睡觉吧。你想怎么办就怎么办吧。"

诺利那格走后,葛曼克丽朝门外喊道:"荷里达希!"

卡玛腊闻声从隔壁房间里走过来。下午的阳光渐渐暗淡,屋里显得有些昏暗。葛曼克丽没看清她的表情,吩咐说:"闺女,这些花洒上水,每间屋里放几枝。"

葛曼克丽抽出一枝带叶的玫瑰花,其余的递给卡玛腊。

卡玛腊拿出几枝花放在一只瓷盘里,搁在诺利那格的祈祷室的团蒲前面;另外几枝花放在一只碗里,摆在他卧室里的三脚茶几上。然后打开靠墙的衣柜,把剩余的几朵花放在木屐上,伏下身头触木屐,行跪拜大礼,眼泪禁不住扑簌簌滚落下来。在这个世界上,除了这双木屐,她一无所有,她已丧失侍奉丈夫的双足的权利。

蓦然,她听见谁进了卧室,赶紧站起来关上衣柜门,转身一看,是诺利那格先生。她无路可逃,是那样羞涩、那样惊慌,恨不得把自己消融于将临的苍茫暮色之中。

诺利那格见卡玛腊在屋里,急忙退到外面。卡玛腊趁此机会,慌慌张张地出门回到自己的房间。诺利那格这才重新进屋。这女孩开了衣柜干什么?一见他为什么立刻关上?他好奇地打开衣柜,一眼看见他的木屐上有几朵沾水的鲜花。他慢慢地关上衣柜门,立在窗前,若有所思地望着暮天。冬天落日的余晖迅速消隐,夜幕从空中垂落了下来。

第五十六章

胡蒙莉妮同意嫁给诺利那格之后,祝贺般地对自己的心灵说:"对我来说,这是巨大的荣幸。"她在心里喃喃自语:"旧婚约的桎梏已经打碎,曾遮蔽我生活天空的滋生风暴的乌云已经消散。现在我自由了,我终于躲过了过去那种不间断的骚扰。"她重复着这些话,从中体味着博大的解脱的喜悦。焚尸场上尸体烧成骨灰,大地卸却重负,以游戏者那样的面目出现,轻松地消度几多时日,胡蒙莉妮目前的心境与其相仿。她赢得了人生一章终

止后的安恬。

那天傍晚,胡蒙莉妮回到家里,暗自感叹:"妈妈要是还活着,听到这个喜讯,一定会分享我的一份快乐。我怎样把这个喜讯告诉爸爸呢?"

安诺塔先生体虚力衰,晚上早早地上床躺下了。胡蒙莉妮回到安静的卧室,拿出日记本放在桌上,抒写她的内心感受:"我曾坠入死亡之河,弃绝人世。谁料天帝拯救了我,并赋予我新生。此时此刻,在他神圣的足下,我千百次虔诚膜拜。我已作好踏上生活道路肩负责任的准备。原本不属于我的幸运,已归我所有,愿天帝赐给我终生保护它的力量。我坚信,我卑微的身躯与他结合,他将使我的生命臻于完美。此刻,我只祈求天帝让我把生命的全部财富奉献给他。"

写到这里,她合上日记本,独自走进花园。冬夜岑寂,幽黑的天幕镶嵌着点点疏星。她在碎石路上沉思踱步,无垠的夜空在她泪浣的心中默诵召唤安宁的偈语。

第二天下午,安诺塔先生和胡蒙莉妮正要出门去诺利那格家时,一辆马车驰来,停在他们家门口。诺利那格家一位用人从车夫身旁跳下来,进来通报:"我家老夫人来了。"

安诺塔先生小跑着来到门口,葛曼克丽已经下车。他上前热情欢迎:"您光临敝处,我和胡曼不胜荣幸。"

"今天我来是为您女儿祝福的。"葛曼克丽边说边往里走。

安诺塔先生领她进了起坐间,扶着她坐在沙发上:"您稍坐,我去叫胡曼来。"

胡蒙莉妮化妆完毕正要下楼,听说老太太来了,急忙下来向她行摸足大礼。

"愿你万事如意,福寿绵长!"葛曼克丽慈祥地为她祝福,"孩子,伸出手,让我看看。"

她取出一对鱼形大金镯,戴在胡蒙莉妮的手腕上。大金镯在胡蒙莉妮纤细的手腕上晃动着闪闪发光。收下聘礼,胡蒙莉妮再次匍匐在地,施礼致谢。老太太双手捧着她的脸颊,亲吻她的秀额。

得到老太太的祝福和慈爱,胡蒙莉妮心里充溢甜蜜的幸福之感。

"亲家公,"葛曼克丽俨然以婆婆的身份自居了,"你俩明天到我家吃午饭。"

第二天早晨,安诺塔先生和女儿照例坐在外面喝早茶。安诺塔先生那被病魔折磨得枯黄的面孔,一夜之间有了生气,闪耀着欢悦的光泽。他不时觑视女儿容光焕发的脸庞,恍惚觉得,亡妻温柔的倩影交叠着环围着女儿,并以弥散着的泪雾使女儿脸上幸福的光彩显得柔和而凝重。

安诺塔先生老觉得天儿不早了,该作准备去葛曼克丽家赴宴,再耽搁一会儿,就会迟到,尽管胡蒙莉妮一再提醒他,时间尚早,刚过八点。

但他仍急不可耐:"穿戴、梳妆需要一些时间的,宁可早去,也不要去晚了让人家等得着急。"

父女俩谁也说服不了谁时,一辆载着皮箱、卧具的马车,驰至花园门口停了下来。

"哥哥回来了!"胡蒙莉妮欢叫着朝门口奔去。

约肯特罗微笑着跳下车:"哦,胡曼,你好吗?"

"车上还有别人吗?"

约肯特罗诡秘地一笑:"我给爸爸带来一份圣诞节礼物。"

这时拉穆斯也已下车,胡蒙莉妮一见他猛地转身要走。

约肯特罗在她身后高喊:"胡曼,你别走,听我讲一件重要的事情。"

他的喊声未进入胡蒙莉妮的耳朵,她像要甩掉尾随的妖鬼似的,飞快地跑了。

拉穆斯呆呆地站着,不知应该朝前走还是转身上车。

"拉穆斯,进来!"约肯特罗大声招呼,"我爸在花园里坐着哩。"

远远地看见拉穆斯,安诺塔先生有些慌乱,下意识地挠着头皮,心里嘀咕:"麻烦又来了。"

拉穆斯当胸合掌,躬身向安诺塔先生行礼。

安诺塔先生指指椅子示意他坐下,扭头对儿子说:"约肯,你来得正是时候,我正想打电报叫你来哩。"

"为什么?"

"胡曼和诺利那格的婚事已经定了。昨天,他母亲来我们家为胡曼祝福过了。"

约肯特罗暗暗叫苦:"你说什么,爸爸?他们正式订婚了吗?事先为什么不征求我的意见?"

"约肯,你是个炮筒子,说话没谱儿。"老头儿的话里饱含着怨气,"我还

不认识诺利那格的时候,你和奥卡亚不是拼命要促成这门亲事吗?"

"当时,我确实赞成。"约肯特罗懊丧地承认,"可现在再改也不晚。我有许多话要说,你先听我把话说完,然后,你觉得该怎么办就怎么办吧。"

"哪天有空我再听你说吧,今天没闲工夫,我这就要出门。"

"去哪儿?"

"诺利那格的母亲请我和胡曼到她家共进午餐,约肯,你俩在这儿吃饭,回头……"

"不,不,"约肯特罗烦躁地打断他的话,"不用你为我们操心。我和拉穆斯到附近的饭馆吃一顿。黄昏前你们总该回来了吧,那时我们再来。"

安诺塔先生没有对拉穆斯说一句客套话,甚至懒得再看他一眼。

拉穆斯默默无语地坐着,直到临走时才双手合十向安诺塔先生施过礼,悻悻地离去。

第五十七章

葛曼克丽从安诺塔先生家回去之后,把卡玛腊找去商量:"闺女,我已请安诺塔先生父女俩明天来吃午饭。我们合计一下,写张菜谱,无论如何要让安诺塔先生吃得满意,使他放心,日后他女儿嫁到我们家,一日三餐受不了委屈。我说得对不对,闺女?当然,你有一手好手艺,我相信你不会让我丢脸的。以往,饭菜是好是赖,我儿子从来不吭一声,可昨天吃了你炒的菜,赞不绝口。哟,你看上去有些憔悴,身上哪儿不舒服?"

卡玛腊忧郁的脸上勉强露出一丝笑容:"我很好,妈妈。"

"不,"葛曼克丽摇摇头,"你好像有心事。其实,每个人心里难免有不痛快的时候,闺女,你别不好意思说,把我当作外人。你在这儿有什么不方便,或者想看望你的亲戚朋友,尽管对我讲。"

"不,妈妈,"卡玛腊矢口否认,"我只想服侍你,别的什么都不想。"

葛曼克丽好像没有听见似的说:"要不你回大叔家住些日子,哪天想回来再回来。"

卡玛腊慌了,忙说:"妈妈,和你在一起,我不想世界上其他任何人。我要是做了对不起你的事,你只管处罚我,但千万不要把我送到别的地方去,哪怕是一天。"

葛曼克丽伸出右手抚摸着卡玛腊的左脸："闺女,我说过,不知哪辈子你曾是我女儿,要不然,刚认识怎么会这样难分难舍哩。好啦,闺女,早点睡,今天你一刻也没闲着。"

　　卡玛腊回到卧室,关上门,熄了灯,黑暗中坐在地板上。她坐了很久,心里说:"厄运既然使我丧失了与他结合的权利,我岂可成为他生活道路上的一块绊脚石!在精神上作好失去一切的准备吧!不管在什么情况下,我要尽最大努力,全心全意地侍候他。薄迦梵大神啊,保佑我含笑去做我分内的事,别让我好高骛远、想入非非。我如果不能心情愉快地守护经过许多苦难获得的东西,成天愁眉苦脸,我将丧失一切。"

　　审时度势之后,她真心诚意地起誓:"从明天起,我决不让哀怨占据我的心,人前决不哭丧着脸。我心里决不奢望获得非分之物。我心甘情愿地在这儿当下人,一辈子侍候人。我别无所求……别无所求……别无所求!"

　　她上床躺下,翻来覆去好一阵才迷迷糊糊地睡着。夜里她醒了两三回,醒来便诵经般的嘟哝:"我别无所求……别无所求……别无所求。"

　　早晨,她起床后正襟危坐,双手合十,集中意念,重申誓言:"我终生侍奉你。我别无所求……别无所求……别无所求。"

　　她匆匆洗了脸,换了衣服,走进诺利那格的祈祷室,用纱丽下摆把每个角落擦干净,铺了做祈祷的草席,然后去码头洗澡。

　　在诺利那格的一再劝说下,葛曼克丽已放弃了日出前下恒河沐浴的习惯。因此,乌摩奇只得冒着冬日清晨的寒冷,陪卡玛腊去恒河边。

　　洗完澡回来,卡玛腊心平气和地向葛曼克丽施礼请安。

　　葛曼克丽正要出门去洗澡,诧异地问:"闺女,你怎么这么早就去洗澡?你可以和我一块儿去嘛。"

　　"妈妈,今天没工夫等你,一大堆事正等我去做哩。"卡玛腊平静地回答说,"昨天傍晚买回来的蔬菜要洗要切;需要的其他东西,打算早点叫乌摩奇去购买。"

　　"你想得很周到。"葛曼克丽称赞道,"亲家公来了,将看见一桌丰盛的菜肴。"

　　诺利那格这时从屋里出来,卡玛腊一把扯下面纱蒙住湿漉漉的头发,回自己的房间。

　　"妈妈,今天你要去洗澡?"诺利那格忧虑地问,"昨天你刚好一点。"

"诺利那格,收起你那套医术吧。早晨不下恒河洗澡的人,个个长命百岁? 你又要出诊? 今天能早点回来吗?"

"有什么事吗,妈妈?"

"我昨天忘了告诉你,今天安诺塔先生要来为你祝福。"

"为我祝福?"诺利那格心里纳闷,"他为何突然对我如此宠爱? 我和他每天都见面嘛。"

"我昨天去了他们家,送给胡蒙莉妮一对金手镯,并为她祝福。今天安诺塔先生能不来为你祝福? 好啦,你别晚回来,他们还要来吃午饭。"说罢,葛曼克丽洗澡去了。

诺利那格低着头,沉思着踏上门前的路。

第五十八章

胡蒙莉妮撇下拉穆斯,心慌意乱地逃回自己的卧室,掩上门,坐在床沿上。一阵激愤平息下来,羞愧便涌上她的心头。

"我为什么不能胸怀坦荡地和拉穆斯见面?"她懊丧地责问自己,"为什么露出别人意想不到的窘相? 我不相信,太不相信自己控制感情的能力了! 不,在他面前我不能这样仓皇失措。"

想到这里,她鼓起勇气站起来,开了门,走到外面。她暗暗鼓励自己:"我不躲避,我要战胜自己的懦弱。"

她要去见拉穆斯,忽又想起什么,返回卧室,打开箱子,取出葛曼克丽赠送的一对金手镯戴在手腕,像全副武装奔赴战场的勇士,昂首挺胸,雄赳赳地朝花园走去。

安诺塔先生见了她吃了一惊:"胡曼,你要去哪儿?"

胡蒙莉妮环顾四周:"拉穆斯先生不在了? 哥哥不在了?"

"是的,他们走了。"

无需接受一场自制力的考验了,胡蒙莉妮不觉松了口气。

"那么,我们现在……"

"对,爸爸,"胡蒙莉妮接口说,"我们去赴宴。我一会儿就洗完澡,你吩咐用人去雇一辆马车。"

胡蒙莉妮对赴宴表现出不符合她性格的旺盛热情,这反常的神情未能蒙住安诺塔先生的眼睛,反而使他心里更加忧虑。

胡蒙莉妮匆匆洗完澡,梳妆完毕,走下楼来,问道:"爸爸,马车来了没有?"

"还没有。"

胡蒙莉妮心神不定地在花园曲径上来回踱步。安诺塔先生坐在游廊里,疑惑地挠着头皮。

父女俩乘车到达诺利那格家里时,还不到十点半。诺利那格出诊尚未归来,葛曼克丽只好自己出来接待客人。

葛曼克丽关切地询问安诺塔先生的身体情况,一面和他谈一些家庭琐事,一面偷眼打量胡蒙莉妮。奇怪,她脸上为什么没有欢快表情?喜事在即,她面颊上却没有闪现旭日东升前朝霞似的光彩,迷离的眼神中竟飘忽着忧思的阴影!

葛曼克丽是个感情极易波动的女人,看到胡蒙莉妮郁郁寡欢的样子,她的心一下子凉了。

"和诺利那格结婚,对任何孟加拉姑娘来说,都是极其荣幸的。"她心里想,"可这位自认为受过高等教育的高傲的姑娘,难道觉得诺利那格与她不般配吗?要不然,她为何神思瞀乱、愁云满面?唉,这是我的过错,自己老了,遇事不够冷静,想干什么,便一分钟也不肯拖延。我自作主张要诺利那格娶一个年纪大一点的姑娘,可并没对她的志向、性格作深入了解。唉,唉,我哪有了解她的时间呀!我已听见了要我尽快了结尘世俗务的呼唤。"

和安诺塔先生交谈的时候,这些想法在葛曼克丽的脑子里萦绕,她觉得继续谈话太难受了,便对安诺塔先生说:"您知道,婚姻大事是不能操之过急的。他俩已是成年人,都有辨别是非的能力,大主意应由他们自己拿。我们催逼他们,效果反而不好。当然,我不知道胡曼心里是怎么想的,但诺利那格的态度,我一清二楚,他至今犹豫不决。"

她这番话是故意说给胡蒙莉妮听的。胡蒙莉妮既然摆出顾虑重重的样子,老太太就决不能给客人留下这样的印象:她儿子听说胡蒙莉妮愿意做他的妻子,高兴得手舞足蹈。

胡蒙莉妮出门的时候,满脸是强作的欢悦神情,这样做导致完全相反的后果:短暂的激动化为沉滞的忧悒。跨进葛曼克丽家门槛的一刹那,惶恐袭上她的心头,她即将踏上的新生活之路,望去似一条遥远、崎岖、蜿蜒

的羊肠小道。

两位老人彼此寒暄之时,对自己的不信任感,深深地刺痛了胡蒙莉妮的心。

在这种情势下,葛曼克丽闪烁其词地要废除婚约的暗示,在胡蒙莉妮心里激起两种截然不同的反应:一方面,她有为婚姻的纽带所维系,从彷徨的苦境中获得解脱的愿望,所以迫切希望立刻确定这门亲事;而另一方面,眼看这门亲事暂时搁浅,她心里感到一阵轻松。

葛曼克丽说完上面意欲退婚的话,瞟了胡蒙莉妮一眼,想看看她有何反应。出乎老太太的意料,胡蒙莉妮脸上竟出现坦然、安详的神色,这让老太太心中油然产生一种厌烦情绪,暗自叹息道:"我真糊涂啊,怎么打算那样便宜地把我的诺利那格打发出去!"

诺利那格今天迟迟不归,这使她感到庆幸。

她看着胡蒙莉妮,话里有话地说:"你们看看,诺利那格多么聪明,他知道你们要来我们家,可到现在还没见到他的人影儿。今天,他可以少看几个病人嘛。平时,我有点小毛病,他就不出诊,待在家里陪我,不管少挣多少钱。"

说罢,她推说要离开一会儿去看饭菜准备得怎么样了,起身去了厨房。她的真意是叫卡玛腊出面应付胡蒙莉妮,自己则同厚道的安诺塔先生单独聊天。

她走进厨房,看到做好的饭菜全放在小火上温着,卡玛腊坐在角落里想心事,没想到她突然进来,心里一惊,腾地站了起来,脸上露出羞惶的笑容。

"哦,闺女,我还以为你正手忙脚乱地做饭哩。"老太太满意地说。

"饭菜全做好了,妈妈。"

"那你干吗一声不响地坐在这儿,闺女?安诺塔先生是和善的老头儿,走到他跟前去有什么难为情的?胡曼也来了,把她带到你房间去,和她聊聊。我这个老婆子可不想老让她陪着,让她心里感到厌烦。"

被胡蒙莉妮的冷漠气出来的葛曼克丽,不由得更加钟爱卡玛腊了。

"妈妈,"卡玛腊怯怯地说,"我哪能和胡曼交谈,她上过大学,知识渊博,而我啥也不懂,笨嘴笨舌。"

"别说没志气的话!"老太太给卡玛腊鼓气,"你不比任何姑娘差。有的人上过大学,自以为高人一等,可她们中有几个人比你更惹人喜欢？多读几本书,谁都可以成为学者,可她们个个能像你这样俊俏、温柔,如同吉祥女神的化身？走,闺女,快走！不过你这身衣服太寒酸了,今天我要拿最漂亮的衣服为你打扮。"

葛曼克丽决心彻底打掉胡蒙莉妮的傲气,并使她的容貌在只读过几年书的卡玛腊面前黯然失色。

卡玛腊没有得到婉拒的任何机会。

葛曼克丽按照自己的心意娴熟地为她装扮起来,帮她缠一条草绿色纱丽,梳了最时髦的发髻,然后把她的脸扭过来扳过去,端详许久,动情地吻一下她的额头,啧啧赞叹："啊,如花似玉的美女,简直可以进宫当皇后了！"

打扮的过程中,卡玛腊不止一次地提醒葛曼克丽："妈妈,他们坐在客厅里哩,时间不早啦。"

老太太满不在乎："晚就晚吧,不把你打扮整齐我不出去。"

打扮停当,她领着卡玛腊往外走,一面说："闺女,别扭扭捏捏。见了你,那些上过大学满肚子学问的美人儿,准感到自惭形秽,你在他们面前要昂首挺胸。"

说着,她硬把卡玛腊拖进让安诺塔先生干坐了很久的客厅里,却见诺利那格正同他们父女俩闲聊。

卡玛腊一见他扭头要跑,葛曼克丽紧紧握住她的手："闺女,别不好意思,这儿是全熟人。"

葛曼克丽感到特别骄傲的是,她以艳服装扮的卡玛腊益发风姿绰约,她期望在座的见了卡玛腊全大吃一惊。一向以儿子为荣的葛曼克丽,想到胡蒙莉妮对诺利那格的漠然神色,心里非常恼火,今天,当着诺利那格的面,让她省悟在姿色上远不如卡玛腊,这对老太太来说是莫大的快乐。

目睹卡玛腊的仪容,在座的果然无不惊叹。胡蒙莉妮在葛曼克丽的病榻前第一次遇见卡玛腊时,她没有盛装打扮,神色忧郁,畏葸地躲在一边,而且时间很短,胡蒙莉妮还没有看清她的面容,她就溜走了。

胡蒙莉妮愣了一下,起身拉着羞羞答答的卡玛腊的手,让她坐在自己身旁。

葛曼克丽这时觉得自己已大获全胜,她似乎听到在座的全在心里承

认：只有在天国仙苑，才能见到卡玛腊这样的仙女。

"走吧，闺女，"她对卡玛腊说，"带胡曼到你房间去，聊会儿天。饭厅里由我张罗。"

一阵紧张攫住了卡玛腊的心，她暗想："不知道胡蒙莉妮怎么看我哩。"

不久的一天，胡蒙莉妮将蒙着红盖头，由女傧相搀扶着步入这幢房子，成为这家的女主人。所以，卡玛腊此时决不能冷淡她投来的友善目光。卡玛腊原本可以获得这家女主人的位子，可现在她不许这样的念头在脑子里冒出来，不许嫉妒在她的心田占有一席之地，不愿提出任何要求。

她和胡蒙莉妮走出客厅的时候，两条腿不住地颤抖。

"我从妈妈的口中已听到你的不幸遭遇，我很难过。"胡蒙莉妮慢声细气地说，"妹妹，你可以把我当作你姐姐。你有亲姐妹吗？"

听着胡蒙莉妮关切、怜惜的话语，卡玛腊紧张的心情松弛了下来，回答说："我没有亲姐妹，只有一个堂姐。"

"妹妹，我也没有亲姐妹。"胡蒙莉妮说，"我很小的时候，我妈就去世了。在欢乐或忧伤的时候，我常常想：'我没有妈妈，有个姐姐或妹妹也好哇！'我从小把自己的喜怒哀乐全埋在心底，久而久之，养成了不对人敞开胸怀、讲心里话的习惯。有些人认为我非常高傲，可是，妹妹，你别这样想，别人不知道，我的心已成为哑巴了。"

卡玛腊的心理障碍完全排除了："大姐，你喜欢我吗？我知道，我很笨。"

胡蒙莉妮莞尔一笑："以后你和我熟了，就会发现我也愚昧无知。我不过读了几本书，背了部分章节。除此之后，别的一窍不通。说真心话，要是我到了这里，你不要离开我。妹妹，想到一家的重担要我一个人挑，心里真有点害怕。"

"家务事都让我做，"卡玛腊天真得像个孩子，"我从小做家务事，什么活也不怕。我们姐妹俩一起把这个家管好，你想方设法让他过得幸福，我尽心尽力地服侍你们。"

"唔，妹妹，"胡蒙莉妮说，"听说你不曾仔细打量你丈夫，他的身材、模样，你还有一些印象吗？"

卡玛腊的回答是不明确的："大姐，当时我不知道应该牢牢记住他的相貌。后来，我到了大叔家，堂姐苏伊洛佳和我非常要好。亲眼看到她全心全意服侍丈夫,我才意识到做妻子的责任。我没有看清丈夫的面容,但我内心的全部忠贞时时伴随着他,我也说不清为什么会这样。薄迦梵大神赐给了我祈祷的成果,我丈夫如今清晰地显现在我的心镜里,他还没把我当做他的妻子,但我已经得到了他。"

听着卡玛腊这番对丈夫忠贞不渝的话,胡蒙莉妮十分感动,沉默了片刻,说:"我完全理解你的心情,你这样的获得,是真正的获得。而所谓百分之百的获得,因其中掺杂私欲而最终必将丧失。"

胡蒙莉妮这几句包含哲理的话,很难说卡玛腊能否领会。她愣愣地看着胡蒙莉妮,好一会儿才说:"你说得千真万确,大姐。我不让忧愁在心中蔓延,我过得很快活!我已经得到的,是我一生最大的收获。"

胡蒙莉妮紧握着卡玛腊的手:"我的导师谆谆教导我,获得和舍弃等同的时候,那是名副其实的获得。说实话,妹妹,我若和你一样,以牺牲换取收获,我将感到无比荣幸。"

卡玛腊有些吃惊:"怎么啦,大姐,你事事顺心,你将获得一切,你还感到不满足?"

"获得自己应得的一份东西,我就心满意足了。"胡蒙莉妮感慨地说,"非分之物,是沉重负担,会酿成巨大痛苦。你从我嘴里听到这话也许感到惊奇,我自己也感到奇怪,然而,这确是天帝给我的启示。你知道,妹妹,今天我心情非常沉重。和你在一起,我心里轻松多了,我从你身上获得了力量,才说了一大堆话。平常,我是不爱说话的,妹妹,你是怎样使我把心里话全掏出来的呢?"

第五十九章

胡蒙莉妮辞别葛曼克丽,回到家里,在起坐间的桌子上拿起一封沉甸甸的信。一看信封上的笔迹,就知道是拉穆斯写的。她拿着信,胸口怦怦直跳,进了卧室,关上门,拆开阅读。

拉穆斯在信中从头至尾详细叙述了他和卡玛腊的关系。信的结尾处他写道:

"凶险丛生的尘世,破坏了上苍为你我缔结的良缘。如今,你已把你的心奉献给另一个人,为此,我不责怪你,但从此你也别怨恨我。我与卡玛腊

相处数月,一天也未把她当作自己的妻子,尽管她逐渐吸引住了我的心,我坦然向你承认这一事实。此时此刻,我的心处于怎样的状态,我自己也茫然不知。假如你不离弃我,我仍可在你的情爱中觅得庇护所。这一丝希望,驱使我怀着破碎的心朝你奔来。但今日我清楚地看到,你憎恨我,厌恶我,不愿理睬我。听说你已同意另结良缘,我心里感到无限凄凉和悲怆。

"我发觉我仍未能忘怀卡玛腊。忘怀也罢,不忘怀也罢,这世上除了我,无人蒙受损失。而其实,我又何曾蒙受损失!在这个世界上,我在我的心房里接纳了两位女性,我不会忘却她们。对她们的怀念,是我永世无价的珍藏。

"今晨与你匆匆地见了一面,我如遭五雷轰顶,颓然返回住所,暗自悲叹:'唉,我时乖命蹇!'但我不会永远认为自己是个不幸的人。我坚强而愉快地祈求与你永别,怀着一颗充实的心,从你的身边离去。但愿上苍的慈悲和你们的恩德使我临别之际心里不感到丝毫贫乏。祝你万事顺遂、幸福美满!不要再憎恨我,其实,你没有憎恨我的任何理由。"

安诺塔先生坐在椅子上看书,忽见胡蒙莉妮进屋,诧异地问:"胡曼,你身上不舒服?"

胡蒙莉妮把信递给父亲,回房去了。

安诺塔先生戴上眼镜,把信读了两遍。然后吩咐仆人把信送还给胡蒙莉妮,自己坐着沉思默想。最后他得出的结论是:这未必不是件好事,作为未来的女婿,诺利那格确实比拉穆斯更为理想。拉穆斯主动退出竞争的舞台,是明智之举。

他正想到这里,诺利那格跟着仆人走了进来。见了诺利那格,他有些纳闷,下午已与诺利那格见过面,谈了很长时间,刚过几小时,诺利那格又想起什么事要与自己商量呢?老头儿心里快慰地一笑,诺利那格显然已倾心于胡蒙莉妮了!

他正盘算着找个借口躲开,以便让诺利那格和胡曼单独见面时,诺利那格开了口:

"安诺塔先生,我妈妈已和您谈了我与您女儿的婚事,在婚事向前发展之前,我想对您讲几句该说的话。"

"好,您说吧。"

"您不知道,我以前结过婚了。"

"知道,不过……"

"听说您知道,我着实有点吃惊。您大概以为我第一个妻子已经死了,现在恐怕不能这么断言,我甚至相信她还活着。"

"上天保佑,但愿您说的是真的,胡曼,胡曼!"安诺塔先生焦躁地喊道。

胡蒙莉妮急匆匆地跑过来:"什么事,爸爸?"

"拉穆斯先生写给你的信,有关段落……"

胡蒙莉妮把信递给诺利那格:"应该让诺利那格先生看一遍这封信。"说完她便走了出去。

读完信,诺利那格惊呆了,半晌说不出话来。

"世界上有时竟发生如此悲惨的事。"安诺塔先生打破沉默,"您读了这封信,感到震惊了吧。可是,我们如果对您隐瞒,那是很不对的。"

诺利那格默不作声坐了一会儿,起身向安诺塔先生告辞。出了屋,看见胡蒙莉妮站在距他不远的朝北的游廊里。

胡蒙莉妮的情影,使他的心头一震。这个被命运捉弄的姑娘落寞地伫立着,她那贞静、柔弱的芳躯如何载负一颗沉重的心啊!此时此刻,他无从窥见她的心事,也不便上前询问她是否需要他的帮助。他知道要她开口回答,是很困难的。

诺利那格心里难过地想:"我能否给予她一点安慰呢?哦,不能。人与人之间的壁垒是无法摧毁的,人的心灵,孤寂得可怕!"

诺利那格决定绕一个圈儿,从游廊前走过,出门上车。他想给胡蒙莉妮一个同他说话的机会,可走到游廊前一看,胡蒙莉妮离开游廊进屋去了。

"心灵与心灵的沟通,太不容易了,人与人之间的关系,从来不是简单明了的。"他这样想着,心情郁闷地上了车。

诺利那格刚走,约肯特罗回来了。

安诺塔先生问儿子:"怎么,光你一个人?"

"你期望见到的第二个人是谁呀?"儿子明知故问。

"拉穆斯为什么没有来?"

"那天他拜访时给予他的'欢迎',对任何一个有自尊心的绅士来说,难道还不够吗?"约肯特罗的话里流露出对父女俩冷落拉穆斯的愤愤不平,"他要是跳进流经贝拿勒斯的恒河里淹死,却又不能与湿婆大神一样寿与

天齐,最后落到什么田地,我就不知道了。从昨天到现在,我再也没有见到他。他在桌上给我留了一张纸条,上面写着:'我远遁了——你的拉穆斯。'我向来没有这种弄文舞墨、创作诗歌的习惯,所以我也只能逃之夭夭了。我当校长,这是个美差,做的每件事清清楚楚,一目了然,那儿没有错综复杂的迷魂阵。"

安诺塔先生央求儿子:"你快为胡曼拿个主意吧……"

"干吗老缠着我!"约肯特罗粗鲁地打断父亲的话,"以前我每出一个主意,你们立刻加以否决,老重复这样的游戏,烦透了!你们的事,别再把我牵扯进去!我生来厌烦我理解不了的东西!胡曼的情绪反复无常,她那种令人揣摸不透的脾气使我头疼得要命。我明天一早乘车离开这儿,中途在邦基普尔稍作停留,处理一两件公务。"

说完,他撇下父亲,走了。

安诺塔先生茫然地挠着头,他感到,人世间他遇到的难题变得越来越棘手了。

第六十章

几天以后,苏伊洛佳陪着父亲,又到诺利那格家拜访。苏伊洛佳和卡玛腊坐在厢房里,叽叽咕咕地说悄悄话,贾格罗帕尔迪和葛曼克丽闲谈。

"我的假期快结束了,"贾格罗帕尔迪说,"明天要返回迦齐普尔。荷里达希如果在这儿给您添麻烦,或者,对你们来说……"

葛曼克丽截住大叔的话头:"怎么又说这种客气话,贾格罗帕尔迪先生?您花言巧语是想把您的侄女骗回去吧?我想听听您的心里话!"

"在人们眼里,我不是个有心计的人。"贾格罗帕尔迪连忙否认,"送出去的礼物,我从不收回。但她在这儿,您感到不方便的话……"

"贾格罗帕尔迪先生,这不是您的真心话。您心里很清楚,像荷里达希这样能干、温顺的姑娘待在我身边,我就有享不完的清福,那么……"

"得,得,什么话都不用说了。我被您识破了。其实,我之所以这样拐弯抹角,不过是想从您嘴里听到对荷里达希的赞扬罢了。不过,我还是担心,诺利那格先生或许觉得,不知哪儿甩来的一个包袱落到了他肩上。我们这位姑娘生性孤傲,看到诺利那格先生流露出厌烦的神情,她会认为那

是对她的严厉打击。"

"哦,保护大神毗湿奴,"葛曼克丽以神的名义起誓般的说,"诺利那格怎会讨厌她哩,他是非常随和的人。"

贾格罗帕尔迪附和道:"您说得当然符合事实。可您知道,我爱荷里达希胜过自己的生命,我不能满足于对她作出小小的承诺。诺利那格不讨厌她,但对她不理不睬,在我看来那是很不够的。荷里达希住在他家里,他应把她当作家庭的一员而给予关怀,否则,我依然顾虑重重。她不是一面墙,是个活生生的人。诺利那格不厌烦她,也不关心她,仅把她当作陈设,随便往哪儿一搁,两人的关系处于这种状态,我怎能……"

"贾格罗帕尔迪先生,"葛曼克丽听出了大叔的担忧,"您不必担心,把别人当作亲人而给予关怀,这对诺利那格来说不是件难事。从他的外表,您不见得了解他的为人,但荷里达希既然住在我们家里,诺利那格准已想到如何使她过得快活,过得舒心。很可能,他已为她做了些实事,只不过我们不知道罢了。"

"听您这样说我就放心了。"贾格罗帕尔迪又提出要求,"临走之前,我想郑重其事地和诺利那格先生深谈一次。甘愿承担照顾女人责任的男子,在世界上并不多见。薄迦梵大神既已赋予诺利那格先生男子应有的品德,他当然不会受制于无谓的拘谨,疏远荷里达希。我想当面对他说,希望他视荷里达希为亲人,非常随便地与她相处,保持一种融洽关系。"

贾格罗帕尔迪对诺利那格的信任,使老太太深受感动。她说:"我怕你们不乐意,平时不怎么让荷里达希在我儿子跟前露面。不过,我了解我儿子,请您相信他,您尽管放心好了。"

"既然这样,我索性把心里话全掏出来。"贾格罗帕尔迪觉得可以谈最关键的问题了,"我听说有人已向诺利那格先生提亲,女方的年龄不小了,她的文化水平是我们社会中普通女子难以达到的,所以我想荷里达希恐怕……"

"我知道她俩的文化水平不一样。"葛曼克丽接口说,"您为此担忧可以理解,不过那门亲事成不了了。"

"您的意思是已经退亲了?"

"他俩根本没有定亲,所以谈不上退亲。"葛曼克丽懊恨地说,"诺利那格一开始就不愿意,是我自作主张,非要娶胡蒙莉妮的。现在我改变主意

了,他俩没有缘分。硬撮合不会有好结果。我不知道天意如何,我死之前怕是见不到儿媳啦。"

"您不要说这种沮丧的话,"贾格罗帕尔迪按捺着心头的兴奋劝道,"我们这些朋友岂能袖手旁观?我本人很乐意当媒人,为您找个称心的儿媳。事成之后,您不招待我吃顿甜食,我是决不肯走的。"

"但愿您说的和天神的话一样灵验。"葛曼克丽说,"我心里十分内疚,因为我的缘故,诺利那格这么大年纪还没有成家立业。后来又过于草率,考虑不周全,匆匆忙忙地为他说亲。对那门亲事我已不抱希望,您帮我物色一个贤淑的姑娘,千万不要拖延,我怕是不久于人世了。"

"您这话我可不能信。"贾格罗帕尔迪宽慰老太太,"您老人家既能长寿,也能见到儿媳。我知道什么样的姑娘合您的心意。黄毛丫头当然不行。她一定得听您的话,对您非常孝敬,不这样我们也不喜欢。总之,不用您老人家操心。愿天帝保佑此事办得完满。这会儿您要是允许的话,我去和荷里达希讲几句话,指点她如何尽自己的责任。我叫苏伊洛佳到这儿来,打上次见您以后,她常常念叨您哩。"

"别叫她来了。"葛曼克丽想起了什么,"你们爷儿仨在那屋里聊吧。我有件事要办。"

贾格罗帕尔迪笑着说:"世上有您要做的事,那是我们的福气。适当的时候,我想我会知道您那件事的具体内容。托诺利那格先生未来媳妇的福,我这个婆罗门交了好运,很快就能吃到甜食了。"

贾格罗帕尔迪来到他女儿和卡玛腊所在的厢房,只见卡玛腊眼里闪烁着滢滢泪光。他在女儿身旁坐下,不声不响地瞅着卡玛腊。

"爸爸,"苏伊洛佳先开了口,"我刚才对卡玛腊说,现在是对诺利那格先生说明事实真相的时候了,可你这个笨丫头荷里达希却和我'争吵',哭鼻子。"

"不,姐姐,"卡玛腊央求道,"求求你,别把那些事儿捅出去,那绝对不行。"

苏伊洛佳恨铁不成钢地嚷道:"你真是傻到家了!你一声不吭,眼睁睁看着诺利那格先生和胡蒙莉妮结婚吗?从成亲那天到现在,你在五花八门的灾祸中翻滚,吃够了苦头,差点丢了性命,你还想经受新的磨难?"

"姐姐,我那些事是不能对人透露的。"卡玛腊说,"我能忍受一切,就是受不了羞耻,我住在这儿,很好,没有悲伤。但你把我过去的事全张扬出去,我哪有脸在他家再待一分钟?我还能活下去?"

苏伊洛佳一时无言以对,但她实在难以忍气吞声地看着诺利那格和胡蒙莉妮成为夫妻。

"你们说那门亲事肯定能成吗?"贾格罗帕尔迪问。

"你说什么呀,爸爸,诺利那格先生的母亲已为胡蒙莉妮祝福过了。"

"由于天帝垂怜卡玛腊,老太太的祝福已成为一句废话。卡玛腊,我的好闺女,你不用担心,天帝护佑着你哩。"

卡玛腊困惑不解,瞪大眼睛定定地望着大叔。

"那门亲事吹了。"贾格罗帕尔迪解释说,"诺利那格先生始终不同意娶胡蒙莉妮,他母亲终于开窍了。"

苏伊洛佳欣喜若狂地大叫起来:"我们得救了,爸爸!昨天我听说他们要成亲,急得一夜没睡着。不管怎么说,这里是卡玛腊的家,她怎能像外人似的在自己家里过日子?爸爸,我们什么时候把事情摊开来说清楚呢?"

"急什么,苏伊,到时候这团乱麻自然而然会理清的。"

"现在这儿一切都正常,今后不会有更多的安逸。"卡玛腊说,"我很快活,大叔,不要为了让我更幸福而改变我的命运。我求求你们,不要对人谈我的过去。把我扔在这家的一个角落里,从此忘了我吧。我在这儿非常快乐。"说着,从她眼里扑簌簌滚下两行热泪。

贾格罗帕尔迪赶忙劝慰:"啊呀,闺女,不要哭!我明白你这话的意思。我们哪能搅乱你的安宁呢?天帝正一步步妥善安排,我们怎会糊里糊涂地干预,把事情搞糟呢?别瞎担心,我是上了年纪、见过世面的人,知道谨慎、稳妥地处理问题。"

这时,乌摩奇走了进来,站在一边,照例咧着嘴嘿嘿地笑。

"哎,乌摩奇,你来干什么?"大叔问。

"拉穆斯先生站在楼下,打听这儿是不是大夫的家。"

他话音未落,卡玛腊的脸变得煞白。

大叔"呼"地站起来:"别害怕,闺女,我来接待他。"

大叔到了楼下,一把抓住拉穆斯的手:"跟我来,拉穆斯先生,我们到外面街上走走,我有几句话要和您说。"

拉穆斯脸上现出惊异之色:"大叔,您从哪儿跑到这儿来了?"

"我是为您来的,见到您太高兴了。走吧,不要耽搁,我们把最重要的话先说完。"

大叔拉着拉穆斯上了街,走了一段路,问道:"拉穆斯先生,您上诺利那格家里来有何贵干?"

"我来拜访诺利那格大夫。"拉穆斯如实相告,"我觉得应该告诉他卡玛腊的情况,我一直认为卡玛腊也许还活着。"

"假如卡玛腊还活着,而且见到了诺利那格大夫,诺利那格从您嘴里听到了卡玛腊过去和您在一起,这对卡玛腊有什么好处?大夫有一位年逾古稀的老母亲,她要是知道了卡玛腊的底细,卡玛腊有好日子过吗?"

"我不清楚我讲了真话是否会影响他们的社会地位,"拉穆斯坦诚地说,"但我要让诺利那格先生知道,卡玛腊是清白的,身上不曾沾染罪孽的污秽。这样纵然卡玛腊已离开人世,诺利那格先生也会尊敬她纯洁的灵魂。"

大叔继续装糊涂:"我不懂你们这一代年轻人的时髦言词。假如卡玛腊死了,有什么必要折腾她的灵魂,害得和她仅过一夜的丈夫也悲痛不已。您看见路边的那幢房子了吧,那是我的住所,明天上午您抽空来一趟,我把所有的事情明明白白地告诉您。但在这之前,我请您暂时不要去见诺利那格大夫。"

"好吧。"拉穆斯勉强同意了。

大叔随即赶回去对卡玛腊说:"闺女,明天上午,你去我们家,亲口对拉穆斯先生讲明你的处境,我觉得这是万全之策。"

卡玛腊垂首不语。

"我看这步棋非走不可。"大叔接着说,"老一辈人的三言两语,哄蒙不了现代年轻人的责任心。闺女,打消心中的胆怯,不要让别人走进你权利的领地。这是你的私事,在这方面我们实在使不上劲儿。"

卡玛腊仍不做声。

"闺女,"大叔耐心地劝道,"大部分障碍已经排除。现在你不能前怕狼后怕虎,鼓起勇气,清扫生活道路上最后几块破砖烂瓦吧。"

这时,卡玛腊听见一阵脚步声,抬头一看,门口站着诺利那格。诺利那格的目光直直地射进她的眼睛里,换成其他日子,他必定倏地收回目光,转身走开,可今天似乎并不想那样做。尽管他只是短促地看了看她,但那瞬间的瞥视仿佛从她的面孔汲取了他期待的东西。他不像平素那样,心里充满自认为无权端详她的惶惑,拒绝注视他本可欣赏的娇颜。

一转眼,他看见苏伊洛佳也在屋里,拔腿要走,但被大叔叫住了:"诺利那格先生,别躲了,我们一向把您当作自家人。这是我女儿苏伊,您曾经给她的小女儿治过病。"

苏伊洛佳双手合十,向诺利那格躬身施礼。

诺利那格一边还礼,一边问:"您女儿病好了吗?"

"她全好了。"

大叔打趣道:"您总不让我们一家人饱餐一顿似的把您看个够。这会儿既然来了,陪我们坐一会儿吧。"

大叔请诺利那格先生坐下,回头一看,卡玛腊不知什么时候溜走了。诺利那格那一瞬的凝视,使她无比惊喜、无比亢奋,不得不躲进自己的房间,让自己静下心来。

几乎同时,葛曼克丽进来请大叔:"贾格罗帕尔迪先生,麻烦您跟我来一趟。"

"您去办事,我一直翘首张望,流着口水等候您送来一点点'麻烦'。"

吃够甜食以后,大叔回到起坐间,对葛曼克丽母子说:"请稍坐片刻,我去去就来。"

少时,他从旁边一间屋子回来,把卡玛腊推到葛曼克丽母子面前。苏伊洛佳站在她身后。

"诺利那格先生,"贾格罗帕尔迪神情庄重地说,"您别再把我们的荷里达希当作外人,坐在这里如芒在背。我把这位历尽磨难的姑娘留在你们家,马上就要走了。我恳请你们完全把她看做你们家的一员。你们不用给她别的什么,只需给她侍奉你们的充分权力。今后,你们肯定将看到,在你们身边,任何一天,她都不会有意做错事。"

卡玛腊满面羞红,垂首默坐。

"贾格罗帕尔迪先生,"葛曼克丽说,"您丝毫不必担心,荷里达希已是我家的姑娘了。打从她到我家以后,从来不用我们费心叮嘱她干这干那。这家的厨房、贮藏室,多少年一直在我严厉的管辖之下,如今我已撒手不管,用人也不认为我是家庭主妇了。我弄不明白,我怎么落到这步田地。我的几把钥匙,都被荷里达希巧妙地偷走了。贾格罗帕尔迪先生,您还要

为您'偷盗有方'的姑娘提什么要求,就痛痛快快地讲吧!如果您说'我要把这姑娘带走',这可是当今最大的抢劫案啦。"

"您只管放心,即使我胆大妄为地那么说,她也不肯挪动一步的。你们把她迷住了,眼下除了你们,世界上她谁也不认识了。这孩子今生受苦受难,总算在你们这儿找到了安宁。愿薄迦梵大神保佑她一辈子平平安安,愿你们对她永远满意,这就是我临别时对她的祝福!"说着,贾格罗帕尔迪的眼睛湿润了。

诺利那格一言不发,静听大叔说话。

客人告辞离去,他慢步走进自己的卧室。冬天的太阳西落,红艳艳的晚霞将他的卧室映染得如同红烛点燃的洞房;血红的霞光渗入他的肌肤,照亮了他的心田。

今天早晨,诺利那格的一位印度斯坦朋友送来一篮玫瑰花。葛曼克丽把这篮花交给卡玛腊,吩咐她去装饰房间。她把几枝玫瑰花插进花瓶,放在诺利那格的床头。此时,浓郁的花香沁入了他的脑际。鲜红的霞光透过清静卧室的窗户,与玫瑰花香交融,使诺利那格心醉神怡。以前,在他的世界,在他的周遭,只有源自情欲克制的宁静和学识的庄严,而此刻,不知何处的唢呐,突然吹奏各种美妙的乐曲,看不见的舞步和足镯的叮当声,使大千世界生意盎然。

诺利那格在窗口转过身来,看见他床头上方的墙龛里供放着几枝玫瑰花,仿佛是谁的秀目,含情脉脉地凝视着他,随即落在他的心扉前,向他倾诉衷情。

他上前取出其中一枝,这是金黄色鲜嫩的蓓蕾,花瓣尚未展开,但幽香无阻地向外溢散着。他一拿起这枝玫瑰花,玫瑰花便像谁的纤指,抚摸着他的五指,铮铮地弹响他周身的神经。他深情地吻了一下这娇艳的玫瑰花,又用它轻轻摩挲自己的眼睑。

天空中夕阳的余晖渐渐消隐了。诺利那格离开卧室之前走到床边,掀掉床上的被单,弯下腰把这枝玫瑰花放在枕头上。在他直起腰的时候,看见床的另一侧,一个人蜷缩着坐在地上,戴着面纱。她是那样羞臊,恨不得与大地融为一体。哦,她是卡玛腊,她无处隐藏她的羞色了。

原来,卡玛腊在墙龛里供放了玫瑰花后,为诺利那格铺了床,正要出去,听见诺利那格的脚步声,慌忙躲在床的另一侧。此刻,她跑不了,藏也

难。她蜷缩在地上,连同满面羞涩,终于被发现了。

诺利那格急转身往外走去,以便让卡玛腊脱离窘迫的境地。但走到门口忽然止步,想了想,慢慢地踱回来,站在卡玛腊跟前说:"你起来吧,在我面前,你不必害羞。"

第六十一章

第二天早晨,卡玛腊如约来到大叔的住处。一得空,她把苏伊洛佳拉到僻静处,同她热烈拥抱。

苏伊洛佳捏着卡玛腊的下巴:"怎么啦,妹妹,瞧你的高兴劲儿!"

"我也不知道为什么,姐姐,但我觉得,我的苦日子快熬到头了。"

"到底怎么啦?快一五一十告诉我。"苏伊洛佳催促道,"昨天我陪你坐到傍晚,后来你有了喜事?"

卡玛腊不急不躁地说:"其实也不是什么大事,我只是觉得,我好像得到了他。老天爷大概可怜我吧。"

"是老天爷开眼了,妹妹!你的事可不许瞒我啊。"

"我不是要瞒你,姐姐,我是找不到合适的语言表达我的心情。过了一夜,早晨起床,我感到我的生活更有意义了。我难以描述我过的日子多么甜蜜,做家务活儿是多么轻松。我不希图获得更多的东西,只担心获得的弄不好会丧失。我做梦也不曾想到会这样时来运转,日子过得这么舒坦。"

"告诉你,妹妹,"苏伊洛佳说,"命运不会老欺骗你,该你享的福,早晚连本带息偿还给你。"

"不,姐姐,不要这样说。我的福分已还给我了。我不怨天尤地,我应有的都有了。"

说话间大叔进来了。

"闺女,你得跟我出去一趟。"他对卡玛腊说,"拉穆斯先生早已来了。"

刚才大叔已和拉穆斯交谈过了。

"你和卡玛腊之间的纠葛,我弄清楚了。"大叔开门见山地对拉穆斯说,"如今您的生活道路已经明朗,我建议您同卡玛腊一刀两断吧。如果还需要解开你和卡玛腊之间拉紧的结,那就让上天去解吧,你别再插手了。"

"在彻底了结与卡玛腊的这桩公案之前,"拉穆斯回答道,"不把全部情

况告诉诺利那格先生,我觉得问心有愧。在这个世界上,谈论卡玛腊的必要性,或许已不复存在,或许仍然存在。如果仍然存在,倾诉完憋在心里的话,我才能感到浑身轻松。"

"既然这样,您稍坐,我去去就来。"

拉穆斯走到窗前坐下,神情迷茫地望着外面的人流。

少顷,一种熟悉的脚步声使他警觉地转过身来,定睛一看,一位倩女匍匐着以额触地,向他行大礼。当她行完礼站起来的时候,拉穆斯猛地站起,失声惊叫:"卡玛腊!"

卡玛腊默不作声地站着。

大叔赶紧打圆场:"拉穆斯先生,天帝已把卡玛腊的全部苦难变为鸿运,驱散了她四周苦难的浓雾。在她危难之际,您曾救助过她,为此,您甘愿忍受难言的痛苦。在分手的时刻,卡玛腊不能一句话不说离你而去。当然,她今天也是为了得到您的祝福。"

拉穆斯沉吟片刻,使劲清了清壅塞的嗓子,以真挚的语调祝福道:"卡玛腊,祝你一生幸福!以前,我也许有意无意地做过对不起你的事,请你多多原谅。"

卡玛腊说不出一句话,背靠墙伫立着。

拉穆斯停了停又说:"如果你觉得有必要让我向别人转达你的话,需要我去清除障碍,你尽管说。"

卡玛腊双后合十:"我恳求您不要对任何人谈我的过去。"

"以前很长一段时间,有关你的情况,我守口如瓶。即使陷入难堪的境地,我也保持沉默。最近,我觉得披露你的一些事,对你没有妨害,于是仅对一个家庭的人透露了你的不幸遭遇,这样做对你或许只有好处,没有坏处。大叔大概已听说安诺塔先生和他的女儿……"

"噢,就是胡蒙莉妮。"大叔插嘴说,"他们父女俩知道内情啦?"

"是的,您觉得还有什么事需要告诉他们,我可以转告。至于我嘛,已不抱任何希望。我浪费了许多时间,失去了许多东西。此时此刻,我只求解脱。清理完全部债务,从此无牵无挂,四海飘零。"

大叔握住拉穆斯的手,以真诚的语气说:"不,拉穆斯先生,不能再让你辛苦了。您一直头顶着沉重的包袱,现在,放下包袱,自由自在地生活吧。让我祝愿您事业成功,永远幸福!"

临别时,拉穆斯望着卡玛腊平静地说:"我走了。"

卡玛腊没有答话,又跪下对他磕了个头。

拉穆斯梦游般的走在街上,一面走一面想:"今天见到卡玛腊,我太高兴了,总算了却了一桩心事。见不到她,这段生活插曲便画不上圆满的句号。虽然我没有问清楚卡玛腊知道了什么,明白了什么,那天夜里突然离开迦齐普尔那幢平房,跑到贝拿勒斯来,但显而易见的是,对她来说,我已是个完全多余的人。眼下,最需要我关注的是自己的生活。切莫回首往事,让我拥抱自己的生活,浪迹天涯吧。"

第六十二章

卡玛腊回到家里,看到安诺塔先生和胡蒙莉妮坐在葛曼克丽的两边,正在闲谈。

"哦,荷里达希!"葛曼克丽一见卡玛腊欣喜地喊道,"闺女,把你的朋友带到你房间去,我在这儿陪安诺塔先生喝茶。"

一进卡玛腊的房间,胡蒙莉妮搂着卡玛腊的脖子,脱口叫道:"卡玛腊!"

卡玛腊并不十分惊讶:"你怎么知道我叫卡玛腊?"

"有人向我揭了你的老底。"胡蒙莉妮半开玩笑地说,"听了以后,我对你就是卡玛腊,深信不疑,为什么不怀疑,我也不明白。"

"大姐,我不愿意别人知道我的真名。我的真名只能引来人家的诅咒。"

"可是,你要凭这个名字的力量,收回你的权利。"

卡玛腊摇摇头:"我不懂你的意思,我没有力量,也没有权利。我不想使用什么力量。"

"你说这话,是不想让你丈夫了解你过去的一段经历吗?"胡蒙莉妮严肃地问,"你不愿把你的优点、缺点统统告诉他吗?你过去的事瞒得了他吗?"

卡玛腊的脸"刷"地变得异常苍白,她想不出恰当的言词来回答,直愣愣地望着胡蒙莉妮,慢慢地蹲下来坐在地板上的草席上,申诉似的喃喃自语:"薄迦梵大神明察秋毫,我没有罪过,可为什么要让我感到耻辱?我没

有罪孽,为什么非要惩罚我?我怎么对他讲明那段复杂经历?"

胡蒙莉妮同情地握着卡玛腊的手:"妹妹,这不是惩罚,是你的解脱。你的真实情况,对你丈夫隐瞒一天,你就得戴一天虚伪的枷锁。奋力砸碎这枷锁吧,天帝会保佑你的。"

"每次想到我将丧失一切,我所有的勇气就消失了。"卡玛腊道出了自己犹豫的原因,"我明白你的意思,听天由命吧,看来想瞒也瞒不住他,他迟早会知道真情。"

说着,她握紧了拳头。

胡蒙莉妮的心中涌起了怜悯:"你需要帮助吗?要不要别人去对他讲你的事?"

"不,不!"卡玛腊坚定地摇摇头,"别人对他介绍我的情况……这不合适……我的事,我自己去说……我有这份胆量。"

"这是最好的选择。"胡蒙莉妮说,"我不知道今后能否再见到你,我是来辞行的,我们马上要离开这儿了。"

"你们要去哪儿?"

"加尔各答。上午你们很忙,我不想再浪费你们的时间。妹妹,我走了,记住你的大姐呀。"

卡玛腊恋恋不舍地抓住她的手:"你能给我写信吗?"

"嗯,当然。"

"信中告诉我什么时候该做什么,尽量多给我一点指教。我相信你的信能增添我的勇气。"

胡蒙莉妮含蓄地微微一笑:"放心吧,你将得到一个比我强十倍的给你谆谆教诲的人。"

卡玛腊心里其实很为胡蒙莉妮难过,看到她平静的表情中透现的哀愁,卡玛腊眼里不觉涌满泪水。然而,她又觉得她与胡蒙莉妮之间横着抹不去的隔阂,她不能坦率地同胡蒙莉妮交谈,更不敢贸然提问题。

今天早晨,卡玛腊向胡蒙莉妮倾吐了自己的顾虑和苦恼,而胡蒙莉妮却用凝重的沉默把自己包裹起来,悄然离去。她留下的一切,像渐逝的暮霭,充满无尽的凄惶。

这天做完家务歇息的时候,胡蒙莉妮的话语和平静、忧郁的眼神,搅扰得卡玛腊心神不定。卡玛腊对她的生活一无所知,只知道她与诺利那格的婚约已经解除。

胡蒙莉妮早晨来辞行，带来了一篮从她家花园里摘的鲜花。下午，卡玛腊洗了澡，坐下来用那些花编织花环，葛曼克丽来看过她一次，坐在她身边长叹一声："唉，闺女，胡蒙莉妮向我告别，施了礼往外走的时候，我心里说不出是什么滋味儿。不管别人怎么议论，胡蒙莉妮毕竟是很有教养的姑娘。我寻思着，要是她成为我的儿媳，我会非常愉快的。这门亲事差一点就成了，但我没能说服我儿子，只有他知道，出于什么考虑，他突然变卦了。"

葛曼克丽避而不谈在最后阶段是她自己打的退堂鼓。

话犹未了，她听到外面传来熟悉的脚步声，便大声喊道："哎，诺利那格，我有话和你说。"

卡玛腊立即用纱丽下摆遮住鲜花和正编的花环，戴上面纱。

诺利那格一进屋，葛曼克丽就问："胡曼他们走了，你见到他们没有？"

"在路上碰见，我用马车送他们回去了。"

葛曼克丽不无遗憾地说："孩子，随你怎么说，像胡曼这样的姑娘并不多见。"

她说话的那种口气，仿佛诺利那格从未接受她这种高见。

诺利那格一笑置之，没有做声。

"你还笑得出来！"葛曼克丽嗔怪道，"我为你说亲，后来又跑去为她祝福，可你来了牛脾气，这门亲事便成了泡影。这会儿你心里是不是有些后悔呀？"

诺利那格瞥了卡玛腊一眼，发现卡玛腊充满柔情的眼睛凝视着自己，视线相碰的一刹那，卡玛腊面现红晕，急忙低下头，恨不得钻进地里去。

诺利那格自嘲般的对母亲说："妈妈，你儿子不是赫赫有名的大人物，你一说亲哪能就成呢？像我这种古板、缺少人情味的人，哪个姑娘会一见钟情呀！"

听他说着这话，卡玛腊又抬起眼睛，却见诺利那格含笑、明亮的眼睛正注视着自己。这使她觉得应该趁他俩不注意，赶快从屋里逃走才是。

"走吧，走吧，别跟我耍嘴皮子了。"葛曼克丽有些不耐烦了，"一听你胡诌我就生气。"

母子俩走后，卡玛腊用胡蒙莉妮送的鲜花编了个硕大的花环。她把花

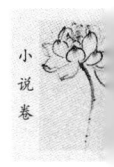

环放在竹篮上,洒些清水,搁在诺利那格的祈祷室里。她想起这是胡蒙莉妮前来辞行特意赠送的一篮花,双眼不由得潮湿了。

卡玛腊回到自己的房间,久久回味着诺利那格注望她面孔的目光。诺利那格究竟对自己抱什么态度?在他的深邃目光下,卡玛腊的心仿佛暴露无遗。过去,不在诺利那格面前,她心情轻松、自在,现在她每天成为他目光的俘虏,这莫非是对她隐瞒身份的惩罚?

卡玛腊胡猜乱想:诺利那格准在心里埋怨,荷里达希这个姑娘,妈妈从哪儿弄来的!我从未见过这样孟浪的女人!

诺利那格片刻工夫果真这么看她,这也是她无法忍受的。

晚上,卡玛腊躺在床上,心中无比坚决地发誓:明天我毫不犹豫地对他讲明我的真实身份,不管后果如何!

平常,卡玛腊洗完澡,拎回来一罐恒河水,擦拭、打扫诺利那格的祈祷室,然后再专心地做其他家务。第二天早晨,她起床洗了澡,照例来到祈祷室,预备做白天的第一件事,却看见诺利那格早已端坐在祈祷室里,以前他从未这么早就来祈祷室。

卡玛腊怀着不能按时打扫祈祷室的懊恼转身离去,走了几步忽然站住,想了想,又缓缓走回来,一声不响地坐在祈祷室门口。

她不知怎的像着了魔,神思恍惚,整个世界像影子在她眼前晃动。她不知这样过了多久。

突然,她发觉诺利那格从里面出来,站在她面前。她蓦地站起,又立即跪倒在地,额头贴着他的脚背,恭敬地行礼。她浴后的湿发遮覆诺利那格的双足,散落在地上。礼毕,她起身伫立着,宛若一尊雕像。她没有察觉面纱已垂落下来,诺利那格目不转睛地端详着她清秀的脸。她对外在物的感知泯灭了,在心灵之光的照耀下,她坚定而响亮地说:"我是卡玛腊!"

话一出口,她被自己的声音震醒了,敏锐的感觉从内心扩展开来。她全身颤抖,低下头。她没有挪步的力气,站也快站不住了。她的全部力量和决心,随着一声"我是卡玛腊",在诺利那格的四周荡漾开去。她没有保留掩饰羞怯的任何手段,就看诺利那格是否怜悯她了。

诺利那格慢慢地握住她的手,用充满爱怜的声调说:"我知道你就是我的卡玛腊。来,进屋吧。"

诺利那格领着卡玛腊进了祈祷室,把她编的花环挂在她的脖子上,说:"来,让我们向上苍叩拜谢恩!"

当他俩肩并肩俯伏在大理石地板上磕头的时候,早晨的第一抹阳光从窗口射进来,映红了两人的头颈。

谢恩完毕,卡玛腊站了起来,再次向诺利那格行摸足大礼,重新立起来时,羞怯的不堪折磨永远离她而去了。这时,不是狂喜,而是博大的解脱的安谧,使她的存在与早晨明净、无羁的阳光一起向无限扩展。她心中充满虔诚,心殿里的祭祀随着善德的袅袅香烟,在三界①弥漫。

不知不觉,她双眼沁满泪水,大颗大颗的泪珠溢出眼眶,顺着面颊不停地滚落下来。她孤独生活的痛苦的乌云,全化为欢乐的雨霖,潇潇地飘洒着。

诺利那格没有再和她说话,只是用右手撩起贴在她额上的几绺湿发,就往外走去。

卡玛腊尚未结束她心中的祭祀,还想再继续倾泻胸中感情的狂澜。她来到诺利那格的卧室,取下胸前的花环,套在那双木屐上,俯身以额头扪触一下,小心翼翼地放回原处。

随后,她侍奉神祇般地做一天的家务,做的每一件事,仿佛是向空中腾起的一簇欢乐的浪花。

葛曼克丽见状,诧异地问:"闺女,你这是干什么?一天之内,你要把每间屋打扫一遍,让这幢房子焕然一新?"

下午闲着的时候,卡玛腊没有做针线活儿,静静地坐在卧室的地板上。诺利那格提着一篮百合花,兴冲冲地进屋说:"卡玛腊,洒些水让花保持鲜艳。今晚我们一起去对妈妈行跪拜大礼,接受她的祝福。"

卡玛腊低下头:"可你还没有听我讲我过去的事哩。"

"不用讲了,我全知道了。"诺利那格说。

卡玛腊用右手遮住脸:"但妈妈她……"

她说不下去了。

诺利那格拉下她遮脸的右手,紧紧地握着说:"妈妈一生宽恕了许多罪过,你没有罪过,她当然能原谅你。"

---

① 印度神话中的天堂、人间、地狱。